D0869314

**10
18**

12, AVENUE D'ITALIE. PARIS XIIIe

Sur l'auteur

Né à Kyoto en 1949 et élevé à Kobe, Haruki Murakami a étudié le théâtre et le cinéma à l'université Waseda, avant d'ouvrir un club de jazz à Tokyo en 1974. Son premier roman, *Écoute le chant du vent* (1979), un titre emprunté à Truman Capote, lui a valu le prix Gunzo et un succès immédiat. Suivront *La Course au mouton sauvage*, *La Fin des temps*, *La Ballade de l'impossible*, *Danse, Danse, Danse* et *L'éléphant s'évapore*. Exilé en Grèce en 1988, en Italie, puis aux États-Unis, où il écrit ses *Chroniques de l'oiseau à ressort* et *Au sud de la frontière, à l'ouest du soleil*, il rentre au Japon en 1995, écrit deux livres de non-fiction sur le séisme de Kobe et l'attentat de la secte Aum, un recueil de nouvelles, *Après le tremblement de terre*, *Les Amants du Spoutnik*, le superbe *Kafka sur le rivage*, *1Q84* tomes 1, 2 et 3 et *L'Incolore Tsukuru Tazaki et ses années de pèlerinage*.

Plusieurs fois favori pour le Nobel de littérature, Haruki Murakami a reçu le prestigieux Yomiuri Prize et le prix Kafka 2006.

HARUKI MURAKAMI

L'INCOLORE TSUKURU TAZAKI ET SES ANNÉES DE PÈLERINAGE

Traduit du japonais
par Hélène Morita

10/18

BELFOND

Titre original :
Shikisai o Motanai Tazaki Tsukuru To,
Kare No Junrei No Toshi
publié par Bungeishunju, Tokyo.

1

Depuis le mois de juillet de sa deuxième année d'université jusqu'au mois de janvier de l'année suivante, Tsukuru Tazaki vécut en pensant presque exclusivement à la mort. Son vingtième anniversaire survint durant cette période mais cette date n'eut pour lui aucune signification particulière. Pendant tout ce temps, il estima que le plus naturel et le plus logique était qu'il mette un terme à son existence. Pourquoi donc, dans ce cas, n'accomplit-il pas le dernier pas ? Encore aujourd'hui il n'en connaissait pas très bien la raison. À cette époque, il lui paraissait pourtant plus aisé de franchir le seuil qui sépare la vie de la mort que de gober un œuf cru.

Il est possible que le motif réel pour lequel Tsukuru ne se suicida pas fut que ses pensées de la mort étaient si pures et si puissantes qu'il ne parvenait pas à se représenter concrètement une manière de mourir en adéquation avec ses sentiments. Mais l'aspect concret des choses n'était qu'une question secondaire. Si, durant ces mois, une porte ouvrant sur la mort lui était apparue, là, tout près de lui, il l'aurait sans doute poussée sans la moindre hésitation. Il n'aurait eu nul besoin de réfléchir intensément. Cela n'aurait été qu'un enchaînement des choses simple et ordinaire. Pourtant, par bonheur ou par malheur, il n'avait pas été capable de découvrir ce genre de porte à proximité immédiate.

Que ç'aurait été bien s'il était mort alors, pensait fréquemment Tsukuru Tazaki. Du coup, ce monde-ci n'existerait pas. C'était pour lui quelque chose de fascinant : que le monde d'ici n'ait plus d'existence, que ce qui était considéré comme de la réalité n'en soit finalement plus. Qu'il n'ait plus d'existence dans ce monde, et que, pour la même raison, ce monde n'ait plus d'existence pour lui.

Néanmoins, pourquoi avait-il fallu qu'il se tienne si près de la mort, à la frôler, durant toute cette période ? Tsukuru ne parvenait pas vraiment à le comprendre. Et même s'il y avait eu un point de départ concret, pourquoi cette aspiration à la mort avait-elle eu une puissance si impétueuse et l'avait-elle enveloppé presque six mois durant ? Enveloppé – oui, c'était bien l'expression exacte. Tel le héros biblique qui avait été avalé par une gigantesque baleine et qui survivait dans son ventre, Tsukuru était tombé dans l'estomac de la mort, un vide stagnant et obscur dans lequel il avait passé des jours sans date.

Il vécut tout ce temps tel un somnambule, ou comme un mort qui n'a pas encore compris qu'il était mort. Il s'éveillait au lever du jour, se brossait les dents, enfilait les vêtements qui se trouvaient à portée de main, montait dans le train, se rendait à l'université, prenait des notes durant ses cours. À la manière d'un homme qui se cramponne à un lampadaire quand souffle un vent violent, ses mouvements étaient seulement assujettis à son emploi du temps immédiat. Sans parler à personne sauf s'il ne pouvait pas faire autrement, il s'asseyait par terre lorsqu'il revenait dans le logement où il vivait seul, et, appuyé contre le mur, il méditait sur la mort ou sur l'absence de vie. Devant lui béait un gouffre sombre, qui menait droit au centre de la terre. Ce qu'il voyait là, c'était un néant où des nuages solides tourbillonnaient ; ce qu'il entendait, c'était un silence abyssal qui faisait pression sur ses tympans.

Lorsqu'il ne pensait pas à la mort, il ne pensait à rien du tout. Ne penser à rien, ce n'est pas tellement difficile. Il ne lisait pas de journaux, n'écoutait pas de musique, n'éprouvait même aucun désir sexuel. Ce qui se passait dans le monde n'avait pas le moindre sens pour lui. Quand il était fatigué de se terrer chez lui, il sortait et se promenait sans but dans le voisinage. Ou bien il allait à la gare, s'asseyait sur un banc et contemplait les départs et les arrivées des trains.

Il prenait une douche chaque matin, se lavait soigneusement les cheveux, faisait sa lessive deux fois par semaine. La propreté était l'un des piliers auxquels il s'agrippait. La lessive, le bain, le brossage des dents. Il n'accordait pratiquement aucune attention à la nourriture. Il déjeunait à midi au restaurant de l'université mais ensuite il ne faisait pas de véritable repas. Lorsqu'il avait faim, il allait dans un supermarché des environs, et grignotait les pommes et les légumes qu'il s'était achetés. Ou encore il mangeait du pain, tout simplement, ou bien il buvait du lait, directement au pack en carton. Quand venait le moment où il devait dormir, il avalait un seul petit verre de whisky – comme si c'était un médicament. Par chance, il tenait mal l'alcool et cette petite quantité de whisky suffisait à le transporter dans le monde du sommeil. Il ne faisait pas le moindre rêve. Ou si rêves il y avait, ceux-ci flottaient puis glissaient et basculaient dans le royaume du néant sans laisser la moindre trace sur les versants de sa conscience.

Il était tout à fait clair qu'un facteur déclenchant avait attiré Tsukuru Tazaki vers la mort avec une puissance sans pareille. Alors qu'il avait entretenu depuis longtemps des relations très étroites avec quatre amis, ces derniers lui annoncèrent un beau jour que, désormais, ils ne voulaient plus le voir, qu'ils ne voulaient plus lui parler. Abruptement, soudain, et sans qu'il y ait matière à compromis. Et il lui fallut accepter cette déclaration à propos de laquelle ils ne lui donnèrent pas la moindre explication. De son côté, il ne leur posa aucune question.

Tous les cinq étaient amis intimes depuis le lycée, mais Tsukuru s'était déjà éloigné de leur ville d'origine pour étudier dans une université de Tokyo. Par conséquent, le fait qu'il soit chassé du groupe ne lui causait aucun désagrément dans sa vie quotidienne. Il ne risquait pas de rencontrer ses anciens amis par hasard dans la rue. La question se posait uniquement d'un point de vue théorique. Bien loin d'être apaisée par la distance, la souffrance liée à son exclusion s'en était trouvée amplifiée, c'était devenu un tourment qui l'assaillait. Sa mise à l'écart et son isolement étaient comme un câble long de plusieurs centaines de kilomètres tendu par un gigantesque treuil. Et sur cette ligne étirée à l'extrême, lui étaient acheminés sans cesse, jour et nuit, des messages difficilement déchiffrables. Un tintamarre irrégulier, intermittent, qui lui assiégeait les oreilles. Telles de violentes bourrasques s'engouffrant entre des arbres.

Les cinq adolescents faisaient partie de la même classe d'un lycée public des environs de Nagoya. Trois garçons, deux filles. Ils s'étaient liés d'amitié en participant à des activités volontaires, durant l'été de leur première année, et même s'ils avaient été dispersés dans des classes différentes au cours des années scolaires suivantes, ils avaient continué à former un groupe très soudé. Cet été-là, le lycée avait élaboré un programme de travail à vocation sociale. Une fois leur mission terminée, pourtant, les cinq membres du groupe avaient poursuivi cette tâche de leur propre chef.

En dehors de ce travail, ils occupaient leurs vacances à randonner, à jouer au tennis, à nager dans l'océan depuis la péninsule de Chita ou bien à étudier chez l'un ou chez l'autre. Quelquefois (le plus souvent), ils restaient tous les cinq ensemble, peu importe où, et débattaient sans fin. Sans qu'un sujet soit fixé à l'avance, ils n'étaient jamais à court de discussion.

Leur rencontre avait été le fruit du hasard. Parmi les nombreuses options qu'offraient les activités estivales, l'une consistait à aider des écoliers qui ne suivaient pas le cursus scolaire normal (la plupart d'entre eux étaient des « décrocheurs »), grâce à des exercices extrascolaires. Les cours se tenaient au sein d'une école catholique. Des trente-cinq élèves que comptait leur classe, les cinq adolescents furent les seuls à choisir cette mission. Ils participèrent à un camp d'été, durant trois jours, aux environs de Nagoya, ce qui leur permit de devenir très proches de ces enfants.

Au cours des récréations, ils discutaient à cœur ouvert, cherchant à comprendre leur personnalité respective et leurs façons de penser. Ils parlaient de leurs espoirs et se confiaient leurs problèmes personnels. À la fin du camp, tous eurent le sentiment qu'ils s'étaient trouvés au bon endroit, qu'ils avaient noué des liens avec les bonnes personnes. Il y avait là une sensation d'harmonie : chacun avait besoin du groupe

– et le groupe avait besoin de chacun de ses membres. C'était comme une sorte de fusion chimique heureuse, obtenue *par hasard*. On aurait eu beau aligner les mêmes ingrédients et procéder à une préparation des plus méticuleuse, on ne serait jamais parvenu à reproduire les mêmes effets.

Après le camp, les cinq amis poursuivirent le programme de soutien scolaire environ deux weekends par mois. Ils aidaient les enfants à étudier, leur lisaient des livres, faisaient du sport ou s'amusaient avec eux. Ils mirent aussi la main à la pâte pour tondre les pelouses, peindre les bâtiments ou réparer les équipements de jeu. Ils continuèrent ces activités pendant à peu près deux ans et demi, jusqu'à ce qu'ils aient obtenu leur diplôme de fin d'études secondaires.

Du fait de la composition de ce groupe, qui comportait trois garçons et deux filles, une certaine tension aurait pu surgir dès l'origine. Par exemple, si d'aventure deux couples s'étaient formés, le troisième garçon aurait été mis à l'écart. Cette éventualité, tel un petit nuage lenticulaire, avait sans doute flotté en permanence au-dessus de leur tête. Mais cela ne se produisit pas et il n'en fut même jamais question, de près ou de loin.

Tous les cinq étaient issus de familles appartenant à la couche supérieure de la classe moyenne, tous vivaient dans la banlieue résidentielle d'une grande ville. Leurs parents faisaient partie de ce que l'on appelle la génération du baby-boom, les pères étant soit des spécialistes dans tel ou tel domaine, soit des cadres de grandes sociétés. Par conséquent, ils ne regardaient pas à la dépense pour tout ce qui touchait à l'éducation de leurs enfants. La vie au sein de ces foyers, du moins en apparence, était très stable, aucun des couples n'était divorcé, et les mères étaient la plupart du temps à la maison. Comme il fallait réussir un examen d'entrée pour fréquenter leur lycée, le niveau scolaire des adolescents était plutôt élevé. À considérer l'ensemble de leur vie, on pouvait affirmer que ces cinq amis avaient bien plus de points communs que de différences.

Pourtant, le hasard avait voulu que Tsukuru Tazaki se distingue légèrement sur un point : son patronyme ne comportait pas de couleur. Les deux garçons s'appelaient Akamatsu – Pin rouge –, Ômi – Mer bleue –, et les deux filles, respectivement Shirane – Racine blanche – et Kurono – Champ noir. Mais le nom « Tazaki » n'avait strictement aucun rapport avec une couleur. D'emblée, Tsukuru avait éprouvé à cet égard une curieuse sensation de mise à l'index. Bien entendu, que le nom d'une personne contienne une couleur ou non ne disait rien de son caractère. Tsukuru le savait bien. Néanmoins, il regrettait qu'il en soit ainsi pour lui. Et, à son propre étonnement, il en était plutôt blessé. D'autant que les autres, naturellement, s'étaient mis à s'appeler par leur couleur. Rouge. Bleu. Blanche. Noire. Lui seul demeurait simplement « Tsukuru ». Combien de fois avait-il sérieusement pensé qu'il aurait été préférable que son patronyme ait eu une couleur ! Alors, tout aurait été parfait.

Rouge était le meilleur sur le plan scolaire, et ses résultats étaient excellents. À le voir, on ne l'aurait jamais cru si bûcheur, mais il était pourtant au top dans toutes les matières. Néanmoins il n'était pas du genre à s'en vanter, restant volontairement en retrait, attentif à ne pas s'imposer vis-à-vis des autres. Presque comme s'il était gêné de sa supériorité intellectuelle. Simplement, comme on l'observe chez beaucoup de gens pas très grands (il ne dépassait guère le mètre soixante), une fois qu'il avait pris une décision, et même s'il s'agissait d'une chose insignifiante, il s'y tenait obstinément. Les règlements absurdes et les professeurs médiocres provoquaient chez lui bien des accès de rage. Par tempérament, il détestait la défaite, et lorsqu'il lui arrivait de perdre un match de tennis, il sombrait dans une humeur massacrante. Ce n'était pas qu'il était mauvais perdant, mais, manifestement, échouer le rendait taciturne. Les quatre autres, amusés par ses colères, le mettaient alors en boîte jusqu'à ce que Rouge lui-même éclate de rire avec eux. Son père était professeur d'économie à l'université d'État de Nagoya.

Bleu jouait comme pilier dans l'équipe de rugby et il avait un physique impressionnant. En dernière année de lycée, il fut nommé capitaine de l'équipe. Épaules larges, torse puissant, front haut, grande bouche, nez massif. C'était un joueur très engagé, arborant continuellement de nouvelles blessures. Il n'était pas très porté sur les matières scolaires mais sa personnalité ouverte lui attirait la sympathie de beaucoup de gens. Il regardait ses interlocuteurs droit dans les yeux et parlait d'une voix claire. C'était aussi un étonnamment gros mangeur, qui avalait n'importe quoi comme s'il s'était agi de mets vraiment délicieux. Il disait rarement du mal des autres et n'oubliait jamais un nom ou un visage. Il savait écouter et se faisait fort de mettre tout le monde d'accord. Encore aujourd'hui, Tsukuru se souvenait parfaitement du discours que Bleu adressait à ses coéquipiers regroupés en cercle autour de lui avant le match.

« Les gars, on va GAGNER, vous le savez, hein ? Notre seul problème, c'est comment on va gagner et quel sera notre score. Parce que, c'est clair, on n'a pas le choix. On ne peut pas perdre ! Compris ? Pour nous, pas question de perdre !

— Pas question de perdre ! » hurlaient d'une seule voix les joueurs avant de se disperser sur le terrain.

En fait, l'équipe de rugby de leur lycée n'était pas très bonne. Bleu était favorisé par ses capacités physiques et c'était un joueur particulièrement intelligent, mais l'équipe, dans son ensemble, n'avait qu'un niveau médiocre. Face à des équipes puissantes issues de lycées privés, qui regroupaient les meilleurs joueurs de tout le pays – grâce à des bourses généreuses –, l'équipe de Bleu subit bien des défaites cuisantes. Néanmoins, une fois que le match était terminé, Bleu ne se souciait plus tellement de son issue, bonne ou mauvaise. « L'important, c'est d'avoir la volonté de gagner ! répétait-il. Dans la vraie vie, on ne peut pas toujours gagner. Parfois on gagne, parfois on perd.

— Et puis parfois, le match est ajourné pour cause de pluie ! » ajoutait Noire, ironique.

Bleu, abattu, secouait la tête. « Toi, tu confonds le rugby avec le tennis ou le base-ball ! En rugby, on ne reporte pas un match à cause de la pluie.

— Ah bon, vous continuez à jouer même s'il pleut ? » disait Blanche, étonnée. La jeune fille ne s'intéressait absolument pas au sport et n'y connaissait rien.

« Bien entendu ! affirmait Bleu, comme si c'était évident. On n'interrompt jamais un match, même s'il tombe des cordes. C'est bien pourquoi on déplore chaque année la mort de nombreux joueurs.

— Ah ! C'est affreux ! s'écriait Blanche.

— Idiote ! Voyons… tu ne comprends pas qu'il plaisante, intervenait Noire, en la regardant, l'air surpris.

« — Nous nous éloignons de notre sujet, déclarait Bleu. Ce que je veux dire, c'est que les sportifs doivent aussi apprendre à perdre.

— C'est pour cela que tu t'entraînes si dur tous les jours ! » concluait Noire.

Blanche avait des traits réguliers et délicats qui rappelaient ceux d'une poupée japonaise traditionnelle. Élancée et fine comme un mannequin, elle avait de beaux cheveux longs, d'un noir brillant. Dans la rue, ils étaient nombreux à se retourner pour la suivre du regard. Mais elle-même donnait l'impression d'être dépassée par sa propre beauté. De tempérament sérieux, elle n'aimait pas attirer l'attention (quelles que soient les circonstances). Elle jouait du piano avec grâce et adresse, mais perdait tous ses moyens quand elle devait se produire en public. C'était seulement lorsqu'elle enseignait le piano aux enfants, avec une infinie patience, durant les activités extrascolaires, qu'elle paraissait véritablement heureuse. Tsukuru n'avait jamais vu Blanche aussi rayonnante et libre que durant ces répétitions. Elle disait souvent avec regret que même si ces enfants ne suivaient pas de cours normaux, ils n'en possédaient pas moins un talent musical inné, qui était simplement caché. Mais dans cette institution, elle devait se contenter d'un piano droit, quasiment une antiquité. Aussi le club des cinq entreprit-il, avec beaucoup de zéle, une collecte de fonds en vue d'acheter un piano neuf. Ils firent de petits jobs durant les vacances d'été, et démarchèrent un fabricant d'instruments de musique pour obtenir son soutien. Finalement, leurs efforts furent couronnés de succès puisqu'ils purent acheter un piano à queue. C'était au printemps de leur troisième année de lycée. Leur dévouement et leur sérieux ne passèrent pas inaperçus et il y eut même un article dans le journal.

Blanche était d'ordinaire peu loquace. Cependant, comme elle adorait les animaux, si la conversation portait sur les chiens ou les chats, son visage se transformait complètement. Elle devenait alors volubile. Son rêve était de devenir vétérinaire mais Tsukuru ne parvenait pas à l'imaginer, un scalpel aiguisé dans la main, incisant le ventre d'un labrador ou fouillant l'anus d'un cheval. Or, si elle entrait dans une école vétérinaire, il serait bien sûr indispensable qu'elle pratique ce genre d'interventions. Son père tenait un cabinet gynécologique à Nagoya.

Physiquement, Noire était à peine au-dessus de la moyenne, mais elle avait une expression très vivante et beaucoup de charme. Grande, un peu rondelette, elle avait déjà à seize ans une poitrine épanouie. De caractère indépendant, elle possédait une personnalité forte, parlait vite, et son intelligence était tout aussi vive. Elle excellait dans les matières littéraires et les sciences humaines, mais, en maths et en physique, c'était la catastrophe. Son père travaillait dans un cabinet fiscal à Nagoya, et elle n'aurait certainement pas pu lui apporter la moindre assistance. Tsukuru l'aidait souvent à faire ses devoirs de maths. Noire maniait volontiers l'ironie acerbe, elle était dotée d'un sens de l'humour très singulier, et avec elle la conversation était stimulante et réjouissante. C'était une lectrice enthousiaste, qui avait toujours un livre à la main.

Blanche et Noire étaient déjà dans la même classe au collège, elles étaient amies intimes bien avant que ne se forme le groupe des cinq. Il était tout à fait plaisant de les voir l'une à côté de l'autre. Toutes

17

deux avaient des talents artistiques mais l'une était une beauté timide, l'autre une comédienne intelligente et malicieuse. Elles composaient un duo unique et séduisant.

À bien y réfléchir, Tsukuru était le seul du groupe à ne pas avoir de caractéristique bien précise. Ses résultats scolaires se situaient légèrement au-dessus de la moyenne. Il ne montrait pas un intérêt démesuré pour l'étude mais était toujours très attentif durant les cours et ne manquait jamais d'effectuer, au minimum, ses devoirs et ses préparations. Depuis tout petit, il avait acquis un certain nombre d'habitudes. Comme se laver les mains avant les repas, se brosser les dents après. Grâce à cette discipline, même s'il n'obtenait pas des notes remarquables, il était capable de s'en sortir correctement dans toutes les matières. D'ailleurs, ses parents n'étaient pas spécialement sourcilleux au sujet de ses résultats, tant qu'il n'y avait pas de vrai problème. Ils ne l'avaient jamais obligé à fréquenter des cours de soutien supplémentaires et n'avaient jamais engagé de professeur.

Il ne détestait pas l'exercice, sans pour autant chercher à entrer dans une section sportive ou à pratiquer des activités physiques. Il se contentait de jouer au tennis en famille ou avec des amis, parfois d'aller skier, ou encore de nager. Rien de plus. On disait de lui qu'il avait des traits tout à fait réguliers, ce qui, en somme, signifiait juste qu'il n'avait rien qui clochait vraiment. Quand il s'examinait dans un miroir, il ressentait souvent à cette vision un ennui incoercible. Il n'avait pas non plus de goût affirmé pour les arts, pas de passe-temps favori ni de talent pour quoi que ce soit. Il était plutôt taciturne, rougissait très vite, était peu sociable et se montrait très peu à l'aise en présence de nouvelles têtes.

Tout au plus aurait-on pu affirmer que sa seule singularité résidait dans la position sociale de sa famille, la plus riche des cinq. Sa tante maternelle était une actrice éminente, à présent vieillie, et, malgré sa modestie, son nom était largement connu. Mais Tsukuru ne possédait personnellement rien dont il aurait pu s'enorgueillir. Aucun signe distinctif qui aurait dénoté un trait saillant de personnalité. Du moins le ressentait-il ainsi. Il était moyen en tout. En somme, il manquait de couleur.

Pourtant, il y avait bien quelque chose qu'on aurait pu considérer comme un hobby. Ce que Tsukuru Tazaki aimait plus que tout au monde, c'était contempler des gares. Pourquoi ? Il l'ignorait. Il avait toujours été fasciné par les gares, aussi loin qu'il s'en souvienne, et c'était encore vrai aujourd'hui. Qu'il s'agisse des gigantesques gares des Shinkansen, des toutes petites gares de campagne à une seule voie, ou encore de celles qui servaient exclusivement au transport de marchandises, cela lui convenait du moment que c'était une gare avec des trains. Tout ce qui avait un rapport avec les gares le captivait.

Comme beaucoup d'autres enfants, il s'était passionné pour les modèles réduits de trains, mais ce qui attirait sa curiosité plus que tout, ce n'était pas le dessin ingénieux des locomotives ou des wagons, ni le long réseau complexe des voies ferrées, ni les dioramas intelligemment conçus. Non, c'était bien davantage les maquettes des gares ordinaires, qui n'étaient pourtant que de simples accessoires. Il aimait regarder les convois qui traversaient ces gares, le train qui ralentissait progressivement jusqu'à son arrêt scrupuleusement respecté sur le quai. Il se représentait les voyageurs qui partaient ou qui arrivaient, il pouvait entendre les annonces et la sonnerie signalant

le départ, il imaginait l'activité fébrile des cheminots. La réalité et le fantasme se mêlaient dans sa
tête et son enthousiasme le faisait parfois trembler de
tout son corps. Mais si d'aventure quelqu'un de son
entourage lui demandait la raison d'un tel emballe-
ment, il était incapable de lui donner une explication
cohérente. À supposer même qu'il ait pu trouver une
justification, il aurait fini par être catalogué comme
un peu bizarre. Et Tsukuru lui-même pensait parfois
qu'il y avait en lui quelque chose de *détraqué*.

Si rien ne le distinguait spécialement de ses
camarades, s'il était moyen en tout, il n'en restait pas
moins qu'une part de lui ne pouvait être considérée
comme normale – semblait-il. Depuis son adolescence
et jusqu'à présent, à trente-six ans, la conscience qu'il
avait de cette contradiction interne fut la cause de
bien des confusions et de bien des désordres dans
sa vie. Parfois à peine perceptibles, parfois violents
et puissants.

Tsukuru, quelquefois, se demandait pourquoi il
appartenait à ce groupe. Était-il *réellement* nécessaire
à ses camarades, dans le *vrai sens* du terme ? S'il
n'était pas là, les quatre autres ne se sentiraient-ils
pas le cœur plus léger ? Peut-être ne s'en étaient-
ils pas encore aperçus et ne s'agissait-il que d'une
question de temps avant qu'ils n'en prennent
conscience ? Plus Tsukuru Tazaki réfléchissait à tout
cela et moins il comprenait. Chercher à estimer sa
propre valeur revenait à vouloir jauger une substance
qui ne possédait pas d'unité mesurable. Sur une
balance imaginaire, l'aiguille pourrait-elle cliqueter ?

En dehors de lui, les autres ne paraissaient guère
se soucier de ces questions. Il semblait en tout cas
que les cinq membres du groupe avaient un vrai

plaisir à se retrouver et à faire des choses ensemble. Il fallait que ce soit ces cinq-là. Pas un de plus, pas un de moins. Comme un pentagone régulier, composé de cinq côtés de longueurs rigoureusement égales. C'est ce que leur visage à tous lui disaient.

Et bien entendu, Tsukuru Tazaki se sentait heureux, et même fier, d'être lui aussi un côté indispensable du pentagone. Il aimait ces quatre amis, et, plus que tout, il aimait la sensation d'unité que le groupe lui procurait. Semblable à un jeune arbre qui aspire ses éléments nutritifs de la terre, il recevait du groupe la nourriture dont il avait besoin en cette période de puberté, comme un aliment précieux nécessaire à sa croissance ou comme une source de chaleur qu'il conservait en lui pour les périodes de disette. Et pourtant, au fond de lui, persistait l'angoisse de glisser un jour hors de cette communauté si soudée, ou d'en être expulsé et laissé seul en arrière. Tel un rocher sombre et maléfique affleurant à la surface de la mer lorsque la marée se retire, la crainte d'être seul, séparé de tous les autres, prenait souvent forme dans sa tête.

*
* *

« Tu étais donc fasciné par les gares déjà tout petit ? » demanda Sara Kimoto, d'un ton plutôt admiratif.

Tsukuru hocha la tête. Avec une certaine prudence néanmoins. Il n'avait pas envie qu'elle le considère comme l'un de ces crétins monomaniaques, ces *otaku* que l'on rencontre parfois dans les écoles d'ingénieurs ou au travail. Mais, finalement, peut-être allait-elle le voir ainsi. « Eh bien oui. Pour je ne sais quelle raison, j'ai aimé les gares dès mon plus jeune âge.

— Tu as vraiment l'air d'avoir de la suite dans les idées ! » remarqua-t-elle. Même si elle semblait un peu amusée, Tsukuru ne perçut pas dans sa voix d'accent négatif.

« Mais je suis bien incapable d'expliquer pourquoi les gares, et rien que les gares. »

Sara sourit. « Ce devait être ce qu'on appelle une vocation, non ?

— Peut-être », répondit Tsukuru.

Pour quelle raison en étaient-ils venus à aborder ce sujet ? Le *problème* s'était produit il y avait déjà longtemps de cela, et il avait souhaité, autant que faire se peut, en effacer le souvenir. Mais Sara aurait voulu en savoir plus sur ses années de lycée. Quelle sorte d'élève était-il ? Quelles sortes de choses faisait-il alors ? Et avant même qu'il ne s'en aperçoive, le flux naturel de la conversation l'avait amené à évoquer leur groupe de cinq. Les quatre autres bien colorés, et Tsukuru Tazaki, celui qui n'avait pas de couleur.

Sara et lui se trouvaient dans un petit bar des environs d'Ebisu. Ils avaient projeté d'aller dîner dans un restaurant spécialisé en cuisine tradition-nelle japonaise que connaissait Sara, mais comme elle avait déjeuné tard, lui avait-elle expliqué, elle n'avait guère d'appétit. Ils annulèrent donc leur dîner et se contentèrent de boire des cocktails et de grignoter des amuse-gueules au fromage et des fruits secs. Tsukuru n'y trouva rien à redire car il n'avait pas faim non plus. Il avait toujours été un petit mangeur.

Sara avait deux ans de plus que Tsukuru et travaillait pour une société qui organisait des voyages à Ote. Elle était spécialisée dans la prépa-ration de séjours à l'étranger. Ce qui signifiait, bien entendu, qu'elle voyageait souvent hors du Japon. Tsukuru, lui, travaillait pour une société ferroviaire qui couvrait la région ouest du Kantô, sa mission consistant à superviser les plans des bâtiments qui composaient les gares (sa « vocation »). Si leurs métiers respectifs n'avaient pas de liens directs, ils touchaient tous deux au domaine des transports. Les jeunes gens avaient été présentés l'un à l'autre lors d'une pendaison de crémaillère chez un supérieur de Tsukuru. Ils avaient échangé leur adresse mail. Et maintenant, ils en étaient à leur quatrième rendez-vous. Lorsqu'ils s'étaient vus pour la troisième fois, après le dîner, ils étaient allés chez Tsukuru et avaient fait l'amour. Jusque-là, tout s'était déroulé d'une manière parfaitement naturelle. Cela s'était passé une semaine plus tôt. Ils abordaient donc maintenant une étape plutôt délicate. Si leur relation évoluait, elle deviendrait sans doute sérieuse. Il avait trente-six ans, elle, trente-huit. C'était tout autre chose qu'une amourette de lycée.

Lorsqu'il avait rencontré Sara la première fois, Tsukuru avait été curieusement séduit par son visage. Au sens habituel du terme, elle n'était pas belle. Ces pommettes saillantes lui donnaient un air plutôt obstiné, son nez était fin et légèrement pointu. Mais il y avait dans ce visage quelque chose de très vivant qui avait retenu son attention. Ses yeux étaient très étroits mais, lorsqu'elle cherchait à fixer quelque chose, ils s'ouvraient soudain largement. Et l'on découvrait alors ses pupilles noires pleines de curiosité, qui ne renfermaient aucune trace de timidité.

Il y avait un endroit spécial sur le corps de Tsukuru, dont il n'avait en général pas conscience, une toute petite zone extrêmement sensible. Quelque part dans son dos. Une partie tendre et délicate, le plus souvent couverte, cachée, invisible de l'extérieur, que sa main n'arrivait pas à atteindre. Mais parfois, quand il s'y attendait le moins, cette petite zone se réveillait comme si quelqu'un exerçait dessus une pression du doigt. Et cela induisait chez lui une réaction interne. Une substance particulière était sécrétée à l'intérieur de son corps, se mélangeait à son sang et se diffusait partout, jusque dans ses moindres extrémités. La stimulation qu'il ressentait alors était à la fois d'ordre physique et psychologique.

Lors de cette première rencontre, il avait eu la sensation qu'un doigt anonyme avait clairement appuyé sur l'interrupteur. Ce jour-là, ils avaient beaucoup parlé, mais il ne se souvenait pas de quoi. Il se rappelait seulement cette sensation saisissante dans son dos, cette stimulation mystérieuse qu'il ne pouvait nommer et qui l'affectait dans son corps et dans son âme. C'était comme si, alors qu'une partie de lui se relâchait, une autre se contractait. Qu'est-ce que cela pouvait bien signifier ? Tsukuru Tazaki avait réfléchi des jours durant sur le sens possible de ce phénomène. Mais il n'avait jamais été très fort quand il s'agissait de se perdre dans des considérations abstraites, dépourvues de formes. Aussi envoya-t-il un mail à Sara pour l'inviter à dîner. Afin de s'assurer de la portée de cette sensation, de ce stimulus.

Tout comme il avait apprécié son visage, il aimait sa façon de s'habiller. Ses vêtements étaient sobres, joliment coupés, d'une façon naturelle. Et tout ce qu'elle mettait semblait lui convenir parfaitement. Même si elle donnait une impression de simplicité, il était évident qu'elle passait de longs moments à choisir ses vêtements, qui lui avaient sûrement coûté pas mal d'argent. Ses accessoires et son maquillage, en harmonie avec ses vêtements, étaient également élégants et raffinés. Pour sa part, Tsukuru ne s'intéressait guère à ce qu'il portait, mais il avait toujours aimé regarder les femmes bien habillées. C'était un peu comme apprécier de la belle musique.

Ses deux sœurs aînées avaient un goût sûr en matière vestimentaire, et depuis qu'il était petit, elles lui demandaient son avis sur leurs tenues avant leurs rendez-vous. Il ignorait pour quelle raison, mais son avis leur importait réellement. « Dis, qu'est-ce que tu penses de ça ? Est-ce que ça va bien ensemble ? » Et chaque fois, en tant que seul garçon, il leur donnait son avis en toute honnêteté. La plupart du temps, elles le respectaient, et cela lui faisait plaisir. Cette habitude, finalement, était devenue comme une seconde nature chez Tsukuru.

Tout en buvant son whisky soda très dilué à petites gorgées, Tsukuru revoyait mentalement le moment où il avait ôté la robe que portait Sara. Il avait enlevé l'agrafe, fait doucement glisser la fermeture Éclair. Il n'avait fait l'amour avec elle qu'une seule fois jusqu'alors, mais l'expérience avait été particulièrement réussie et tout à fait satisfaisante. Avec ou sans ses vêtements, elle paraissait beaucoup plus jeune qu'elle ne l'était en réalité. Sa peau était très blanche, ses seins pas très volumineux, mais d'une jolie forme ronde. Il s'était délecté de la caresser et de la garder longuement dans ses bras après avoir joui. Mais, bien entendu, cela ne pouvait suffire. Il le savait bien. Les relations entre deux personnes ? S'il y avait quelque chose à recevoir, il y avait forcément quelque chose à donner en échange.

« Et toi, c'était comment, tes années de lycée ? » demanda Tsukuru.

Sara secoua la tête. « Oh, vraiment, il n'y a rien à en dire. Ce serait tout à fait inintéressant. Je pourrai te raconter une autre fois mais, maintenant, j'aimerais t'entendre, toi. Que s'est-il passé avec ton groupe d'amis ? »

Tsukuru prit une poignée de cacahuètes dans la paume de sa main et en porta quelques-unes à sa bouche.

« Nous n'en parlions pas entre nous, mais nous avions un certain nombre d'accords tacites. "Dans la mesure du possible, agissons ensemble tous les cinq." Voilà une de ces règles. Ou encore : "Essayons de ne pas faire des choses deux par deux." Sinon, le groupe se serait certainement morcelé, fragmenté. Il fallait que nous soyons une unité, concentrée sur notre noyau central. Comment pourrais-je le dire ?… C'était comme une communauté harmonieuse, sans perturbations, que nous essayions de préserver.

— Une communauté harmonieuse, sans perturbations ? » Sara semblait vraiment étonnée.

Tsukuru rougit légèrement. « Nous étions des lycéens, et nous avions des façons de penser bizarres. »

Sara regarda Tsukuru droit dans les yeux, tout en penchant un peu la tête. « Je ne trouve pas ça bizarre. Mais je me demande quel était le but de cette communauté.

— Comme je te l'ai déjà dit, à l'origine, l'objectif était d'aider des enfants en difficulté, en les assistant dans des activités extrascolaires. C'était notre point de départ, et il est toujours resté important pour nous, évidemment. Cela n'a jamais changé. Mais peut-être que, au fur et à mesure que le temps passait, la communauté en elle-même est devenue le but principal.

— Qu'elle existe et qu'elle se perpétue ?

— Peut-être. »

Sara étrécit durement les yeux et déclara : « Comme l'univers.

— Je ne sais pas grand-chose de l'univers, répondit Tsukuru. Mais pour nous, à cette époque, c'était incroyablement important. Sauvegarder la chimie spéciale qui était née entre nous. Un peu comme on protège du vent la flamme d'une allumette afin qu'elle ne s'éteigne pas.

— Chimie ?

— Cette force tout à fait aléatoire qui s'était révélée. Impossible à reproduire ailleurs.

— Comme le big-bang ?

— Je ne sais pas grand-chose du big-bang non plus. »

Sara but une gorgée de son mojito et sortit de son verre une feuille de menthe qu'elle examina sous toutes les coutures. Puis elle déclara :

« Tu sais, moi, j'ai toujours fréquenté des écoles privées de filles, et franchement, je ne me fais pas d'idée précise de ce que peut être une école publique mixte. Je n'imagine même pas ce que c'est. Pour conserver votre "communauté sans perturbations", vous aviez tous les cinq décidé d'être abstinents, autant que possible ? En somme, c'est ça ?

— Je ne sais pas si "abstinent" est le mot qui convient. Je crois que ce n'était pas aussi radical. Mais je pense que nous faisions très attention à ne pas avoir de relations sexuelles à l'intérieur du groupe.

— Sans vous le dire cependant », fit Sara.

Tsukuru hocha la tête.

« Cela ne s'est jamais traduit en mots, en effet. Nous n'avions rien qui ressemblait à un règlement.

— Et pour toi, personnellement ? Comment est-ce que cela se passait ? Vous étiez toujours ensemble, tout de même. Tu n'as jamais été attiré par Blanche ou par Noire ? À t'écouter, elles avaient pourtant l'air très séduisantes.

— Oui, c'est vrai. Chacune dans son genre était très séduisante. Si je te disais que je n'ai jamais été attiré par elles, ce serait un mensonge. Mais je faisais tout mon possible pour ne pas y penser de cette façon.

— Tu faisais ton *possible* ?

— Oui, je faisais mon possible », répéta Tsukuru. Il sentit que son visage s'empourprait de nouveau. « Quand je ne pouvais pas m'en empêcher, je tâchais de penser à elles comme à un duo.

— Un duo ? »

Tsukuru fit une petite pause et chercha les mots justes. « Je n'arrive pas à bien m'expliquer. Comment pourrais-je exprimer ça ? Je pensais à elles deux comme si elles n'avaient qu'une existence imaginaire. Une existence désincarnée, purement conceptuelle.

— Mmm », marmonna Sara, qui parut admirative. Elle se perdit dans ses réflexions un moment. Elle fut sur le point de dire quelque chose, mais elle se ravisa.

« Tu as eu ton diplôme du secondaire, reprit-elle enfin, puis tu es entré dans une université à Tokyo et tu as quitté Nagoya. C'est bien ça ?

— Oui. Depuis, j'ai toujours vécu ici.

— Et les quatre autres ?

— Ils sont tous entrés dans des universités locales. Rouge au département d'économie de l'université de Nagoya, là même où son père enseigne. Noire est allée au département d'anglais d'une université privée de jeunes filles, très renommée. Bleu a été parrainé pour entrer dans une école supérieure de commerce, qui avait une excellente équipe de rugby. L'entourage de Blanche a réussi à lui faire renoncer aux études vétérinaires, et elle a finalement atterri dans la section piano d'une école de musique. Tous ces établissements se situaient près de chez eux. Je suis le seul à avoir choisi cette école d'ingénieurs de Tokyo.

— Pourquoi voulais-tu aller à Tokyo ?

— Oh, c'est très simple. Le meilleur professeur en ce qui concerne l'architecture des gares enseignait à Tokyo, dans cette université. C'est un domaine tout à fait particulier. Bien différent de la construction des bâtiments ordinaires. C'est pourquoi entrer dans une école d'ingénieurs classique et étudier l'architecture et l'ingénierie civile ne m'aurait servi à rien. Il fallait absolument que je me forme à cette spécialité.

— Un objectif bien défini clarifie la vie. »

Tsukuru était d'accord.

Sara reprit : « Et si les quatre autres sont restés à Nagoya, est-ce parce qu'ils ne voulaient pas que cette belle communauté se dissolve ?

— En dernière année de lycée, nous en avons discuté tous les cinq. Les autres ont annoncé leur intention de faire leurs études à Nagoya. Cela n'a pas été exprimé directement, mais il était clair qu'ils agissaient ainsi pour que le groupe ne soit pas désagrégé. »

Étant donné ses résultats, Rouge aurait pu aisément intégrer l'université de Tokyo, ce que souhaitaient d'ailleurs ses parents et ses professeurs. Bleu aussi, vu ses capacités sportives, aurait pu obtenir une recommandation pour une université de réputation nationale. Le caractère de Noire, plus raffiné et complexe, la prédisposait à la vie libre d'une métropole, pleine de stimulations intellectuelles. Il aurait été tout à fait naturel qu'elle entre dans une université privée de Tokyo. Bien sûr, Nagoya aussi est une grande ville, mais, sur le plan culturel, comparée à Tokyo, personne ne niera qu'elle fait plutôt penser à une grosse bourgade de province. Ils avaient pourtant tous les quatre choisi de rester à Nagoya. Cela signifiait qu'ils se plaçaient un échelon au-dessous de leurs possibilités. Blanche était sans doute la seule qui, même si le groupe n'avait pas existé, serait de toute façon restée à Nagoya. Elle n'était pas du genre à vouloir explorer le monde extérieur en quête de nouvelles expériences.

« Lorsqu'ils m'ont interrogé sur mes intentions, je leur ai répondu que ma décision n'était pas encore arrêtée. En fait, j'avais déjà résolu d'aller à Tokyo. Si cela avait été possible, j'aurais bien sûr aimé rester à Nagoya, fréquenter une de ces universités du coin, plus ou moins bonnes, et j'aurais pu profiter de l'amitié du groupe tout en étudiant sans me donner trop de mal. Cela aurait été bien plus facile, à différents points de vue, et c'est ce que ma famille souhaitait. Tout le monde attendait de moi que, une fois diplômé de l'université, je prenne la succession de mon père. Mais je savais bien que si je ne partais pas pour Tokyo, je le regretterais plus tard. Il fallait absolument que je suive les cours de ce professeur.

— Je comprends, dit Sara. Et les autres ? Qu'ont-ils ressenti à l'annonce de ton départ pour Tokyo ?

— Je ne sais pas ce qu'ils ont *vraiment* ressenti, bien entendu. Mais je crois qu'ils ont été déçus. Mon départ signifiait que le sentiment unique d'appartenir à un groupe allait se perdre.

— La chimie aussi allait disparaître.

— Ou bien elle changerait de nature. Enfin, plus ou moins, je veux dire. »

Mais lorsqu'ils comprirent à quel point Tsukuru était résolu, ils n'essayèrent pas de le retenir et, au contraire, ils l'encouragèrent. « Il n'y a qu'une heure et demie de Shinkansen jusqu'à Tokyo. Tu pourras revenir n'importe quand ! Et puis, il n'est pas encore certain que tu réussisses à entrer dans l'école de tes rêves », lui dirent-ils à moitié par plaisanterie. En fait, pour être reçu à l'examen d'entrée, Tsukuru avait dû travailler aussi dur que – non, plus dur qu'il ne l'avait jamais fait de sa vie.

« Bon, mais après votre sortie du lycée, comment le groupe a-t-il continué à fonctionner ? demanda Sara.

— Au début, tout s'est très bien passé. Pendant les jours fériés de printemps et d'automne, aux vacances d'été ou au Nouvel An, ou chaque fois qu'il y avait des congés à l'université, je revenais aussitôt à Nagoya, et j'essayais toujours de passer le plus de temps possible avec eux. Nous étions tous aussi intimes et soudés qu'auparavant. »

Quand Tsukuru revenait à la maison après une longue absence, ils se réunissaient et discutaient à n'en plus finir. Lorsqu'il repartait, les quatre autres retrouvaient leurs activités communes, pour reformer le groupe des cinq à son retour (même s'il arrivait bien entendu que l'un ou l'autre soit occupé ailleurs et qu'ils se retrouvent à trois ou quatre). Les quatre qui étaient restés à Nagoya accueillaient toujours Tsukuru de façon tout à fait naturelle, comme s'ils s'étaient quittés la veille. Tsukuru, en tout cas, n'avait pas du tout la sensation que l'atmosphère aurait subtilement été modifiée par rapport à autrefois, ou que quelque distance invisible se serait creusée entre lui et eux. Il en était heureux. De la sorte, il ne s'était même pas aperçu qu'il ne s'était fait aucun ami à Tokyo.

Sara plissa les paupières et regarda Tsukuru. « Tu ne t'étais pas fait un seul ami à Tokyo ?

— Je ne me fais pas des amis facilement. Je ne sais pas trop pourquoi, répondit Tsukuru. Je n'ai jamais été de tempérament sociable. Mais je n'étais pas non plus complètement replié sur moi-même. C'était la première fois de ma vie que je vivais seul, j'étais libre de faire ce que je voulais. Et cela me plaisait. À Tokyo, les voies ferrées sont reliées en un réseau dense, comme les mailles d'un filet, il y a un nombre incroyable de gares. J'ai passé un temps infini à me balader, à visiter. J'allais dans toutes les gares possibles, j'observais leur structure, je faisais de petits croquis et je prenais des notes sur tout ce que je remarquais.

— Ça devait être intéressant », fit Sara.

Les journées à l'université n'étaient pourtant pas très palpitantes. Dans le cycle d'enseignement général, il y avait peu de cours consacrés à des domaines spécialisés, la plupart étaient ennuyeux et soporifiques.

Pourtant, à cause des efforts qu'il avait faits pour intégrer cette université, il assista à tous les cours. Il étudia aussi avec zèle l'allemand et le français. Il fréquenta le laboratoire de langues pour s'exercer à la conversation anglaise. Il se découvrit des dispositions pour les langues étrangères. Mais, dans son entourage, il ne rencontra personne qui suscite chez lui un élan personnel. En comparaison de ses quatre amis du lycée, si colorés, si stimulants, les étudiants lui paraissaient manquer de vie, il les trouvait mornes, dépourvus de personnalité. Il ne rencontra personne avec qui il aurait eu envie de parler intimement, ou qu'il aurait aimé connaître en profondeur. La plupart du temps, à Tokyo, il était seul. Ce qui lui permit de lire beaucoup plus de livres qu'auparavant.

« Tu ne te sentais pas trop triste, alors ? demanda Sara.

— C'est sûr, j'étais isolé. Mais pas spécialement triste. Ou plutôt, à cette époque, je pensais que c'était normal qu'il en soit ainsi. »

Il était encore jeune, il ne savait pas très bien comment marchait le monde. Et, à Tokyo, qui était pour lui un nouveau lieu de vie, un nouvel environnement, beaucoup de choses ne lui étaient pas familières. Elles lui semblaient différentes de ce qu'il aurait pu imaginer. L'échelle était trop grande, et la diversité du contenu également décuplée. Il avait trop de choix, les gens avaient des façons de parler bizarres, le temps passait trop vite. Ces raisons empêchèrent qu'un bon équilibre entre lui et le monde s'établisse. Et, plus que tout, il avait alors un endroit où il pouvait revenir. Depuis la gare de Tokyo, le Shinkansen le conduisait, en une heure et demie à peu près vers ce « lieu intime, harmonieux et sans perturbations ». Là où le temps s'écoulait paisiblement, là où l'attendaient des amis à qui il pouvait se confier.

Sara l'interrogea encore : « Et maintenant ? Ce que tu es aujourd'hui ? As-tu trouvé un bon équilibre entre toi et le monde ?

— Cela fait quatorze ans que je travaille dans ma société. Cela se passe globalement bien, le travail me plaît. Avec mes collègues aussi, ça va. Il m'est arrivé à plusieurs reprises d'avoir des relations avec des femmes. Bon, finalement, il n'en est rien ressorti de très durable, mais il y avait aussi certaines circonstances. Ce n'était pas uniquement ma faute.

— Tu es donc seul mais pas particulièrement triste. »

Il était encore tôt, il n'y avait pas d'autres clients autour d'eux. Un trio de jazz avec piano jouait en sourdine.

« Peut-être, répondit Tsukuru après une hésitation.

— Mais tu n'as plus à présent cet endroit où revenir ? Ce lieu qui, pour toi, était intime, harmonieux, sans perturbations ? »

Il essaya de réfléchir à cette question. Même si cela n'était pas nécessaire.

« Non, je ne l'ai plus », répondit-il d'une voix paisible.

C'était pendant les vacances d'été, au cours de sa deuxième année d'université, qu'il comprit que ce lieu avait disparu.

2

L'événement se produisit durant les vacances d'été de sa deuxième année d'université. Cet été-là vit changer les bases mêmes de la vie de Tsukuru Tazaki. Tout comme la flore peut être totalement différente de part et d'autre d'une crête montagneuse escarpée.

Comme toujours, quand les congés d'été commencèrent, il boucla aussitôt ses bagages (il n'en avait pas beaucoup) et monta dans le Shinkansen. Une fois à Nagoya, il prit à peine le temps de souffler et téléphona immédiatement à ses quatre amis. Mais il ne put parler à aucun d'entre eux. Ils étaient tous sortis, sans doute quelque part ensemble. Il laissa un message dans chacune des familles, sortit se promener seul, entra dans un cinéma d'un quartier central et tua le temps en regardant un film qu'il n'avait pas spécialement envie de voir. De retour chez lui, il dîna en famille et tenta ensuite à nouveau de joindre ses amis. Ils n'étaient pas encore rentrés.

Le lendemain matin, il essaya de les appeler encore une fois, mais comme la veille, ils étaient tous absents. Il laissa un second message. « Lorsque X ou Y sera de retour, dites-lui de m'appeler, je vous prie. – C'est entendu, je le lui dirai », lui promit-on chaque fois.

Mais il y avait un petit quelque chose dans la voix de ses interlocuteurs qui chiffonna Tsukuru. Il ne l'avait pas remarqué la veille, et pourtant, il ressentait à présent des accents curieux dans leur façon de s'exprimer. Il avait le sentiment qu'ils cherchaient à éviter de parler avec lui de manière directe et familière et souhaitaient terminer la conversation le plus vite possible. La voix de la sœur aînée de Blanche, en particulier, lui parut plus brusque qu'à l'ordinaire. Tsukuru s'était toujours bien entendu avec cette jeune fille, de deux ans son aînée (elle n'était pas d'une beauté aussi extraordinaire que celle de Blanche, mais c'était cependant une très jolie fille). Lorsqu'il téléphonait pour parler à Blanche et qu'il tombait sur sa sœur, ils avaient l'habitude d'échanger des plaisanteries. Ou, au minimum, des salutations chaleureuses. Mais cette fois, elle raccrocha précipitamment, comme si elle était mécontente. Après tous ces coups de fil infructueux, Tsukuru eut la sensation d'être devenu porteur de quelque bactérie pathogène d'une nature très spéciale.

Quelque chose avait dû se produire, pensa-t-il. Pendant qu'il n'était pas là, *quelque chose* était arrivé ici, qui poussait les autres à garder leurs distances avec lui. Quelque événement fâcheux, indésirable. Mais qu'est-ce que cela pouvait bien être ? Qu'avait-il donc pu se passer ? Il avait beau se creuser la cervelle, il ne parvenait pas à imaginer quoi que ce soit de plausible.

Il pesait sur sa poitrine une drôle de sensation, comme s'il avait avalé par erreur une masse compacte qu'il était à la fois incapable de rejeter ou de digérer. Ce jour-là, il resta devant le téléphone à attendre et ne mit pas le pied dehors. Il tenta de s'occuper mais il ne parvenait pas à se concentrer. Il avait dit et répété à chacune des quatre familles qu'il était rentré à Nagoya. En temps normal, il aurait dû recevoir presque immédiatement un appel en retour et entendre à l'autre bout du fil une voix gaie et pleine d'entrain. Mais le téléphone se réfugia dans un silence obstiné.

Le soir venu, Tsukuru envisagea un nouvel essai. Puis il changea d'avis. Il y avait toutes les chances que ses amis soient *vraiment* chez eux, seulement ils ne voulaient pas lui répondre et faisaient semblant d'être absents. C'était tout à fait vraisemblable. Ils avaient donné la consigne suivante : « Si Tsukuru Tazaki appelle, dites que je ne suis pas là. » C'était sans doute ça. Voilà qui expliquait la gêne de ceux qui lui avaient répondu.

Mais enfin, pourquoi ?

Aucune explication ne lui vint à l'esprit. La dernière fois qu'ils s'étaient réunis, c'était durant la semaine de congé de mai. Quand l'heure était venue d'aller prendre le Shinkansen pour rentrer à Tokyo, ils l'avaient tous les quatre accompagné à la gare. Il était monté dans son train, avait jeté un œil par la fenêtre et les avait vus qui agitaient les mains avec de grands mouvements théâtraux. Comme s'ils accompagnaient un soldat qui s'en va combattre dans un pays lointain.

Par la suite, il avait envoyé à Bleu plusieurs lettres. Comme Blanche n'était pas très à l'aise avec l'ordinateur, ils correspondaient en général par voie postale et Bleu était leur représentant à tous les quatre. Tsukuru rédigeait une seule lettre, adressée à Bleu, qui la transmettait ensuite aux autres. Cela épargnait à Tsukuru d'écrire quatre lettres à peu près semblables. La plupart du temps, il racontait sa vie à Tokyo. Ce qu'il avait vu, ce qu'il avait ressenti, les expériences qu'il avait faites. *Mais quoi que j'aie vu ou que j'aie fait, chaque fois je me dis que ce serait tellement mieux si vous étiez tous avec moi.* C'était vraiment ce qu'il ressentait. Il n'en disait guère plus.

De leur côté, ses amis lui avaient envoyé un bon nombre de lettres collectives, dans lesquelles rien, jamais, n'avait eu de connotation négative. Ils se contentaient de lui décrire avec force détails ce qu'ils faisaient à Nagoya. Ils paraissaient heureux d'étudier dans cette ville où ils étaient nés et où ils avaient grandi. Bleu avait acheté une Honda Accord d'occasion (dont une tache sur le siège arrière faisait penser qu'un chien s'y était soulagé). Ils s'y étaient tous embarqués pour une excursion jusqu'au lac Biwa. Cette voiture pouvait facilement transporter cinq passagers (à condition qu'ils ne soient pas obèses). *Quel dommage que toi, Tsukuru, n'aies pas été là. Nous nous réjouissons d'avance de nous retrouver tous ensemble cet été*, était-il écrit en conclusion. Cela semblait vraiment être le fond de leur pensée, songeait Tsukuru aujourd'hui.

Cette nuit-là, il fut incapable de bien dormir. Il était très énervé et toutes sortes de pensées allaient et venaient dans sa tête. En réalité, ce n'était au fond qu'une seule pensée qui revêtait des formes variées. Comme quelqu'un qui a perdu le sens de l'orientation, Tsukuru ne cessait de tourner en rond. Puis il comprenait soudain qu'il était revenu à son point de départ. En fin de compte, cette pensée ne pouvait ni avancer ni reculer, comme une vis dont la tête est abîmée.

Il resta éveillé dans son lit jusqu'à quatre heures du matin. Puis il dormit un peu et ouvrit de nouveau les yeux juste après six heures. Il n'avait pas faim. Il but seulement un verre de jus d'orange, ce qui suffit à lui donner la nausée. Sa famille s'inquiéta de son manque d'appétit soudain mais il répondit que ce n'était rien. Juste quelques troubles d'estomac.

Ce jour-là encore, Tsukuru ne bougea pas de la maison. Allongé à côté du téléphone, il lut un livre. Ou, plutôt, il s'efforça de lire. Peu après midi, il essaya d'appeler ses amis une nouvelle fois. Non pas qu'il en ait eu envie mais, dans son état de confusion et d'incertitude, il ne pouvait tout simplement pas rester là à attendre un appel.

Le résultat fut le même. On lui répondit sèchement, ou bien en s'excusant, ou encore d'une voix excessivement neutre, que ses amis étaient absents. Tsukuru remercia brièvement mais poliment, et raccrocha sans laisser de message. De la même façon qu'il ne pouvait pas leur téléphoner sans cesse, eux ne pouvaient feindre d'être continuellement absents. Leurs familles finiraient probablement par perdre patience. C'était ce que présumait Tsukuru. S'il continuait à appeler, tôt ou tard, une réaction serait inévitable.

Comme il l'avait prévu, peu après huit heures du soir, il reçut un appel de Bleu.

« Désolé, mais nous ne voulons plus que tu nous téléphones désormais », déclara Bleu. Aucune formule de politesse en préalable. Ni : « Allô, c'est toi ? » ni : « Tu vas bien ? » ni encore : « Ça fait longtemps ! » « Désolé » fut sa seule marque de civilité.

Tsukuru prit une inspiration et se répéta mentalement les mots de Bleu, tentant de déceler une émotion dans les intonations de son ami. Mais il ne s'agissait de rien d'autre que d'une déclaration de pure forme, dénuée de sentiment.

« Si vous refusez tous que je vous appelle, eh bien, évidemment, je ne le ferai plus », répondit Tsukuru.

Les mots sortaient de sa bouche presque mécaniquement. Il avait voulu parler d'un ton très calme et très ordinaire, mais il reconnut à peine sa propre voix. À ses oreilles, elle résonnait comme celle d'un parfait inconnu, la voix de quelqu'un qui vivait loin de cette ville, qu'il n'avait jamais rencontré (et que sans doute il ne rencontrerait jamais).

« Exactement, ne le fais plus, dit Bleu.

— Je n'ai pas l'intention de m'imposer », ajouta Tsukuru.

Bleu fit entendre un bruit qui n'était ni un soupir ni un grognement d'approbation.

« Pourtant, si c'est possible, j'aimerais connaître la raison de cette décision, reprit Tsukuru.

— Ce n'est pas de ma bouche en tout cas que tu l'entendras, répondit Bleu.

— De celle de qui, alors ? »

Il y eut un silence à l'autre bout du fil. Un silence semblable à un solide mur de pierre. Tsukuru entendait Bleu respirer légèrement par le nez. Il attendit, en revoyant mentalement le nez plat et épais de son ami.

« Si tu y réfléchissais par toi-même, tu devrais sûrement pouvoir le comprendre, non ? » déclara-t-il enfin.

Un instant, Tsukuru se trouva à court de mots. Que lui racontait-il donc ? Si j'y réfléchissais par moi-même ? Mais à quoi est-ce que je devrais réfléchir ? À force de réfléchir, je ne suis déjà presque plus moi-même.

« C'est dommage qu'on en soit arrivés là, ajouta Bleu.

— Tout le monde est du même avis ?

— Oui. Ils pensent tous que c'est dommage.

— Mais enfin, que s'est-il passé ? demanda Tsukuru.

— Interroge-toi toi-même. » Et Tsukuru perçut dans sa voix un très léger tremblement de tristesse et de colère. Mais ce fut l'affaire d'un instant. Avant même qu'il ait su quoi répliquer, la ligne avait été coupée.

*
* *

« C'est tout ce qu'il t'a dit ? demanda Sara.

— Oui, c'était une conversation très brève, minimale. Il m'est d'ailleurs impossible de la reproduire plus précisément », répondit Tsukuru.

Ils bavardaient tous les deux, attablés de part et d'autre de leur petite table de bar.

« Et tu n'as plus jamais eu l'occasion de reparler de tout cela, avec lui ou avec les trois autres ? » demanda Sara.

Tsukuru secoua la tête. « Non, je ne leur ai plus jamais parlé depuis. À aucun d'entre eux. »

Sara ferma les yeux à moitié et observa Tsukuru, comme si elle cherchait à examiner un phénomène régi par des lois physiques illogiques.

« Vraiment à aucun d'eux ?

— Je ne les ai plus jamais revus et ne leur ai plus jamais parlé. »

Sara reprit : « Tu as renoncé à connaître la raison de ton exclusion brutale ?

— Que pourrais-je bien dire ? À ce moment-là, tout m'était absolument égal. Ils m'avaient claqué la porte au nez sans explication. J'ai pensé que si c'était ce qu'ils voulaient tous, eh bien, tant pis, je n'y pouvais rien.

— Je ne comprends pas, franchement, dit Sara, dont le visage manifestait en effet l'incompréhension.

Peut-être que tout cela n'était que le résultat d'un malentendu ? Et qu'il était donc normal que, de ton côté, tu ne puisses envisager un motif plausible. Mais n'as-tu pas jugé que c'était très regrettable ? Le fait d'avoir peut-être perdu des amis si chers à cause d'une simple méprise. Que ça n'ait été qu'un quiproquo que quelques efforts auraient suffi à dissiper. »

Son verre de mojito était vide. Elle fit signe au barman et commanda un verre de vin rouge. À l'issue d'une réflexion approfondie sur le large éventail de rouges qu'offrait la carte, elle choisit un cabernet-sauvignon de la Napa Valley. Le verre de whisky de Tsukuru était encore à moitié plein. La glace avait fondu, des gouttes d'eau s'accrochaient aux parois, le sous-verre en papier était tout gonflé d'humidité.

« C'était la première fois de ma vie que j'étais rejeté ainsi, d'une manière aussi radicale, dit Tsukuru. En outre, j'avais confiance en eux plus qu'en quiconque. Nous étions tellement proches, ils étaient comme une part de moi. Avant même de rechercher des causes à tout cela, ou de dissiper un malentendu, il faut comprendre que j'ai subi un choc énorme. Au point que j'étais à peu près incapable de m'en remettre. J'avais l'impression que quelque chose s'était fracassé en moi. »

Le barman apporta le verre de vin et une nouvelle coupelle de fruits secs. Une fois que l'homme se fut éloigné, Sara reprit la parole :

« Je n'ai jamais expérimenté ce genre de disgrâce, en fait, mais je crois que je peux comprendre combien tu as pu être bouleversé à l'époque. Et, bien entendu, je comprends aussi que l'équilibre des choses ne pouvait pas être immédiatement rétabli. Malgré tout, à mesure que le temps passait et que ton traumatisme initial s'apaisait, je me demande si tu n'aurais pas pu entreprendre quelque chose. Et non pas simplement tout abandonner en laissant derrière toi un mystère pareil. Forcément, tu en resterais très marqué. »

Tsukuru eut un faible hochement de tête. « Le lendemain matin, j'ai prétexté Dieu sait quoi à l'intention de ma famille, j'ai pris le Shinkansen et je suis reparti à Tokyo. Je ne voulais pas rester à Nagoya un seul jour de plus. Je ne pensais à rien d'autre qu'à m'en aller.

— Si j'avais été toi, je serais restée sur place aussi longtemps qu'il l'aurait fallu pour découvrir les raisons de ce rejet, dit Sara.

— Je n'étais pas assez fort pour cela, répondit Tsukuru.

— Tu ne voulais pas connaître la vérité ? »

Tout en contemplant ses mains posées sur la table, Tsukuru choisit ses mots avec beaucoup d'attention.

« Je pense que j'ai dû avoir peur de ce qui serait exposé au grand jour si je recherchais les raisons qui étaient à l'origine de ce rejet. Quelle que soit la vérité qui en surgirait, j'avais l'impression qu'elle ne serait pas de nature à m'aider. Je ne sais pas pourquoi, mais j'avais cette sorte de conviction.

— Aujourd'hui, tu l'as encore ?

— Eh bien, je ne sais pas trop…, répondit Tsukuru. Mais à cette époque, oui.

— Et c'est pourquoi tu es reparti à Tokyo, tu t'es enfermé chez toi tout seul, tu as fermé les yeux et tu t'es bouché les oreilles ?

— On peut le dire comme ça. »

Sara posa ses mains sur celles de Tsukuru. « Pauvre petit Tsukuru Tazaki. » La sensation de ses paumes douces se propagea lentement à travers tout son corps. Un bref instant plus tard, elle ôta ses mains et porta le verre de vin à sa bouche.

« Depuis, je ne suis jamais retourné à Nagoya, sauf quand c'était vraiment indispensable, reprit Tsukuru. Et même lorsque j'allais là-bas pour certaines affaires urgentes, je restais à la maison tout le temps. Quand j'avais terminé ce que je devais faire, je rentrais immédiatement à Tokyo. Ma mère et mes sœurs s'inquiétaient et ne cessaient de m'interroger – allons, dis-nous, que s'est-il passé ? – mais je ne leur ai jamais rien expliqué. Les mots ne pouvaient sortir de ma bouche.

— Sais-tu où sont les quatre autres à présent ? Ce qu'ils font ?

— Non, je n'en sais rien. Personne ne m'a informé de quoi que ce soit, et, pour être honnête, je n'ai pas envie de savoir. »

Sara fit légèrement tournoyer son verre, et contempla un moment les ondulations du vin. Comme si elle y lisait l'avenir de quelqu'un.

« Tout cela me paraît très étrange. Tu m'expliques que cet événement t'a causé un choc énorme, et que, jusqu'à un certain point, il a en quelque sorte réécrit ta vie. C'est bien ça ? »

Tsukuru opina d'un léger hochement de tête. « Je crois que, à bien des égards, je suis devenu quelqu'un d'assez différent de ce que j'étais autrefois.

— Par exemple ?

— Eh bien, par exemple, j'ai ressenti avec de plus en plus de force que les autres me considéraient comme quelqu'un qui ne valait rien, ou qui était tout à fait inintéressant. Du moins, je me suis vu ainsi. »

Sara le fixa dans les yeux un instant avant de déclarer sur un ton très sérieux : « Je ne pense pas que tu sois quelqu'un d'insignifiant et que tu sois inintéressant.

— Merci », dit Tsukuru. Puis il pressa doucement ses tempes du bout des doigts. « Mais c'est un
problème qui est dans ma tête.

— Là non plus, je ne comprends pas très bien.
Dans ta tête, ou dans ton cœur, ou peut-être dans les
deux, subsistent des blessures. Sans doute cuisantes.
Et pourtant, durant ces quinze ou seize années, tu n'as
pas cherché pourquoi les choses en étaient arrivées là.

— Je ne dis pas que j'ai refusé de connaître la
vérité. Mais j'ai acquis le sentiment qu'il valait sans
doute mieux tout oublier. Cela s'est passé il y a si
longtemps. Tout est déjà enseveli dans je ne sais
quelle fosse profonde. »

Les lèvres fines de Sara se pincèrent un instant.
« C'est très dangereux.

— Dangereux ? répéta Tsukuru. Comment cela ?

— Tu veux cacher tes souvenirs le mieux que
tu peux, les ensevelir dans une fosse profonde, il
te sera impossible d'effacer l'histoire, affirma Sara
en le regardant droit dans les yeux. Tu ferais mieux
d'y réfléchir. On ne peut pas effacer l'histoire ni la
réécrire. Ce serait comme vouloir effacer sa propre
existence.

— Comment en sommes-nous arrivés à évoquer
cet épisode ? fit Tsukuru, en partie pour lui-même.
Il continua d'une voix plus assurée : Je n'en avais
jamais parlé à personne jusqu'ici, et n'avais nullement
l'intention de le faire. »

Sara eut un faible sourire. « Sans doute te fallait-il
tout de même en parler à quelqu'un. Plus que tu ne
le pensais. »

Le Tsukuru qui revint à Tokyo cet été-là était sous
l'emprise d'une sensation étrange : c'était comme
si la composition de son corps avait été totalement

45

renouvelée. Toutes les choses qui lui étaient familières jusqu'alors avaient pris des teintes différentes, comme s'il les voyait à travers un filtre spécial. Il se mettait à entendre des sons inconnus jusque-là et il était incapable de percevoir ceux qu'il avait entendus auparavant. Lorsqu'il essayait de bouger son corps, il s'apercevait que ses mouvements étaient terriblement gauches. On aurait dit que la nature de la pesanteur environnante s'était modifiée.

Durant les cinq mois qui suivirent son retour à Tokyo, Tsukuru vécut aux portes de la mort. Il se fabriqua un minuscule refuge, relié à une fosse obscure et sans fond, dans lequel il mena une vie totalement solitaire. C'était un endroit dangereux où il risquait de tomber et de dégringoler dans les profondeurs du néant. Mais il n'en était pas effrayé. Il pensait seulement : « Que ce serait facile de tomber. »

Autour de lui, à perte de vue, s'étendait une contrée sauvage hérissée de rochers. Il n'y avait pas une goutte d'eau et pas une herbe ne poussait. Pas de couleurs, pas de lumières vives. Pas de soleil, pas de lune ni d'étoiles. Sans doute pas de directions non plus. À heure régulière seulement se produisait une alternance entre une obscurité sans fond et un crépuscule énigmatique et inconnu. Une région située aux limites extrêmes de la conscience. Mais en même temps, c'était aussi un lieu d'opulence. Au crépuscule, arrivaient des oiseaux au bec aussi acéré qu'un poignard, qui tous perçaient sa chair sans pitié. Pourtant, dès que les ténèbres envahissaient la terre et que les oiseaux s'en allaient, ce lieu comblait avec quelque substance les vides qui s'étaient creusés dans son corps.

La nature de cette nouvelle matière de substitution, Tsukuru ne pouvait la concevoir, pas plus qu'il ne pouvait l'accepter ou la refuser. Telle une nuée d'ombres, elle demeurait dans son corps et y donnait naissance à d'innombrables œufs d'ombres. Puis, lorsque les ténèbres se dissipaient et que resurgissait le crépuscule, les oiseaux réapparaissaient et becquetaient violemment ses chairs.

Dans ces moments-là, il était à la fois lui et pas lui. Il était Tsukuru Tazaki et n'était pas Tsukuru Tazaki. Lorsqu'il sentait que la souffrance devenait insupportable, il se séparait de son corps. Et, depuis un lieu sans souffrance situé légèrement à l'écart, il observait Tsukuru Tazaki en train de résister à la douleur. S'il se concentrait suffisamment, ce n'était pas quelque chose d'impossible à accomplir.

Même à présent, cette sensation lui revenait encore parfois. Se séparer de soi. Contempler sa propre souffrance comme s'il s'agissait de celle de quelqu'un d'autre.

*

* *

Une fois qu'ils furent sortis du bar, Tsukuru invita de nouveau Sara à dîner. « Veux-tu grignoter un petit quelque chose dans le coin ? Une pizza par exemple ? » Mais Sara répondit qu'elle n'avait toujours pas faim. « Bon, alors, pourquoi ne viendrais-tu pas chez moi ?

— Excuse-moi mais je ne me sens pas d'humeur aujourd'hui, répondit-elle avec une certaine gêne, franche néanmoins.

— C'est à cause de mon histoire idiote ? » demanda Tsukuru.

Elle poussa un petit soupir. « Mais non. Simplement, je voudrais réfléchir un peu. À toutes sortes de choses. Voilà, j'ai juste envie de rentrer chez moi, si tu veux bien.

— Bien sûr, dit Tsukuru. Je serais content de te revoir et de parler avec toi. Mais ce serait mieux d'aborder des sujets plus gais. »

Elle pinça les lèvres un instant. Puis, comme si elle avait pris une décision, elle demanda : « Tu m'inviteras encore ? Enfin, si ça te dit, bien sûr.

— Bien entendu, je le ferai. Du moment que ça ne t'embête pas.

— Ça ne m'embête absolument pas.

— Très bien, dit Tsukuru. Je t'enverrai un mail. »

Ils se séparèrent à l'entrée de la station de métro. Elle prit l'escalator pour rejoindre la ligne Yamanote, et lui descendit l'escalier vers la ligne Hibiya. Chacun rentra chez soi. Chacun plongé dans ses propres pensées.

Quelles étaient les pensées de Sara ? Bien sûr, Tsukuru n'en savait rien. Et il ne pouvait pas lui dire ce que lui-même pensait à ce moment-là. Il y a certaines catégories de choses qu'on ne laisse en aucun cas sortir de soi. C'était cette sorte de pensée qui emplissait la tête de Tsukuru Tazaki, dans le train qui le ramenait chez lui.

3

Pendant les presque six mois durant lesquels Tsukuru erra au seuil de la mort, il perdit sept kilos. Ce qui était parfaitement normal étant donné qu'il ne se nourrissait pas correctement. Alors qu'enfant il avait plutôt été du genre joufflu, il était désormais émacié, voire squelettique. Resserrer sa ceinture ne fut bientôt plus suffisant et il dut acheter des pantalons plus petits d'une taille. Quand il était nu, ses côtes ressortaient au point qu'on aurait dit une misérable cage à oiseaux. Il avait une mauvaise posture, les épaules relâchées vers l'avant. Ses jambes filiformes, qui avaient perdu toute chair, évoquaient les pattes d'un échassier. C'est là le corps d'un vieillard, songea-t-il, alors qu'il se tenait planté nu devant un miroir en pied – ce qu'il n'avait pas fait depuis longtemps. Ou alors, celui d'un mourant.

Eh bien, si c'est le cas, je n'y peux rien, se dit-il face au miroir. En un sens, je suis *réellement* à l'agonie. Comme la dépouille d'un insecte restée accrochée à la branche d'un arbre, risquant à tout moment d'être emportée très loin dès qu'un vent un peu violent se lèverait, il parvenait à peine à vivre en se cramponnant à ce monde. Mais cette découverte – avoir l'air de quelqu'un près de mourir – donna à

Tsukuru un violent coup au cœur. Il demeura ensuite longtemps à scruter son corps nu dans le miroir, ne se lassant pas de l'observer. À la manière de quelqu'un qui garde les yeux rivés sur l'écran de la télévision, face au spectacle hideux d'un gigantesque tremblement de terre ou d'inondations monstrueuses qui se sont déversées sur quelque région lointaine.

Je suis peut-être déjà mort, pensa soudain Tsukuru. Quand, l'été précédent, il avait été brutalement rejeté par ses amis, le jeune homme appelé Tsukuru Tazaki avait rendu son dernier soupir. Seule son apparence extérieure s'était difficilement maintenue, et, depuis presque six mois, elle s'était en grande partie transformée, renouvelée. Son corps, son visage avaient changé ; sa manière de voir le monde avait changé. La sensation du vent qui souffle, le bruit de l'eau qui coule, la lumière s'insinuant entre des nuages, et même les teintes des fleurs se modifiant selon les saisons – toutes ces perceptions, il les interprétait maintenant différemment. Ou bien il les éprouvait comme si toute chose venait tout juste d'apparaître. À première vue, l'image dans le miroir avait l'air de refléter Tsukuru Tazaki, mais, en réalité, ce n'était pas lui. Ce n'était rien d'autre qu'une enveloppe, dont le contenu avait été remplacé, et que, par commodité, on continuait d'appeler Tsukuru Tazaki. Que ce contenant soit encore appelé par ce nom était simplement dû au fait qu'il n'y avait aucune raison d'en changer.

Cette nuit-là, Tsukuru fit un rêve étrange. Un rêve dans lequel il était tourmenté par une violente jalousie. Cela faisait bien longtemps qu'il n'avait pas fait de rêve aussi saisissant de vie.

À vrai dire, Tsukuru, jusqu'alors, n'avait pu comprendre pleinement ce qu'était le sentiment désigné sous le terme de « jalousie ». Bien entendu, intellectuellement, il savait à peu près dans quelles situations la jalousie prenait naissance. Elle surgit, par exemple, lorsque quelqu'un a acquis une position réclamant des talents ou des capacités particuliers que l'on ne possède pas soi-même – ou bien lorsque quelqu'un se hisse à cette position avec (apparemment) une grande facilité. Ou encore, autre exemple, on l'éprouve en voyant une femme que l'on aime dans les bras d'un autre homme. Envie, dépit, amertume, colère et frustration impossibles à rejeter sur quiconque.

Mais, en fait, Tsukuru, depuis sa naissance, n'avait jamais expérimenté une telle émotion. Il n'avait jamais sérieusement désiré tel ou tel talent ou capacité dont il était dépourvu, et il n'avait jamais aimé une femme avec passion. Personne jusque-là n'avait été l'objet de ses rêves, et il n'avait jamais non plus jalousé personne. Cela ne signifiait pas, bien entendu, que rien, chez lui, ne le rendait insatisfait. Ni qu'il n'avait pas de souhaits non réalisés. S'il l'avait voulu, il aurait pu dresser la liste de toutes ses attentes. Elle ne serait pas immense, mais deux ou trois colonnes n'y suffiraient pas. Néanmoins, ses insatisfactions et ses frustrations demeuraient circonscrites à l'intérieur de lui-même. Il ne s'agissait pas de choses qu'il aurait convoitées au point de ne ménager aucun effort afin de les obtenir. Du moins, il n'en avait jamais été ainsi jusqu'à présent.

Dans son rêve, pourtant, il désirait une femme plus que tout au monde. Quelle femme ? Ce n'était pas clair. Elle était, tout simplement. Par ailleurs, elle avait la faculté de séparer son corps de son esprit. Elle possédait ce talent spécial. Choisis l'un des deux, disait-elle à Tsukuru, et je te le donnerai. Le corps ou l'esprit ? Tu ne pourras pas avoir les deux. C'est pourquoi je veux que tu en choisisses un maintenant, parce que je donnerai le second à quelqu'un d'autre. Mais Tsukuru désirait tout d'elle. Il était incapable d'offrir à un tiers la moitié de cette femme. Cette idée lui était tout à fait insupportable. Il aurait aimé lui dire que, s'il en allait ainsi, il ne la voulait plus du tout. Mais il ne le lui disait pas. Il ne pouvait ni avancer ni reculer.

Tsukuru éprouvait alors une douleur effroyable, comme si des mains gigantesques avaient étroitement garrotté tout son corps. Ses muscles se déchiraient, ses os hurlaient. S'ajoutait à cela le fait qu'il éprouvait une soif terrifiante, comme si toutes ses cellules étaient déshydratées. La rage faisait trembler son corps. La rage d'avoir à offrir la moitié de cette femme à un autre homme. Sa fureur se changea en un liquide épais qui commença à suinter depuis sa moelle. Ses poumons se mirent à fonctionner comme des soufflets incontrôlables, et, tel un moteur lancé à pleine vitesse, son cœur accéléra le rythme et, fiévreusement, propulsa son sang ténébreux jusque dans ses moindres extrémités.

Tsukuru s'éveilla, le corps grelottant violemment. Il lui fallut du temps pour prendre conscience qu'il avait rêvé. Il se débarrassa de son pyjama trempé de sueur et s'essuya avec une serviette. Mais il avait beau s'éponger tant et plus, cette sensation persistait. Après quoi, il comprit. Ou le sentit intuitivement. C'était *ce qu'on appelle la jalousie*. Devoir supporter que l'on vous arrache des mains le cœur ou le corps – ou parfois les deux – de la femme que vous aimez.

La jalousie, du moins telle que Tsukuru l'avait conçue dans son rêve, est la prison la plus désespérée du monde. Parce que c'est une geôle dans laquelle le prisonnier s'enferme lui-même. Personne ne le force à y entrer. Il y pénètre de son plein gré, verrouille la porte de l'intérieur puis jette la clé de l'autre côté de la grille. Personne ne sait qu'il s'est lui-même emprisonné. Bien entendu, si le captif décidait d'en sortir, il le pourrait. Parce que cette prison se situe dans son cœur. Mais il est incapable de prendre cette décision. Son cœur est aussi solide et dur qu'un mur de pierre. Telle est la véritable nature de la jalousie.

Tsukuru prit du jus d'orange dans le réfrigérateur et en but plusieurs verres. Il avait la gorge sèche. Puis il s'assit à la table, contempla par la fenêtre le paysage qui s'éclaircissait peu à peu. Son cœur et son corps, ébranlés par ces vagues monstrueuses d'émotions, se calmèrent progressivement. Que pouvait signifier ce rêve ? Serait-ce une prémonition ? Ou alors quelque message symbolique ? Y a-t-il dedans quelque chose que je devrais comprendre ? Ou bien peut-être est-ce le moi originel, dont je suis ignorant, qui essaierait de sortir de sa coquille et de s'échapper à l'extérieur ? se demandait-il. Comme quelque créature horrible en train d'éclore et s'efforçant désespérément de respirer l'air du dehors ?

Il ne le comprit que plus tard, mais ce fut exactement à ce moment-là que Tsukuru Tazaki cessa d'aspirer sérieusement à la mort. Il avait observé dans le grand miroir son corps nu et accepté le fait que ce n'était pas lui qui se reflétait là. Cette nuit, dans son rêve, il avait fait pour la première fois de sa vie l'expérience de la jalousie (du moins le ressentait-il ainsi). Et quand le jour se leva, tous ces jours sombres qui s'étaient écoulés durant ces cinq mois, au cours desquels il avait vécu à proximité du néant de la mort, il sut qu'ils étaient derrière lui.

Peut-être qu'alors, en prenant la forme d'un rêve et en passant à travers son corps, cette émotion brute, brûlante, avait-elle fini par contrebalancer son aspiration à la mort. Par finalement désavouer le désir morbide qui exerçait jusque-là sur lui une emprise si obstinée. De la même façon qu'un fort vent d'ouest chasse du ciel des nuages épais. C'était ce qu'avait supposé Tsukuru.

Ce qui subsista ensuite, ce fut seulement une pensée paisible qui ressemblait à de l'acceptation. Elle n'avait pas de couleur. C'était une émotion neutre, qui rappelait une bonace. Il était assis dans une vieille salle vide, seul, et il écoutait avec beaucoup d'attention le bruit creux de la grande et antique pendule murale qui égrenait le temps. Sans un mot, sans détourner le regard, il restait simplement les yeux fixés sur la progression des aiguilles. Ses émotions captives dans le vide de son cœur, enveloppé dans plusieurs couches d'une fine membrane, à chaque heure, il vieillissait inexorablement.

Peu à peu, Tsukuru Tazaki recommença à manger correctement. Il acheta des aliments frais, cuisina des plats simples. Malgré tout, il ne reprit pas le poids qu'il avait perdu. Son estomac semblait avoir considérablement rétréci durant ces presque six mois. Lorsqu'il mangeait plus qu'une certaine quantité de nourriture, il vomissait. Il reprit l'habitude d'aller nager à la piscine universitaire, tôt le matin. Comme il avait perdu beaucoup de masse musculaire, même monter un escalier l'essoufflait. Il comprit qu'il lui fallait retrouver, ne serait-ce qu'en partie, sa condition physique d'avant. Il s'acheta donc un nouveau maillot de bain et des lunettes de piscine et, chaque jour, se fixa l'objectif de parcourir en crawl des distances comprises entre mille et mille cinq cents mètres. Ensuite, il se rendait au gymnase et s'exerçait en solitaire sur les différents appareils.

Après plusieurs mois d'une alimentation plus substantielle et d'exercices réguliers, la vie de Tsukuru Tazaki retrouva à peu près son rythme sain d'autrefois. Il se refit une musculature (même si elle était très différente de celle qu'il avait eue), sa colonne vertébrale se redressa, des couleurs lui revinrent au visage. Pour la première fois depuis très longtemps, il s'aperçut en se réveillant un matin qu'il avait une érection.

Exactement à cette époque, sa mère lui fit une de ses rares visites à Tokyo. Il ne lui avait pas échappé que les dernières conversations avec Tsukuru avaient été étranges, elle s'était aussi inquiétée de son absence au Nouvel An, et elle venait voir comment il se portait. Elle resta bouche bée devant les profondes modifications qui, en quelques mois à peine, avaient affecté son fils. « C'est juste que j'ai pris de l'âge. C'est un changement naturel. Tout ce qu'il me faut à présent, ce sont de nouveaux habits qui m'aillent mieux », lui dit-il. Sa mère accepta docilement ses explications. Elle se persuada qu'il s'agissait sans doute d'un processus naturel dans le développement d'un homme. Elle avait grandi entourée de sœurs et, après son mariage, elle s'était habituée à éduquer ses filles. Élever un garçon restait pour elle une chose inédite. Elle fut donc très heureuse de l'accompagner dans un grand magasin et de lui acheter tout un lot de nouveaux vêtements. Elle aimait particulièrement les marques Brooks Brothers et Polo. Quant aux vieux habits, il n'aurait qu'à les jeter ou les donner.

Les traits de Tsukuru aussi avaient changé. Dans les miroirs, il ne voyait plus le visage du jeune garçon de naguère, avec son aspect rondouillard, ses traits réguliers mais assez banals et peu marqués. Ce qui était reflété là, c'était l'image d'un jeune homme à la physionomie anguleuse, aux pommettes saillantes. Dans ses yeux jouait une lumière nouvelle. Une lumière qu'il ne reconnaissait pas. La lumière d'un homme qui aspirait à la paix à l'intérieur de son propre petit espace et qui ne souhaitait aller nulle part ailleurs. Sa barbe avait soudain épaissi, l'obligeant à présent à se raser chaque jour. Il résolut de se laisser pousser les cheveux et de les garder plus longs qu'autrefois.

Tsukuru n'aimait pas particulièrement son nouveau visage. Il ne l'aimait ni ne le détestait. Ce n'était rien d'autre, après tout, qu'un masque provisoire et commode. Mais il était reconnaissant en tout cas d'en avoir changé.

Quoi qu'il en soit, le jeune garçon désigné sous le nom de Tsukuru Tazaki était mort. Il avait poussé son dernier soupir, englouti dans des ténèbres sauvages, et avait été enseveli dans une petite clairière au milieu d'une forêt. En grand secret, silencieusement, avant l'aube, quand tout le monde était encore profondément endormi. Sans stèle ni épitaphe. Celui qui se tenait là et qui respirait, c'était le nouveau « Tsukuru Tazaki », dont la composition interne avait été largement renouvelée. Mais il était le seul à le savoir. Et il n'avait pas l'intention de le dire à quiconque.

Tsukuru Tazaki, comme autrefois, se rendait souvent dans les gares, il en faisait des croquis. Il ne manquait aucun cours à l'université. Tous les matins, il prenait une douche, se lavait les cheveux, et, après chaque repas, ne manquait jamais de se brosser les dents. Le matin, il faisait son lit, et repassait ses chemises. Il s'efforçait de ne se ménager aucun temps libre. Le soir, il lisait un livre durant deux heures, pas davantage. En général, c'étaient des biographies ou des ouvrages historiques. Il avait acquis ces habitudes tout petit et toutes ces routines lui permettaient d'aller de l'avant. Mais il avait perdu foi dans les communautés parfaites, il n'éprouvait plus en lui la tiédeur profonde de leur alchimie.

Chaque matin, il s'observait un moment dans le miroir de la salle de bains. Il habituait peu à peu son cœur à l'existence de son nouveau moi – un moi modifié. De la même façon que l'on étudie une nouvelle langue et que l'on apprivoise sa grammaire.

Bientôt, Tsukuru se fit un nouvel ami. L'événement eut lieu en juin, presque un an après qu'il eut été abandonné par ses quatre amis de Nagoya. C'était un étudiant de son université, de deux ans plus jeune que lui. Il le rencontra à la piscine.

4

Tsukuru rencontra ce jeune homme à la piscine de l'université.

Comme lui, il venait nager seul chaque matin, très tôt. Naturellement, ils en vinrent à se reconnaître, et bientôt à échanger quelques mots. Il leur arrivait de temps en temps, une fois que leur entraînement était terminé, et après s'être changés dans le vestiaire, d'aller prendre ensemble un petit déjeuner à la cafétéria. Le jeune homme, qui avait deux ans de moins que Tsukuru Tazaki, était inscrit au département de physique. Même s'ils fréquentaient la même université technologique, respectivement en physique et en ingénierie civile, ils appartenaient pour ainsi dire à des races différentes.

« Mais qu'est-ce que tu peux bien apprendre dans ton département ? demanda le jeune homme.

— À faire des gares.

— Des gares ?

— Des gares ferroviaires.

— Et pourquoi donc des gares ?

— Parce qu'on a toujours besoin de gares ! répondit Tsukuru, comme s'il énonçait une évidence.

— Ah tiens, ce doit être intéressant, dit le jeune homme, qui avait l'air véritablement intéressé. Jusqu'à maintenant, il ne m'était jamais venu à l'esprit que l'on avait besoin de gares.

— Mais toi-même, tu les utilises, n'est-ce pas ? Tu serais bien embêté s'il n'y avait pas de gares.

— Eh bien, oui, je les utilise, et je serais sûrement embêté s'il n'y en avait pas… Mais voilà, je n'avais jamais imaginé qu'il existait des gens brûlant de tant de passion pour les gares !

— Dans le monde, certains composent des quatuors à cordes, d'autres font pousser des laitues et des tomates. Il en faut bien aussi quelques-uns qui construisent des gares, répondit Tsukuru. Dans mon cas, d'ailleurs, ce n'est pas que je brûle de passion pour ce que je construis. J'ai simplement de l'intérêt pour un objet bien particulier.

— Je ne voudrais pas te vexer, mais n'est-ce pas une réussite remarquable dans la vie que de s'être trouvé au moins un objet qui suscite votre intérêt ? »

Tsukuru, se demandant si le jeune homme n'était pas en train de se moquer de lui, le fixa dans les yeux. L'étudiant semblait parfaitement sincère. Son visage affichait une expression sereine et franche.

« Tsukuru aime à faire quelque chose. Ton nom le dit bien[1].

— J'ai toujours aimé faire des choses qui ont une forme, depuis tout petit, reconnut Tsukuru.

— Moi, pas du tout. J'ignore pourquoi, mais, de nature, je ne suis pas doué pour cela. Déjà, à l'école primaire, je ne m'en sortais pas bien avec des travaux manuels simples. Je ne parvenais même pas à assembler correctement les petites pièces des modèles en plastique. Ce que j'aime, c'est réfléchir à des choses

---

1. *Tsukuru* signifie : faire, construire, bâtir. *(Toutes les notes sont de la traductrice.)*

abstraites, et, de cela, je ne me lasse pas. Pour le reste, il m'est impossible de me servir de mes mains pour faire quelque chose qui ait une forme. J'adore cuisiner mais les plats que je réalise perdent petit à petit l'allure qu'ils devraient avoir... Qu'un maladroit pareil se trouve dans une université technologique, c'est plutôt amusant, tu ne trouves pas ?

— Que veux-tu étudier comme matière principale ? »

Le jeune homme réfléchit sérieusement un instant. « Je n'en sais rien. Je ne suis pas comme toi, je n'ai pas de sujet précis sur lequel je voudrais travailler. Si je devais répondre honnêtement, je dirais que j'aimerais penser, le plus profondément possible. Je veux juste continuer à m'exercer à la pensée pure et libre. C'est tout. Néanmoins, j'admets volontiers, au fond, que pratiquer la pensée pure, c'est comme créer du vide.

— Il est bien possible que le monde ait aussi besoin de gens qui créent du vide. »

Le jeune homme rit de bon cœur à la remarque de Tsukuru. « Mais si chacun sur terre se mettait à fabriquer consciencieusement du vide au lieu de cultiver des laitues et des tomates, que mangerions-nous ?

— Les pensées sont comme des barbes. Elles ne poussent que lorsqu'on est adultes. Je suis sûr que quelqu'un a dit ça..., dit Tsukuru. Mais qui ? Je ne m'en souviens pas.

— Voltaire », répliqua le jeune homme. Puis il se frotta le menton avec la paume de la main et sourit. Son visage ouvert était clair et innocent. « Mais peut-être qu'il se trompait. Moi, je n'ai encore presque pas de barbe et, pourtant, j'aime penser depuis que je suis petit. »

Sur ses joues lisses et juvéniles, on ne décelait certes pas le moindre soupçon de barbe. Ses sourcils étaient fins mais bien marqués, ses oreilles merveilleusement ourlées, avec des contours semblables à ceux d'un joli coquillage.

« Il est possible que Voltaire ait voulu parler de méditation, ou d'"introspection", plutôt que de pensée », remarqua Tsukuru.

Le jeune homme pencha légèrement la tête. « C'est la souffrance qui est à l'origine de la méditation, pas l'âge. Et encore moins la barbe. »

Le jeune homme s'appelait Haida[1]. Fumiaki Haida. Encore quelqu'un qui a une couleur ! pensa Tsukuru quand il entendit son nom. Mister Grey. Bien que le gris, évidemment, soit une couleur extrêmement sobre.

Même si l'un et l'autre auraient difficilement pu être qualifiés de sociables, ils se revirent à plusieurs reprises, discutèrent de choses et d'autres, et, peu à peu, s'établit entre eux une sympathie qui les fit se sentir bien ensemble, à l'aise. Ils se retrouvaient chaque matin à la même heure pour nager. Ils parcouraient tous deux de belles longueurs en crawl mais Haida était un peu plus rapide. Pendant son enfance, il avait fréquenté un club de natation et avait acquis une technique élégante qui lui permettait de ne pas faire de mouvements excessifs. Il se déplaçait avec style, ses omoplates effleurant la surface de l'eau telles les ailes d'un papillon. Haida se mit en devoir de corriger quelques détails techniques pour son compagnon et l'encouragea à persévérer dans son entraînement musculaire. Tsukuru réussit bientôt à égaler

1. *Haida* se décompose en *Hai* : gris, et *da* (ou *ta*) : champ.

sa vitesse de nage. Au début, leurs conversations portaient presque exclusivement sur cette technique, puis, progressivement, ils en vinrent à s'entretenir de questions bien plus variées et plus profondes.

De taille modeste, Haida était un très beau jeune homme. Les traits finement ciselés de son visage faisaient penser à ceux d'une sculpture de la Grèce antique. Mais sa beauté était avant tout discrète, intellectuelle, classique. Un charme et une élégance qui ressortaient tout naturellement, au bout de quelques rencontres. Il n'avait rien du beau gosse à la séduction outrancière sur le passage duquel on se retournait.

Les cheveux courts, légèrement ondulés, il arborait toujours la même tenue extrêmement décontractée, pantalon chino et chemise de teinte claire. Peu importait par ailleurs la simplicité de sa mise, car il avait l'art de la porter avec style. Lire était de loin son activité favorite, mais, comme Tsukuru, il n'appréciait guère les romans, leur préférant les ouvrages de philosophie ou les classiques. Il aimait également les pièces de théâtre, en particulier les tragédies grecques et les œuvres de Shakespeare. Il était aussi bon connaisseur du *Nô*[1] et du *Bunraku*[2]. Il était originaire de la préfecture d'Akita, il avait le teint très clair et des doigts longs et fins. Il supportait assez mal l'alcool (comme Tsukuru) et savait différencier à l'oreille Schumann de Mendelssohn (ce dont Tsukuru était incapable). Il était extrêmement

1. *Nô* : théâtre traditionnel japonais. Les acteurs sont souvent masqués, leur jeu est sobre et codifié. Un orchestre et un chœur les accompagnent.
2. *Bunraku* : forme théâtrale qui a pris son essor au XVIIIᵉ siècle et dans laquelle les personnages sont représentés par de grandes marionnettes manipulées à vue.

timide et, en présence de plus de trois personnes, il préférait que l'on fasse comme s'il n'existait pas. Une ancienne cicatrice, profonde et longue de quatre centimètres, barrait sa nuque, comme si elle avait été faite par un couteau. Curieusement, cette balafre accentuait la douceur de son allure.

Haida avait quitté Akita pour Tokyo au printemps. Il habitait une résidence universitaire non loin du campus, mais ne s'était pas encore fait d'amis proches. Quand Tsukuru et lui s'aperçurent qu'ils pouvaient se parler librement et en confiance, ils se mirent à passer beaucoup de temps ensemble. Finalement, Haida se rendit fréquemment en visite chez Tsukuru.

« Comment un étudiant peut-il habiter dans un si bel appartement ? demanda Haida, admiratif, lors de sa première visite chez son ami.

— Mon père possède une société immobilière à Nagoya et il est aussi propriétaire de plusieurs biens à Tokyo, expliqua Tsukuru. Il me laisse habiter dans les logements inoccupés. Avant moi, la plus jeune de mes deux sœurs a également habité ici. Une fois qu'elle a été diplômée de son université, elle est partie et j'ai pris sa place. En fait, l'appartement est au nom de la société.

— Ta famille doit être vraiment riche, non ?

— Euh… je ne sais pas trop. Riche ou non, franchement, je n'en ai pas la moindre idée. Sans tous ses comptables, avocats, consultants en fiscalité, conseillers en investissements autour de lui, mon père ne le saurait sans doute même pas lui-même. En tout cas, il semble bien que, pour le moment, nous n'ayons aucun problème financier. Voilà qui explique pourquoi je peux vivre ici. Et j'en suis fort heureux.

— Mais, toi, ce genre de travail ne t'intéresserait pas ?

— Ah non, pas du tout ! Dans cette branche, il faut sans cesse faire bouger des tas de capitaux, d'un côté, de l'autre. Il faut toujours qu'il y ait du mouvement. Moi, je ne suis pas fait pour cette agitation permanente. J'ai une nature très différente de celle de mon père. Et même si je ne gagne pas beaucoup d'argent, je me sentirai plus tranquille à construire des gares.

— Un intérêt bien spécifique », déclara Haida. Puis il sourit.

*
* *

En fin de compte, Tsukuru Tazaki ne quitta pas son appartement de Jiyugaoka composé d'une salle de séjour et d'une chambre. Même une fois qu'il fut diplômé et qu'il eut été engagé dans une société de chemins de fer dont le siège se trouvait à Shinjuku, il continua à habiter au même endroit. Lorsqu'il eut trente ans, son père mourut et ce logement devint officiellement le sien. Il semblait que son père, dès le début, avait eu l'intention de léguer ce bien à son fils, car il en avait fait transférer le titre de propriété à son nom. La société paternelle resta sous la gestion du mari de l'aînée de ses sœurs. Tsukuru put ainsi poursuivre son travail – qui consistait à superviser les plans des gares – à Tokyo, sans se mêler des affaires familiales de Nagoya. Comme les années précédentes, il ne revenait presque jamais dans sa ville natale.

Lorsqu'il y retourna pour les funérailles de son père, il se dit qu'il n'était pas impossible que ses quatre amis aient appris ce décès et qu'ils viennent présenter leurs condoléances. Si cela se produisait, quelle serait la bonne manière de les saluer ? Mais, finalement, aucun d'entre eux ne se manifesta. Tsukuru en fut soulagé et, en même temps, il en éprouva une certaine tristesse. *Tout cela* a donc bien pris fin, se dit-il avec acuité une fois de plus. On ne revient jamais deux fois au même endroit. De toute manière, à cette époque, les cinq anciens amis avaient tous atteint la trentaine. Ils n'avaient plus l'âge de rêver à une communauté harmonieuse et sans perturbations.

Tsukuru avait lu dans un journal ou une revue que, selon les statistiques, environ la moitié des gens n'étaient pas satisfaits de leur prénom. Lui faisait partie de ceux qui en étaient heureux. À tout le moins, il ne se souvenait pas d'avoir ressenti du déplaisir à propos de son nom. Il avait du mal de toute façon à s'imaginer sans le nom qui lui avait été attribué, ou à se représenter une autre vie avec un autre nom.

Son véritable nom était « Tsukuru Tazaki », écrit en idéogrammes, mais, hormis sur les papiers officiels, son prénom était habituellement noté à l'aide du syllabaire japonais. Seules sa mère et ses deux sœurs l'appelaient *Saku*[1] ou *Saku-chan*[2]. C'était plus facile dans la vie quotidienne.

Son prénom avait été choisi par son père. En fait il semblait avoir pris la décision, bien avant sa naissance, d'appeler « Tsukuru » l'aîné de ses fils.

---

1. *Saku* : autre lecture de Tsukuru (les caractères japonais admettent un certain nombre de lectures).
2. *Saku-chan* : *chan* est un diminutif affectueux, utilisé pour les enfants.

Pour quelle raison ? Il n'en avait aucune idée. Peut-être justement parce que son père jusqu'assez tard dans sa vic n'avait ni « construit » ni « créé » quoi que ce soit. Ou alors, il n'était pas impossible que, un jour, il ait eu une sorte de « révélation », qui avait servi de point de départ. Un éclair invisible pour les yeux, accompagné d'un coup de tonnerre silencieux, avait peut-être gravé le mot « Tsukuru » dans son cerveau. Mais son père ne s'était pas une seule fois expliqué sur son choix. Ni auprès de Tsukuru lui-même, ni auprès de quiconque.

Il avait pourtant longuement hésité sur l'idéogramme. Deux caractères, prononcés de la même façon, étaient en balance. La mère penchait pour le plus rare, mais, à l'issue de sérieuses et longues réflexions, le père préféra le plus simple et le plus rustique.

Après les obsèques du père, la mère se souvint de l'échange qu'ils avaient eu à cette époque. Elle le raconta à Tsukuru : « Si on lui donne le prénom le plus sophistiqué, peut-être que ses bagages dans la vie seront un peu trop lourds à porter, avait fait remarquer ton père. Avec l'autre, même s'il signifiait également "faire, construire", ce serait sans doute plus facile, plus léger. En tout cas, ajouta-t-elle, ton père a vraiment réfléchi très sérieusement au sujet de ton prénom. Tu étais son premier fils, tu comprends. »

Tsukuru ne se souvenait d'aucun lien intime avec son père, que ce soit sur le plan matériel ou spirituel. Pourtant, il ne pouvait s'empêcher d'approuver son choix. Pas de doute, le prénom qu'il lui avait attribué lui convenait bien. Il n'y avait en effet chez lui aucune originalité ou inventivité. Tsukuru hésitait cependant à partager son opinion sur le fait que, grâce à ce prénom, sa vie ait été « allégée ». Certes, la forme de ses bagages avait peut-être été légèrement différente. Mais qu'en était-il de leur poids ?

Quoi qu'il en soit, il avait acquis son individualité en s'appelant « Tsukuru Tazaki ». Son moi d'avant était un néant, un chaos primitif sans nom. Une masse de chair rose qui pesait trois kilos tout au plus, qui pleurait et respirait difficilement dans l'obscurité. Il avait reçu un nom, puis la conscience et la mémoire lui étaient advenues et, progressivement, son moi avait pris forme. Le nom était le point de départ de toutes choses.

Son père s'appelait « Toshio Tazaki ». À coup sûr, un nom qui convenait bien à un homme qui réalisait des bénéfices en de nombreux domaines. Il avait percé en partant de rien, il s'était lancé dans l'immobilier, avait accompagné le développement de l'économie japonaise et avait obtenu des succès prodigieux. Il était mort à l'âge de soixante-quatre ans d'un cancer du poumon. Mais cela se produirait bien plus tard. À l'époque où Tsukuru fit la connaissance de Haida, son père était encore en bonne santé, il fumait cinquante cigarettes sans filtre par jour, achetait et vendait avec dynamisme et agressivité des ensembles résidentiels urbains. La bulle immobilière avait déjà éclaté mais comme il savait très bien calculer les risques et qu'il avait réparti ses profits dans diverses entreprises fiables, il n'avait pas eu vraiment à subir de mauvaise passe. L'ombre funeste n'était pas encore apparue sur son poumon.

« Mon père enseigne la philosophie à l'université d'Akita, dit Haida. C'est un homme qui, comme moi, aime développer des questions abstraites. Il écoute perpétuellement de la musique classique et se passionne toujours pour des livres que personne

67

ne lit. Il n'a quasiment aucune aptitude pour ce qui est de gagner de l'argent, et la plupart des sommes qu'il touche disparaissent aussitôt dans des livres ou des disques. Il ne se soucie pour ainsi dire pas des questions touchant à sa famille ou à l'épargne. Son cerveau est quelque part ailleurs, hors de la réalité. Si j'ai pu venir à Tokyo c'est seulement parce que j'ai réussi à intégrer une université dont les frais de scolarité sont assez modiques et que je loge dans une pension bon marché pour étudiants.

— La physique, n'est-ce pas plus lucratif que la philosophie ? demanda Tsukuru.

— Oh, pour ce qui est de ne rien rapporter, l'un et l'autre se valent. Bien sûr, si on reçoit le prix Nobel, c'est une autre histoire ! » répondit Haida, arborant comme toujours son sourire plein de charme.

Haida n'avait ni frères ni sœurs, et, depuis son enfance, peu d'amis. Il aimait les chiens et la musique classique. Et comme, dans le logement universitaire où il vivait, il n'y avait pas de lieu où écouter de la musique dans des conditions satisfaisantes (évidemment, posséder un chien était hors de question), il venait toujours chez Tsukuru avec une bonne pile de CD qu'ils écoutaient ensemble. Il en empruntait la plupart à la bibliothèque. Il apportait parfois aussi de vieux 33-tours qui lui appartenaient. Dans l'appartement de Tsukuru, il y avait une chaîne stéréo qui marchait tant bien que mal, mais comme sa sœur n'avait laissé que des albums de Barry Manilow ou des Pet Shop Boys, Tsukuru ne s'en servait jamais.

Haida aimait surtout écouter des pièces instrumentales, de la musique de chambre et de la musique vocale. Les symphonies grandioses, il n'y tenait pas tellement. Quant à Tsukuru, il n'avait pour ainsi dire aucun intérêt pour la musique classique (ou n'importe quelle musique d'ailleurs), mais du moment qu'il l'écoutait avec Haida, cela lui plaisait.

Tsukuru reconnut un jour une pièce pour piano dont la mélodie, qu'il avait entendue très souvent, lui rappela un passé lointain. Il ignorait le nom du morceau comme celui du compositeur. C'était une mélodie empreinte de paix et de nostalgie. Un thème monotone en introduction, joué lentement et qui laissait une forte impression. Puis des variations très sereines. Tsukuru leva les yeux du livre qu'il était en train de lire et demanda à Haida le titre du morceau.

« C'est *Le Mal du pays*, de Franz Liszt. Il s'agit de la première de ses *Années de pèlerinage*, et il fait partie du volume consacré à la Suisse.

— Le mal... ?

— C'est du français. Cela signifie quelque chose comme *Home Sick* ou bien mélancolie, mais pour être plus précis, cela se rapporte au sentiment de tristesse inexpliquée qui étreint le cœur des hommes à la vue d'un paysage champêtre. C'est une expression difficile à traduire précisément.

— Je connaissais une fille qui jouait souvent ce morceau. C'était une camarade de classe, quand j'étais au lycée.

— J'ai toujours aimé ce morceau, même s'il n'est pas très connu du grand public, dit Haida. Ton amie jouait-elle bien du piano ?

— Je ne m'y connais pas en musique et je suis incapable de juger si elle était douée ou pas. Mais chaque fois que j'entendais ce morceau, je le trouvais beau. Comment pourrais-je le dire ? Il est plein d'une tristesse paisible et, cependant, il n'est pas sentimental.

— Si tu as pu éprouver cela, c'est qu'il s'agissait sûrement d'une très bonne interprétation ! dit Haida. Il a l'air simple sur le plan technique, mais l'expression est très difficile à rendre. Lorsqu'on le joue trop platement, en suivant la partition note à note, il devient on ne peut plus ennuyeux. À l'inverse, si l'on y met trop de sentiment, il fait un peu pacotille. Selon la façon d'utiliser la pédale, son caractère peut changer du tout au tout.

— Et comment s'appelle le pianiste ?

— Lazar Berman. C'est un pianiste russe, il interprète Liszt comme s'il décrivait un paysage mental très subtil. Les œuvres pour piano de Liszt sont en général considérées comme techniques et superficielles. Bien sûr, parmi elles, il y en a qui relèvent en effet de la pure virtuosité, mais si on les écoute avec beaucoup d'attention, on s'aperçoit que, au fond, elles sont chargées d'une profondeur tout à fait personnelle. Néanmoins, bien souvent, l'ornementation dissimule cette profondeur. En particulier dans cette suite de pièces intitulée *Années de pèlerinage*. Chez les pianistes contemporains, rares sont ceux qui peuvent jouer Liszt avec toute l'exactitude requise et en même temps avec poésie. À mon avis, il n'y a que Berman chez les pianistes assez jeunes – que nous écoutons maintenant –, et, chez les plus anciens, Claudio Arrau.

Quand Haida parlait musique, il devenait immanquablement prolixe. Il continua à expliquer les particularités de l'interprétation de Berman, mais Tsukuru ne l'écoutait pour ainsi dire plus. Dans sa tête s'était manifestée, très concrète, incroyablement vivante, l'image de Blanche jouant ce morceau. Durant quelques merveilleux instants, le cours normal du temps avait été inversé, comme une rivière clapotante qui irait à contre-courant, vers l'amont.

Chez Blanche, dans le salon, il y avait un piano à queue Yamaha. Elle le faisait toujours accorder avec précision, ce qui reflétait bien sa personnalité minutieuse. Sur la surface brillante du piano, pas la moindre ternissure, pas la plus légère trace de doigt. Par la fenêtre s'insinuait la lumière de l'après-midi. Les ombres des cyprès s'allongeaient dans le jardin. Les rideaux de dentelle frémissaient sous le vent. Sur la table, une tasse à thé. Il revoyait son regard sérieux qui suivait attentivement la partition, ses cheveux noirs sagement attachés en arrière. Ses jolis doigts fins sur les touches. Ses pieds précisément posés sur les pédales, recelant une force qu'on n'aurait jamais imaginée chez cette douce jeune fille. Et puis ses mollets, blancs et lisses, qui faisaient songer à de la porcelaine glacée. Quand il lui demandait de jouer quelque chose, elle interprétait souvent ce morceau. *Le Mal du pays*. Une tristesse inexpliquée qui étreint le cœur des hommes à la vue d'un paysage champêtre. *Home Sick*. Ou encore mélancolie.

Tandis qu'il fermait légèrement les yeux pour se concentrer sur la musique, il ressentit au fond de la poitrine une sorte de suffocation désespérée. Comme s'il avait aspiré à son insu un bloc de petits nuages solides. Même quand le morceau se termina et que le suivant commença, Tsukuru demeura la bouche close, immergé dans le paysage mental qui s'était dessiné en lui. Haida, parfois, jetait un coup d'œil vers lui.

« Si tu veux, garde ce disque ici. De toute façon, dans ma pension, je ne peux pas l'écouter », dit Haida en glissant le vinyle dans sa pochette.

Ce coffret de trois disques, à présent encore, se trouvait chez Tsukuru. À côté de ceux de Barry Manilow et des Pet Shop Boys.

Haida était doué pour la cuisine. En guise de remerciement pour son ami qui lui permettait d'écouter de la musique, il venait souvent avec des provisions et il se mettait à préparer tel ou tel plat. La sœur de Tsukuru avait laissé tout un assortiment d'ustensiles et de vaisselle. Comme pour beaucoup d'autres meubles, comme pour les coups de fil qu'il recevait parfois de ses amis (hommes) d'autrefois – « Excusez-moi, mais ma sœur n'habite plus ici » –, Tsukuru s'était simplement contenté de les garder en héritage. Les deux amis dînaient ensemble deux ou trois fois par semaine. Ils écoutaient de la musique, discutaient de toutes sortes de choses en dégustant les plats que Haida avait préparés. C'était en général de la cuisine ordinaire, toute simple. Les jours de congé, il arrivait qu'il se lance un défi en élaborant des plats raffinés qui demandaient du temps. Les saveurs en étaient toujours parfaites. Haida avait visiblement un talent inné de cuisinier. Qu'il concocte une omelette nature, de la soupe au miso, une sauce à la crème, de la paella, chacune de ses préparations témoignait de son habileté et de son bon goût.

« Quel dommage que tu étudies au département de physique ! Tu devrais plutôt ouvrir un restaurant », lui disait Tsukuru, en plaisantant à moitié.

Haida riait. « Oui, pourquoi pas ? Mais je n'aime pas l'idée d'être lié à un endroit. J'ai envie de vivre en toute liberté, en pensant seulement à des choses qui me plaisent, en allant où je veux et quand je veux.

— Ce n'est pas facile à réaliser !

— Non, ce n'est pas facile. Tu as raison. Mais je suis décidé. Je veux être libre pour toujours. J'aime cuisiner mais je n'ai nulle envie d'en faire un métier et d'être enfermé dans la cuisine d'un restaurant.

Si cela m'arrivait, je me mettrais tôt ou tard à haïr quelqu'un.

— Haïr quelqu'un ?

— Le chef hait le serveur, et l'un et l'autre haïssent les clients, déclara Haida. Ce sont les mots d'Arnold Wesker, dans sa pièce *La Cuisine*. Les hommes privés de liberté en viennent toujours à haïr quelqu'un. Tu ne crois pas ? Pour ma part, je n'ai pas envie de vivre de cette façon.

— Tu souhaites donc vivre sans contraintes et penser en toute indépendance ?

— Oui, exactement.

— Je ne trouve pas que ce soit si facile de penser par soi-même.

— Pour penser librement, il faut s'éloigner du moi gorgé de chair. Sortir de la cage étroite de son propre corps, se libérer de ses chaînes, et s'envoler vers le domaine de la logique pure. C'est dans la logique qu'on trouve une vie naturelle et libre. Cette liberté est le cœur même de la pensée.

— Cela m'a l'air très compliqué. »

Haida secoua la tête. « Non, en un sens, il n'y a pas là de difficulté particulière. Beaucoup de gens sont capables de le faire sans en être conscients, dans certaines situations, tout en conservant la raison. Simplement, ils ne s'en rendent pas compte eux-mêmes. »

Tsukuru réfléchit sérieusement à ce que Haida venait de dire. Il aimait ces conversations abstraites ou les spéculations philosophiques auxquelles il se livrait avec son ami. Bavarder avec ce jeune étudiant devait stimuler son esprit parce que les mots, étrangement, lui venaient à la bouche avec beaucoup de facilité. C'était une expérience inédite pour lui, d'ordinaire peu loquace. Même avec ses quatre amis, à Nagoya, la plupart du temps, il se contentait d'écouter les autres.

Il reprit la parole. « Mais ce que tu nommes juste-ment "la liberté de la pensée", peut-on vraiment l'obtenir quand on cherche à y parvenir intention-nellement ?

— Tu as raison. C'est à peu près aussi difficile que de faire un rêve sur commande. Les hommes ordinaires ne peuvent pas y arriver.

— Pourtant, toi, tu essaies ?

— Plus ou moins, dit Haida.

— Je n'aurais jamais pensé que ces techniques étaient enseignées au département de physique !

— Moi non plus, cela ne m'a pas traversé l'esprit, dit Haida en riant. Tout ce que je cherche ici, c'est à avoir du temps et un environnement libre. En dehors de ça, je ne recherche rien. J'ai besoin d'un cadre académique pour déterminer ce que signifie vraiment penser avec sa propre tête, le définir scientifiquement. C'est vraiment quelque chose de compliqué. Voltaire le réaliste disait que l'originalité n'était rien d'autre qu'une imitation judicieuse.

— Tu es d'accord ?

— Pour chaque chose, il faut un cadre. Pareil pour la pensée. On ne doit pas craindre le cadre exagé-rément, mais il ne faut pas non plus craindre de le casser. C'est ça le plus important pour trouver la liberté. Respecter et détester le cadre. Les choses qui comptent le plus dans la vie d'un homme sont toujours ambivalentes. Voilà à peu près tout ce que je peux dire.

— J'aurais une question si tu veux bien…, dit Tsukuru.

— Oui ? À quel sujet ?

— Il est arrivé bien souvent que des prophètes, appartenant à diverses religions, aient reçu un message de l'Absolu alors qu'ils étaient plongés dans une extase profonde.

— Oui, en effet.

— Lorsque ce phénomène s'est produit, il transcendait le libre arbitre, n'est-ce pas ? Cela leur arrivait alors qu'ils étaient totalement passifs ?

— Oui.

— Et ce message dépassait les limites de tel ou tel prophète et devenait universel ?

— Oui.

— Et ce n'est ni contradictoire, ni ambivalent... »

Haida suivait le raisonnement en silence.

« Alors je ne comprends pas. Parce que, dans ce cas, quelle valeur peut bien avoir ce qu'on appelle le libre arbitre de l'homme ?

— Magnifique question », dit Haida. Puis il sourit calmement, comme un chat endormi au soleil.

« Je ne suis pas encore capable d'y répondre. »

Un week-end, Haida resta dormir chez Tsukuru. Ils parlèrent jusque très tard dans la nuit, et Haida se coucha après avoir déplié le canapé-lit du salon. Le matin venu, il prépara du café et une omelette. Pour le café, il était méticuleux. Il apportait toujours le sien, dont les grains avaient été soigneusement torréfiés et qui exhalaient un parfum délicieux. Il apportait aussi un petit moulin électrique. Dans son mode de vie très modeste, cette passion pour les grains de café était presque le seul luxe.

À ce nouvel ami pour lequel il s'était pris d'affection, Tsukuru avait confié avec franchise de nombreuses choses personnelles. Cependant, il avait soigneusement évité de parler de ses quatre amis de Nagoya. Ce sujet ne lui venait pas facilement. La blessure qu'il avait subie était encore vive et profonde.

La compagnie de ce camarade plus jeune lui faisait en général oublier ses anciens amis. Non, *oublier* n'était pas le mot juste. La souffrance d'avoir été rejeté brutalement par ses quatre amis les plus proches était toujours là, inchangée, en lui. Simplement, à présent, elle était semblable à un lac dont la marée monte et reflue. À certains moments, elle déferlait jusqu'à ses pieds, à d'autres, elle se retirait très loin. Au point de devenir invisible. Tsukuru avait la sensation d'avoir petit à petit réussi à s'enraciner sur ces nouvelles terres de Tokyo. À donner forme à sa nouvelle vie, certes solitaire et simple. En même temps que les jours de Nagoya s'enfonçaient dans le passé, ils devenaient aussi de plus en plus étrangers. Sans aucun doute devait-il ce progrès à son nouvel ami.

Sur n'importe quel événement, Haida avait sa propre opinion, qu'il argumentait avec logique. Plus il le fréquentait et plus Tsukuru sentait grandir en lui, tout naturellement, sa sympathie. Mais quel était le degré d'attachement de Haida à son égard ? Quel intérêt lui portait-il ? Tsukuru l'ignorait. En tout cas, tous deux discutaient passionnément, au point, souvent, d'en perdre la notion du temps.

Néanmoins, quand il était seul, Tsukuru avait parfois envie de la compagnie d'une femme. Il avait envie d'en étreindre une, de la caresser tendrement, de respirer l'odeur de sa peau. C'était là un désir tout à fait normal pour un homme jeune et en pleine santé. Mais lorsqu'il lui arrivait de songer aux femmes en général, lorsqu'il s'imaginait les prendre dans ses bras, pour une raison qu'il ignorait, c'était l'image de Blanche et de Noire qui se dessinait dans sa tête automatiquement. Elles s'invitaient dans son monde imaginaire l'une à côté de l'autre, toujours, formant un duo. Alors, immanquablement, il était pris d'un absurde accès de mélancolie. « Pourquoi faut-il que, encore aujourd'hui, je songe à elles deux ? Elles qui m'ont pourtant brutalement rejeté. Elles qui ont bien dit qu'elles ne voulaient plus me voir, qu'elles ne voulaient plus me parler. Dans ces conditions, comment se fait-il qu'elles ne se soient pas encore éloignées de mon cœur ? » Tsukuru Tazaki, à l'âge de vingt ans, n'avait encore jamais étreint le corps d'une femme. Il n'avait même jamais embrassé ni pris la main d'une femme, et n'avait jamais eu le moindre rendez-vous.

Peut-être ai-je un grave problème, pensait-il souvent. Le flot naturel de mon esprit a peut-être été obstrué par quelque obstacle, provoquant des distorsions dans le développement de ma personnalité. Cet obstacle est-il lié au rejet de mes quatre amis ou bien est-ce quelque chose de structurel, qui préexistait à l'intérieur de moi, sans rapport avec l'affaire de Nagoya ?

Tsukuru était incapable d'en juger.

Un samedi soir, alors que Tsukuru et Haida étaient plongés dans une longue discussion tardive, ils en vinrent à parler de la mort. Que signifiait le fait que les hommes doivent nécessairement mourir ? Que signifiait le fait que les hommes doivent vivre avec le pressentiment de leur mort ? La plupart du temps, ils discutaient de ce genre de sujet de manière abstraite. Tsukuru aurait eu envie de s'ouvrir franchement à son ami, de lui confier qu'il avait vécu durant une certaine période dans une zone très proche de la mort, et que cette expérience avait produit en lui des changements profonds, à la fois physiques et moraux. Il aurait eu envie d'évoquer l'étrange spectacle qu'il avait alors entrevu. Mais s'il commençait à lui raconter son histoire, il devrait forcément lui expliquer tous les détails de la situation qui en était à l'origine. C'est pourquoi, comme à son habitude, il laissa Haida argumenter et se contenta pour l'essentiel de l'écouter.

Les aiguilles de la pendule dépassaient les onze heures quand ils épuisèrent le sujet et qu'un grand silence envahit l'appartement. En temps ordinaire, quand la conversation s'achevait, l'un et l'autre commençaient à se préparer pour la nuit. Car ils se levaient tous deux très tôt le matin. Pourtant, ce soir-là, Haida demeura assis en tailleur sur le canapé, plongé dans on ne sait quelles pensées.

« Je connais une histoire étrange, à propos de la mort, reprit-il finalement, d'une voix un peu incertaine, ce qui était rare chez lui. C'est mon père qui me l'a racontée. C'est une expérience qu'il a réellement vécue, alors qu'il venait de dépasser ses vingt ans, m'a-t-il expliqué. Tiens, il avait mon âge, justement. J'ai entendu ce récit si souvent que je m'en souviens dans les moindres détails. L'histoire est curieuse, et, à présent encore, je n'arrive pas tout à fait à croire qu'une telle aventure ait vraiment pu arriver à un homme… Pourtant mon père n'est pas homme à raconter des mensonges ni à inventer des fables. Et puis, comme tu le sais bien, chaque fois qu'on répète une histoire inventée, des détails se modifient. Par exemple, ici ou là, on exagère, ou bien on oublie ce qu'on avait dit à tel moment, la fois précédente… Or dans le récit que mon père m'a fait, tout est toujours resté absolument identique, de bout en bout. Par conséquent, je suppose qu'il a réellement vécu cette expérience. Moi qui suis son fils et qui connais bien sa personnalité, forcément, je crois à son histoire. Mais bien entendu, toi, Tsukuru, étant donné que tu ne connais pas du tout mon père, tu es libre d'y ajouter foi ou non. Tu peux la prendre simplement pour un conte. Ou du folklore. Ou encore comme une de ces légendes traditionnelles de revenants. Peu importe comment tu la considéreras. Mais il est déjà tard et elle est plutôt longue. Tu veux bien que je te la raconte maintenant ? »

Tsukuru répondit que oui, bien sûr, il voulait bien l'écouter, et, d'ailleurs, il n'avait pas encore sommeil.

5

« Quand il était jeune, mon père a passé environ une année à vagabonder, commença Haida. C'était la fin des années soixante, une époque marquée par la tempête des combats universitaires, et aussi l'apogée de la "contre-culture". Mon père ne m'a pas tout expliqué en détail, mais alors qu'il étudiait à l'université de Tokyo, il avait assisté à pas mal d'événements stupides avec lesquels il se trouvait en désaccord ; résultat, il s'était dégoûté des luttes politiques et retiré de toute activité dans ce domaine. Puis il avait obtenu l'autorisation d'interrompre ses études et il était parti voyager, sans but, tout seul, à travers le pays. Pour subvenir à ses besoins, il faisait n'importe quel travail physique et quand il avait du temps libre, il lisait, il rencontrait toutes sortes de gens, il accumulait des expériences pratiques de vie. Il m'a souvent répété que cette période avait été la plus riche pour ce qui était d'apprendre à penser et qu'il en avait tiré bon nombre de leçons importantes. Quand j'étais enfant, il m'a fait bien des fois le récit de ce qui lui était arrivé en ce temps-là. Un peu comme un soldat qui vous raconte ses combats dans des pays lointains. Après ce temps de vagabondage, mon père est retourné à l'université et il a repris son existence tranquille d'étudiant. Plus jamais il n'a fait de long voyage. À ma connaissance, il a passé le reste de sa vie à aller et venir entre son foyer et son travail. C'est étonnant, non ? Il semblerait que même dans la vie d'un homme en apparence des plus paisible ou rangé, il y a toujours, à un moment ou à un autre, une période de grande rupture. Une période de folie, même, pourrait-on dire. Chez les hommes, ce genre de tournant est sûrement nécessaire. »

Cet hiver-là, le père de Haida travailla comme homme à tout faire pour un petit établissement thermal dans les montagnes de la préfecture de Ooita. Ce lieu lui plut énormément et il décida de s'y installer pendant un certain temps. Du moment qu'il avait accompli les tâches qui lui étaient fixées au jour le jour et achevé les différents travaux domestiques, il pouvait employer le reste de son temps en toute liberté. Son salaire se réduisait à pas grand-chose, mais il avait droit à trois repas et à une chambre, et pouvait même prendre des bains aux sources d'eau chaude autant qu'il le désirait. Durant ses heures libres, dans sa petite chambre, il pouvait aussi lire les ouvrages qu'il aimait. Les gens du coin se montraient gentils avec l'étrange et taciturne « M. l'étudiant de Tokyo », les repas servis étaient simples mais très savoureux, car ils étaient préparés à partir de produits frais du terroir. Et par-dessus tout, il était loin du monde. On ne pouvait pas regarder la télévision à cause de la mauvaise réception, on lisait les journaux avec un jour de retard. L'arrêt de car le plus proche se situait à trois kilomètres en aval sur la route de montagne, et, de là, la seule voiture qui faisait péniblement l'aller-retour le long du mauvais chemin menant à l'auberge était la Jeep plutôt vétuste du patron. L'électricité n'avait été installée que récemment.

Devant l'auberge coulait une jolie rivière pleine de poissons aux teintes éclatantes. Constamment, des oiseaux aux voix aiguës tourbillonnaient à la surface de l'eau, et il n'était pas rare de croiser des sangliers et des singes. La montagne regorgeait de légumes sauvages. Sur ce territoire isolé, le jeune Haida s'adonnait à la lecture et à la méditation, autant qu'il le souhaitait. Il ne se sentait concerné en rien par le monde et ses vicissitudes.

Après deux mois passés dans cette auberge, il se lia avec un client. Un homme de haute taille qui devait avoir la bonne quarantaine, les membres fins et longs, les cheveux courts, le front paraissant d'autant plus large qu'il se dégarnissait. Il portait des lunettes à monture métallique dorée, et la forme de sa tête était aussi nette qu'un œuf qui viendrait d'être pondu. Il avait grimpé seul le sentier montagneux une semaine auparavant, avec, à l'épaule, un simple sac de voyage en plastique, et, depuis, il séjournait à l'auberge. Lorsqu'il sortait, il portait toujours la même tenue, blue-jean et blouson de cuir, boots solides. Les journées froides, il se coiffait d'un bonnet de laine, et enroulait une écharpe bleu foncé autour de son cou. Il s'appelait Midorikawa. Du moins était-ce le nom qui figurait sur le registre à côté de son adresse, à Koganei, dans l'agglomération de Tokyo. Il semblait être d'un tempérament consciencieux et réglait chaque jour sa note en liquide avant le repas de midi, un jour à l'avance.

(*Midorikawa*[1]. Encore une fois, il y avait une couleur dans son nom. Mais Tsukuru ne releva pas, et il prêta une oreille attentive au récit de son compagnon.)

Cet homme donc, Midorikawa, passait beaucoup de temps à se baigner dans les sources chaudes de plein

1. *Midorikawa* : *midori* : vert, *kawa* : rivière.

air. Il se promenait aussi dans les montagnes alentour, ou bien il lisait un livre de poche, assis à son *kotatsu*[1] (en général un roman policier quelconque), et le soir, tout seul, il buvait exactement deux cruchons de saké chaud. Ni plus ni moins. Il était tout aussi taciturne que le père de Haida, n'adressait la parole à personne sauf en cas de nécessité. Les gens de l'auberge n'y prêtaient pas attention, ils étaient habitués à ce genre de client. Pour venir délibérément au cœur de ces montagnes reculées, dans le but de se baigner dans ces sources thermales, il fallait en effet être plus ou moins excentrique, une tendance d'autant plus accentuée si le client séjournait là longtemps.

Un matin très tôt, alors que le jour n'était pas encore levé, le jeune Haida prenait un bain aux sources en plein air, près de la rivière, quand Midorikawa vint le rejoindre. L'homme lui adressa la parole. Pour une raison ou pour une autre, il semblait avoir nourri dès le premier regard un intérêt considérable pour le jeune employé. Sa curiosité venait peut-être de ce qu'il l'avait aperçu, durant ses heures de pause, assis sur la véranda en train de feuilleter un recueil des œuvres de Georges Bataille.

Midorikawa lui confia qu'il venait de Tokyo et qu'il était pianiste de jazz. Il avait eu envie de se reposer dans un environnement tranquille un certain temps après avoir rencontré quelques ennuis personnels, et il s'était également lassé de son travail habituel. Voilà comment il s'était retrouvé là. En fait, il avait voyagé au petit bonheur la chance et atterri là par hasard. L'endroit lui plaisait, car il offrait tout le nécessaire

1. *Kotatsu* : traditionnellement, petit foyer au charbon enclavé dans le plancher, recouvert d'une table et d'une couverture épaisse. Le *kotatsu* est le plus souvent électrique aujourd'hui.

et aucun superflu. « Et toi ? demanda-t-il. On dirait bien que tu viens également de Tokyo ? »

À la pâle clarté de l'aube, Haida, plongé dans l'eau chaude, lui expliqua sa situation en quelques mots. Il avait interrompu ses études et voyageait sans objectif particulier. D'ailleurs, avec le blocus de l'université, cela n'avait aucun sens de rester à Tokyo.

« Et tu n'es pas intéressé par les événements qui se produisent à Tokyo actuellement ? demanda Midorikawa. Ce doit être tout de même un spectacle assez extraordinaire ! Chaque jour, tous ces désordres qui éclatent ici ou là. Comme si le monde se déracinait et marchait sur la tête. Tu ne regrettes pas de ne pas observer un tel spectacle ?

— Le monde ne se renverse pas aussi facilement, répondit Haida. Ce sont les hommes qui marchent sur la tête. Et de ne pas observer cela, ça ne me manque en rien. » Sa manière de parler, catégorique et abrupte, eut l'air de plaire à Midorikawa.

« Dis-moi, tu ne sais pas s'il y aurait dans le coin un endroit où je pourrais jouer du piano ? demanda-t-il.

— De l'autre côté de la montagne, il y a un collège. Vous pourriez peut-être jouer après la classe dans la salle de musique », répondit le jeune homme.

Midorikawa fut heureux de l'apprendre. « Tu pourrais me guider jusqu'à cette école ? » Une fois que Haida eut expliqué l'affaire au patron de l'auberge, celui-ci lui donna l'autorisation d'accompagner Midorikawa. Le patron téléphona d'abord au collège pour demander si on pouvait utiliser leur piano, ce qui fut accepté. Après le déjeuner, les deux hommes franchirent la crête et redescendirent vers le collège. Il avait plu, le chemin était glissant, pourtant Midorikawa avançait à pas vifs, son sac à bandoulière attaché avec un *tasuki*[1]. Il paraissait avoir été élevé comme un citadin, mais semblait en même temps étonnamment vigoureux.

Dans la salle de musique, ils découvrirent un vieux piano droit aux touches irrégulières, qui aurait eu bien besoin d'être accordé, mais restait dans les limites de l'acceptable. Le pianiste s'assit sur le tabouret réglable, allongea les doigts et, après avoir parcouru les quatre-vingt-huit touches en guise d'essai, vérifia la sonorité de quelques accords. Accords de quinte, de septième, de neuvième, de onzième. Il n'eut pas l'air très convaincu de ce qu'il entendait, mais le simple fait d'enfoncer les touches parut lui procurer une certaine satisfaction physique. En voyant la vélocité et la maîtrise de ces mains sur le clavier, Haida supposa que ce devait être un pianiste réputé.

Une fois qu'il se fut assuré de l'état général de l'instrument, Midorikawa sortit de son sac un petit sachet en étoffe, et le posa avec mille précautions sur le piano. Le sachet était taillé dans un très beau matériau, et fermé par un cordon. Le jeune Haida se dit qu'il contenait peut-être les cendres de quelqu'un. L'homme semblait avoir coutume de poser ce sachet sur l'instrument lorsqu'il se mettait à interpréter un morceau. À ses gestes, du moins, c'était l'impression qu'il donnait.

Après quoi, Midorikawa commença à jouer *Round Midnight*, non sans une certaine hésitation. Au début, il joua chacun des accords avec beaucoup de précaution, comme quelqu'un qui plonge le pied dans une rivière et cherche à évaluer la vitesse du courant ou la sûreté de ses appuis. Une fois le thème

1. *Tasuki* : une sorte de cordon qui permet de relever les manches larges des kimonos.

achevé, il se lança dans une longue improvisation. Petit à petit, ses doigts commencèrent à se mouvoir avec plus de générosité et de prestesse, tels des poissons dans l'eau. La main gauche encourageait la main droite, la main droite stimulait la main gauche. Le jeune Haida n'était pas spécialement féru de jazz, mais il avait reconnu cette pièce composée par Thelonious Monk, et il sentit que l'interprétation qu'en donnait Midorikawa était exceptionnelle. L'homme y avait mis une telle profondeur spirituelle que le piano mal accordé n'était plus une gêne. Dans cette salle de musique d'un collège de montagne où il était le seul auditeur, il avait la sensation d'être purifié à l'intérieur de lui-même, tandis qu'il écoutait la musique avec gravité et recueillement. La beauté sincère et spontanée qui se révélait là allait de pair avec l'atmosphère rafraîchissante, gorgée d'ozone, et le flot paisible de la rivière de montagne, comme si ces éléments se faisaient écho, se répondaient et s'accordaient. Midorikawa lui aussi était tout à son jeu, au point que le monde environnant semblait avoir disparu pour lui. Le jeune Haida n'avait jusqu'alors jamais vu quelqu'un d'aussi intensément absorbé dans ce qu'il faisait. Il ne pouvait détacher son regard un seul instant des doigts de Midorikawa qu'on aurait dits animés par leur volonté propre.

Quand il s'arrêta, après environ quinze minutes de jeu, Midorikawa sortit de son sac une serviette épaisse et essuya soigneusement la sueur de son front. Puis il ferma les yeux un moment, comme s'il méditait. Enfin, il déclara : « Eh bien, ça suffit. Allons-y à présent ! » Il reprit le sachet en étoffe posé sur le piano et le remit précautionneusement dans son sac.

« Qu'est-ce que c'est, ce sachet ? demanda franchement le père de Haida.

— Un talisman, répondit simplement Midorikawa.

— Une sorte de dieu protecteur du piano ?

— Non, je dirais plutôt que c'est un double de moi-même, fit Midorikawa, tandis qu'un sourire las se dessinait sur ses lèvres. C'est une histoire un peu curieuse. Seulement, elle est plutôt longue, et je suis trop fatigué pour te la raconter tout de suite. »

Là-dessus, Haida s'arrêta net et jeta un coup d'œil à la pendule murale. Puis il regarda Tsukuru. Bien entendu, celui qui se trouvait devant Tsukuru, c'était Haida fils. Dans l'esprit de Tsukuru cependant, comme le père avait à peu près le même âge dans le récit que son fils ce soir-là, leurs images se superposaient naturellement. Il avait l'étrange sensation que deux temporalités différentes s'étaient unies, fondues en une seule. Il fut envahi soudain par l'illusion que ce n'était pas le père qui avait réellement vécu cet événement, mais peut-être bien le fils, ce jeune homme qui se tenait devant lui. Il n'était pas impossible qu'il ait emprunté l'image de son père pour raconter sa propre expérience.

« Il est vraiment très tard. Si tu veux dormir, je peux remettre à plus tard la suite de l'histoire.

— Ça va. Je n'ai pas encore sommeil », répondit Tsukuru dont l'envie de dormir était totalement dissipée. Il voulait connaître la suite du récit.

« Bon, eh bien, je continue. Moi non plus, je n'ai pas sommeil », dit Haida.

*

* *

Ce fut la première et la dernière fois que Midori-kawa joua du piano devant Haida. Une fois qu'il eut achevé *Round Midnight*, il parut avoir perdu tout intérêt pour le piano.

Quand le jeune Haida l'interrogeait : « Vous ne voulez plus jouer du piano ? » il se contentait d'agiter la tête sur le côté, le regard dirigé vers l'eau de la source. Aussi Haida renonça-t-il. Midorikawa n'avait plus l'intention de jouer, quelle que soit son envie à lui de l'écouter encore une fois.

Midorikawa possédait un talent inné. Cela ne faisait aucun doute. Il était gratifié du don d'émouvoir ses auditeurs physiquement, charnellement, avec sa musique. Lorsqu'on l'écoutait en se concentrant, on avait la sensation évidente d'être transporté ailleurs. Il n'est pas à la portée de tous les interprètes de produire ce genre d'effet.

Le jeune Haida, pour sa part, n'était pas en mesure de comprendre pleinement ce que cette nature signi-fiait pour Midorikawa. Était-ce un bonheur ou bien un fardeau ? Une grâce ou une malédiction ? Ou encore, ce don contenait-il tout cela à la fois ? En tout cas, Midorikawa ne donnait pas l'impression d'être un homme très heureux. Son expression oscillait habituellement entre la mélancolie et le détachement. Les rares sourires que ses lèvres dessi-naient étaient empreints d'une ironie toute intellec-tuelle.

Un jour, Midorikawa interpella le jeune Haida, occupé à fendre et transporter des bûches dans le jardin de derrière.

« Est-ce que tu aimes le saké ? lui demanda-t-il.

— Oui, en petite quantité, répondit le jeune Haida.

— Un peu, c'est parfait. Tu m'accompagnerais ce soir ? J'en ai assez de boire tout seul.

« — Dans l'après-midi, j'ai des choses à faire, mais vers sept heures et demie, ça m'irait.

— Très bien. Viens dans ma chambre vers sept heures et demie. »

À l'heure dite, le jeune Haida se rendit dans la chambre de Midorikawa. Le dîner avait été préparé pour deux, et le saké mis à tiédir. Ils prirent leur repas en tête à tête, Midorikawa ne consommant que la moitié des plats, buvant uniquement le saké qu'il se versait lui-même. Sans s'expliquer sur sa propre histoire, il demanda à Haida d'où il était originaire (d'Akita), et l'interrogea sur sa vie à l'université de Tokyo. Quand il apprit que le jeune homme étudiait la philosophie, il lui posa toutes sortes de questions en rapport avec son domaine : la conception du monde de Hegel, les œuvres de Platon. Au fur et à mesure de la conversation, Haida comprit que Midorikawa avait lu tous ces textes, méthodiquement, et pas seulement des romans policiers anodins.

« Ainsi donc, tu crois à ce qu'on appelle la logique ? dit Midorikawa.

— Oui, en effet. Fondamentalement, je crois à la logique, je compte sur elle. C'est la base même de la science, répondit le jeune Haida.

— Je présume que tu n'aimes pas ce qui sort du cadre de la logique ?

— Peu importe ce que j'aime ou pas, là n'est pas la question. Mais je ne refuse pas d'emblée ce qui est contraire à la logique. Ce n'est pas de la foi, au sens religieux, que j'éprouve vis-à-vis de la logique. Je pense qu'une tâche essentielle est de chercher à faire se rencontrer le logique et l'illogique.

— Par exemple, est-ce que tu crois aux démons ?

— Les démons ? Les démons sur qui il pousse des cornes ?

— Oui, oui. Même si je ne sais pas très bien s'ils ont vraiment des cornes.

— S'il s'agit de démons en tant que métaphore du mal, bien entendu, je peux y croire.

— Et que penses-tu des démons qui sont une métaphore du mal tout en ayant revêtu une forme réelle ?

— Tant que je ne les aurai pas vus de mes propres yeux, je ne pourrai pas me faire la moindre idée à leur sujet, répondit Haida.

— Quand tu les auras vus, ce sera peut-être trop tard.

— En fait, ce sont des hypothèses que nous formulons là. Si nous voulons poursuivre sur le sujet, il nous faut prendre des exemples plus clairs, plus concrets. De la même façon qu'un pont a besoin d'une armature. Plus on développe une hypothèse, plus elle devient fragile. Et la conclusion qui en découle n'est pas du tout fiable.

— Un exemple concret ? » fit Midorikawa. Il but une gorgée de saké, grimaça. « Il existe pourtant des exemples concrets que l'on est contraint d'accepter ou pas, de croire ou pas, sans possibilité intermédiaire. Autrement dit, il faut accomplir un bond spirituel. La logique, dans ces cas-là, ne pèse d'aucun poids.

— En effet, c'est à ces moments précisément que la logique cesse d'opérer. Il n'existe pas de manuel qui indiquerait à quels moments employer la logique. Mais peut-être est-il possible de l'appliquer après coup.

— Après, cela risque également d'être trop tard.

— Tard ou pas tard, peu importe... la logique, c'est une autre question. »

Midorikawa sourit. « Tu as certainement raison. Même si l'on sait que, plus tard, c'est trop tard, la logique, c'est une autre question. Ton raisonnement est juste. Je n'ai rien à répliquer.

— Mais vous, vous avez eu ce genre d'expérience ? Une expérience que vous aviez à accepter, à laquelle vous deviez croire, et qui vous faisait sauter au-delà de la logique ?

— Non…, dit Midorikawa. Moi, je ne crois à rien. Je ne crois pas à la logique, ni à l'absence de logique. Je ne crois pas en Dieu, pas plus qu'aux démons. Je ne développe pas d'hypothèse, je n'accomplis pas de saut. Je me contente d'accepter les choses sans un mot, *telles qu'elles sont*. C'est pour moi un point fondamental. Impossible d'ériger un mur ou d'établir une distinction claire entre sujet et objet.

— Mais vous avez un don pour la musique.

— C'est ce que tu penses ?

— Votre musique a le pouvoir évident de transporter les gens. Moi qui ne m'y connais pas beaucoup en matière de jazz, je l'ai bien senti. »

Midorikawa secoua la tête d'un air ennuyé. « Oui, bien sûr, le talent ou le don, ce peut être parfois agréable. Cela te rend séduisant, attire l'attention des autres, et, avec de la chance, te rapporte de l'argent. Tu plais aux femmes également. Oui, sans doute, mieux vaut avoir du talent que ne pas en avoir. Mais le talent, jeune Haida, n'opère qu'à partir d'une tension mentale et physique rigoureuse, implacable. Qu'une vis se desserre dans ton cerveau, qu'un fil se dénoue dans ton corps, et toute ta concentration s'évapore comme la rosée de l'aube. Par exemple, si une molaire te lance, ou si tu as d'affreuses courbatures à l'épaule, tu ne peux plus jouer du piano correctement. Je t'assure. Cela m'est vraiment arrivé. Une seule petite carie, une courbature, et toutes les belles visions, tous les sons retournent au néant. Le corps humain est une structure fragile. C'est un système fort complexe qu'un rien suffit à détraquer. Et, une fois abîmé, dans la plupart des cas, il est bien difficile de le réparer. S'il ne s'agit que d'une carie ou d'une courbature, on peut sûrement y remédier, mais il y a bien d'autres dégradations contre lesquelles on ne peut rien. Et alors, quelle valeur accorder à un talent sur lequel on ne peut pas compter, qui s'appuie sur des bases si peu fiables et si imprévisibles ?

— Vous avez raison, le talent est sans doute quelque chose d'éphémère. Et certainement, peu d'hommes peuvent compter dessus jusqu'au bout. Pourtant, il permet parfois de donner naissance à des choses qui témoignent d'un magnifique *bond spirituel*. Qui transcendent l'individu, en tant que phénomène indépendant, universel. »

Midorikawa réfléchit un moment. « Mozart et Schubert sont morts jeunes mais leur musique vit éternellement. C'est ce que tu veux dire ?

— Oui, par exemple.

— Des talents de cet ordre sont exceptionnels. Et dans la majorité des cas, ces hommes-là, en mourant trop jeunes, paient très cher le prix de leur génie. C'est comme s'ils jetaient leur propre vie sur la balance. Mais avec qui commercent-ils ? Est-ce Dieu ? Est-ce le diable ? Je l'ignore. » Midorikawa soupira, puis fit une pause avant d'ajouter : « Il s'agit de tout autre chose, à vrai dire, mais je me trouve à présent aux portes de la mort. Il ne me reste environ qu'un mois à vivre. »

Ce fut au tour du jeune Haida de se plonger dans ses pensées. Il ne savait comment répondre.

« Je ne souffre pas d'une maladie particulière, non, rien de tel, expliqua Midorikawa. Je suis même plutôt en bonne santé. Et ce n'est pas non plus que j'aie l'intention de me suicider. Il est inutile que tu t'inquiètes avec ce genre d'idée.

— Alors, comment savez-vous qu'il ne vous reste qu'un mois à vivre ?

— Quelqu'un me l'a dit : *Mon ami, tu as encore deux mois de vie devant toi.* C'était il y a un mois.

— Mais enfin, de quelle sorte d'homme s'agit-il ?

— Ce n'est ni un médecin ni un devin. C'est un homme tout ce qu'il y a de plus ordinaire. Simplement, lui aussi mourra *au même moment.* »

Le jeune Haida médita sur ce que Midorikawa venait de lui dire, mais il ne parvenait pas à saisir le fil conducteur de l'histoire.

« Est-ce que, par hasard, vous seriez venu ici pour mourir ?

— En toute franchise, eh bien, oui.

— La logique de tout cela m'échappe, à vrai dire, mais n'y a-t-il pas un moyen pour que vous vous dérobiez à cette mort ?

— Il n'en existe qu'un seul, dit Midorikawa. Ce serait de transférer à quelqu'un d'autre cette qualification, si je puis dire, ce *"token"*, ce jeton pour la mort. En bref, cela reviendrait à trouver quelque part quelqu'un qui mourrait à ma place. Et après lui avoir passé le bâton de témoin, je m'en irais en disant : "Je vous en prie, après vous !" De la sorte, je ne mourrais pas tout de suite. Mais je n'ai pas l'intention de recourir à ce moyen. De toute façon, j'ai toujours été convaincu que j'aimerais mourir tôt. C'est peut-être une issue de secours inespérée.

— Vous pensez que mourir comme ça, maintenant, c'est acceptable, en somme.

— Eh bien, pour être honnête, vivre m'ennuie. Cela m'est tout à fait égal de mourir maintenant. Je n'ai pas la moindre énergie pour rechercher je ne sais quel moyen de me suicider. En revanche, je suis à peu près capable d'attendre la mort tranquillement.

— Mais concrètement, comment vous y prendriez-vous pour transmettre ce "*token*" à un autre homme ? »

Midorikawa haussa légèrement les épaules. « Oh, c'est facile. Ce partenaire comprend ce que je lui explique, il l'admet, il accepte les conditions, et il est d'accord pour recevoir ce "*token*". À partir de ce moment-là, la transmission est heureusement accomplie. Qu'importe si elle s'est faite oralement. Avec une poignée de main aussi, ça marche très bien. Inutile d'apposer son sceau ou de signer un contrat. Nous ne sommes pas des bureaucrates. »

Le jeune Haida était perplexe. « Ce n'est sûrement pas facile de trouver quelqu'un qui accepterait de vous remplacer pour une mort imminente, non ?

— Certes, c'est le point le plus problématique. Une proposition aussi abracadabrante, on ne la fait pas à n'importe qui. "Excusez-moi, mais vous ne voudriez pas mourir à ma place ?" Tu imagines ! Le remplaçant, bien entendu, doit absolument avoir le choix. Ensuite, l'affaire se corse encore un peu. »

Midorikawa regarda tout autour de lui, il toussa.

« Est-ce que tu savais que tous les hommes sont dotés d'une couleur qui leur est propre ?

— Non, je l'ignorais.

— Eh bien, c'est un fait, chaque homme possède sa couleur. Elle forme un halo tout autour du corps et brille légèrement. Comme un nimbe. Ou bien comme une lumière qui vous éclaire par-derrière. Et moi, je suis capable de voir ces couleurs distinctement. »

Midorikawa se versa du saké depuis le cruchon, et le but comme s'il le lapait, à toutes petites gorgées.

« Vous avez cette capacité à distinguer ces couleurs depuis toujours ? » demanda le jeune Haida, incrédule.

Midorikawa secoua la tête. « Non, on n'est pas pourvu de ce talent à la naissance. Qui plus est, c'est une capacité temporaire. Elle vous est donnée en échange du fait qu'on accepte de mourir dans un délai très court. Et elle se transmet d'homme à homme. Maintenant, c'est à moi qu'elle a été confiée. »

Le jeune Haida resta un moment silencieux. Les mots ne lui venaient pas.

Midorikawa reprit : « Il y a dans le monde des couleurs que l'on aime et d'autres qui inspirent de l'aversion. Certaines sont gaies, d'autres tristes. Il y a des hommes qui brillent intensément, d'autres qui émettent de toutes petites lueurs. C'est vraiment fatigant, tout cela. Parce que, même si je n'en ai pas envie, je les vois tout de même ces couleurs. Je n'aime donc pas me trouver dans la foule. C'est pour cela que je suis venu dans ces montagnes reculées. »

Le jeune Haida avait du mal à suivre ce que lui expliquait son compagnon. « Vous voulez dire que vous pouvez distinguer la couleur que j'émets, moi aussi ?

— Bien sûr que je la vois ! Mais quelle est cette couleur ? Eh bien, je n'ai pas l'intention de te le dire, répondit Midorikawa. Ce que je dois faire, c'est trouver un homme qui émet une certaine sorte de couleur, qui brille d'une certaine façon. Le "*token*" de la mort est en effet réservé à ce genre de personne. Ce n'est pas quelque chose que je peux transmettre à n'importe qui.

— Y a-t-il beaucoup d'hommes avec cette lumière et cette couleur ?

— Non, pas beaucoup. À ce que j'ai vu, disons environ un sur mille, ou deux mille peut-être. Ce n'est pas simple de les trouver mais pas impossible non plus. Le plus difficile est de dénicher le bon endroit pour avoir avec le partenaire en question une conversation sérieuse. C'est concevable, certes, mais pas si facile à réaliser.

— En définitive de quelle sorte d'hommes s'agit-il ? Qui est disposé à mourir sur-le-champ ou presque à la place d'un autre ? »

Midorikawa sourit. « Quels sont ces hommes ? Je l'ignore. Tout ce que je sais, c'est qu'ils sont pourvus d'une certaine sorte de couleur, et auréolés d'une lumière très brillante. Ce n'est rien de plus qu'une caractéristique superficielle. Mais je me permettrais d'ajouter, et c'est un avis tout personnel, que ces hommes ne craignent sans doute pas de faire le grand saut. Pourquoi n'en ont-ils pas peur ? Chacun d'eux doit avoir sa propre raison, j'imagine.

— Même s'ils n'ont pas peur, pourquoi feraient-ils ce saut ? »

Midorikawa garda un moment la bouche close. Dans le silence, le courant de la rivière parut plus bruyant. Finalement, il eut un mince sourire.

« À partir de là, on tombe dans le boniment du camelot.

— Allez-y, continuez, dit le jeune Haida.

— Dès le moment où tu donnes ton accord pour un échange de morts, tu acquiers une qualification peu ordinaire. Ou, disons, une aptitude particulière. Être capable de distinguer les différentes couleurs qu'émettent les hommes n'est qu'une partie de cette aptitude. Ce qui est fondamental, c'est que tu peux élargir tes propres perceptions. Que tu peux ouvrir "les portes de la perception", selon l'expression d'Aldous Huxley. Après quoi, tes perceptions deviendront pures et sans mélange. Comme quand le brouillard se dissipe et que tout devient clair. Alors tu pourras contempler un paysage qu'à l'ordinaire tu es incapable de discerner.

— Est-ce que votre interprétation de l'autre jour au piano est aussi l'un des fruits de cette opération ?

— Non, je crois que ma façon de jouer est un don que j'ai depuis toujours. La perception porte en elle son propre accomplissement. Elle ne se manifeste pas sous la forme d'un résultat concret extérieur. Ce n'est pas non plus une faveur du ciel. Les mots ne suffisent pas à l'expliquer. Il faut l'expérimenter par soi-même. La seule chose que je pourrais te dire, c'est qu'une fois que tu as a vu un tel spectacle de vérité, le monde dans lequel tu as vécu jusqu'alors t'apparaît atrocement plat. Dans ce que tu vois alors, il n'y a ni logique ni absence de logique. Ni bien ni mal. Tout est uni, fondu dans un grand tout. Et tu es toi-même une part de ce tout. Détaché du cadre de ton corps, tu deviens pour ainsi dire un être métaphysique. Tu n'es plus que pure intuition. Ce sont des sensations merveilleuses, en un sens, mais, en même temps, elles sont aussi désespérantes. Et à la fin des fins, tu mesures pleinement à quel point ta vie a été superficielle jusqu'alors, à quel point elle a manqué d'épaisseur. Et quand tu te demandes comment tu as pu supporter une telle existence, tu en frémis.

— Pensez-vous, personnellement, que cette expérience vaille la peine d'être vécue, même si elle n'est que temporaire et qu'il faut pour la connaître aller jusqu'à prendre la place de quelqu'un qui va mourir ?

— Bien sûr. Elle vaut la peine. Je te le garantis. »

Le jeune Haida resta un moment plongé dans le silence.

« Eh bien ? fit Midorikawa, souriant. Est-ce que tu commencerais toi aussi à t'intéresser à ce *"token"* ?

— J'aimerais vous demander quelque chose.

— À quel sujet ?

— Se pourrait-il que je sois moi aussi porteur d'une certaine sorte de couleur et d'une lumière brillante ? L'un de ces un sur mille ou deux mille ?

— Oui. Quand je t'ai vu, la première fois, je l'ai su immédiatement.

— Je serais donc l'un de ces hommes désireux d'accomplir ce grand saut ?

— Alors là... Que dire ? Je l'ignore. N'est-ce pas une question que tu devrais plutôt te poser à toi-même ?

— De toute façon, vous n'avez pas l'intention de transmettre ce *"token"*.

— Excuse-moi, dit le pianiste. Je vais mourir bientôt. Je n'ai pas l'intention de renoncer à ce privilège. Autrement dit, je suis un commerçant qui n'a pas envie de vendre sa marchandise.

— Si vous mourez, que deviendra le *"token"* ?

— Eh bien... je n'en sais rien. Voyons, qu'est-ce qu'il pourrait devenir ? Il se pourrait qu'il disparaisse avec moi. Ou peut-être subsisterait-il ensuite sous je ne sais quelle forme. Et continuerait-il à se transmettre d'un homme à un autre, qui sait ? Comme dans *L'Anneau du Nibelung* de Wagner. Je l'ignore et, pour être franc, je ne m'en soucie pas. Parce que, vois-tu, ce qui se passera après ma mort n'est plus de ma responsabilité. »

Le jeune Haida s'efforçait d'ordonner ses pensées. En vain.

« Et alors ? N'est-ce pas une histoire totalement logique ? fit Midorikawa.

— Elle est extrêmement intéressante mais j'ai du mal à y croire, répondit honnêtement le jeune Haida.

— Parce qu'elle n'est pas sous-tendue par une explication logique ?

— Oui, en effet.

— Et je ne peux en fournir aucune preuve.

— Vous voulez dire qu'il n'y a pas de preuve que cet échange a réellement lieu ? »

Midorikawa opina. « Exactement. C'est cela. Si l'on ne tente pas *réellement* le grand saut, on n'a aucune preuve ; une fois qu'on l'a accompli, toute preuve devient inutile. Il n'y a pas d'entre-deux. On saute ou on ne saute pas, c'est l'un ou l'autre.

— Vous n'avez pas peur de mourir ?

— La mort en soi ne me fait pas peur. Vraiment. Jusqu'à présent, j'ai vu mourir bien des sales types. S'ils ont pu le faire, il n'y a pas de raison que j'en sois incapable.

— Et ce qui se passe après ?

— Tu veux dire l'au-delà, la vie après la mort ? » Haida acquiesça.

« J'ai résolu de ne pas y penser, répondit Midorikawa en caressant du creux de la main sa barbe naissante. Il est inutile de réfléchir aux choses que l'on ne peut pas connaître. Et même si je les connaissais, je ne pourrais pas les vérifier. Après tout, c'est ce que tu désignerais comme le déroulement dangereux d'une hypothèse. »

Le jeune Haida prit une grande respiration.

« Pourquoi m'avez-vous raconté cette histoire ?

— Je ne l'avais jamais fait, et je n'ai pas l'intention de le refaire », répondit Midorikawa. Puis il leva sa coupe. « J'avais l'intention de disparaître bien tranquillement, tout seul. Mais quand je t'ai vu, j'ai pensé que cela vaudrait peut-être la peine que je te raconte cette histoire.

— Peu vous importait que j'y croie ou pas ? »

Midorikawa, le regard ensommeillé, eut un petit bâillement.

« Cela m'est égal que tu la croies ou non, reprit-il. Parce que, tôt ou tard, tu finiras par y croire. Tu finiras par mourir un jour, toi aussi. Et quand tu iras vers la mort – quand, et de quelle façon, je l'ignore –, tu te souviendras nécessairement de cette histoire. Tu accepteras alors la totalité de ce que je t'ai dit, tu comprendras dans ses moindres détails la logique qu'elle contient. La logique de la vérité. Je me suis contenté de semer une graine. »

Il semblait que la pluie s'était de nouveau mise à tomber. Une pluie tendre, paisible, dont le murmure imperceptible se fondait dans celui de la rivière. On ne devinait qu'il pleuvait qu'à l'infime changement d'atmosphère ressenti par la peau.

Haida en vint soudain à éprouver comme irréel, fantastique et même contre nature le fait de se retrouver dans cette petite chambre, en face de Midorikawa. Il se sentit pris de vertige. Dans cette atmosphère figée, il crut sentir l'odeur vague de la mort. L'odeur de la chair en putréfaction. Mais ce n'était sans doute qu'une illusion. Personne n'était encore mort ici.

« Tu vas bientôt retrouver ta vie d'étudiant à Tokyo, annonça Midorikawa d'une voix posée. Tu retrouveras une vie normale. Et tu la vivras très bien. Peu importe qu'elle soit plate et monotone, le simple fait de vivre en vaut la peine. Je te le garantis. Il n'y a dans mes paroles ni ironie ni paradoxe. Mais, pour moi, toutes ces choses précieuses sont maintenant devenues pesantes. Je ne peux plus vivre avec ce fardeau. Peut-être ma nature ne m'y disposait-elle pas. Aussi, comme un chat qui sent venir sa mort, je me blottirai dans un lieu obscur et calme, et j'attendrai en silence que vienne le moment. Ce n'est pas plus mal ainsi. Mais pour toi, c'est différent. Toi, tu sauras vivre avec ce fardeau sur le dos. Tu te serviras du fil de la logique pour te coudre sur le corps, aussi étroitement que possible, tout ce qui donne de la valeur à la vie. »

« Et c'est là que l'histoire se termine, déclara Haida, le fils. Deux jours après cette conversation, au matin, pendant que mon père était occupé à quelque tâche à l'extérieur, Midorikawa avait quitté l'auberge. Comme lorsqu'il était venu, avec son sac à bandoulière à l'épaule, il avait marché sur les trois kilomètres en aval vers l'arrêt de car. Où est-il allé ensuite ? On ne le sait pas. Il avait réglé sa note la veille, et il était parti sans rien dire. Il n'avait laissé aucun message à mon père non plus, juste un tas de romans policiers déjà lus. Après quoi, mon père regagna bientôt Tokyo. Il retourna à l'université et reprit sa vie exclusivement consacrée à l'étude. Sa rencontre avec ce personnage de Midorikawa était-elle l'occasion de mettre un point final à sa longue période d'errance ? Je ne suis pas en mesure de le dire. Mais, à la façon dont mon père en parlait, j'ai l'impression que cet événement a eu beaucoup d'influence sur lui. »

Haida changea de position sur le canapé et, de ses longs doigts, il se massa lentement les chevilles.

« Après son retour à Tokyo, mon père essaya de retrouver un pianiste de jazz du nom de Midorikawa. Sans succès. Peut-être était-ce un pseudonyme. Voilà pourquoi, finalement, il n'a jamais su si cet homme était vraiment mort un mois plus tard.

— Mais ton père, lui, est toujours en bonne santé ? demanda Tsukuru.

— Oui, oui, pour le moment, il est toujours en vie.

— Est-ce que ton père a réellement cru à cette histoire invraisemblable ? N'a-t-il pas pensé que ce Midorikawa s'était joué de lui ?

— Que te dire ? Je n'en sais rien moi-même. Mais pour mon père, à cette époque, la question n'était pas d'y croire ou non. Cette histoire merveilleuse, je pense qu'il l'a acceptée entièrement comme telle – une histoire merveilleuse. De la même façon qu'un serpent avale entièrement la proie qu'il a attrapée, sans la mâcher, et prend ensuite tout son temps pour la digérer. »

Là-dessus, Haida se tut. Puis il prit une grande inspiration.

« J'ai vraiment sommeil maintenant. Je crois qu'on devrait dormir, non ? »

La pendule indiquait presque une heure du matin. Tsukuru se rendit dans sa chambre, Haida se prépara à se coucher sur le canapé, et ils éteignirent les lumières. Une fois allongé dans son lit, Tsukuru eut l'impression d'entendre le murmure de la rivière. Bien entendu, ce n'était qu'une illusion. Ici, il était au cœur de Tokyo.

Il sombra bientôt dans un profond sommeil.

Cette nuit-là se produisirent un certain nombre de faits étranges.

6

Tsukuru Tazaki envoya un mail à Sara Kimoto pour l'inviter à dîner. C'était cinq jours après leur conversation dans un bar d'Ebisu. La réponse lui arriva de Singapour. Sara rentrerait au Japon deux jours plus tard. Elle serait libre le lendemain, c'est-à-dire le samedi, en fin d'après-midi. « Je suis tout à fait d'accord, écrivait-elle. Il y a des choses dont j'aimerais parler avec toi. »

Des choses dont elle aimerait parler ? Tsukuru n'était pas en mesure de deviner de quoi Sara voulait s'entretenir avec lui, mais, à la seule pensée de la revoir, son humeur s'éclaircissait, et il mesurait à quel point son cœur recherchait cette femme. Quand il ne l'avait pas vue depuis un certain temps, il avait l'impression d'avoir perdu quelque chose d'important, et un léger élancement traversait sa poitrine. Un sentiment qu'il n'avait pas éprouvé depuis bien longtemps.

Néanmoins, durant les trois jours suivants, Tsukuru fut accablé de travail, alors qu'il ne s'y attendait pas. À cause de voitures de types différents utilisées sur certaines lignes conjointement par des métros et des trains, des problèmes de sécurité étaient apparus. (Pourquoi ne lui avait-on pas communiqué plus tôt des informations aussi importantes ?) Pour les résoudre, il fallait de toute urgence réaliser des travaux sur les quais de plusieurs gares. Il dut élaborer un programme de travail sur lequel il passa toute la nuit mais réussit tout de même à se libérer pour la soirée du samedi. Il quitta le bureau tel qu'il était, en costume, et se dirigea vers le lieu du rendez-vous à Aoyama. Dans le métro, il s'écroula sur un siège, s'endormit comme une masse et fut à deux doigts de rater le changement d'Akasaka-mitsuke.

« Tu as vraiment l'air épuisé ! » lui dit Sara après lui avoir jeté un coup d'œil.

Tsukuru lui expliqua les raisons pour lesquelles il avait dû autant travailler ces derniers jours. Il tenta de rendre ses explications aussi courtes que possible et faciles à comprendre.

« J'avais l'intention de rentrer chez moi, de prendre une douche et de me changer, mais je n'ai pas eu le temps », lui dit-il.

Sara sortit d'un sac en papier une boîte plate, longue et étroite, joliment enveloppée, et la tendit à Tsukuru. « C'est pour toi, je te l'offre. »

Tsukuru ouvrit la boîte. Il y avait une cravate à l'intérieur. Une cravate en soie unie, bleue, un très bel article. Yves Saint Laurent.

« Je l'ai vue au duty-free à Singapour, et je l'ai achetée en pensant qu'elle t'irait bien.

— Merci. Elle est magnifique.

— Je sais bien que certains hommes n'aiment pas qu'on leur offre des cravates…

— Pas moi, dit Tsukuru. Cela tombe bien parce que cela faisait un certain temps que j'avais dans l'idée de m'acheter une cravate… Et celle que tu as choisie me plaît beaucoup.

— Tant mieux », dit Sara.

Tsukuru détacha sa cravate à fines rayures et passa la nouvelle que lui offrait Sara. Ce jour-là, comme il portait un costume d'été bleu sombre et une chemise blanche, la cravate bleue était tout à fait dans le ton. Sara allongea les mains par-dessus la table et arrangea le nœud avec adresse. Il sentit son parfum léger.

« Elle te va très bien », dit-elle. Puis elle sourit gracieusement.

Sur la table, la cravate qu'il avait portée jusque-là lui parut vraiment miteuse. À l'image d'une mauvaise habitude qu'il aurait conservée sans y prendre garde. Il pensa qu'il lui faudrait accorder un peu plus d'attention à son apparence. Dans les bureaux où il travaillait chaque jour à ses plans, il avait peu d'occasions de le faire. Presque tous ses collègues étaient des hommes. Dès qu'il sortait du bureau, il ôtait sa cravate et roulait les manches de sa chemise. Il se rendait également souvent sur les chantiers. Où personne ne se souciait de son costume ou de sa cravate. Et à bien y réfléchir, cela faisait très longtemps qu'il n'avait plus eu de relation régulière avec une femme.

C'était la première fois que Sara lui faisait un cadeau. Il en fut heureux. Il faudrait qu'il sache quel était le jour de son anniversaire et qu'il lui offre quelque chose en retour. Il devrait s'en souvenir. Il la remercia encore une fois, plia sa vieille cravate et la glissa dans la poche de sa veste.

Ils se rendirent dans un restaurant français, situé en sous-sol d'un immeuble de Minami Aoyama. Sara connaissait l'établissement. Pas du tout prétentieux. Le vin et les plats n'étaient pas très chers, l'atmosphère décontractée, un peu comme dans un bistrot, avec un service agréable. Ils commandèrent une carafe de vin rouge et examinèrent le menu.

Sara portait une robe à fins motifs fleuris sur laquelle elle avait enfilé un léger cardigan blanc. Tous deux visiblement de qualité. Tsukuru ignorait quel était le salaire de Sara, mais elle paraissait dépenser sans compter pour ses vêtements.

Tout en mangeant, elle lui parla de son travail à Singapour. Quand on voulait mettre sur pied un nouveau voyage organisé, il y avait énormément de choses à régler, comme négocier les tarifs de l'hôtel, choisir les restaurants, s'assurer des moyens de transport, organiser toutes sortes d'activités, vérifier les centres médicaux. Elle préparait une longue liste de points à contrôler, et s'assurait ensuite sur place, méthodiquement, que chacun d'eux était satisfaisant. Cette organisation ressemblait beaucoup à son propre travail, au moment de la construction d'une nouvelle gare. En l'écoutant, il comprit qu'elle était une professionnelle compétente et efficace.

« Je vais sans doute retourner là-bas très bientôt, dit Sara. Es-tu déjà allé à Singapour ?

— Non. À vrai dire, je ne suis jamais sorti du Japon. Je n'ai pas eu l'occasion de voyager à l'étranger pour mon travail, et je trouve que c'est ennuyeux de partir seul au loin.

— Singapour est un endroit qui vaut le coup. La nourriture est très bonne, et il y a de jolies stations touristiques pas très loin. Ce serait bien que je fasse le guide pour toi là-bas ! »

Il imagina comme ce serait bien, en effet, s'ils voyageaient ensemble à l'étranger.

Comme à son habitude, Tsukuru but un seul verre de vin et Sara finit le reste de la carafe. Elle paraissait bien tenir l'alcool, et son teint demeura quasiment inchangé malgré plusieurs verres. Lui avait choisi un ragoût de bœuf et elle, du canard rôti. Lorsqu'ils eurent terminé leur plat principal, après avoir beaucoup hésité, elle se décida pour un dessert. Tsukuru commanda un café.

« Après notre dernière rencontre, j'ai pensé à toutes sortes de choses, déclara Sara en achevant de boire son thé. À propos de tes quatre amis, du temps où vous étiez lycéens. À propos de cette belle communauté, et de cette alchimie qu'il y avait entre vous. »

Tsukuru eut un petit hochement de tête. Puis il attendit qu'elle continue.

Sara reprit : « Votre histoire m'a énormément intéressée. Parce que je n'ai jamais vécu ce genre d'expérience.

— Peut-être qu'il aurait été préférable pour moi que je ne la vive pas non plus, dit Tsukuru.

— Parce que, pour finir, tu en as été blessé ? »

Tsukuru acquiesça.

« Je comprends ton sentiment, fit Sara en étrécissant les yeux. Mais quelles que soient les épreuves que tu as subies, et même si tu as été très déçu, j'ai l'impression que cette rencontre a été un vrai bonheur pour toi. Cela n'arrive pas souvent d'être lié ainsi de cœur à cœur, sans faille. Et je me demande si ce n'est pas un miracle que cinq personnes puissent être aussi unies.

— Oui, c'est vrai, c'était presque un miracle, et aussi sans doute quelque chose d'heureux pour moi. Je crois que tu as raison. D'un autre côté, lorsque cela a disparu, ou plutôt lorsqu'on me l'a arraché, le choc a été extrêmement violent. Ce sentiment de perte, ce sentiment d'exclusion… j'ai du mal à le décrire avec des mots.

— Pourtant, cela fait maintenant plus de seize ans que c'est arrivé. Tu es un adulte à présent, tu as plus de trente-cinq ans. Même si le traumatisme a été particulièrement douloureux, tu ne crois pas qu'il est temps de le surmonter enfin ?

— Surmonter. » Tsukuru répéta le mot de Sara. « Qu'est-ce que tu veux dire, concrètement ? »

Elle posa ses mains sur la table. Les doigts légèrement écartés. À l'auriculaire de sa main gauche était passé un anneau portant une petite pierre précieuse en forme d'amande. Elle le contempla un instant. Puis elle releva la tête.

« Je crois, vois-tu, qu'il serait bon que tu te mettes à éclaircir par toi-même les raisons pour lesquelles tu as été brutalement rejeté par tes quatre amis. »

Tsukuru s'apprêta à boire le reste de son café mais, s'apercevant que sa tasse était vide, il la reposa. Lorsque la tasse heurta la soucoupe, il y eut un bruit sec tout à fait inattendu. Comme attiré par ce bruit, le serveur s'approcha de leur table et remplit leur verre d'eau et de glaçons.

Quand l'homme se fut éloigné, Tsukuru reprit la parole :

« Comme je te l'ai déjà dit, j'ai cherché à oublier complètement cet épisode, autant que je le pouvais. Ma blessure s'est refermée peu à peu et, à ma façon, j'ai vaincu ma souffrance. Cela m'a pris du temps. Et je n'ai pas envie à présent de rouvrir cette cicatrice qui a été si longue à se fermer.

— Bon, mais à mon avis, il se peut que la plaie n'ait été refermée que superficiellement, déclara Sara d'une voix calme, en regardant Tsukuru droit dans les yeux. À l'intérieur, peut-être que le sang continue à couler doucement. Cette pensée ne t'est-elle jamais venue à l'esprit ? »

Tsukuru réfléchit en silence. Il ne savait que répondre.

« Dis, tu ne voudrais pas me donner le nom complet de tes amis ? Et aussi celui du lycée que vous fréquentiez, et puis l'année de votre diplôme de fin d'études secondaires, l'université dans laquelle ils sont entrés, leur adresse d'alors ?

— En quoi cela t'avancera-t-il de savoir tout ça ?

— Eh bien, j'ai l'intention de chercher à savoir où ils se trouvent à présent et ce qu'ils font aussi précisément que possible. »

Tsukuru eut soudain le souffle court. Il saisit son verre et but une gorgée d'eau. « Dans quel but ?

— Pour que tu les rencontres, que tu leur parles en tête à tête, et que tu aies l'occasion d'entendre une explication sur les événements d'il y a seize ans.

— Mais si je te disais que je n'en ai pas envie ? »

Elle retourna ses mains posées sur la table. Son regard resta cependant rivé sur Tsukuru.

« Je peux te parler franchement ? demanda-t-elle.

— Bien sûr.

— C'est un peu délicat à dire.

— Peu importe, j'ai envie de connaître ta façon de voir les choses.

— La dernière fois que nous nous sommes vus, je t'ai dit que je ne voulais pas venir chez toi. Tu t'en souviens, n'est-ce pas ? Est-ce que tu as compris pour quelle raison ? »

Tsukuru fit signe que non.

« Je pense que tu es un type bien, et je crois que tu me plais. Enfin, comme on se plaît entre homme et femme, dit Sara, puis, après un instant : Mais il se peut qu'il y ait chez toi comme un problème psychologique. »

Tsukuru fixa son visage en silence.

« Maintenant, j'en arrive à la partie un peu difficile. Ce n'est pas évident à exprimer. Dès que ce sera mis en mots, cela paraîtra simpliste, mais je ne suis pas capable de m'expliquer de façon cohérente et logique. Parce que ce sont des choses qui relèvent de la sensibilité.

— J'ai confiance en ta sensibilité... », dit Tsukuru.

Elle se mordit légèrement les lèvres, plissa les paupières comme si elle cherchait à évaluer une distance, puis dit : « Quand j'étais avec toi, j'ai eu l'impression que tu étais quelque part, ailleurs. Un peu à l'écart de nous, alors que nous étions dans les bras l'un de l'autre. Même si tu étais tendre, et que c'était très bien. Pourtant... »

Tsukuru souleva de nouveau sa tasse vide, la tenant à deux mains comme pour l'envelopper. Puis il la reposa sur la soucoupe. En prenant garde cette fois de ne pas faire de bruit.

« Je ne comprends pas, dit-il. *Pendant tout ce temps*, je n'ai cessé de penser à toi, seulement à toi. Je n'ai pas le souvenir de m'être trouvé ailleurs. À vrai dire, je ne vois pas comment j'aurais pu penser à quoi que ce soit en dehors de toi.

— Oui, peut-être. Peut-être que tu ne pensais qu'à moi. Si tu le dis, je te crois. Malgré tout, quelque chose d'autre s'était glissé dans ta tête. Ou du moins, j'ai eu la sensation que quelque chose nous séparait. Il n'y a sans doute que les femmes qui ressentent ces choses. En tout cas, je ne peux pas poursuivre une relation de ce genre. Même si tu me plais vraiment. Je suis sincère et exigeante, plus que je n'en ai l'air. Si notre relation devait devenir sérieuse, je ne veux pas qu'il y ait ce *quelque chose* entre nous. Ce quelque chose dont je ne connais pas bien la nature véritable. Tu comprends le sens de ce que je dis ?

— En somme, cela signifie que tu ne veux plus me voir ?

— Mais non, fit-elle. Je suis d'accord pour te rencontrer et parler comme maintenant. J'en suis tout à fait heureuse. Mais je ne veux pas aller chez toi.

— C'est-à-dire, tu ne veux plus qu'on fasse l'amour ?

— Je ne veux plus, dit-elle nettement.

— Parce que j'aurais un problème ?

— Oui. Il y a en toi je ne sais quel problème psychologique. Plus profond et plus essentiel peut-être que tu ne l'imagines. Mais je pense qu'il pourrait être résolu si seulement tu voulais t'en préoccuper. C'est un peu comme si tu devais rectifier certains défauts que tu aurais découverts dans une gare. Tu dois rassembler les données nécessaires, dessiner des plans exacts, réaliser un planning détaillé des travaux à effectuer. Et, avant tout, tu dois établir clairement un ordre de priorité dans la suite des actions.

— C'est pourquoi il me faut rencontrer mes quatre anciens amis, et leur parler. C'est bien ce que tu veux dire ? »

Elle hocha la tête. « Tu dois regarder ton passé en face comme l'excellent professionnel que tu es à présent, non plus comme un jeune homme naïf et vulnérable. Il ne s'agit pas de voir ce que tu veux voir, mais de voir ce que tu dois voir. Sinon, tu passeras ta vie présente et future à trimballer des bagages trop lourds à porter. Alors, je t'en prie, dis-moi le nom de tes quatre amis. Et je vais chercher où ils se trouvent et ce qu'ils font.

— Comment vas-tu t'y prendre ? »

Sara secoua la tête d'un air résigné. « Dis-moi, tu es bien un ancien élève ingénieur, non ? Tu ne te sers pas d'Internet ? Tu n'as pas entendu parler de Google et de Facebook ?

— Bien sûr que j'utilise Internet au travail. Et je connais Google et Facebook. Évidemment. Mais à titre personnel, je ne m'en sers pas. Ça ne m'intéresse pas vraiment.

— Bon, je m'en charge. Ce genre de choses, c'est mon point fort », dit Sara.

Après le dîner, ils marchèrent jusqu'à Shibuya. C'était une nuit agréable de presque fin de printemps, et une grande lune jaune baignait dans le brouillard. Il y avait comme une vague moiteur dans l'air. Le vent soulevait le bas de la robe de Sara, la faisant flotter gracieusement, et c'était comme si elle glissait à côté de lui. Tout en marchant, Tsukuru imaginait le corps caché sous ce vêtement, il imaginait l'étreindre de nouveau. À cette évocation, il sentit son pénis durcir. Éprouver ce genre d'envie ne lui paraissait pas suspect. Pour un homme jeune et en bonne santé, c'était un désir parfaitement naturel. Mais il se pouvait bien que, au fond, comme Sara l'avait noté, il ait abrité en lui quelque chose de tordu, d'illogique. Il était incapable d'en juger lui-même. Plus il réfléchissait à la frontière qui séparait le conscient et l'inconscient, plus il s'embrouillait.

Après bien des hésitations, il prit une décision : « Il y a une chose que je dois rectifier à propos de ce que je t'ai dit plus tôt. »

Tout en avançant, Sara regarda Tsukuru d'un air plein d'intérêt. « Ah, quoi donc ?

— Je t'ai dit que j'ai eu un certain nombre de relations avec des femmes. Que toutes ont fini par échouer, mais qu'il y avait des circonstances à cela. Je t'ai dit que ce n'était pas uniquement ma faute.

— Oui, je m'en souviens parfaitement.

— Dans les dix dernières années, j'ai fréquenté trois ou quatre femmes. Chaque fois assez longuement et sérieusement. Ce n'était pas juste pour m'amuser. Et si ça n'a pas bien marché, c'était chaque fois à cause de moi, pour l'essentiel. Et pas de leur faute.

— Et de ton côté, de quels problèmes s'agissait-il ?

— C'était différent selon les cas, répondit Tsukuru. Mais le point commun, c'est que, avec ces femmes, mon cœur ne s'est jamais véritablement enflammé. Oui, bien sûr, je les appréciais, et nous avons passé ensemble des moments agréables. Il m'en reste beaucoup de bons souvenirs. Mais je n'en ai jamais désiré une passionnément, au point de me perdre moi-même. »

Sara resta un instant silencieuse.

« Autrement dit, durant dix ans, tu as entretenu des relations, *assez longues et sérieuses*, avec des femmes dont tu n'étais pas vraiment amoureux, c'est bien ça ?

— Oui, je crois.

— Je n'arrive pas à trouver cela très logique.

— Tu as raison.

— Est-ce que c'était parce que tu ne voulais pas te marier, ou perdre ta liberté ? »

Tsukuru secoua la tête. « Non, je ne pense pas que j'avais peur du mariage ou de ses contraintes. Je suis plutôt d'un tempérament à rechercher la sécurité.

— Et malgré tout, tu as toujours mis un frein à tes émotions ?

— Peut-être.

— C'est pourquoi tu n'as eu de rapports qu'avec des femmes auxquelles tu n'ouvrais pas ton cœur.

— J'avais peut-être peur d'aimer une femme sérieusement, qu'elle ne me devienne indispensable.

Peur qu'un beau jour, soudain, sans aucun préavis, elle ne disparaisse je ne sais où, et que je ne me retrouve seul en fin de compte.

— Par conséquent, consciemment ou inconsciemment, tu as toujours observé une certaine distance avec tes partenaires. Ou alors tu as choisi des femmes qui posaient elles-mêmes cette distance. Pour ne pas être blessé à la fin. C'est bien ça ? »

Tsukuru ne répondit rien. Son silence signifiait qu'il était d'accord. Mais en même temps, il savait qu'ils n'avaient pas touché le cœur du problème.

« La même chose s'est produite avec moi ?

— Non, je ne crois pas. Avec toi, c'est différent. Il y a quelque chose de vrai. Avec toi, je voudrais vraiment me livrer. Je le pense du fond du cœur. C'est bien pour cela que je t'ai confié mon histoire.

— Tu as envie de me revoir ? demanda Sara.

— Bien sûr. Je le veux vraiment.

— Moi aussi, je crois que j'aimerais te revoir, dit Sara. Je pense que tu es un type bien, quelqu'un qui ne ment pas.

— Merci.

— Alors, donne-moi le nom de tes amis. Ensuite, ce sera à toi de décider. Le moment où tu voudras éclaircir les choses. Et puis, si vraiment tu ne veux pas revoir ces personnes, eh bien, tu ne les reverras pas. C'est un problème qui t'appartient entièrement. Mais de mon côté, j'ai maintenant un intérêt personnel vis-à-vis de tes quatre anciens amis. J'ai envie d'en savoir davantage sur eux. Sur ces gens qui sont collés sur ton dos aujourd'hui encore.

Quand Tsukuru Tazaki revint chez lui, il sortit un vieil agenda du tiroir de son bureau, l'ouvrit à la rubrique des adresses, et tapa précisément sur son ordinateur le nom de ses quatre amis, leur adresse d'alors et leur numéro de téléphone.

Kei Akamatsu
Yoshio Ômi
Yuzuki Shirane
Eri Kurono

Tandis qu'il contemplait sur l'écran leurs quatre noms alignés, toutes sortes de pensées l'assaillaient simultanément. Le temps qui, vraisemblablement, avait déjà passé semblait flotter autour de lui. Ce temps passé commençait à se fondre et à s'unir sans bruit au temps réel qui s'écoulait ici aujourd'hui. Comme de la fumée qui s'immisce dans une maison par les plus minces interstices de la porte. Une fumée sans odeur et sans couleur. Puis Tsukuru revint soudain à la réalité, il appuya sur une touche du clavier et envoya le mail à Sara. Il vérifia que le message était bien parti et éteignit l'ordinateur. Enfin, il attendit que le temps revienne de nouveau sur la phase « réalité ».

« J'ai un intérêt personnel vis-à-vis de tes quatre anciens amis. J'ai envie d'en savoir davantage sur eux. Sur ces gens qui sont collés sur ton dos aujourd'hui encore. »

Ce qu'avait dit Sara était sans doute exact, pensait Tsukuru, allongé sur son lit. Ces quatre personnes étaient aujourd'hui encore collées sur son dos. Bien plus fermement que Sara ne le croyait.

Mister Red
Mister Blue
Miss White
Miss Black

7

Lors de la nuit qui suivit le récit étrange de Haida sur la rencontre entre son père, alors jeune homme, et le pianiste de jazz nommé Midorikawa dans une station thermale des montagnes du Kyûshû, il se produisit de curieux événements.

Tsukuru Tazaki se réveilla en sursaut dans l'obscurité. Il avait été tiré de son sommeil par un petit bruit sec. Comme celui que ferait un caillou en heurtant la vitre d'une fenêtre. Peut-être n'était-ce qu'une illusion auditive. Il n'était sûr de rien. Il voulut regarder l'heure au réveil électrique posé sur sa table de chevet, mais il ne put tourner le cou. Pas seulement le cou d'ailleurs, car son corps tout entier était figé, dans l'incapacité de remuer. Il ne s'agissait pas d'un engourdissement. Tsukuru était simplement incapable de faire obéir son corps. Sa conscience et ses muscles n'étaient plus reliés.

La chambre était plongée dans les ténèbres. Tsukuru avait beaucoup de mal à dormir dans une pièce même faiblement éclairée et, au moment de se coucher, il tirait toujours d'épais rideaux sur sa fenêtre, occultant la lumière du dehors. Pourtant, même sans rien voir, il sentait une présence dans sa chambre. Quelqu'un était tapi dans l'obscurité et le fixait du regard. Comme un animal qui use de mimétisme, ce quelqu'un retenait son souffle, effaçait toute odeur, changeait de couleur, se fondait dans la nuit. Sans pouvoir se l'expliquer, Tsukuru comprit qu'il s'agissait de Haida.

Mister Grey.

Le gris, mélange de blanc et de noir, dont l'intensité peut être modifiée et facilement se fondre dans les différentes nuances de l'obscurité.

Haida se tenait dans un coin, et, de toute sa hauteur, il regardait fixement Tsukuru, allongé sur le dos dans son lit. Tel un artiste de pantomime qui feint d'être une statue, il resta un très long moment sans bouger un seul muscle. Les seuls éléments qui remuaient imperceptiblement étaient sans doute ses longs cils. C'était un contraste curieux. D'un côté, Haida qui, délibérément, restait tout à fait immobile et, de l'autre, Tsukuru qui, à rebours de sa volonté, était incapable de remuer. Il faudrait que je dise quelque chose, pensait Tsukuru. Il faut que je prononce une parole pour briser cet équilibre inquiétant. Mais sa voix ne sortait pas de sa bouche. Même si ses lèvres avaient pu remuer, il aurait été dans l'incapacité de bouger sa langue. Seul un souffle sec et silencieux s'échappait de sa gorge.

Que pouvait bien faire Haida dans cette chambre ? Pourquoi se tenait-il là, à scruter Tsukuru si intensément ?

Ce n'est pas un rêve, se dit Tsukuru. La scène était bien trop précise et détaillée pour en être un. Mais il ne pouvait décider si le personnage qui se tenait debout ici était le vrai Haida ou non. Le véritable Haida, avec son corps réel, dormait profondément dans la pièce d'à côté, sur le canapé. Celui qui était ici ne serait-il pas une sorte de double, qui aurait pris son indépendance ? C'était l'impression qu'il avait. Mais Tsukuru ne ressentait pas cette présence comme mauvaise ou perverse. Haida n'aurait pas pu commettre quelque *mauvaise action* contre lui – Tsukuru en était certain. Il l'avait senti depuis le premier jour de leur rencontre. Pour ainsi dire d'instinct.

Rouge, par exemple, avait lui aussi un esprit vif, mais son acuité intellectuelle avait quelque chose de pragmatique, qui n'excluait pas la manipulation. En comparaison, l'intelligence de Haida était pure et profonde. Très libre aussi. Il arrivait parfois que Tsukuru ne puisse saisir le fil des pensées de Haida. Quelque chose semblait être à l'œuvre dans la tête de son ami, mais Tsukuru ignorait totalement quoi. Dans ces moments-là, bien sûr, il éprouvait de l'embarras et aussi le sentiment d'être laissé en arrière. Même dans ces circonstances, pourtant, il n'avait jamais ressenti envers son cadet de l'inquiétude ou de l'irritation. Simplement, sa vivacité d'esprit et l'ampleur de son horizon intellectuel se situaient à un niveau différent des siens. Aussi Tsukuru avait-il renoncé à tenter de le suivre.

Dans le cerveau de Haida, il y avait sans doute quelque chose comme un circuit pour voitures de course sur lequel ses pensées filaient à fond de train, sur un rythme qui lui était propre. S'il devait ralentir pour s'accorder à celui, inférieur, de Tsukuru, son système de pensée se mettrait en surchauffe et menacerait de se détraquer. Telle était l'impression de Tsukuru. Un moment plus tard, Haida quittait le circuit et adoptait l'allure de son ami, souriait paisiblement comme s'il ne s'était rien passé et revenait se placer à côté de Tsukuru.

Combien de temps cet examen minutieux se poursuivit-il ? Tsukuru aurait été incapable d'en évaluer la durée. Haida était planté là, immobile dans les ombres de la nuit, épiant Tsukuru. On aurait dit qu'il voulait lui expliquer quelque chose. Il avait un message à lui transmettre à tout prix. Mais, pour quelque raison inconnue, il n'arrivait pas à le faire passer par des mots. Cela devait provoquer chez son jeune ami si intelligent une irritation inhabituelle.

Tsukuru repensa brusquement à l'histoire de Midorikawa que Haida lui avait racontée un peu plus tôt. Cet homme qui s'attendait à une mort imminente – du moins, à ce que proclamait l'intéressé lui-même. Lorsqu'il avait joué du piano dans la salle de musique du collège, il avait posé sur l'instrument un sachet en étoffe. Que contenait-il donc ? L'histoire de Haida se terminait là, laissant l'énigme entière. Tsukuru n'avait aucune idée du contenu de ce sachet. Quelqu'un aurait dû lui en expliquer la signification. Pourquoi Midorikawa l'avait-il posé sur le piano comme quelque chose de très précieux ? Ces points devaient être les moments-clés de l'histoire.

Mais on ne lui avait pas fourni de réponses.

À la fin d'un long silence, Haida – ou peut-être son double – quitta la pièce furtivement. Tsukuru eut l'impression d'entendre un léger soupir au dernier instant, sans en être tout à fait sûr cependant. Comme la fumée d'un bâtonnet d'encens qui monte et se dissout dans l'air, la présence de Haida se dilua et s'évanouit, laissant Tsukuru de nouveau seul dans sa chambre obscure. Son corps était toujours paralysé, le câble qui reliait sa conscience et ses muscles, toujours détaché.

Quel degré de réalité cela a-t-il ? s'interrogeait Tsukuru. Il ne s'agit pas d'un rêve. Ni d'un fantasme. Il n'y a aucun doute, c'est bien de la réalité. Mais une réalité dépourvue de poids.

Mister Grey.

Après quoi, Tsukuru sombra dans un sommeil profond, dont il fut tiré par un rêve. En fait, il était peut-être difficile d'appeler cela un rêve. Ce qui se présenta alors à lui, c'était une réalité qui avait toutes les caractéristiques du rêve. Comme une autre phase de la réalité, qui, à certains moments seulement, en certains lieux, permettait aux fantasmes de se déployer en toute liberté.

Elles étaient dans son lit, nues comme au jour de leur naissance. Et elles se blottissaient tout contre lui. Blanche et Noire. Elles avaient seize ou dix-sept ans. Elles avaient toujours seize ou dix-sept ans, de toute façon. Leurs seins et leurs cuisses se pressaient contre son corps. Tsukuru avait la sensation nette et vivace de leur peau douce et tiède. Puis, avidement, elles le parcoururent à tâtons de leurs doigts et du bout de leur langue. Lui aussi était entièrement nu.

Ce n'était pas une situation que Tsukuru aurait recherchée, ni une scène qu'il aurait aimé imaginer. C'était une de ces choses qui n'auraient pas dû lui être offertes si facilement. Mais, contre sa volonté, les images se firent de plus en plus précises, ses sensations de plus en plus vivantes et concrètes.

Les doigts des jeunes filles étaient tendres, fins, délicats. Quatre mains, vingt doigts. Tels de doux êtres vivants nés des ténèbres, privés de vision, ils erraient partout sur le corps de Tsukuru, ils le stimulaient. C'était quelque chose qu'il n'avait jamais ressenti jusque-là, qui lui faisait violemment trembler le cœur. C'était comme découvrir que, dans la maison où il avait vécu si longtemps, existait une minuscule pièce secrète. Ses battements de cœur résonnaient comme de petits coups de timbales. Ses membres étaient encore totalement engourdis. Il ne pouvait même pas lever un doigt.

Leurs deux corps s'entrelaçaient souplement autour du corps de Tsukuru, ils l'étreignaient de toute part. Les seins de Noire étaient opulents et lisses. Ceux de Blanche, plus menus, avec leurs mamelons ronds et durcis, tels de petits cailloux. Leurs toisons étaient brûlantes, comme une forêt tropicale. Leurs souffles accompagnaient son propre souffle et ne faisaient plus qu'un. Comme un courant de marée venu de très loin qui chevaucherait intimement le fond de la mer sombre.

Après de longues caresses insistantes, il pénétra l'une d'entre elles. C'était Blanche. Elle était au-dessus de lui, elle tenait dans sa main son sexe érigé et le guidait avec habileté. Il entra en elle sans la moindre résistance, comme s'il avait été aspiré dans du vide. Elle le laissa reprendre son souffle puis elle fit onduler ses hanches et son buste, traçant dans l'air des figures complexes. Ses longs cheveux noirs et lisses oscillaient en souplesse sur le visage de Tsukuru, comme s'ils le fouettaient légèrement. C'étaient des mouvements pleins d'audace, dont il n'aurait jamais cru Blanche capable.

Pourtant, tout cela paraissait extrêmement naturel aux deux jeunes filles. Il était inutile d'y réfléchir. Elles ne manifestaient pas la moindre hésitation. Elles le caressaient toutes les deux ensemble mais celle qu'il pénétrait, c'était Blanche. Pourquoi Blanche ? se demandait Tsukuru, perdu dans la confusion de ses pensées. Pourquoi faut-il que ce soit Blanche ? Elles devraient être égales. Elles se devaient d'être deux en un seul être.

Il n'était pas en mesure de réfléchir plus avant. Les mouvements de Blanche se faisaient de plus en plus rapides, de plus en plus forts. Soudain, il éjacula violemment en elle. Il s'était écoulé très peu de temps depuis qu'il l'avait pénétrée. C'est trop court, songea Tsukuru. Vraiment trop court. À moins qu'il n'ait perdu la notion du temps. En tout cas, il lui avait été impossible de retenir son impulsion. Elle avait fait irruption brutalement, sans préavis, comme une gigantesque déferlante.

Mais ce n'était pas Blanche qui, en réalité, avait accueilli son éjaculation. C'était Haida. Très soudainement, les deux jeunes filles avaient disparu et Haida avait pris leur place. À l'instant de l'éjaculation, il s'était courbé en hâte, avait pris le pénis de Tsukuru dans sa bouche et, comme pour ne pas salir les draps, il avait accueilli son sperme. L'éjaculation avait été impétueuse, la quantité de sperme importante. Haida recueillit calmement le liquide qui jaillissait et lécha soigneusement les dernières gouttes. Il semblait avoir l'habitude de cette pratique. Du moins, c'était l'impression de Tsukuru. Après quoi, il sortit posément du lit et se rendit à la salle de bains. Il y eut ensuite le bruit de l'eau qui coulait. Sans doute Haida se rinçait-il la bouche.

L'érection de Tsukuru perdurait. Lui restait la sensation très vivace du sexe chaud et humide de Blanche, exactement comme après un acte sexuel réel. Il ne pouvait pas encore clairement discerner la frontière entre le rêve et le fantasme, entre la réalité et le fantasme.

Tsukuru cherchait ses mots au milieu des ténèbres. Ce n'étaient pas des mots qu'il aurait adressés à quelqu'un en particulier. Mais il lui fallait trouver les mots justes, ne serait-ce qu'un seul, pour combler l'espace anonyme du silence. Avant que Haida ne revienne de la salle de bains. Mais il ne les trouva pas. Tout ce temps durant, jouait sans cesse dans sa tête une mélodie toute simple. C'est seulement plus tard qu'il s'en souvint. C'était le thème principal du *Mal du pays*, de Liszt. La première des *Années de pèlerinage* : *Suisse*. Une mélancolie qui s'éveille dans le cœur de l'homme à la vue d'un paysage champêtre.

Immédiatement après, un sommeil profond, presque brutal, l'enveloppa.

Il était presque huit heures du matin lorsqu'il s'éveilla.

Dès qu'il fut debout, il vérifia que ses sous-vêtements n'étaient pas tachés. C'était le cas quand il faisait des rêves érotiques. Mais non. Tsukuru n'y comprenait rien. Il était certain d'avoir éjaculé dans son rêve – du moins dans un lieu qui n'appartenait pas au monde réel. Très puissamment. Il en gardait encore en lui la sensation. Une grande quantité de sperme réel avait forcément dû être émise. Dont il ne restait pas trace.

Puis il se souvint de la bouche de Haida recueillant son sperme.

Il ferma les yeux, grimaça légèrement. Est-ce que tout cela est réellement arrivé ? Non, impossible. Toutes ces choses se sont passées dans la partie obscure de ma conscience, se dit-il. Mais alors, où a disparu tout ce sperme ? Également au plus profond de ma conscience ?

Tsukuru sortit du lit en pleine confusion d'esprit et se rendit en pyjama à la cuisine. Haida était déjà habillé et lisait un ouvrage épais, allongé sur le canapé. Il était concentré dans sa lecture, et semblait transporté dans un autre monde. Dès qu'il vit Tsukuru cependant, il ferma son livre, lui adressa un sourire radieux et alla dans la cuisine préparer du café, des toasts et une omelette. Le café juste passé embaumait. Un parfum qui mettait de la distance entre la nuit et le jour. Ils s'assirent de part et d'autre de la table et prirent leur petit-déjeuner en écoutant de la musique à faible volume. Comme à son habitude, Haida mangeait ses toasts très grillés couverts d'une légère couche de miel.

Il exposa son opinion sur la saveur d'un nouveau café en grains qu'il venait de découvrir et la bonne qualité de sa torréfaction, puis il se perdit dans ses réflexions. Peut-être méditait-il sur l'ouvrage qu'il était en train de lire. C'était ce qu'exprimaient ses prunelles fixées sur un point imaginaire. Même si elles étaient transparentes et limpides, elles ne livraient rien de lui. Lorsqu'il réfléchissait à un problème abstrait, il montrait ces yeux-là. En l'observant, Tsukuru imaginait une source de montagne que l'on apercevrait à travers des arbres.

L'attitude de Haida ne laissait supposer aucun changement. C'était un dimanche matin comme tous les autres. Le ciel était légèrement nuageux mais la lumière était douce. Lorsque Haida parlait, il regardait Tsukuru droit dans les yeux. Non, il ne cachait rien. Peut-être ne s'était-il *réellement* rien passé ? Tout n'a été que fantasmes issus de la partie obscure de ma conscience, pensa Tsukuru. Il était envahi de honte à ce sujet et en même temps habité d'une intense perplexité. Jusqu'alors, il avait fait à maintes reprises ces mêmes rêves érotiques dans lesquels apparaissaient Blanche et Noire. Ils revenaient périodiquement, sans que sa volonté y joue aucun rôle, et ils le conduisaient jusqu'à la jouissance. Mais c'était la première fois qu'il faisait un rêve aussi plein de vie et de clarté. Et ce qui perturbait Tsukuru plus que tout, c'était le fait que Haida se soit ajouté à la scène.

Pourtant, Tsukuru ne s'attacha pas à creuser davantage ce problème. Il aurait beau y réfléchir tant et plus, il ne pourrait pas l'éclaircir. Il classa la question dans le tiroir étiqueté « Affaires non résolues » et la renvoya à un examen ultérieur. En lui, il avait ainsi un certain nombre de tiroirs, dans lesquels dormaient de nombreuses questions sans réponse.

Un peu plus tard, Tsukuru et Haida se rendirent à la piscine de l'université où ils nagèrent durant trente minutes. Le dimanche matin, la piscine était très peu fréquentée et ils purent nager librement, à l'allure qui leur plaisait. Tsukuru s'appliquait à faire travailler ses muscles correctement. Les dorsaux, les abdominaux, les lombaires, les ventraux. Il n'avait pas besoin de penser à sa respiration et à ses battements de pied. Une fois qu'il avait trouvé le bon rythme, il avançait mécaniquement. Haida nageait toujours en tête, Tsukuru derrière lui, observant, l'esprit vide, le spectacle des battements de pied souples qui faisaient jaillir dans l'eau, en rythme, de petites bulles blanches. Cette vision provoquait toujours chez lui une légère paralysie de conscience.

Ils prirent une douche, se changèrent dans le vestiaire. Les yeux de Haida avaient retrouvé leur quiétude habituelle. Leur transparence s'était évanouie. Au cours de ces intenses exercices physiques, la confusion qui habitait Tsukuru s'était peu à peu dissipée. Ils sortirent du bâtiment et marchèrent ensemble vers la bibliothèque. Ils ne s'étaient presque pas parlé durant tout ce temps, mais il n'y avait là rien d'exceptionnel. Puis Haida déclara qu'il avait une recherche à faire. Ce n'était pas non plus inhabituel. Haida aimait faire des « recherches » à la bibliothèque. Cela signifiait en fait qu'il désirait rester seul un certain temps. « Je rentre à la maison, j'ai une lessive à mettre en route », dit Tsukuru.

Ils se séparèrent devant la bibliothèque avec un léger signe de la main.

Pendant un certain temps, ensuite, Tsukuru n'eut pas de nouvelles de Haida. Il ne le rencontra nulle part, ni à la piscine, ni dans l'enceinte de l'université. Comme avant de le connaître, Tsukuru prenait ses repas seul, en silence, il nageait seul, et sa vie consista à assister aux cours, à prendre des notes, à mémoriser du vocabulaire et des structures grammaticales de langues étrangères. C'était une vie solitaire et paisible. Le temps s'écoulait calmement autour de lui, sans presque laisser de traces. Parfois, il posait sur la platine le disque des *Années de pèlerinage*, et il l'écoutait attentivement.

Une bonne semaine après sa disparition, Tsukuru pensa que Haida avait peut-être décidé de ne plus le revoir. Ce n'était pas impossible. Il était parti. Sans le prévenir, sans lui donner de raisons. Tout comme ses quatre amis de Nagoya.

Haida s'est peut-être éloigné de moi à cause du rêve érotique si intense que j'ai fait cette nuit-là, se dit-il. Il s'est glissé en moi, en passant par je ne sais quel canal, et il a deviné tout ce qui se passait à l'intérieur de mon esprit. Il en a peut-être éprouvé du dégoût. Ou alors, il est en colère.

Mais non. Ces choses n'avaient pas pu sortir de la tête de Tsukuru. L'idée que Haida ait pu connaître ce qui l'habitait était tout à fait illogique. Néanmoins, Tsukuru n'excluait pas que les yeux perspicaces de son jeune ami aient pu deviner quels éléments pervers gîtaient au fin fond de sa conscience. À cette pensée, il ne pouvait s'empêcher d'éprouver de la honte.

Quoi qu'il en soit, la disparition de Haida lui fit pleinement comprendre à quel point son ami lui était devenu précieux, à quel point il colorait son quotidien. Il se remémorait avec nostalgie leurs conversations et leurs échanges, le rire léger et si particulier de Haida. La musique qu'il aimait, les livres qu'il lui avait fait lire, ses explications de certains phénomènes, son humour spécial, ses citations précises, les plats qu'il préparait. Et son café. Il voyait partout le vide laissé par Haida derrière lui. Et alors qu'il m'a tant apporté, moi, que lui ai-je offert ? Ai-je laissé en lui la moindre trace ?

En fin de compte, il se peut que je sois destiné à rester solitaire, se disait Tsukuru. Tous les gens qui s'approchaient de lui finissaient par s'en aller. Ce qu'ils avaient cherché chez Tsukuru, ils ne l'avaient apparemment pas trouvé ou ce qu'ils avaient trouvé ne leur plaisait pas et, résignés, (ou désespérés, ou bien en colère), ils le quittaient. Un beau jour, ils se volatilisaient. Sans explication, sans même un adieu. Comme une grande serpe affûtée tranche net un lien, alors que le sang chaud circule et que le pouls bat encore paisiblement.

Il est sûr et certain qu'il y a chez moi, fondamentalement, quelque chose qui désappointe les autres. *Tsukuru Tazaki manque de couleur*, répétait-il à haute voix. Au fond, je ne possède rien en moi que je pourrais offrir aux autres. Ou pire encore : je n'ai rien à m'offrir à moi-même.

Pourtant, un matin, le dixième jour après qu'ils se furent séparés devant la bibliothèque, Haida réapparut subitement à la piscine. Tsukuru s'apprêtait à faire un demi-tour dans son couloir, quand quelqu'un tapota le dessus de sa main qui effleurait le mur du bassin. Levant la tête, il découvrit Haida, accroupi, en maillot de bain. Il avait relevé ses lunettes de piscine sur le front, et avait aux lèvres son habituel sourire plein de charme. Ils n'échangèrent pas un mot, se contentant d'un petit signe de tête et, comme à leur habitude, ils se mirent à enchaîner des longueurs dans le même couloir. La seule communication qui s'établit entre eux se fit par le truchement des mouvements de leurs muscles souples, du rythme régulier et paisible des battements de pied dans l'eau. Là, il n'y avait pas besoin de mots.

« Je suis retourné à Akita un moment, expliqua enfin Haida, après qu'ils furent sortis de la piscine, qu'ils eurent pris une douche et séché leurs cheveux avec une serviette. J'ai dû partir brusquement. Une affaire de famille grave… »

Tsukuru hocha la tête et lui fit une réponse ambiguë. Manquer les cours durant dix jours en pleine période scolaire, voilà qui était tout à fait rare pour Haida. Comme Tsukuru, il ne ratait jamais un cours, à moins que ne se produise un événement exceptionnel. Il était donc évident que quelque chose d'important était arrivé. Mais comme Haida ne lui dit pas un mot de plus, Tsukuru ne l'interrogea pas davantage. En tout cas, grâce au retour de son jeune ami, Tsukuru put tant bien que mal évacuer le poids qui pesait sur sa poitrine. Il se sentit soulagé. Haida n'avait jamais eu l'intention de l'abandonner et de disparaître.

Par la suite, Haida ne modifia en rien son attitude vis-à-vis de Tsukuru. Ils bavardaient chaque jour avec naturel, partageaient leurs repas. Assis sur le canapé, ils écoutaient ensemble les nombreux CD de musique classique que Haida empruntait à la bibliothèque et en discutaient, ou parlaient des livres qu'ils lisaient. Ou encore, simplement, ils restaient dans la même pièce, partageant une intimité silencieuse. Le weekend, Haida venait chez Tsukuru, ils discutaient jusque tard dans la soirée, et Haida restait dormir sur place. Il dépliait le canapé et s'endormait. Plus jamais il ne surgit dans la chambre de Tsukuru en pleine nuit pour l'observer longuement dans l'obscurité (lui ou son double) – à supposer qu'une chose pareille ait vraiment eu lieu. Par la suite, Tsukuru fit encore plusieurs rêves érotiques dans lesquels apparaissaient Blanche et Noire, mais Haida n'y prit plus jamais part.

Malgré tout, parfois, il lui arrivait de penser que Haida, avec ses prunelles limpides, avait découvert ce qui se dissimulait derrière sa conscience cette nuit-là. Il sentait sur lui les traces de ce regard suspicieux. C'était comme les restes d'une douleur, qui ressemblait à une brûlure légère. Dans ces instants-là, Haida avait espionné ses fantasmes et ses désirs, il les avait sondés, les avait disséqués. Et malgré cela, il continuait d'être son ami. Simplement, il lui avait fallu s'éloigner quelque temps pour accepter cet aspect si inquiétant de sa personnalité, mettre de l'ordre dans ses émotions et recouvrer son calme. Voilà pourquoi il avait interrompu ses relations avec Tsukuru durant dix jours.

Bien sûr, ce n'était qu'une supposition, qui ne s'appuyait sur aucun fondement. Une pure spéculation. Un *fantasme*, aurait-il mieux valu dire sans doute. Mais ces pensées le harcelaient sans relâche et lui apportaient bien du tourment. Quand il songeait que Haida l'avait peut-être deviné jusqu'au tréfonds de sa conscience, il se faisait l'effet d'un misérable ver rampant dans l'humidité sous une pierre.

Néanmoins, Tsukuru Tazaki avait besoin de son jeune ami. Sans doute plus que de toute autre chose au monde.

8

Ce fut à la fin du mois de février de l'année suivante que Haida s'éloigna finalement de Tsukuru, huit mois après leur rencontre. Cette fois, il ne revint pas.

À peine les examens universitaires achevés et les résultats publiés, Haida repartit pour sa province d'Akita. « Mais, dit-il à Tsukuru, je reviendrai sans doute très vite. L'hiver en Akita est incroyablement froid, après quinze jours, j'en aurai par-dessus la tête. Je me sens bien plus à l'aise à Tokyo, ajouta-t-il. Simplement, il faut que j'aide ma famille à déblayer toute la neige. » Deux semaines s'écoulèrent, puis trois, et Haida n'était pas de retour. Il ne donna aucune nouvelle.

Au début, Tsukuru ne s'en inquiéta pas tellement. Peut-être Haida se sentait-il mieux chez lui qu'il ne l'avait imaginé. Ou bien était-il tombé plus de neige que les autres années. De son côté, Tsukuru se rendit à Nagoya, mi-mars, pour trois jours. Il lui était difficile d'échapper à cette visite, même s'il n'en avait pas envie. Bien sûr, il n'y avait rien à déneiger à Nagoya, mais sa mère ne cessait de lui téléphoner. « Ce sont les vacances, n'est-ce pas, alors pourquoi ne rentres-tu pas à la maison ? » Tsukuru prétendit qu'il avait justement « des devoirs importants à terminer ».

Mais sa mère insistait tant et plus pour qu'il passe ne serait-ce que deux ou trois jours avec eux. Sa sœur aînée l'appela à son tour. Leur mère était très triste, et ce serait bien tout de même qu'il vienne un peu. Tsukuru finit par céder.

Pendant son séjour, il ne sortit pas de la maison, sauf en soirée pour promener le chien dans un parc du voisinage. Il craignait autrement de tomber sur un de ses quatre anciens amis. En particulier, il n'avait pas le courage de se retrouver face à Blanche et Noire après les rêves érotiques qu'il avait faits. C'était comme s'il les avait violées en imagination. Même si ces rêves existaient en dehors de sa volonté, et qu'il était impossible qu'elles en soupçonnent la teneur. Peut-être pourraient-elles deviner, rien qu'en jetant un œil sur son visage, la nature de ces scènes oniriques. Et elles le blâmeraient pour ce type de fantasme et son égoïsme.

Il tentait de se masturber le moins souvent possible. Non pas parce qu'il se sentait coupable de cet acte précisément. Sa culpabilité venait plutôt de ce qu'il ne pouvait s'empêcher d'imaginer Blanche et Noire dans ces moments-là. Elles se glissaient obstinément dans ses visions, même quand il essayait de penser à autre chose. S'il s'abstenait de se masturber, il lui arrivait de faire des rêves érotiques dans lesquels, immanquablement, elles apparaissaient. En définitive, cela ne changeait rien. Mais au moins, ces images n'étaient pas intentionnelles. Cette pauvre excuse avait pour lui valeur de justification.

Le contenu des rêves était toujours identique. Le détail des actions pouvait différer quelque peu, mais chaque fois, les deux jeunes filles, nues, l'enlaçaient, elles le caressaient partout des doigts et de la bouche, elles échauffaient son sexe et, pour finir, il y avait pénétration. Et c'était toujours Blanche en qui Tsukuru jouissait. Même lorsqu'il avait violemment étreint Noire, au moment où l'orgasme se rapprochait, sa partenaire changeait soudain. Et c'était dans le corps de Blanche qu'il répandait son liquide séminal. Ces rêves-là, avec leur forme bien établie, avaient commencé après qu'il eut été rejeté par le groupe, l'été de sa deuxième année d'université, alors qu'il n'avait plus aucune occasion de rencontrer les deux jeunes filles. En somme, c'était après avoir essayé coûte que coûte d'oublier ses quatre anciens amis. Il n'avait aucun souvenir d'avoir fait ce genre de rêves avant. Et, bien entendu, il n'avait aucune idée de la raison pour laquelle tout cela se produisait. C'était une question de plus, profondément enfouie dans le tiroir des « affaires non résolues » du meuble de sa conscience.

Tsukuru revint à Tokyo le cœur lourd de frustrations incohérentes. Il n'avait toujours aucune nouvelle de Haida. Il ne le croisa ni à la piscine ni à la bibliothèque. Il téléphona à plusieurs reprises à sa pension, et, chaque fois, on lui répondit que Haida était absent. Il s'aperçut d'ailleurs qu'il ne connaissait pas son adresse à Akita et qu'il n'avait pas son numéro de téléphone. C'est de cette façon que les vacances de printemps se terminèrent. Une nouvelle année universitaire commença. Il était maintenant étudiant de quatrième année. Les cerisiers fleurirent, leurs pétales s'éparpillèrent. Et il n'avait toujours aucune nouvelle de son ami.

Il finit par se rendre à sa résidence universitaire. Là, il apprit de la bouche du gardien que, dès la fin de l'année scolaire précédente, Haida avait quitté sa chambre en emportant tous ses effets personnels. Tsukuru en resta sans voix. Le gardien ignorait tout des raisons pour lesquelles il était parti et de sa destination. C'est du moins ce qu'il prétendit.

Au secrétariat de l'université, en consultant la liste des inscrits, il comprit que Haida avait interrompu ses études. Les motifs de ce congé étant d'ordre personnel, on ne les lui communiqua pas. De son propre chef, sitôt ses examens achevés, Haida avait apposé son sceau sur le formulaire d'interruption d'études et sur celui de sa sortie de pension. À cette période, il fréquentait encore Tsukuru quotidiennement. Ils nageaient ensemble à la piscine, il venait dormir chez Tsukuru le week-end, ils discutaient jusque tard dans la nuit. En dépit de tout cela, Haida lui avait dissimulé sa décision d'interrompre ses études. Et, comme si de rien n'était, il lui avait annoncé en souriant : « Je rentre à Akita pour deux semaines tout au plus. » Puis il avait disparu.

Tsukuru songea qu'il ne reverrait sans doute plus Haida. Le jeune homme avait manifestement choisi de se volatiliser sans un mot. Ce n'était pas le fruit du hasard. Il avait eu pour cela une raison précise à laquelle il devait se rendre. Et quelle que soit cette raison, Haida ne reviendrait plus. L'intuition de Tsukuru était exacte. Du moins, durant le temps où il fut étudiant, Haida ne fit pas son retour à l'université, et aucune nouvelle ne lui parvint.

Comme c'est étrange, se dit Tsukuru. Haida répète l'histoire de son père. Comme lui, aux alentours de vingt ans, il interrompt ses études et disparaît sans laisser de traces. Comme s'il mettait ses pas dans les pas de son père. Mais alors, cette fameuse histoire… ne serait-ce pas une fiction ? Aurait-il emprunté l'image de son père pour expliquer quelque chose qui lui était propre ?

Cette fois, pourtant, la disparition de Haida ne provoqua pas chez Tsukuru une détresse aussi profonde que la précédente. Il ne ressentit pas de souffrance pour avoir été rejeté ou quitté. La perte de Haida lui inspira plutôt une sorte d'apaisement. Une étrange sensation de quiétude. Il ne savait pas pourquoi, mais il avait même le sentiment que Haida avait pris sur lui ses propres fautes et ses souillures, et que c'était pour cette raison qu'il était parti très loin.

Bien entendu, Tsukuru se sentait triste et esseulé. Haida était son seul véritable ami. Mais cet épilogue était sans doute inévitable. Tout ce que Haida laissait derrière lui, c'était un petit moulin à café, un sachet de café en grains entamé, et le coffret des trois 33-tours des *Années de pèlerinage* de Liszt, interprétées par Lazar Berman. Et aussi le souvenir de ses yeux limpides, d'une étonnante profondeur.

En mai, un mois après avoir appris que Haida avait quitté le campus, Tsukuru connut sa première expérience sexuelle avec une femme. Il avait vingt et un ans. Vingt et un ans et six mois. Il avait commencé au début de l'année universitaire un stage de dessinateur dans un cabinet d'architectes. C'est là qu'il fit la connaissance de cette femme, une célibataire de quatre ans son aînée, qui travaillait comme secrétaire. De petite taille, elle avait des cheveux longs, de grandes oreilles et de jolies jambes. Elle était bien faite, dans le genre tout petit gabarit. Un visage pas précisément joli, mais plutôt mignon. Lorsqu'elle riait à une plaisanterie, de charmantes petites dents blanches apparaissaient. Elle se montra très gentille avec Tsukuru dès le premier jour. Il eut l'impression qu'elle lui portait un intérêt tout personnel. Sans doute parce qu'il avait grandi avec deux sœurs aînées, il se sentait à l'aise avec les femmes plus âgées. Elle avait exactement l'âge de la plus jeune de ses sœurs.

Tsukuru trouva une occasion pour l'inviter à dîner, l'inviter chez lui ensuite, et enfin, hardiment, l'inviter dans son lit. Elle ne refusa aucune de ces invitations. Ne manifesta aucune hésitation. C'était la première expérience physique de Tsukuru, néanmoins tout se déroula parfaitement bien, en douceur. À aucun moment il ne se sentit embarrassé ou intimidé. Du coup, sa partenaire eut l'air de penser qu'en dépit de son âge, il avait accumulé bien des aventures. Alors que, en réalité, il n'avait eu de relations sexuelles que dans ses rêves.

Tsukuru avait de la sympathie pour cette femme pleine de charme, intelligente. Il n'attendait pas d'elle les stimulations intellectuelles que lui offrait Haida, mais elle possédait une personnalité ouverte et dépourvue d'artifice, débordait de curiosité, et il était heureux de parler avec elle. Le sexe, entre eux, était animé. Faire l'amour avec cette jeune femme lui en apprit beaucoup sur le corps féminin.

Elle n'était pas très douée pour la cuisine mais elle aimait faire le ménage et, bientôt, l'appartement de Tsukuru fut un modèle de propreté. Les rideaux, les draps, les taies d'oreiller, les serviettes, le tapis de bain, tout retrouva une fraîcheur nouvelle. Après le départ de Haida, elle apporta des couleurs et de l'animation dans la vie de Tsukuru. Pourtant, s'il avait bien du désir pour cette femme, il n'éprouvait pas de passion, et pas non plus d'amour. Il n'espérait pas davantage qu'elle le distraie de sa solitude quotidienne. Il se prouvait seulement qu'il n'était pas homosexuel et qu'il pouvait faire l'amour avec une femme réelle, pas seulement en rêve. C'était pour lui l'objectif principal – même si lui-même ne s'en était sans doute pas aperçu.

Et cet objectif fut atteint.

Le week-end, elle venait chez Tsukuru et restait pour la nuit. Comme Haida, peu auparavant. Ils passaient tout leur temps au lit. Il leur arrivait de faire l'amour presque jusqu'au petit matin. Pendant leurs jeux, il s'efforçait de ne penser qu'à elle et à son corps. Il se concentrait là-dessus, coupait l'interrupteur de son imagination, chassait aussi loin qu'il le pouvait tout ce qui n'était pas ici et maintenant – les corps nus de Blanche et de Noire, la bouche de Haida. Comme elle prenait la pilule, il pouvait jouir en elle sans inquiétude. Elle prenait plaisir à faire l'amour avec lui et en paraissait satisfaite. Au moment de l'orgasme, elle poussait des cris étranges. *Tout va bien, je suis normal*, se disait Tsukuru en lui-même. Et il ne fit plus de rêves érotiques.

Cette relation dura environ huit mois, après quoi ils se séparèrent d'un commun accord. C'était juste avant que Tsukuru ne soit diplômé. Il visait déjà un poste à la compagnie ferroviaire et son stage s'achevait. Elle, de son côté, avait depuis l'enfance un amoureux dans sa région natale de Niigata (elle l'avait annoncé dès le début, très ouvertement). En avril, elle l'épouserait. Elle quitterait son emploi de secrétaire et vivrait à Sanjô, où travaillait son fiancé. « C'est pourquoi je ne pourrai plus te voir », dit-elle à Tsukuru un beau jour, alors qu'ils étaient au lit.

« C'est un homme très bien, fit-elle en posant la main sur sa poitrine. Je crois qu'il sera un bon partenaire pour moi.

— Je regrette de ne plus te voir, mais je te félicite, dit Tsukuru.

— Merci, répondit-elle, puis, comme si elle ajoutait une note de bas de page en tout petits caractères : Peut-être aurons-nous l'occasion de nous revoir un jour.

— Ce serait bien », fit Tsukuru. Mais il ne saisissait pas les implications concrètes de cet ajout. Simplement, une pensée lui traversa l'esprit : poussait-elle les mêmes cris avec son fiancé ? Après quoi, ils refirent l'amour.

Il regrettait vraiment que ces rencontres hebdomadaires se terminent. Il allait lui falloir trouver une autre partenaire régulière pour éviter que réapparaissent ses rêves érotiques, et pour enfin vivre au temps présent. Toutefois, ce mariage ne le contrariait pas. Car il était incapable d'éprouver plus qu'une tranquille attirance et un vigoureux appétit sexuel pour cette petite amie. Par ailleurs, à ce moment-là, une nouvelle étape de sa vie commençait.

9

Lorsque Tsukuru reçut un appel de Sara Kimoto sur son téléphone portable, il tuait le temps en classant des documents entassés sur son bureau, jetant ceux qui étaient inutiles et rangeant des fournitures qui s'accumulaient dans un tiroir. C'était un jeudi, cinq jours après sa dernière rencontre avec la jeune femme.

« Je peux te parler tout de suite ?

— Oui oui, répondit Tsukuru. Pour une fois, je n'ai pas grand-chose à faire.

— Tant mieux. Est-ce qu'on pourrait se voir aujourd'hui, brièvement ? À sept heures, j'ai un dîner de travail, mais jusque-là, je suis libre. Ce serait bien si tu pouvais te déplacer jusqu'à Ginza. »

Tsukuru regarda sa montre. « Je crois que je pourrai y être vers cinq heures et demie. Où veux-tu que nous nous retrouvions ? »

Elle lui indiqua le nom d'un café non loin du carrefour de Yonchôme. Tsukuru le connaissait.

Il s'arrêta de travailler peu avant cinq heures, sortit des bureaux et, depuis la gare de Shinjuku, il prit la ligne de Marunouchi jusqu'à Ginza. Le plus opportunément du monde, il avait mis ce matin-là la cravate bleue que lui avait offerte Sara.

Sara était arrivée la première et l'attendait en buvant un café. Elle remarqua tout de suite la cravate que portait Tsukuru et lui adressa un grand sourire. Apparurent alors au coin de sa bouche deux petites rides charmantes. Une serveuse s'approcha, Tsukuru commanda un café lui aussi. L'établissement était plein de clients qui se retrouvaient là en sortant du travail.

« Pardon de t'avoir fait venir aussi loin, dit Sara.

— C'est très bien, Ginza, de temps en temps, répondit Tsukuru. Et si nous pouvions ensuite aller dîner tranquillement quelque part, ce serait très bien aussi. »

Sara plissa les lèvres et soupira. « Ça me plairait, mais, aujourd'hui, j'ai un dîner d'affaires. Nous avons réservé dans un restaurant traditionnel pour un invité de marque, un Français, et je dois m'occuper de lui. Je me sens nerveuse et je m'attends à ne pas pouvoir apprécier le repas. »

En effet, sa tenue était plus recherchée qu'à l'ordinaire. Elle portait un tailleur bien coupé, couleur café, une jupe courte et un collant parsemé de minuscules motifs. Sur le revers de la veste était fixée une broche ornée en son centre d'un petit diamant éblouissant.

Sara ouvrit son sac en cuir verni, d'une nuance brun-roux, et en sortit une grande enveloppe blanche. À l'intérieur étaient glissées plusieurs feuilles pliées, sorties d'imprimante. Puis elle referma son sac avec un claquement sec et ce petit bruit vif fit se retourner les clients autour d'eux.

« J'ai fait des recherches sur ce que devenaient tes quatre amis et sur leur lieu de résidence. Comme je te l'avais promis la dernière fois. »

Tsukuru fut étonné. « Mais c'était il y a moins d'une semaine !

— Dans le travail je suis rapide. Une fois que j'ai pris le coup, ça va vite.

— Je ne suis pas aussi habile que toi.

— Chacun sa spécialité. Je serais tout à fait incapable de construire une gare !

— Ou de dessiner des plans. »

Elle sourit. « Impossible, même si je vivais deux cents ans.

— Tu as donc réussi à savoir où ils vivent à présent ? demanda Tsukuru.

— Je le sais, en un sens.

— Tu le sais en un sens », répéta Tsukuru. L'expression avait quelque chose d'un peu curieux. « Qu'est-ce que tu veux dire ? »

Elle but une gorgée de café, reposa la tasse sur la soucoupe. Puis, comme pour ménager une pause, elle fixa ses ongles. Des ongles joliment vernis en brun-roux, de la même nuance que son sac (juste un peu plus pâle). Tsukuru aurait pu parier un mois de salaire qu'il ne s'agissait pas là d'un hasard.

« Laisse-moi t'exposer les choses dans l'ordre. Sinon, je n'y arriverai pas », dit-elle.

Tsukuru hocha la tête. « Bien sûr. Fais comme tu préfères. »

Sara lui expliqua comment elle avait mené son enquête. Elle s'était surtout servie d'Internet, utilisant toutes les méthodes de recherche possibles, Facebook, Google, Twitter, pour remonter la piste de ces quatre personnes. Elle avait saisi dans les grandes lignes la situation actuelle de Bleu et de Rouge. Il ne lui avait pas été difficile de collecter des informations sur les deux hommes. En fait, la plupart se rapportaient à leur carrière, et eux-mêmes les exposaient en toute clarté sur la Toile.

« À la réflexion, c'est tout de même étonnant, dit Sara. Tu ne trouves pas ? Nous vivons dans une époque d'indifférence totale et, pourtant, nous sommes cernés par une énorme quantité d'informations, très faciles à obtenir, sur tout un chacun. Et en réalité nous ne savons presque rien sur les autres.

— Cette réflexion philosophique s'accorde très bien à la jolie tenue que tu portes aujourd'hui, déclara Tsukuru.

— Merci », répondit Sara en souriant.

Les recherches sur Noire n'avaient pas été aussi simples. À la différence de Bleu et de Rouge, son métier n'impliquait pas qu'elle expose au monde des informations personnelles. Sara avait pourtant retrouvé sa trace sur le site de l'école des beaux-arts d'Aichi, au département artisanat d'art.

Les beaux-arts d'Aichi ? L'artisanat d'art ? Noire avait pourtant annoncé son intention d'intégrer une université privée de jeunes filles à Nagoya, au département d'anglais. Mais Tsukuru garda ses questions pour lui.

« Malgré tout, les renseignements la concernant étaient limités, poursuivit Sara. C'est pourquoi j'ai téléphoné chez elle en prétendant être une ancienne camarade de classe du lycée. Sous le prétexte d'un article à rédiger pour la revue de l'association des anciens élèves, j'ai demandé si on voulait bien m'indiquer son adresse actuelle. Sa mère m'a expliqué sa situation très gentiment.

— Tu as dû te montrer très habile ! dit Tsukuru.

— Ce n'est pas impossible », répondit modestement Sara.

La serveuse s'approcha pour resservir Sara, mais celle-ci refusa d'un geste. Une fois la serveuse éloignée, elle reprit la parole :

142

« Quant à Blanche, cela a d'abord été difficile et, en même temps, très simple. Je n'ai rien trouvé de personnel à son sujet. En revanche, un vieil article de journal m'a fourni des informations.

— Un article de journal ? » répéta Tsukuru.

Sara se mordit les lèvres.

« C'est une histoire vraiment particulière. Donc, comme je te l'ai déjà demandé, laisse-moi te la raconter dans l'ordre.

— Pardon.

— Je voudrais d'abord savoir si tu as pris une décision. Une fois que tu sauras où se trouvent tes amis, seras-tu prêt à les rencontrer ? Même si tu apprenais quelque chose de difficile à leur sujet, que tu aurais peut-être préféré ignorer ? »

Tsukuru hocha la tête. « Je les rencontrerai tous les quatre, quelle que soit leur situation. J'ai pris ma décision. »

Sara fixa longuement le visage de Tsukuru. Puis elle reprit : « Noire – c'est-à-dire Eri Kurono – vit à présent en Finlande. Elle n'est plus revenue au Japon depuis son départ.

— En Finlande ?

— Elle vit à Helsinki avec son mari finlandais et leurs deux petites filles. Il te faudra donc aller jusque là-bas si tu veux la rencontrer. »

Tsukuru visualisa mentalement une carte approximative de l'Europe.

« À la réflexion, je n'ai jamais voyagé jusqu'à présent et il me reste énormément de congés à prendre. Ce ne serait peut-être pas si mal d'aller étudier le réseau ferroviaire d'Europe du Nord. »

Sara sourit. « Je t'ai noté son adresse et son numéro de téléphone. Quant à savoir pourquoi elle s'est mariée avec un Finlandais et en est venue à habiter

Helsinki, tu devras te renseigner toi-même, ou bien le demander à la principale intéressée.

— Merci. L'adresse et le numéro de téléphone suffiront.

— S'il te prend l'envie d'aller en Finlande, je pourrai t'aider à organiser le voyage.

— Parce que tu es une pro.

— Compétente et habile par-dessus le marché.

— Cela va de soi », ajouta Tsukuru.

Sara déplia une autre feuille imprimée. « Bleu – Yoshio Ômi – vit à Nagoya, il travaille actuellement comme revendeur agréé de Lexus. Il semble très compétent, puisqu'il a été plusieurs fois distingué pour ses performances. Il est encore jeune, et pourtant il a un poste de responsable des ventes.

— Lexus », murmura Tsukuru.

Il tenta d'imaginer Bleu dans un show-room lumineux, sanglé dans un costume d'homme d'affaires, tout sourire, donnant des explications à des clients sur la qualité de la peinture des berlines de luxe, ou le toucher soyeux de leurs sièges en cuir véritable. Mais il avait du mal à faire jaillir cette image. Ce qu'il voyait, c'était Bleu dans son maillot de rugby, dégoulinant de sueur, buvant directement à la bouilloire du thé d'orge, avalant comme si de rien n'était l'équivalent de deux repas.

« Tu es surpris ?

— J'ai une impression un peu étrange, répondit Tsukuru. Peut-être que, après tout, le tempérament de Bleu le destinait à la vente. Il avait un caractère très droit. Sans être bon orateur, il inspirait naturellement confiance. Je ne l'ai pas connu roublard mais, avec le temps, il a pu s'améliorer sur ce plan.

— Et puis, à ce que j'ai entendu dire, les Lexus sont des voitures excellentes et très fiables.

144

— Si c'est un vendeur aussi doué, il va peut-être réussir à m'en vendre une dès notre première rencontre !

— Peut-être », dit Sara en riant.

Tsukuru se souvint de son père qui ne roulait que dans de grosses Mercedes-Benz. Il en changeait précisément tous les trois ans, en restant fidèle à la même classe. Le concessionnaire, sans doute, se contentait de lui proposer le modèle le plus récent, pourvu de tous les accessoires possibles. Sa voiture n'avait pas la moindre rayure et brillait toujours impeccablement. Son père ne la conduisait pas en personne, mais employait un chauffeur. Les vitres étaient teintées en gris foncé, de sorte que personne ne voie à l'intérieur. Les enjoliveurs étincelaient, comme des pièces d'argent tout juste frappées. Les portes se fermaient avec un clap solide de coffre-fort, et l'habitacle était une véritable chambre secrète. Lorsqu'on était assis sur les sièges arrière, on se sentait très loin du chaos du monde. Enfant, Tsukuru n'aimait pas être conduit dans cette voiture, elle était trop calme. Ses goûts n'avaient jamais varié. Il aimait l'animation des gares et des trains bondés.

« Une fois sorti de l'université, il a travaillé longtemps chez un concessionnaire Toyota et, là aussi, ses performances de vendeur ont été excellentes. Quand, en 2005, Toyota a lancé Lexus dans le pays, Bleu a été choisi pour diriger la filiale de Nagoya. Adieu Corolla, bonjour Lexus », dit Sara. De nouveau, elle jeta un coup d'œil sur sa main gauche manucurée. « Il ne te sera pas très difficile de le rencontrer. Il te suffira de mettre le pied au show-room Lexus, et il sera là.

— Je vois », fit Tsukuru.

Sara déplia une autre feuille.

« Rouge – Kei Akamatsu – a connu un parcours professionnel plus mouvementé. Après son diplôme d'économie, obtenu avec d'excellentes notes à l'université de Nagoya, il est entré sans difficulté dans une très grande banque. Disons plutôt une "mégabanque". Néanmoins, pour une raison inconnue, il a démissionné trois ans après, et il a intégré un établissement financier de premier plan. Financé, selon les rumeurs, par des usuriers de Nagoya. C'était un tournant inattendu mais, deux ans et demi plus tard, il a de nouveau démissionné. Cette fois, il a réuni des capitaux d'on ne sait où et fondé sa propre entreprise. Sa société propose des formations en management couplées à des séminaires d'auto-évaluation, intitulés Creative-business-seminars. Elle connaît un succès étonnant. Ses bureaux se trouvent dans une tour en plein centre de Nagoya, et il emploie un grand nombre de salariés. Si tu veux plus de détails sur la philosophie de l'entreprise, tu les trouveras très facilement sur Internet. Le nom de la société, c'est BEYOND. Ça fait très new age, non ?

— Creative-business-seminars ?

— L'appellation est nouvelle mais, au fond, ça ne veut rien dire de plus que séminaires d'auto-évaluation, dit Sara. En somme, ce sont des séances, plus ou moins improvisées, de léger lavage de cerveau, destinées à former les bons soldats des entreprises. À la place des textes sacrés, on utilise des manuels, à la place de la révélation ou du paradis, on vous promet la réussite et de gros revenus annuels. C'est la nouvelle religion d'une époque pragmatique. Mais cette religion est dépourvue de transcendance, et tout y est chiffré concrètement. C'est parfaitement *clean*, et facile à comprendre. Et, apparemment, ils sont très nombreux à avoir été ainsi fortifiés ou plutôt, sur le fond, hypnotisés par un système de pensée bien pratique. Toutes les théories et les valeurs qui sont prônées là-dedans n'ont que cet objectif. Toujours est-il que, à l'heure actuelle, la réputation de la société est au top, et un nombre considérable d'entreprises locales ont signé des contrats avec elle. Si tu consultes leur site web, tu verras qu'ils offrent un large éventail de programmes. Depuis des "Boot Camps", c'est-à-dire des stages d'entraînement pour les nouvelles recrues, jusqu'à des séances de coaching pour les hauts dirigeants, en passant par des sessions estivales destinées aux cadres, dans des stations de luxe. À tout le moins, les offres forfaitaires sont très réussies. En particulier pour les jeunes salariés, à qui ils proposent de se familiariser avec le protocole et le savoir-vivre en usage dans les entreprises. Ils les entraînent aussi à s'exprimer correctement. Personnellement, je m'en dispense très volontiers, mais je suppose que, pour une entreprise, cela doit être attrayant. Tu vois à peu près de quoi il retourne ?

— Dans les grandes lignes, répondit Tsukuru. Mais pour se lancer dans ce type d'affaire, j'imagine qu'il faut des capitaux. Où Rouge a-t-il bien pu les trouver ? Son père est professeur d'université, et c'est un homme assez strict. À ma connaissance, il ne dispose pas de beaucoup d'argent et, surtout, je ne le vois pas investir volontiers dans une affaire aussi aventureuse.

— À ce sujet, le mystère reste entier. Cela étant, ce Kei Akamatsu aimait-il jouer les gourous au lycée ? »

Tsukuru secoua la tête. « Non, il était plutôt du genre tranquille et savant. Intelligence aiguë, grande faculté de compréhension, et, le cas échéant, éloquence. Mais, en général, il s'arrangeait autant que possible pour n'en rien laisser paraître en public. Ce n'est pas très sympa de le dire comme ça, mais il était du style à concocter des plans en secret et à agir par-derrière. Je n'arrive pas à l'imaginer dans la posture du type qui harangue ou qui endoctrine.

— Peut-être que les gens changent…, dit Sara.

— Bien sûr, répondit Tsukuru. On peut changer. Et puis, il est fort possible que nous n'ayons pas su ce qui était vraiment important pour chacun de nous, alors que nous étions si proches et que nous nous parlions à cœur ouvert. »

Sara regarda Tsukuru dans les yeux un moment. Puis elle reprit : « En tout cas, à l'heure actuelle, tous les deux travaillent à Nagoya. Au fond, l'un comme l'autre n'ont jamais mis un pied hors de leur ville natale. Ils ont fait toute leur scolarité à Nagoya, et ils y travaillent. Cela fait un peu penser au *Monde perdu* de Conan Doyle. Dis-moi, Nagoya est un endroit si agréable que ça ? »

Tsukuru était incapable de répondre à cette question. Elle le laissait perplexe. Si les circonstances avaient été un peu différentes, lui aussi aurait passé sa vie à Nagoya sans mettre le pied ailleurs, et il ne se serait pas posé la moindre question à ce sujet.

Sara s'interrompit là. Elle replia les papiers imprimés, les rangea dans l'enveloppe qu'elle posa à un bout de la table, et but son verre d'eau. Après quoi, elle reprit la parole :

« Quant à Blanche, Yuzuki Shirane, devrais-je dire, elle… malheureusement, elle n'a pas d'adresse aujourd'hui.

— Elle n'a pas d'adresse… ? » bredouilla Tsukuru.

C'était encore une fois une expression bizarre. Si elle avait dit : je ne connais pas son adresse actuelle, il aurait compris. Mais là, il y avait quelque chose d'étrange. Il réfléchit au sens que ces mots pouvaient avoir. Il lui vint à l'esprit que Blanche avait peut-être disparu sans laisser de traces. Elle n'était tout de même pas devenue une sans-abri ?

« Je suis désolée, dit Sara, mais elle n'est plus de ce monde.

— Plus de ce monde ? »

Un court instant apparut dans sa tête l'image de Blanche à bord d'une navette spatiale, vagabondant dans le cosmos.

« Elle est morte il y a six ans. Voilà pourquoi elle n'a pas d'adresse. Seulement une tombe aux environs de Nagoya. C'est très difficile pour moi aussi d'avoir à t'apprendre une chose pareille. »

Pendant quelques instants, Tsukuru fut à court de mots. Il sentait peu à peu ses forces lui échapper, comme de l'eau qui se viderait d'un sac troué. La rumeur environnante se faisait distante et seule la voix de Sara parvenait encore à ses oreilles. Mais elle aussi n'était qu'un écho lointain et dépourvu de signification, comme s'il l'entendait depuis le fond d'une piscine. Il rassembla toutes ses forces, sortit la tête de l'eau et ses oreilles finirent par retrouver leur capacité auditive. La voix disait des choses qui avaient à nouveau du sens.

« ... de quelle manière elle est décédée, je n'ai pas noté les circonstances détaillées. J'ai pensé que ce serait mieux que tu l'apprennes par toi-même. Même s'il te faudra du temps. »

Tsukuru acquiesça machinalement.

Six ans plus tôt ? Il y a six ans, Blanche avait trente ans. Elle avait encore trente ans. Tsukuru tenta de l'imaginer à trente ans, mais il ne put y parvenir. Il ne revoyait d'elle que son image lorsqu'elle avait seize ou dix-sept ans. Ce qui lui fit ressentir une immense tristesse. Je ne peux même pas avoir une image d'elle en accord avec son âge, songea-t-il.

Sara se pencha par-dessus la table, posa doucement sa main sur la sienne. Une petite main tiède. Tsukuru se sentit heureux de ce contact intime, il en fut reconnaissant mais, en même temps, il le ressentait comme un événement totalement étranger, advenant *par hasard*, dans une lointaine réalité parallèle.

« Excuse-moi, dit Sara. Mais il fallait bien que quelqu'un te le dise un jour.

— Oui, je comprends », répondit Tsukuru.

Bien sûr, il comprenait. Simplement, il avait besoin d'un peu de temps pour intégrer ce fait. Ce n'était la faute de personne.

« Il va bientôt falloir que j'y aille. » Sara regarda sa montre, puis elle lui tendit l'enveloppe. « J'ai imprimé ces renseignements sur tes quatre amis. Mais je n'ai noté que le minimum. J'ai pensé que le plus important pour toi, c'était que tu les rencontres et que tu leur parles. Tu pourras alors éclaircir tous les détails.

— Merci pour tout », dit Tsukuru. Il chercha quoi ajouter. Il lui fallut un peu de temps. « Je t'appellerai très bientôt pour te raconter ce qu'il en est.

— J'attendrai. Si je peux faire quelque chose, dis-le-moi. »

Tsukuru la remercia encore une fois.

Ils sortirent ensemble du café et se séparèrent à l'extérieur. Planté dans la rue, Tsukuru, contempla Sara, dans son tailleur d'été couleur café léger, qui agitait la main puis disparut dans le flot des passants. Il aurait voulu rester avec elle encore un moment. Qu'ils parlent tous les deux tranquillement, en prenant leur temps. Mais, bien entendu, elle avait sa vie. Dont la plus grande partie se déroulait en un lieu inconnu de lui. Une vie pleine d'événements sans rapport avec lui.

L'enveloppe que lui avait donnée Sara, il la glissa dans la poche de sa veste. À l'intérieur, sur des feuilles soigneusement pliées, la vie résumée de ses quatre amis. Parmi eux, une seule n'avait plus d'existence *ici-bas*. Elle était devenue une poignée de cendres blanches. Ses pensées, ses opinions, ses sensations, ses espoirs et ses rêves – tout avait disparu. Sans laisser aucune trace. Ne restaient d'elle que des souvenirs. Ses longs cheveux noirs lustrés, ses jolis doigts posés sur les touches d'un piano, ses mollets aussi lisses que de la porcelaine, blancs et délicats (mais étrangement expressifs), *Le Mal du pays* de Franz Liszt. Sa toison humide, ses mamelons durcis. *Non*, ce n'étaient pas là des souvenirs. C'était… il ne voulait pas songer à cela.

Où pourrais-je bien aller à présent ? se demandait Tsukuru, appuyé contre un lampadaire. Sa montre indiquait presque sept heures. Il restait un peu de clarté dans le ciel, mais les vitrines le long des rues devenaient à chaque instant plus lumineuses et plus attirantes. Il était encore tôt et il n'avait rien à faire, pas envie de rentrer chez lui, pas envie de se retrouver seul dans un endroit paisible. Il était certes libre d'aller où il voulait. *Presque* n'importe où. Mais, en réalité, peu importait. Tsukuru n'arrivait pas à envisager un lieu concret.

Il songea que, dans ce genre de moment, un peu d'alcool serait bienvenu. Un homme normal entrerait sans doute dans un bar et chercherait à s'enivrer. Mais sa constitution l'en empêchait. Les différentes sortes de saké ou de vin ne lui offraient pas de sensations émoussées, pas d'oubli bienfaisant, seulement un mal de tête le lendemain.

Voyons, où pourrais-je aller ?

Finalement, il n'y avait qu'un seul endroit.

Il marcha le long des avenues jusqu'à la gare de Tokyo. Il pénétra dans l'enceinte de la gare depuis le guichet d'accès de Yaesu et s'assit sur un banc, sur le quai de la ligne Yamanote. Et puis il passa là une bonne heure à contempler les alignements de wagons verts qui se succédaient presque toutes les minutes, déversant un nombre infini de voyageurs, puis ingurgitant de nouveau, à la hâte, un nombre infini de voyageurs, avant de s'ébranler. Durant tout ce temps, il ne pensa à rien, absorbé par le spectacle. Cette contemplation n'apaisa en rien la souffrance de son cœur, mais ces scènes répétitives le fascinaient comme à l'accoutumée et, au moins, engourdissaient sa perception du temps.

Sans cesse, les voyageurs affluaient, ils formaient spontanément des files bien nettes, montaient en bon ordre dans le train et se laissaient transporter vers une destination quelconque. Tsukuru était surtout impressionné par l'innombrable quantité d'humains qui peuplaient cette planète. Il lui semblait tout aussi miraculeux que, dans ce monde, circulent un si grand nombre de trains. Que tant de gens dans tant de wagons soient ainsi transportés aussi méthodiquement. Que tant de gens viennent de quelque part et se rendent autre part.

Quand l'affluence de l'heure de pointe se fut enfin calmée, Tsukuru Tazaki se leva lentement, il monta dans le train qui arrivait et rentra chez lui. La douleur dans son cœur était encore vive. Mais il y avait une chose qu'il lui fallait accomplir.

10

Vers la fin du mois de mai, Tsukuru prit un long week-end de congé et revint chez lui, à Nagoya, pour trois jours. Le moment était bien choisi, car la cérémonie en mémoire de son père avait justement lieu à cette date.

Après le décès de leur père, sa sœur aînée et son époux s'étaient installés dans l'immense demeure familiale avec leur mère. Mais Tsukuru put dormir dans sa chambre, restée telle quelle, inoccupée. Le lit, le bureau, la bibliothèque, tout était demeuré dans l'exacte disposition qu'il avait connue lycéen. Sur les étagères, s'alignaient les livres qu'il avait lus autrefois. Les tiroirs de son bureau étaient encore remplis de ses cahiers et de ses stylos.

Le premier jour, il assista à un service bouddhique au temple, suivi d'un repas avec la famille au complet, animé par d'interminables conversations. Mais il fut libre dès le lendemain. Tsukuru avait prévu d'aller d'abord rendre visite à Bleu. C'était le dimanche, mais, au contraire de la plupart des sociétés, les show-rooms de voitures ouvraient ce jour-là. Il partit donc au petit bonheur, sans avoir pris rendez-vous. Tel était le principe qu'il adopterait dorénavant : ne pas laisser à l'autre le temps de se préparer mentalement, susciter chez lui la réaction la plus spontanée possible. Et s'il ne tombait pas sur Bleu ou que ce dernier refuse de le voir, eh bien, tant pis. Il serait toujours temps alors d'envisager une autre méthode.

Le show-room Lexus se situait dans un quartier tranquille, non loin du château de Nagoya. À l'intérieur, de l'autre côté des vastes baies vitrées, étaient cérémonieusement disposés les derniers modèles Lexus en diverses couleurs, depuis le coupé sport jusqu'aux berlines à quatre roues motrices. Dès l'entrée, il sentit l'odeur caractéristique des véhicules neufs. Un mélange composite de pneus neufs, de plastique et de cuir véritable.

Tsukuru se présenta à la réception et s'adressa à la jeune femme assise là. Ses cheveux étaient élégamment relevés, laissant découvert son cou blanc et fin. Sur le comptoir trônait un vase plein de gros dahlias roses et blancs.

« J'aimerais voir M. Ômi », dit Tsukuru.

Elle lui fit un sourire courtois, paisible, bien en accord avec le show-room pimpant et lumineux. Ses lèvres portaient une nuance naturelle, ses dents étaient très jolies. « Oui, M. Ômi est ici. Excusez-moi, monsieur, quel est votre nom ?

— Tazaki, répondit Tsukuru.

— Monsieur Tasaki, aviez-vous rendez-vous aujourd'hui ? »

Il ne lui fit pas remarquer que sa façon de prononcer son nom était légèrement fautive. Cela l'arrangeait plutôt.

« Non, je n'ai pas rendez-vous.

— Très bien. Voulez-vous attendre quelques instants, je vous prie ? » La jeune femme pressa une touche du téléphone, attendit environ cinq secondes. Puis elle annonça : « Monsieur Ômi, il y a là un

M. Tasaki qui désircrait vous voir. Oui, c'est bien cela, M. Tasaki. »

Tsukuru n'entendit pas la réponse, mais elle acquiesça de la tête à plusieurs reprises. Finalement, elle déclara : « Oui, j'ai bien compris. »

Elle reposa le combiné, leva la tête afin de regarder Tsukuru. « Monsieur Tasaki, M. Ômi est actuellement occupé. Je suis tout à fait désolée. Voudriez-vous patienter un moment ici ? M. Ômi a dit que cela ne devrait pas prendre plus de dix minutes. »

Sa manière de s'exprimer était professionnelle et fluide. Elle ne se trompait pas dans l'utilisation des termes de politesse. On aurait dit qu'elle était sincèrement désolée de le faire patienter. Elle avait dû recevoir une éducation très soignée. Ou bien était-ce une qualité qui lui était propre ?

« C'est parfait. Je ne suis pas pressé », répondit Tsukuru.

Elle le guida jusqu'à un canapé en cuir noir qui avait l'air très coûteux. À côté se trouvait une énorme plante verte en pot. Un morceau d'Antônio Carlos Jobim était diffusé à faible volume. Sur une table en verre, longue et étroite, étaient disposés de somptueux catalogues Lexus.

« Puis-je vous apporter du café, du thé noir ou du thé japonais ?

— Du café, s'il vous plaît », répondit Tsukuru.

Alors qu'il feuilletait le catalogue des nouveaux modèles de berlines, la jeune femme lui apporta son café dans un mug couleur crème, estampillé du logo Lexus. Tsukuru la remercia. Le café avait très bon goût. Un parfum plein de fraîcheur et une température parfaite. Tsukuru se dit qu'il avait été bien avisé de passer un costume et d'enfiler des chaussures en cuir. Il ignorait quelle tenue portaient les acheteurs potentiels de Lexus, mais un ensemble composé d'un jean, d'un polo et de baskets aurait sûrement été jugé trop négligé. Cette pensée lui avait traversé l'esprit juste avant de sortir de la maison, et, par précaution, il s'était changé.

Durant les quinze minutes environ que dura son attente, il mémorisa tous les modèles de Lexus proposés à la vente. Il nota qu'elles ne portaient pas un nom comme « Corolla » ou « Crown », mais qu'on les distinguait seulement par un numéro. Comme les Mercedes ou les BMW. Ou comme les symphonies de Brahms.

Enfin, un homme de haute taille et de belle carrure traversa le show-room, d'une démarche légère qui contrastait avec sa stature imposante. Il avançait à grandes enjambées, suggérant ainsi qu'il se pressait. Sans nul doute, c'était Bleu. Vu d'un peu loin, il donnait presque la même impression qu'autrefois. Si ce n'est qu'il s'était quelque peu alourdi. Comme une maison qui doit être agrandie quand la famille s'élargit. Tsukuru reposa le catalogue sur la table et se leva pour le saluer.

« Je suis désolé de vous avoir fait attendre. »

Bleu, debout devant Tsukuru, inclina légèrement la tête. Son corps imposant était sanglé dans un costume sans aucun faux pli. Un costume haut de gamme, en tissu léger, d'un bleu mêlé de gris. Sûrement fait sur mesure. Sur une chemise gris pâle, il avait noué une cravate gris foncé. Une tenue impeccable. Qu'on n'aurait jamais imaginée sur lui lorsqu'il était lycéen. Mais ses cheveux étaient aussi courts qu'autrefois. La coupe de cheveux d'un joueur de rugby. Et il était très bronzé.

Alors qu'il regardait Tsukuru, son expression changea légèrement. Dans ses yeux apparut une petite lueur de doute. Comme s'il essayait de déchiffrer quelque chose qui lui revenait en mémoire, sans parvenir à savoir de quoi il s'agissait. Il eut un sourire, resta là à ravaler ses paroles, attendant que Tsukuru parle le premier.

« Cela fait bien longtemps », dit Tsukuru.

En l'entendant, le visage de Bleu s'éclaira soudain. Seule la voix ne change pas.

« Tsukuru, articula-t-il en plissant les paupières.

— Désolé de m'inviter brusquement sur ton lieu de travail. Mais j'ai pensé que c'était le mieux. »

Bleu respira un grand coup en soulevant les épaules puis souffla lentement. Après quoi il soumit Tsukuru à un examen attentif, promenant son regard sur lui, de la tête aux pieds, encore et encore.

« Qu'est-ce que tu as changé ! s'écria-t-il. Si je t'avais croisé dans la rue, je ne t'aurais sûrement pas reconnu.

— Mais toi, tu es resté le même. »

Bleu tordit sa grande bouche de côté. « Oh non ! J'ai grossi. J'ai pris du ventre. Je ne cours plus aussi vite. Ces derniers temps, je ne fais plus qu'un parcours de golf une fois par mois, avec des clients. »

Il y eut un moment de silence.

« Bon, je suppose que tu n'es pas venu acheter une voiture ? demanda Bleu comme pour s'en assurer.

— Non. Désolé. J'aimerais parler avec toi. Même brièvement. »

Bleu grimaça légèrement. Il hésitait, ne sachant que répondre. Il avait toujours eu cette expression quand il réfléchissait.

« Aujourd'hui, j'ai énormément de choses prévues. Du travail à l'extérieur, et, cet après-midi, je dois assister à une réunion.

— Décide quand ce sera possible pour toi. Je m'adapterai. C'est pour cela que je suis venu à Nagoya cette fois. »

Bleu examina son emploi du temps mentalement, jeta un coup d'œil à la pendule murale qui affichait onze heures et demie, puis il se frotta le nez avec un doigt et parut se décider. « Bon, d'accord. Je prends une pause déjeuner à midi. Nous aurons environ une demi-heure pour parler. En sortant d'ici, tu tournes à gauche, tu marches un peu et tu trouveras un Starbucks. Attends-moi là-bas si tu veux bien. »

À midi moins cinq, Bleu fit son apparition dans le Starbucks.

« Ce n'est pas agréable ici. On s'achète à manger et on se cherche un endroit tranquille », déclara-t-il. Il commanda un cappuccino et un scone, Tsukuru se contentant d'une bouteille d'eau minérale. Puis ils se dirigèrent vers un jardin, non loin de là, trouvèrent un banc libre et s'assirent côte à côte.

Le ciel était légèrement nuageux. On ne voyait de bleu nulle part, mais il ne semblait pas qu'il allait pleuvoir. Il n'y avait pas de vent non plus. Les branches des saules, richement chargées de feuilles vertes, tombaient vers le sol jusqu'à le frôler, sans le plus léger mouvement, comme si elles étaient plongées dans une profonde méditation. De temps à autre, de petits oiseaux tentaient de s'y poser, mais, vite déséquilibrés, ils renonçaient et s'envolaient de nouveau. La branche oscillait légèrement, comme troublée, et retrouvait ensuite son calme initial.

« Excuse-moi d'avance si mon portable sonne pendant que nous parlons. J'ai beaucoup d'affaires en cours, dit Bleu.

— Ça ne fait rien. Je comprends bien que tu sois occupé.

— Le portable, c'est pratique, mais c'est aussi un sacré inconvénient. Bon, et toi, dis-moi, tu es marié ?

— Non. Je suis toujours célibataire.

— Moi, je me suis marié il y a six ans, et j'ai un enfant. Un garçon de trois ans. Ma femme est de nouveau enceinte et elle n'en finit plus de grossir. La naissance est prévue pour septembre. On nous a dit que ce serait une fille. »

Tsukuru hocha la tête. « Ta vie se déroule bien.

— Bien ou pas, je n'en sais rien, mais elle avance. Autrement dit, je ne pourrais pas revenir en arrière, dit Bleu en riant. Et toi, où en es-tu ?

— Je n'ai pas à me plaindre », dit Tsukuru en sortant de son portefeuille une carte de visite qu'il tendit à Bleu. Celui-ci la prit et lut à haute voix : « "Compagnie ferroviaire ***. Département de la construction, service des équipements."

— Mon travail consiste à construire des gares et à les entretenir, expliqua Tsukuru.

— C'est vrai que tu as toujours aimé les gares, fit Bleu d'un ton admiratif en buvant une gorgée de cappuccino. Et finalement, tu as réussi à faire un travail que tu aimes.

— Il y a aussi beaucoup de choses ennuyeuses. Je suis salarié, tu comprends.

— Ah, c'est partout pareil ! Du moment qu'on est employé par quelqu'un, on a plein de trucs embêtants à faire. » Puis Bleu secoua la tête à plusieurs reprises, comme s'il se souvenait de bien des exemples de cet ordre.

« Les Lexus se vendent bien ?

— Pas mal. Nous sommes à Nagoya, tu sais, la ville où est né Toyota. Alors, les voitures Toyota se vendent toutes seules. Mais nos principaux concurrents ne sont plus Nissan ou Honda. Notre objectif est de toucher ceux qui roulent dans des voitures de luxe étrangères, Mercedes ou BMW. C'est pour eux que Toyota a lancé sa marque phare, Lexus. Ça prendra du temps, mais on est sûrs que ça marchera.

— "Pour nous, pas question de perdre !" »

Bleu eut l'air perplexe un instant, puis très vite son visage s'épanouit. « *Nous*, c'était notre équipe de rugby ! Ah, on se souvient toujours des trucs drôles !

— Tu étais très fort pour dynamiser les troupes.

— Et pourtant notre équipe a perdu bien des fois. Non, en fait, les affaires marchent plutôt pas mal. Bien sûr, la situation économique mondiale n'est pas fameuse, mais, malgré tout, les riches continuent de s'enrichir. C'en est même incroyable. »

Tsukuru hocha la tête en silence.

« Moi-même, je roule toujours en Lexus, continua Bleu… Une voiture magnifique, très silencieuse, jamais de panne. Je l'ai conduite sur un circuit de tests, et même en approchant des deux cents kilomètres à l'heure, le volant n'a pas tremblé du tout. Les freins aussi sont formidables. Vraiment impeccable. C'est tout de même mieux de pouvoir recommander aux clients des produits qu'on aime. Parce que, même si on a du bagout, on ne vend rien si on n'est pas convaincu. »

Tsukuru était tout à fait d'accord.

Bleu regarda Tsukuru bien en face. « Dis-moi, tu penses que je suis en train de te servir un baratin de vendeur de voitures ?

— Non, je ne le pense pas », répondit Tsukuru. Il comprenait que Bleu lui livrait sincèrement son avis. En même temps, il était certain qu'il n'aurait pas parlé de cette façon quand il était lycéen.

« Tu as une voiture ? demanda Bleu.

— J'ai mon permis, mais pas de voiture. Quand on habite à Tokyo, on s'en sort très bien avec les trains, les bus ou les taxis. Et puis, je me déplace beaucoup à vélo. Si j'en ai vraiment besoin, je loue une voiture, par Rent A Car. Mais c'est tout à fait différent de Nagoya.

— Oui, tu as raison. C'est plus commode et moins cher », dit Bleu. Puis il poussa un petit soupir. « Bon, c'est très bien de ne pas avoir besoin de voiture. Et sinon, tu aimes ta vie à Tokyo ?

— Eh bien, j'ai du travail, et je me suis habitué au lieu où je vis depuis déjà longtemps. Je n'aurais pas vraiment d'autre endroit où aller. Mais c'est tout. Je ne dirais pas que j'aime cette vie. »

Ils restèrent un moment silencieux. Une femme entre deux âges tenant en laisse deux border-collies passa devant eux. Quelques joggeurs se dirigeaient en courant du côté du château.

« Tu disais que tu voulais qu'on parle, fit Bleu, comme s'il s'adressait à quelqu'un qui aurait été très loin de lui.

— Quand je suis revenu à Nagoya pour les vacances d'été, en deuxième année d'université, tu m'as téléphoné, commença Tsukuru. Tu m'as dit que tu ne voulais plus me voir et que je ne devais plus appeler. Tu as ajouté que c'était là votre opinion unanime, à tous les quatre. Est-ce que tu t'en souviens ?

— Bien sûr que je m'en souviens.

— Je voudrais savoir pourquoi, dit Tsukuru.

— Brusquement, comme ça, après tout ce temps ?

— Eh bien oui. À l'époque, j'ai été tout à fait incapable de poser la moindre question à ce sujet. Après ce que j'avais entendu, et qui m'avait pris par surprise, j'étais sous le choc. J'avais peur, aussi, d'apprendre la raison pour laquelle j'étais rejeté si brutalement. J'avais l'impression que je ne pourrais pas m'en remettre. Voilà pourquoi j'ai tenté de tout oublier, de rester dans l'ignorance. J'ai cru que, avec le temps, ma blessure finirait par guérir. »

Bleu porta à sa bouche un petit morceau de scone. Il le mâcha lentement et l'avala avec une gorgée de cappuccino. Tsukuru poursuivit.

« Seize années se sont écoulées depuis. Mais la blessure est toujours là. Et il semble bien qu'elle saigne encore. Il s'est passé récemment quelque chose qui m'en a fait prendre conscience. Un événement très important pour moi. Voilà pourquoi je suis venu à Nagoya, pour te rencontrer. Je reconnais que c'est un peu soudain. »

Bleu contempla un moment les branches du saule qui ployaient lourdement vers le sol. « Tu n'as vraiment pas la moindre idée de ce que pourrait être cette raison ?

— Je n'ai cessé d'y réfléchir pendant seize ans. Mais je n'ai rien trouvé. »

Bleu plissa les paupières comme s'il était embarrassé, se frotta du doigt le bout du nez, comme à son habitude quand il réfléchissait. « Quand je t'ai dit ça, à l'époque, toi, tu as répondu : "J'ai compris", et tu as raccroché. Tu n'as même pas protesté. Tu n'as pas cherché à poursuivre la conversation. Alors, naturellement, j'ai cru que tu savais de quoi il était question.

— Lorsqu'on est profondément blessé, les mots ne vous viennent pas », dit Tsukuru.

Sans répondre, Bleu émietta son scone et en jeta de petits morceaux à des pigeons. Un groupe de volatiles s'approcha aussitôt. Cela semblait être une habitude.

Peut-être, à la pause du déjeuner, Bleu venait-il fréquemment ici seul et partageait-il son repas avec ces oiseaux.

« Alors, quelle était cette raison ? interrogea Tsukuru.

— Tu ne sais vraiment pas ?

— Non, je ne sais rien. »

À ce moment, le portable de Bleu émit une mélodie joyeuse. Bleu sortit l'appareil de la poche de son costume, vérifia le nom du correspondant sur son écran, appuya d'un air inexpressif sur une touche, et remit le portable dans sa poche. Tsukuru se rappelait cette mélodie. Une vieille chanson pop, peut-être déjà à la mode avant sa naissance. Il l'avait entendue bien des fois, mais il ne se souvenait pas de son titre.

« Si tu as quelque chose à régler, nous pouvons terminer plus tard, dit Tsukuru.

— Non, ça va. Ce n'est pas très important. Je verrai ça après. »

Tsukuru but une gorgée d'eau minérale à sa bouteille pour s'humecter la gorge.

« Pourquoi a-t-il donc fallu que je sois expulsé du groupe ? »

Bleu resta plongé un instant dans ses pensées.

« Comment pourrais-je te le dire, alors que, de ton côté, tu n'en as aucune idée… Est-ce que tu n'aurais pas eu une relation sexuelle avec Blanche ? »

La bouche de Tsukuru se tordit. « Une relation sexuelle ? Mais non, voyons.

— Blanche a dit que tu l'avais violée, articula Bleu péniblement. Que tu lui avais imposé une relation sexuelle par la force. »

Tsukuru avait envie de dire quelque chose mais les mots ne sortaient pas. Malgré l'eau qu'il venait de boire, sa gorge était si sèche qu'elle lui faisait mal.

Bleu reprit : « J'étais incapable de croire que tu aies pu faire une chose pareille. Et les deux autres également. Aussi bien Noire que Rouge. Tu n'es pas du genre à imposer quoi que ce soit à quelqu'un. Tu n'es pas du genre à user de violence. Nous en étions certains. Mais Blanche était extrêmement sérieuse, elle n'en démordait pas. Elle disait que tu avais deux visages. Et ton visage caché, on ne pouvait pas l'imaginer de l'extérieur. Il nous était difficile de répliquer à cela. »

Tsukuru se mordit les lèvres un moment. Puis il demanda : « Blanche vous a-t-elle expliqué comment je l'aurais violée ?

— Oh oui, elle nous a expliqué comment ça s'était passé. Avec beaucoup de réalisme, et jusqu'aux plus petits détails. Nous aurions préféré ne pas entendre tout ça. Je t'assure, c'était extrêmement pénible pour moi aussi. Pénible et triste. En fait, d'une certaine façon, j'en ai été douloureusement blessé. En nous parlant, Blanche était remplie d'une émotion terrible. Elle était dans une telle rage qu'elle en tremblait et que son visage en était transformé. Voilà ce qu'elle nous a raconté alors : un célèbre pianiste étranger, je ne sais plus qui, donnait un concert à Tokyo. Elle y était allée seule et tu l'avais invitée à loger chez toi à Jiyugaoka. Elle avait dit à ses parents qu'elle descendrait dans un hôtel, pour garder l'argent de la chambre. Elle n'avait aucune crainte à passer la nuit seule chez un jeune homme, puisqu'il s'agissait de toi. Mais, au milieu de la nuit, tu l'as violée. Elle avait tenté de résister, mais elle ne pouvait pas bouger car son corps était comme engourdi. Juste avant de se coucher, elle avait bu un peu de vin, et peut-être y avais-tu mélangé une drogue. Voilà son histoire. »

Tsukuru secoua la tête. « Blanche n'est jamais venue chez moi à Tokyo. Et encore moins pour y dormir. »

Les larges épaules de Bleu se voûtèrent légèrement. Il se tourna sur le côté, comme s'il avait dans la bouche quelque chose d'amer. « Je n'avais pas d'autre choix que de croire tout ce que disait Blanche, dit-il. Qu'elle était vierge. Que tu l'avais déflorée de force, qu'elle avait eu très mal, qu'il y avait eu du sang. Nous n'avions aucune raison de penser que Blanche, la si timide Blanche, aurait pu inventer une histoire pareille à notre intention. »

Tsukuru s'adressa au profil de Bleu. « Mais pourquoi ne m'avez-vous rien demandé, à moi directement ? Est-ce qu'il n'aurait pas mieux valu que vous me donniez l'occasion de m'expliquer ? Au lieu de me condamner, en quelque sorte par contumace. »

Bleu soupira. « Évidemment, tu as raison. C'est ce que je pense aujourd'hui. Nous aurions dû garder notre sang-froid et, de toute façon, écouter ta version des faits. Mais, à cette époque, nous n'avons pas su le faire. L'atmosphère ne s'y prêtait pas. Blanche était au bord de l'hystérie, totalement bouleversée. À tel point que nous ne savions que faire. Alors, avant tout, nous avons dû la calmer, contenir son affolement. Même si nous ne croyions pas à cent pour cent à sa version. Pour être franc, son histoire nous paraissait bizarre. Mais qu'elle ait pu tout inventer, ça non, nous ne pouvions pas l'imaginer. Étant donné le degré de précision de son récit, il y avait forcément une certaine part de vérité, pensions-nous.

— Donc, il fallait rompre avec moi.

— Tsukuru, écoute, nous étions sous le choc nous aussi. Bouleversés. Et blessés. Nous ne savions plus qui croire. C'est Noire qui s'est rangée la première du côté de Blanche. Elle a demandé à ce que nous répondions aux exigences de Blanche et que nous coupions immédiatement tout lien avec toi. Ce n'est pas pour me chercher des excuses, mais Rouge et moi avons subi une telle pression que nous avons fini par obéir. »

Tsukuru soupira. « Peu importe que tu me croies ou pas, mais je n'ai évidemment pas violé Blanche, et je n'ai pas eu non plus de relation sexuelle avec elle. Et je ne me souviens de rien qui s'en approche. »

Bleu hocha la tête mais ne répondit rien. Trop de temps s'était écoulé à présent pour que ce qu'il croie ou non ait de l'importance, pensa Tsukuru. Pour les trois autres comme pour lui-même.

La mélodie de son portable retentit une nouvelle fois. Bleu vérifia le nom de son correspondant et se tourna vers Tsukuru.

« Excuse-moi. Je m'éloigne un peu, tu ne m'en veux pas ?

— Non, bien sûr », répondit Tsukuru.

Bleu se leva avec son portable et se mit à parler un peu plus loin. On comprenait à sa posture et à son expression qu'il s'agissait d'une négociation commerciale avec un client.

Soudain, Tsukuru se souvint du titre de la chanson. C'était *Viva Las Vegas* d'Elvis Presley. Il songea que cette musique était bien incongrue de la part d'un vendeur de Lexus. Les choses semblaient peu à peu perdre leur réalité.

Bleu revint bientôt et se rassit à côté de lui.

« Désolé, dit-il. Je devais régler cette affaire. »

Tsukuru regarda sa montre. Les trente minutes convenues étaient presque écoulées.

« Pour quelle raison Blanche a-t-elle inventé une histoire aussi abracadabrante ? demanda-t-il.

Et pourquoi fallait-il que ce soit moi, le prétendu agresseur ?

— Alors là… je n'en sais rien. » Bleu secoua faiblement la tête à plusieurs reprises. « Je suis désolé pour toi, mais je n'ai jamais eu la moindre idée de ce que cela signifiait. Ni autrefois ni maintenant. »

Bleu était totalement perplexe, ne sachant décider de la réalité des faits et de ce qu'il devait croire. Il n'était pas fait pour les situations embrouillées. C'était lorsqu'il évoluait au sein d'une équipe de rugby, sur un terrain bien délimité, en suivant des règles précises, que sa vraie valeur se manifestait le mieux.

« Noire doit connaître plus de détails, dit-il enfin. J'ai eu cette impression alors. Il est possible qu'elle ne nous ait pas tout dit, à Rouge et à moi. Je le comprendrais. Parce que, sur ces questions, entre elles, les femmes parlent davantage à cœur ouvert.

— Noire vit en Finlande à présent, dit Tsukuru.

— Oui, je sais. Il lui arrive de m'envoyer une carte postale. »

Puis tous deux restèrent de nouveau silencieux. Trois lycéennes en uniforme traversèrent le jardin. Elles dépassèrent le banc où ils étaient assis en riant fort, le bas de leur jupe courte se balançant énergiquement. Elles avaient encore l'air d'enfants. Socquettes blanches et mocassins noirs. Leur expression était toute puérile. En songeant qu'eux-mêmes, il n'y avait pas si longtemps, avaient encore cet âge-là, Tsukuru eut une impression étrange.

« Tu sais, tu as vraiment beaucoup changé, lui dit Bleu.

— Cela fait seize ans que nous ne nous sommes pas vus. C'est normal de changer.

— Non, je ne parle pas seulement de l'âge. Au début, je n'arrivais pas à croire que c'était toi. Bien sûr, en te regardant bien, je t'ai reconnu. Mais, comment dire, tu es devenu plus maigre et tu donnes l'impression d'être plus énergique. Tes joues se sont creusées, ton regard est plus aigu. Autrefois, tu avais plus de rondeurs, une allure plus douce. »

Tsukuru ne lui confia pas que, durant presque six mois, il avait sérieusement songé à la mort, à sa propre disparition, et que cette longue période l'avait modifié et remodelé en profondeur, corps et âme. À quoi bon ? Même en lui racontant tout cela, il n'aurait pu lui faire partager ses véritables sentiments. Mieux valait en rester là et ne rien ajouter. Il garda donc le silence et attendit que Bleu poursuive.

« Dans le groupe, tu jouais toujours le rôle du garçon beau, gentil, qui fait bonne impression. Avec de jolis vêtements bien propres, des manières très correctes, toujours poli. Tu savais saluer juste comme il le fallait, tu ne disais jamais de bêtises. Tu ne fumais pas, tu ne buvais pas, tu n'étais jamais en retard. Tu sais quoi ? Nos mères étaient fans de toi.

— Vos mères ? » répéta Tsukuru, étonné. Il ne se souvenait pratiquement pas de leurs mères. « Et puis, je n'ai jamais été beau, ni à l'époque ni maintenant. J'ai une apparence banale, sans caractère. »

De nouveau, Bleu arrondit un peu les épaules. « En tout cas, de nous trois, tu étais le garçon qui présentait le mieux. Mon visage à moi, pour ce qui est d'avoir du caractère, oui, il en a : on dirait celui d'un gorille, et Rouge, lui, c'était le brillant intello à lunettes, comme sur un livre d'images. Ce que je veux dire, c'est que dans notre groupe, chacun jouait un rôle. Bien sûr, le temps que cela a duré.

— Tu veux dire que nous savions que nous jouions ces rôles ?

« — Non, je ne pense pas que c'était totalement conscient. Mais est-ce que nous ne nous en doutions pas un peu malgré tout ? De ce qu'était notre position respective à l'intérieur du groupe ? répondit Bleu. Moi, le sportif qui ne se prend pas la tête ; Rouge, l'intellectuel, le penseur ; Blanche, la mignonne jeune fille ; Noire, la comédienne pleine d'esprit. Et puis toi, le beau garçon bien éduqué. »

Tsukuru réfléchit avant de répondre. « Depuis toujours, je me suis ressenti comme un être vide, qui manquait de couleur et de personnalité. Voilà peut-être le rôle que je jouais dans le groupe. Celui qui était vide. »

Bleu eut l'air étonné. « Je ne comprends pas très bien. Quel rôle peut bien jouer quelqu'un de vide ?

— Un récipient vide. Un arrière-plan sans couleur. Sans défaut mais aussi sans point fort. Il faut sans doute un type de ce genre dans un groupe.

— Non, tu n'étais pas vide du tout. Personne n'a jamais pensé ça de toi. Tu étais – comment pourrais-je le dire ? – celui qui apportait le calme.

— Le calme ? répéta Tsukuru, surpris. Comme la musique dans un ascenseur ?

— Mais non, ce n'est pas ce que je veux dire. J'ai du mal à l'expliquer mais il suffisait que tu sois là pour que, tous, nous soyons nous-mêmes, naturellement. Tu ne parlais pas beaucoup mais tu étais présent, les deux pieds bien plantés sur le sol, et tu apportais au groupe quelque chose comme un sentiment de stabilité et de calme. Comme l'ancre d'un bateau. Nous ressentions vraiment très fort tes absences. Tu étais le seul, au fond, dont nous avions vraiment besoin. C'est pour cela que, lorsque tu n'as plus été là, notre groupe est parti à vau-l'eau. »

Tsukuru resta silencieux.

« Tu vois, en un sens, nous formions une combinaison parfaite. Comme les cinq doigts de la main, fit Bleu en levant la main droite et en écartant ses doigts épais. C'est ce que je pense aujourd'hui encore. À nous cinq, nous nous complétions et compensions nos manques. Le meilleur de nous, nous nous l'offrions sans réserve. Une chose pareille, très certainement, ne peut arriver deux fois dans la vie. C'est quelque chose d'unique. Je le crois. Maintenant, j'ai ma propre famille. Et je l'aime. Bien sûr. Mais, pour être honnête, mes sentiments pour elle ne sont pas aussi purs et aussi naturels. »

Tsukuru ne disait toujours rien. Bleu froissa dans sa grande main le sac en papier à présent vide, il en fit comme une balle compacte qu'il fit rouler un moment sur sa paume.

« Tu sais, Tsukuru, je te crois quand tu dis que tu n'as rien fait à Blanche, ajouta Bleu. En y repensant, c'est évident. Il est impossible que tu aies fait une chose pareille. »

Tsukuru cherchait encore ses mots quand le portable de Bleu sonna de nouveau. *Viva Las Vegas.* Après un coup d'œil à l'écran, il choisit de ne pas répondre.

« Désolé, mais il va bientôt falloir que je m'en aille. Je dois reprendre mon travail. Vendre encore et toujours des voitures. Si tu veux, raccompagne-moi jusqu'au show-room. »

Ils marchèrent côte à côte sans dire un mot pendant quelques instants.

Tsukuru fut le premier à parler : « Dis-moi, pourquoi est-ce que tu as choisi *Viva Las Vegas* comme sonnerie de portable ? »

Bleu se mit à rire. « Tu as vu le film ?

— Il y a très longtemps, à la télé, un soir tard. Mais pas jusqu'à la fin.

— Tu le trouvais idiot ? »

Tsukuru eut un sourire qui ne l'engageait à rien.

Bleu poursuivit. « Il y a trois ans, au titre de meilleur vendeur, j'ai été invité à un congrès à Las Vegas, qui réunissait les vendeurs de toute l'Amérique. Enfin, un congrès… C'était plutôt un voyage récompense. Une fois les réunions terminées, le soir, c'était jeu et alcool. Et on entendait continuellement *Viva Las Vegas* dans les salles de jeu. Il se trouve que j'ai gagné une grosse somme à la roulette, alors que cette chanson passait en fond sonore. Depuis, elle est devenue pour moi une sorte de porte-bonheur.

— Ah…

— Et curieusement, ça m'est bien utile pour les ventes. Par exemple, quand mon téléphone sonne au milieu d'une conversation avec des clients d'un certain âge, ils sont intrigués. "Comment se fait-il qu'un jeune comme vous ait choisi cet air ?" Et la discussion s'anime. Évidemment, ce n'est pas *Viva Las Vegas* qui a fait la légende d'Elvis. Il y a beaucoup d'autres chansons bien plus connues. Mais cet air-là, étrangement, déride les gens, peut-être à cause de l'effet de surprise. Ça amène un petit sourire involontaire sur leur visage. Je ne sais pas pourquoi, mais c'est comme ça. Tu es déjà allé à Las Vegas ?

— Non. Je ne suis jamais allé à l'étranger. Mais j'ai l'intention de me rendre bientôt en Finlande. »

Bleu parut surpris. Tout en marchant, il fixa Tsukuru.

« Ah, ce sera sûrement bien. Si je pouvais, moi aussi j'aimerais aller là-bas. La dernière fois que j'ai vu Noire et que je lui ai parlé, c'était à son mariage. Et d'ailleurs, je peux te le dire maintenant, j'étais amoureux d'elle. » Puis Bleu fit quelques pas en regardant droit devant lui. « Mais aujourd'hui, j'ai un enfant, un deuxième en route, je suis débordé de travail. Il y a aussi le crédit de la maison. Et puis il faut promener le chien tous les jours. Il me paraît tout à fait impossible d'aller en Finlande. Si tu vois Noire, dis-lui bonjour de ma part.

— Oui, je le ferai, répondit Tsukuru. Mais avant, j'ai l'intention de rencontrer Rouge.

— Ah... » Bleu eut alors une expression ambiguë. Les muscles de son visage se contractèrent étrangement. « À présent, je ne le vois plus.

— Pourquoi ?

— Est-ce que tu sais quel genre de travail il fait ?

— Plus ou moins.

— Bon, il vaut mieux ne pas parler de ça. Je n'ai pas envie de te mettre en garde contre lui avant que tu l'aies vu. Ce que je te dirai seulement, c'est que, moi, ce genre de travail, il ne me dit rien du tout. Et que je n'ai plus envie de le voir. Dommage. »

Tsukuru resta silencieux, tâchant de s'aligner sur la foulée ample de Bleu.

« Ce n'est pas que je doute de lui en tant qu'homme. J'ai seulement des doutes sur sa profession. C'est différent, ajouta Bleu comme s'il se parlait à lui-même. En fait, il ne s'agit pas de doutes. Je ne peux pas me faire à sa façon de penser. En tout cas, aujourd'hui, il est très connu ici, à Nagoya. C'est un chef d'entreprise qui remporte succès sur succès, on le voit un peu partout, à la télévision, dans les journaux, les revues. Un magazine féminin l'a même élu "le célibataire trentenaire qui a le mieux réussi".

— "Le célibataire trentenaire qui a le mieux réussi" ? répéta Tsukuru.

— Un parcours vraiment inattendu, fit Bleu en feignant l'admiration. Je n'aurais jamais imaginé qu'il apparaîtrait un jour dans un magazine féminin. »

Tsukuru changea de sujet.

« De quoi Blanche est-elle morte ? » demanda-t-il.

Bleu s'arrêta brusquement. Il resta figé comme une statue. Venant de derrière lui, un piéton le heurta. Il se tourna vers Tsukuru.

« Attends un peu. Vraiment, tu ne sais pas de quelle façon Blanche est morte ?

— Comment le saurais-je ? Jusqu'à la semaine dernière, j'ignorais même qu'elle avait disparu. Personne ne m'avait tenu au courant.

— Tu ne lis jamais les journaux ?

— Je les parcours. Mais je n'ai jamais vu d'article à son sujet. Et peut-être qu'il n'y avait rien dans les journaux de Tokyo.

— Dans ta famille, personne ne t'a rien dit ? »

Tsukuru se contenta de secouer la tête.

Comme s'il avait reçu un coup, Bleu se détourna sans dire un mot et se remit à marcher rapidement. Tsukuru le suivit.

« Après son diplôme à l'université de musique, reprit Bleu après un silence, Blanche a donné des leçons de piano chez elle, à Nagoya, durant un certain temps, puis elle est partie s'installer à Hamamatsu où elle a vécu seule. Environ deux ans plus tard, elle a été découverte étranglée dans son appartement. C'est sa mère, inquiète de ne pas avoir de nouvelles depuis longtemps, qui l'a trouvée. Elle ne s'est toujours pas remise de ce choc. Aujourd'hui encore, on ignore qui est l'assassin. »

Tsukuru déglutit. Étranglée ?

« C'est le 12 mai, il y a six ans, que l'on a appris la mort de Blanche. À cette époque, nous ne nous fréquentions presque plus. Aussi nous ne savions pas quelle vie elle menait à Hamamatsu. Nous ne savions même pas ce qu'elle était allée faire là-bas. Quand elle a été découverte, elle était morte depuis trois jours. Elle était restée trois jours comme ça, sur le sol de la cuisine, sans que personne ne s'en aperçoive. »

Bleu poursuivit tout en marchant :

« J'ai assisté à son enterrement, à Nagoya. Je n'arrêtais pas de pleurer. J'avais l'impression qu'une partie de moi était morte, comme changée en pierre. Mais, comme je te l'ai dit, à cette époque, notre groupe s'était déjà délité. Nous étions des adultes, chacun menait sa propre vie. Voilà tout. Nous n'étions plus des lycéens naïfs. Pourtant, je t'assure, c'était triste de voir que ce qui avait tant compté autrefois perdait peu à peu ses couleurs et finissait même par disparaître. Alors que nous avions passé ensemble des années si vivantes, que nous avions grandi ensemble. »

À chaque inspiration, les poumons de Tsukuru le brûlaient un peu plus fort. Les mots ne lui venaient pas. Il avait la sensation que sa langue, lourde et gonflée, obstruait sa bouche.

Le portable fit entendre de nouveau *Viva Las Vegas* mais, cette fois, Bleu l'ignora. La mélodie inopportune persista gaiement un moment puis finit par s'arrêter.

Quand ils atteignirent l'entrée du show-room, Bleu tendit sa grande main et serra celle de Tsukuru. Une poignée de main puissante. « J'ai été content de te voir », dit-il en le regardant au fond des yeux. Parler en regardant son interlocuteur droit dans les yeux, lui serrer la main avec force. C'était comme autrefois.

« Excuse-moi de t'avoir dérangé au travail, réussit enfin à dire Tsukuru.

— Non, penses-tu. Un autre jour, quand j'aurai plus de temps, j'aimerais te revoir et parler tranquillement. J'ai l'impression que nous avons beaucoup de choses à nous dire. Si tu reviens à Nagoya, préviens-moi.

— Oui, c'est ce que je ferai. Nous nous reverrons bientôt, répondit Tsukuru. Mais, dis-moi, est-ce que tu te souviens d'un air que Blanche jouait souvent au piano ? *Le Mal du pays*, de Franz Liszt. Une mélodie très calme qui dure cinq ou six minutes. »

Bleu réfléchit puis secoua la tête. « Si je l'entendais, peut-être. Mais juste avec le titre du morceau, je ne vois pas. Je ne suis pas très fort en musique classique. Pourquoi me demandes-tu ça ?

— Pour rien, c'est juste que cela me revient, répondit Tsukuru. Une dernière question. Ce nom de Lexus, qu'est-ce que ça veut donc dire ? »

Bleu se mit à rire. « On nous le demande souvent mais, en fait, cela n'a aucune signification. C'est juste un nom inventé. C'est une grande agence de publicité de New York, engagée par Toyota, qui l'a fabriqué. Il fallait que ce soit un nom qui évoque plutôt le luxe, qui donne l'impression d'avoir du sens, et qui sonne bien. Drôle de monde, tu ne crois pas ? D'un côté, on a des hommes qui s'échinent à construire des gares, de l'autre, des hommes qui empochent beaucoup d'argent à forger des noms avec une belle apparence.

— C'est ce qu'on appelle la "sophistication industrielle". C'est la tendance de l'époque », observa Tsukuru.

Bleu afficha un grand sourire. « Essayons de ne pas nous faire distancer ! »

Ils se séparèrent. Tout en repêchant son portable dans sa poche, Bleu pénétra dans le show-room.

Peut-être ne le reverrais-je pas, songea Tsukuru en attendant que le feu passe au vert à un carrefour. Trente minutes, c'était vraiment très court pour d'anciens amis qui s'étaient perdus de vue pendant seize ans. Peut-être. Il y avait certainement beaucoup de choses dont ils n'avaient pas pu parler.

En même temps, Tsukuru sentait bien que l'essentiel avait été dit.

Tsukuru héla un taxi et se fit conduire à la bibliothèque, où il demanda à consulter l'édition sur microfilms des journaux vieux de six ans.

11

Le lendemain lundi, à dix heures et demie du matin, Tsukuru se rendit dans les bureaux de Rouge, situés à environ cinq kilomètres du show-room Lexus. Ils occupaient la moitié du septième étage d'un immeuble moderne aux parois de verre. Une célèbre firme allemande de produits pharmaceutiques disposait de l'autre moitié. Tsukuru portait le même costume sombre que la veille, avec la cravate bleue que Sara lui avait offerte.

Décorée d'un grand et élégant logo « BEYOND », l'entrée était lumineuse, vaste et nette. Sur un mur de la réception, une grande peinture abstraite présentait une profusion de couleurs primaires. Sa signification n'était pas très intelligible, sans que le tableau soit pour autant d'un abord hermétique. En dehors de cette toile, il n'y avait pas le moindre objet décoratif. Ni fleurs ni vases. Rien dans ce hall n'indiquait quelle était l'activité de cette société. La jeune femme qui accueillit Tsukuru à la réception avait une petite vingtaine d'années, des cheveux joliment ondulés, relevés vers l'extérieur. Elle portait une robe mi-manches bleu pâle, sur laquelle était fixée une broche en perles véritables. Elle avait l'air d'avoir reçu une éducation soignée, dans une famille fortunée et optimiste. Quand elle prit la carte de visite que lui tendait Tsukuru, tout son visage s'illumina, et elle pressa d'une main habile, très délicatement, la touche d'une ligne de téléphone intérieur, comme si elle caressait avec précaution la truffe tendre d'un gros chien.

La porte du fond s'ouvrit peu après et une femme solidement bâtie apparut. Elle devait avoir dans les quarante-cinq ans, portait un ensemble épaulé de teinte sombre et des escarpins noirs à talons épais. Les traits de son visage étaient étrangement parfaits. Les cheveux coupés court, elle avait des mâchoires robustes et paraissait vraiment compétente. On rencontre parfois de ces femmes entre deux âges qui semblent capables de tout accomplir. Elle était une de ces femmes-là. Si elle avait été actrice, elle aurait pu jouer aussi bien une infirmière chevronnée qu'une patronne de maison close de luxe.

Elle prit la carte de visite de Tsukuru et son visage exprima une légère méfiance. Quels rapports pouvait bien entretenir le représentant d'une compagnie ferroviaire de Tokyo – département de la construction, service des équipements – avec le P-DG de BEYOND ? Sans compter qu'il n'avait pas de rendez-vous. Cependant, elle ne lui posa aucune question.

« Je vous prie de m'excuser, voudriez-vous attendre un instant ? » dit-elle avec tout juste une esquisse de sourire. Elle lui offrit de prendre place sur un fauteuil et disparut par la même porte d'où elle était venue. C'était un siège au design scandinave, assemblage de chrome et de cuir blanc. Ses lignes étaient certes élégantes et sobres, mais le fauteuil manquait de chaleur. Comme un soleil de minuit noyé sous une pluie fine et ininterrompue. Tsukuru s'assit et attendit. Pendant ce temps, la jeune réceptionniste travaillait sur un ordinateur portable posé devant elle.

De temps à autre, elle jetait un coup d'œil à Tsukuru et lui adressait un sourire encourageant.

Assis dans son fauteuil, Tsukuru songeait à la vie des femmes comme elle, qui étaient la norme à Nagoya. Traits réguliers, tenue soignée. Sympathique. Cheveux toujours joliment ondulés. En général, ces jeunes femmes étudient dans de coûteuses universités privées féminines, elles se spécialisent en littérature française, et puis, une fois diplômées, elles travaillent dans une entreprise locale, comme secrétaires ou à la réception. Elles y restent quelques années et, une fois par an, elles partent avec une amie faire du shopping à Paris. Enfin, elles rencontrent un jeune employé à l'avenir prometteur, ou bien elles acceptent une rencontre arrangée, elles se marient et quittent leur emploi avec bonheur. Ensuite, elles se consacrent entièrement à leurs enfants, futurs étudiants d'universités privées renommées.

La secrétaire quadragénaire revint au bout de cinq minutes et le conduisit au bureau de Rouge. Son sourire avait grimpé d'un degré sur l'échelle de la sympathie. Il dénotait à présent la gentillesse et le respect dus à un visiteur que le patron rencontre sans rendez-vous. Ce devait être très rare.

Elle avançait devant lui dans le couloir à grandes enjambées, et les claquements de ses talons étaient précis et fermes, pareils aux coups que porte sur son enclume un honnête forgeron, tôt le matin. Le long du couloir, plusieurs portes en verre épais et opaque rendaient inaudibles les conversations ou tout autre bruit. Tsukuru se retrouvait dans un monde totalement différent de celui où lui-même travaillait, avec des téléphones qui sonnaient sans cesse, des portes qui s'ouvraient et se fermaient, ou quelqu'un qui tempêtait quelque part.

Le bureau de Rouge, au regard de la taille de la société dans son entier, était étonnamment petit. Il était meublé d'une table de travail, de style scandinave bien entendu, d'un petit ensemble canapé et fauteuils et d'un grand casier de rangement. Sur la table étaient posés une lampe en acier, sans doute l'œuvre d'un designer, et un ordinateur portable Apple. Sur le meuble de rangement, un ensemble audio B&O. Sur un des murs, un autre grand tableau abstrait très coloré, apparemment du même artiste que celui de la réception. Les vastes fenêtres donnaient sur l'avenue, mais on n'entendait aucun bruit. La lumière du soleil du début d'été se déversait sur le tapis uni. Une lumière de qualité, élégante et sobre.

Tout dans cette pièce était simple et cohérent. Il n'y avait rien de superflu. Chaque meuble et chaque élément étaient des articles haut de gamme, mais, à l'inverse du luxe extrême déployé dans le show-room Lexus, tout ici avait été conçu pour rester discret. « Ruineux anonymat » : tel semblait être le concept de base de ce bureau.

Rouge se leva pour accueillir Tsukuru. Il avait énormément changé depuis ses vingt ans. De taille médiocre comme autrefois, ses cheveux s'étaient considérablement clairsemés. Il avait toujours eu des cheveux fins mais ils l'étaient devenus encore davantage. Son front s'était dégarni et on voyait à présent distinctement la forme de son crâne. Comme pour compenser la disparition partielle de ses cheveux, il s'était laissé pousser la barbe. Le contraste était saisissant entre la pâleur de ses cheveux et sa barbe d'un noir profond. Ses minces lunettes à monture dorée s'harmonisaient bien avec son visage long et ovale. Il était resté mince, sans un gramme de trop. Sur sa chemise blanche à fines rayures, il avait noué une cravate en tricot marron. Les manches de sa chemise étaient roulées jusqu'aux coudes. Son pantalon était un chino couleur crème et il portait des mocassins marron en cuir souple sans chaussettes. Tout dans cette tenue suggérait un style de vie décontracté et libre.

« Pardon de m'imposer comme ça dès le matin, s'excusa Tsukuru. Mais j'ai pensé que, plus tard, tu n'aurais peut-être pas le temps.

— Pas du tout », répondit Rouge. Puis il lui tendit la main et serra celle de Tsukuru. À la différence de Bleu, les siennes étaient petites et tendres. Sa manière de serrer la main douce. Mais il y mettait du cœur. Ce n'était pas une poignée de main bâclée. « Si tu m'avais dit que tu voulais me voir, je ne te l'aurais sûrement pas refusé. J'aurais été heureux de te rencontrer n'importe quand.

— Tu n'es donc pas trop pris par ton travail ?

— Ah si, je suis très pris. Mais ici, c'est moi le patron, et je ne rends de comptes à personne. Je suis libre de disposer de mon temps comme je l'entends. Bien entendu, tant que les bilans restent à l'équilibre. Vois-tu, je ne suis pas Dieu, et je ne domine pas le temps. Mais je suis en mesure de l'organiser en partie.

— J'aimerais avoir une conversation personnelle avec toi, dit Tsukuru. Si tu es trop occupé maintenant, dis-moi quel moment te convient.

— Ne te soucie pas de ces questions de temps. Tu es venu spécialement pour me voir, alors parlons tranquillement maintenant. »

Tsukuru s'assit sur le canapé en cuir noir et Rouge prit place dans un fauteuil en face de lui. Entre eux se trouvait une petite table ovale sur laquelle était posé un cendrier en verre qui semblait très lourd. Rouge reprit la carte de visite de Tsukuru et la contempla, les yeux à demi clos, comme s'il la soumettait à un examen plus précis.

« Ah ah ! Notre Tsukuru Tazaki construit donc des gares comme il l'a toujours espéré ?

— Je pourrais le dire ainsi, mais, malheureusement, les occasions de construire de nouvelles gares sont plutôt rares, répondit Tsukuru. Dans les zones urbaines, on ne peut plus édifier de nouvelles lignes. L'essentiel de mon travail consiste à rénover des gares existantes ou à les transformer, et à les entretenir. Faciliter l'accès aux personnes handicapées, équiper les toilettes de fonctions diverses, installer des barrières de sécurité, créer de nouveaux espaces commerciaux, coordonner les différentes lignes qui circulent en parallèle… Il y a énormément de travail, car la fonction sociale des gares a beaucoup changé.

— Mais enfin, tu fais un travail en rapport avec les gares.

— En quelque sorte, oui.

— Tu es marié ?

— Non, encore célibataire. »

Rouge croisa les jambes, tira sur un fil accroché au bas de son chino. « Moi, j'ai été marié. À vingt-sept ans. Mais j'ai divorcé un an et demi plus tard. Depuis, je vis seul. Le célibat, c'est plus pratique. Ça évite de perdre son temps. Tu ne crois pas ?

— Non, pas vraiment. Me marier m'irait aussi. Moi, j'ai plutôt trop de temps. Il faut juste rencontrer quelqu'un avec qui on peut se sentir prêt à le faire. »

Il pensa à Sara. Avec elle, il pourrait se sentir prêt. Peut-être. Mais Tsukuru en savait encore bien peu sur elle. Comme elle, sur Tsukuru. Il leur faudrait du temps, aussi bien à l'un qu'à l'autre.

« On dirait que tes affaires marchent très bien »,
dit Tsukuru en promenant le regard sur le joli petit
bureau.

Quand ils n'avaient pas encore vingt ans, Bleu,
Rouge et Tsukuru se parlaient sur le mode propre
aux jeunes garçons. Mais Tsukuru trouvait difficile
d'user de la même familiarité alors que cela faisait si
longtemps qu'ils ne s'étaient pas vus. Bleu et Rouge
semblaient y parvenir, mais pas lui. Ce langage décontracté lui paraissait artificiel.

« Oui, je m'en sors très bien », dit Rouge. Puis il
eut une petite toux.

« Tu sais de quoi s'occupe ma société ?

— Dans les grandes lignes. Enfin, seulement si ce
qui figure sur Internet est exact.

— Tout est vrai, dit Rouge en riant. Mais, bien
entendu, le plus important n'y est pas. Ça ne se trouve
que là-dedans. » Il tapota ses tempes du bout des doigts.
« C'est comme un grand chef. Dans ses recettes, ce
qui compte le plus n'est pas écrit.

— Ta société forme et accompagne le personnel
dans l'intérêt des entreprises. Voilà en tout cas ce
que j'ai compris.

— Exactement. Nous éduquons les nouveaux
salariés, et nous rééduquons les cadres. C'est le type
de services que nous fournissons à nos clients, des
chefs d'entreprise. Nous élaborons des programmes
sur mesure que nous mettons en œuvre efficacement,
en vrais pros. Nos clients y gagnent en argent et en
efficacité.

— C'est une façon d'externaliser la formation des
salariés, dit Tsukuru.

— Tu as raison. Tout a commencé avec une idée
que j'ai eue. Tu sais, comme dans les mangas. On
voit un type avec, au-dessus de sa tête, une ampoule

qui s'éclaire d'un seul coup. Voilà, c'est ce qui m'est arrivé. Les capitaux m'ont été avancés par le patron d'une société de prêts. Quelqu'un que je connais. J'ai eu la chance d'obtenir son soutien.

— Mais d'où cette idée t'est-elle venue ? »

Rouge se mit à rire. « Oh, elle n'est pas si géniale que ça. Une fois sorti de l'université, j'ai été embauché dans une grande banque, mais le travail était inintéressant au possible. Mes supérieurs, c'étaient une bande de vrais nuls. Veillant d'abord à leurs intérêts personnels, et pas fichus de regarder plus avant. Je me suis dit que si les banques japonaises les plus importantes étaient aussi mal dirigées, l'avenir de ce pays s'annonçait franchement sombre. Je me suis obligé à rester là trois ans, mais la situation ne s'est pas améliorée. Au contraire. Alors j'ai changé d'emploi et je suis entré dans une société de prêts usuraires. Le directeur m'aimait beaucoup, c'est lui qui m'a proposé ce poste. Là, j'avais déjà beaucoup plus de liberté d'action que dans une banque et le travail en lui-même était intéressant. Mais je ne m'entendais pas avec la hiérarchie. Alors, deux ans après, j'ai présenté mes excuses au directeur et j'ai démissionné. »

Rouge sortit de sa poche un paquet de Marlboro. « Ça ne te dérange pas que je fume ? »

Non, bien entendu, ça ne le dérangeait pas. Rouge glissa une cigarette entre ses lèvres et l'alluma avec un petit briquet en or. Les yeux étrécis, il aspira lentement une bouffée puis la rejeta. « Il faudrait que j'arrête. Mais impossible. Si je stoppe le tabac, je n'arriverai plus à travailler. Tu as déjà essayé d'arrêter de fumer ? »

Tsukuru n'avait jamais fumé une cigarette de sa vie.

« Je n'étais apparemment pas fait pour être salarié, poursuivit Rouge. De prime abord, rien ne l'indiquait. Moi-même, jusqu'à ce que je sorte de l'université et que je travaille, je ne m'étais pas aperçu que j'avais ce caractère. Mais c'est pourtant la réalité. Quand des supérieurs crétins me donnent des ordres idiots, ç'a le don de me mettre à cran. Dans ces conditions, je ne pouvais pas travailler au sein d'une entreprise. Alors je me suis décidé. Il ne me restait plus qu'à me lancer seul. »

Il s'interrompit et contempla la fumée violette qui s'élevait, comme s'il remontait vers de lointains souvenirs.

« Une chose que m'a enseignée cette expérience de salarié : la plupart des hommes n'éprouvent aucune répugnance à recevoir des ordres des autres et à y obéir. Et même, ils sont plutôt contents d'être commandés. Bien sûr, ils rouspètent, mais ce n'est pas sérieux. Ils grognent juste par habitude. Ça les plonge dans la confusion de penser avec leur propre tête, de prendre des responsabilités, des décisions. Alors moi, je me suis dit : tiens, est-ce que ça ne vaudrait pas le coup d'en faire un business ? Tout simplement. Tu comprends ? »

Tsukuru resta silencieux. On ne lui demandait pas vraiment son avis. « J'ai donc essayé de dresser la liste de tout ce que je n'aimais pas, de ce que je ne voulais pas faire, de ce que je ne souhaitais pas que les autres me fassent. À partir de cette liste, j'ai conçu un programme grâce auquel on pourrait former efficacement des employés à obéir aux ordres venus d'en haut et à travailler avec méthode. Enfin, "j'ai conçu", c'est peut-être exagéré, étant donné que j'ai puisé ici ou là. Mon expérience de stagiaire dans la banque m'a été très utile. J'y ai ajouté des techniques issues du développement personnel ou des mouvements sectaires. J'ai aussi étudié les programmes vendus par certaines sociétés qui font un tabac aux États-Unis. J'ai lu des tas d'ouvrages de psychologie. Et je me suis servi des manuels destinés aux nouvelles recrues de la SS ou chez les marines. Pendant les six mois qui ont suivi ma démission, je me suis littéralement plongé dans l'élaboration de mon programme. Ç'a toujours été mon point fort, n'est-ce pas ? Savoir me concentrer sur une chose en particulier.

— Sans compter que tu es loin d'être bête. »

Rouge eut un bref sourire. « Merci. Je n'aurais pas pu le dire moi-même. »

Il tira encore une bouffée de sa cigarette et fit tomber la cendre dans le cendrier. Puis il releva la tête et regarda Tsukuru.

« L'objectif des sectes ou des séminaires de développement personnel consiste essentiellement à récolter des fonds. Et dans ce but, ils n'hésitent pas à pratiquer un lavage de cerveau brutal. Ici, ce n'est pas ce que nous faisons. Si nous utilisions ce genre de procédé douteux, nous ne serions pas reconnus par des entreprises de premier plan.

« Pas question d'imposer un remède de cheval. Ce serait un moyen d'obtenir des résultats spectaculaires, certes, mais temporaires ; à long terme, cela ne marcherait pas. Il est important d'insister sur la discipline, bien entendu, mais le programme en lui-même doit être scientifique, pragmatique et sophistiqué. Il doit entrer dans les limites des normes sociales. De plus, nous cherchons à inscrire ses effets dans la durée. Notre objectif n'est pas de créer des espèces de zombies. C'est dans l'intérêt de l'entreprise que nous formons des travailleurs qui *croient* penser par eux-mêmes.

— C'est une conception du monde très cynique, observa Tsukuru.

— On peut sans doute le dire de cette façon.

— Mais les hommes qui suivent ce cursus ne sont pas tous prêts à accepter docilement de se plier à cette discipline ?

— Non, bien sûr. Il y a pas mal de réfractaires à notre programme. Ceux-là se divisent en deux catégories. La première est composée d'individus antisociaux. En anglais on les appelle des *outcasts*. Ces types-là refusent systématiquement d'être entraînés dans une démarche positive. Ou peut-être ne veulent-ils pas s'adapter aux règles d'un groupe. Avec eux, on perd son temps et c'est tout. Désolé, au revoir. Dans l'autre catégorie, on trouve ceux qui, *véritablement*, sont capables de penser avec leur tête. Eux, on les laisse tels quels. Mieux vaut rester modeste, et ne pas insister. Tous les systèmes ont besoin de tels "élus". Dans le meilleur des cas, ils occuperont plus tard une position dirigeante. Mais, à mi-chemin de ces deux groupes, il existe une masse d'individus qui acceptent passivement les ordres venus d'en haut. Ils représentent la majorité de la population. Je les évalue à environ quatre-vingt-cinq pour cent du total. Autrement dit, ces quatre-vingt-cinq pour cent de personnes composent la matière première de mon business.

— Et ta stratégie paie ? »

Rouge opina. « Oui, actuellement, tout se déroule comme prévu. J'ai commencé avec une toute petite société de deux ou trois employés, et maintenant, j'ai pu ouvrir tous ces bureaux. Nous sommes très connus aujourd'hui.

— Tu as donc listé tout ce que tu ne voulais pas faire et tout ce que tu ne voulais pas que l'on te fasse, et tu as bâti ton affaire à partir de là ? C'était ton point de départ ?

— Exactement. Il ne m'était pas très difficile de visualiser ce que je n'avais pas envie de faire, ce que je n'avais pas envie que l'on me fasse. De la même façon, il n'était pas difficile de visualiser ce que j'avais envie de faire. D'un côté, le négatif, de l'autre, le positif. Ce n'était rien d'autre qu'une différence de point de vue. »

Moi, le travail qu'il fait, il ne me dit rien du tout. Les paroles de Bleu resurgirent dans la tête de Tsukuru.

« Mais ce que tu fais ici, c'est peut-être juste une sorte de vengeance personnelle sur la société. La vengeance d'un paria aux penchants élitistes ? remarqua Tsukuru.

— Ce n'est pas impossible, en effet. » Rouge eut un sourire joyeux et fit claquer ses doigts. « Service tout en finesse. Avantage, Tsukuru.

— Est-ce que tu diriges ce programme en personne ? Tu es vraiment là, debout, à discourir devant tout le monde ?

— Eh bien, au début, j'effectuais l'ensemble du travail. Je n'avais personne sur qui compter de toute façon. J'étais seul. Dis-moi, Tsukuru, tu m'imagines en train de faire ça ?

— Non, j'en suis incapable », répondit franchement Tsukuru.

Rouge se mit à rire. « Et pourtant, je m'en sortais très bien. Bon, ce n'est pas à moi de le dire, mais ça m'était devenu très naturel. Bien sûr, c'était du théâtre, mais je savais me montrer convaincant. À présent, j'ai arrêté. Je ne suis pas fait pour jouer les gourous. Je suis avant tout un manager. Et débordé de travail. Je dois former les instructeurs pour pouvoir leur confier les tâches pratiques. Ces temps-ci, je suis surtout occupé par un cycle de conférences à donner. On m'invite dans des séminaires d'entreprise, ou des forums pour l'emploi dans des universités. Un éditeur m'a même demandé d'écrire un livre. »

Rouge s'interrompit et écrasa son mégot dans le cendrier.

« Une fois qu'on est bien certain de maîtriser les techniques de ce genre de business, la suite n'est pas difficile. On publie des brochures luxueuses, on fait beaucoup de pub et on loue d'élégants bureaux dans un endroit réputé. On y installe un mobilier branché, on engage un staff compétent, qui présente bien, qu'on rétribue grassement. Le plus important, c'est l'image. Pour cela, il ne faut pas lésiner. Le bouche à oreille fait le reste. Une fois que votre réputation est bien établie, il suffit de surfer sur la vague. Mais j'ai décidé que, désormais, je ne m'agrandirai pas davantage. Je me limiterai aux entreprises de Nagoya et de ses environs. Parce que je ne pourrai pas garantir la qualité du travail si je ne contrôle pas sa réalisation. »

Rouge regarda Tsukuru dans les yeux comme pour le sonder.

« Dis-moi, je suppose que tu n'as pas spécialement d'intérêt pour ce que je fais, non ?

— C'est juste que j'ai une impression étrange. Je n'aurais jamais imaginé quand nous étions adolescents que tu te lancerais dans ce type de business.

— Moi-même, je ne l'aurais pas imaginé, dit Rouge. Je pensais que je resterais à l'université et que je deviendrais enseignant. Mais j'ai vite compris que je n'étais pas du tout destiné à ce genre de vie. C'est un milieu sclérosé, extraordinairement ennuyeux. Je n'aurais jamais voulu passer ma vie là-dedans. Mais mes premiers contacts avec le monde du travail m'ont appris que je n'étais pas non plus fait pour être un salarié. De tâtonnement en tâtonnement, j'ai trouvé plus ou moins la place qui me convenait. Et toi alors ? Est-ce que tu es satisfait de ton travail ?

— Je ne dirais pas que j'en suis satisfait. Mais pas spécialement insatisfait non plus, répondit Tsukuru.

— Parce que tu travailles dans l'univers des gares ?

— Oui. Pour reprendre tes mots, je regarde le côté positif.

— Tu éprouves des doutes au sujet de ton travail ?

— Je fais ce que j'ai à faire chaque jour. Je n'ai pas le temps de douter. »

Rouge sourit. « Formidable, vraiment ! C'est tout à fait toi. »

Le silence retomba. Rouge faisait lentement tourner le briquet en or entre ses doigts mais il n'allumait pas de nouvelle cigarette. Peut-être s'était-il fixé un quota journalier.

« Tu es venu ici pour parler de quelque chose, n'est-ce pas ? demanda-t-il.

— Oui, une histoire du passé, répondit Tsukuru.

— Très bien. Parlons du passé.

— C'est à propos de Blanche. »

Derrière ses lunettes, les yeux de Rouge se fermèrent à demi, il passa sa main dans sa barbe. « Je l'avais pressenti en voyant la carte de visite que ma secrétaire m'a apportée. »

Tsukuru resta silencieux.

« Je suis navré de ce qui est arrivé à Blanche, dit Rouge d'une voix calme. Elle n'a pas eu une vie très heureuse. Elle qui était si belle, si douée pour la musique, elle a connu une mort affreuse. »

À entendre résumer de cette façon la vie de Blanche, Tsukuru ne put s'empêcher d'éprouver un certain écœurement. Mais peut-être cela tenait-il au décalage temporel. Il venait tout juste d'apprendre que Blanche était morte, alors que Rouge le savait depuis six ans déjà.

« Cela n'a sans doute plus de sens à présent, mais je voudrais tout de même dissiper un malentendu, dit Tsukuru. Je ne sais pas ce que vous a dit Blanche, mais je ne l'ai pas violée. Je n'ai jamais eu ce genre de relation avec elle, d'aucune façon.

— Je pense que la vérité est comme une ville ensevelie dans le sable, répondit Rouge. Plus le temps passe, plus la couche de sable qui la recouvre est épaisse. Il peut aussi arriver que le sable finisse par être balayé avec le temps et que les contours de la ville soient mis au jour. Quelle que soit la manière dont on considère cette affaire, elle appartient au passé. Il n'y a aucun malentendu à dissiper. Je sais bien que tu n'es pas homme à faire ce genre de chose.

— Tu le sais bien ? répéta Tsukuru.

— Je veux dire que je le sais bien, à présent.

— Parce que le sable qui s'était accumulé a été balayé ?

— Oui, c'est ça.

— Mais enfin, on dirait que tu parles d'un événement qui appartient à l'histoire.

— En un sens, nous parlons de notre histoire. »

Tsukuru contempla un moment le visage de son ancien ami. Mais il ne put y déceler la moindre trace d'émotion.

« Même si l'on peut dissimuler ses souvenirs, on ne peut pas changer l'histoire », déclara-t-il, reprenant exactement les mots de Sara qui lui étaient revenus à la mémoire.

Rouge hocha la tête à plusieurs reprises. « Oui, tu as raison. Même si on peut dissimuler ses souvenirs, on ne peut pas changer l'histoire. C'est exactement ce que je voulais dire.

— Pourtant, à l'époque, vous avez tous coupé les ponts avec moi. Brutalement, impitoyablement.

— C'est vrai. C'est un fait historique. Même si c'est inexcusable, à cette époque, nous ne pouvions pas faire autrement. L'histoire de Blanche était criante de vérité. Elle ne jouait pas du tout. Elle était *véritablement* blessée. Il y avait là une douleur authentique, du vrai sang qui coulait. L'atmosphère ne laissait pas place au doute. Mais après avoir rompu avec toi, au fur et à mesure que le temps passait, nous sommes devenus de plus en plus suspicieux.

— Comment cela ? »

Rouge croisa les doigts sur ses genoux, réfléchit quelques secondes, puis il dit : « Au début, c'étaient de tout petits détails. Des trucs bizarres, incohérents, qui éveillent les soupçons. Nous ne nous en sommes pas tellement souciés. Mais les incidents sont devenus plus graves et si fréquents que nous ne pouvions plus les ignorer. Nous avons compris alors que quelque chose n'allait vraiment pas. »

Tsukuru attendit la suite en silence.

« Blanche souffrait certainement de problèmes mentaux. » Rouge, tout en continuant à jouer avec son briquet, choisit soigneusement ses mots. « Était-ce une crise passagère ou bien était-elle prédisposée à ce genre de tendance ? Nous n'en savions rien. Toujours est-il qu'elle est alors devenue un peu *dérangée*. Blanche avait assurément un merveilleux talent de musicienne. Elle était capable de jouer de la belle musique avec virtuosité. Pour nous autres, c'était déjà extraordinaire. Mais, malheureusement, ce talent n'était pas à la hauteur de ses propres exigences. Dans un petit cercle, elle s'en tirait bien, mais elle n'avait pas la force de se produire dans des sphères plus larges. Elle avait beau s'exercer avec acharnement, elle ne parvenait pas à atteindre le niveau qu'elle s'était fixé. Comme tu le sais bien, Blanche avait une personnalité sérieuse et introvertie. Après son entrée à l'école de musique, la pression s'est encore intensifiée. Et elle est devenue de plus en plus bizarre. »

Tsukuru hocha la tête, mais il ne dit rien.

« Ça arrive souvent, continua Rouge. C'est triste mais assez fréquent dans le monde artistique. Le talent est comme un récipient. Tu auras beau faire tous les efforts du monde, sa taille ne changera jamais. Et tu ne pourras pas y faire entrer plus d'eau que la quantité qu'il peut contenir.

— D'accord, ce n'est peut-être pas inhabituel, dit Tsukuru. Mais l'histoire selon laquelle je lui aurais fait avaler une drogue et l'aurais violée, enfin, d'où sort-elle ? Même si elle perdait un peu la tête, n'était-ce pas complètement inattendu ?

— Oui, tu as raison. C'était vraiment inattendu. C'est d'ailleurs pourquoi, *a contrario*, nous ne pouvions pas rejeter d'emblée ce que nous racontait Blanche. Jamais nous n'aurions pu imaginer qu'une chose pareille était une pure invention de sa part. »

Tsukuru se représenta une cité antique ensevelie sous le sable. Puis il s'imagina assis sur une dune, en train d'en contempler les ruines désolées.

« Mais pourquoi était-ce moi le prétendu partenaire ? Pourquoi fallait-il que ce soit moi ?

— Je n'en sais rien, répondit Rouge. Il est possible que Blanche ait été secrètement amoureuse de toi. Dans ce cas, tu l'aurais déçue en partant seul à Tokyo et elle en aurait éprouvé de la colère. Il se peut aussi qu'elle se soit sentie jalouse de toi. Elle-même avait peut-être envie de se libérer de cette ville. Quoi qu'il en soit, nous ne saurons jamais quelles étaient ses véritables intentions. Si tant est qu'elle en ait eu. »

Rouge continuait à faire tourner son briquet en or. « Écoute, reprit-il. Tu es parti pour Tokyo et, tous les quatre, nous sommes restés à Nagoya. Là-dessus, je n'ai rien à redire. Toi, tu avais alors un nouvel environnement, une nouvelle vie. De notre côté, il fallait bien que nous continuions à vivre dans notre bonne vieille Nagoya. Tu comprends ce que je veux dire ?

— Que c'est moi qui suis devenu de fait un étranger ? C'est ça ? »

Rouge laissa échapper un long soupir. « En y repensant, de nous cinq, c'était peut-être toi le plus solide, moralement, ce qui était surprenant étant donné ton apparente douceur. Et nous autres, qui restions sur place, nous n'avions pas eu le courage d'aller voir ailleurs. Nous avions peur de nous éloigner des lieux où nous avions grandi et d'être séparés de nos amis proches. Nous étions incapables de quitter cette chaleur familière et confortable. De la même façon que l'on ne veut pas sortir de sous une couette chaude par un matin d'hiver glacial. À présent, je comprends très bien les raisons que nous avions sans doute à l'époque.

— Mais tu ne regrettes pas d'être resté ici ?

— Non, pas du tout. Il y avait pour moi beaucoup d'avantages pratiques à rester à Nagoya et j'ai su en tirer parti au mieux. C'est ici que j'ai noué toutes mes relations les plus fortes. Par exemple, le directeur de la société de prêts "requins" qui m'a offert son soutien : il avait lu l'article de journal sur notre activité de volontariat, quand nous étions lycéens, et c'est grâce à cela qu'il m'a fait confiance. Je n'avais pas l'intention de profiter de ce que nous avions fait ensemble, non. Pour finir, c'est pourtant ce qui s'est passé. Et puis, parmi les clients de ma société, beaucoup ont été des élèves de mon père à l'université. Dans le milieu des affaires de Nagoya, ce genre de réseau est très solide. Ici, enseigner à l'université d'État de Nagoya est une marque de prestige. Mais si j'étais allé à Tokyo, rien de tout cela n'aurait compté. Personne n'y aurait attaché la moindre importance. Tu ne crois pas ? »

Tsukuru resta silencieux.

« Nous avions donc des raisons valables et concrètes de rester tous les quatre ici. En somme, nous avons choisi notre petit cocon. Mais je m'aperçois en fait que, aujourd'hui, il n'y a plus que Bleu et moi. Blanche est morte, Noire s'est mariée et elle vit en Finlande. Quant à Bleu et moi, même si nous sommes géographiquement voisins, nous ne nous voyons plus jamais. Pour quelle raison ? Parce que nous n'aurions rien à nous dire.

— Tu pourrais acheter une Lexus. Cela vous ferait un sujet de conversation. »

Rouge lui fit un clin d'œil. « Tu sais, aujourd'hui, je conduis une Porsche Carrera 4. Targa. Six vitesses manuelles. Le toucher de boîte est exceptionnel. En particulier au rétrogradage. Tu en as déjà conduit ? »

Tsukuru secoua la tête.

« Moi, j'en suis fan et je n'ai pas l'intention d'en changer.

— Mais tu pourrais en acheter une pour ta société, non ? Tu pourrais la faire passer en note de frais.

— J'ai des clients liés à Nissan, et d'autres à Mitsubishi. Il serait hors de question d'avoir une Lexus comme voiture de société. »

Il y eut un court silence.

« Tu as assisté à l'enterrement de Blanche ? demanda Tsukuru.

— Oui, j'y étais. De ma vie, je n'ai vu de cérémonie aussi triste. Vraiment. J'en ai le cœur serré quand j'y repense aujourd'hui. Bleu aussi était là. Noire n'a pas pu venir. Elle se trouvait déjà en Finlande et elle était sur le point d'accoucher.

— Pourquoi ne m'as-tu pas informé que Blanche était morte ? »

Rouge regarda Tsukuru d'un air vague, sans répondre. Comme si ses yeux n'arrivaient pas à accommoder. « Je ne sais pas, dit-il. J'ai pensé que quelqu'un d'autre le ferait. Peut-être Bleu…

— Eh bien non, personne ne me l'a dit. Cela fait tout juste une semaine que je sais qu'elle est morte. »

Rouge, détournant le visage, regarda par la fenêtre. « Je suis vraiment désolé. Je ne me cherche pas d'excuse, mais nous étions alors tous dans la plus grande confusion. Nous n'y comprenions plus rien. Nous étions persuadés que tu savais que Blanche avait été étranglée. Et nous avons pensé que si tu n'étais pas venu à la cérémonie, c'était peut-être parce que c'était trop dur pour toi. »

Tsukuru resta silencieux un moment. Puis il demanda : « Quand elle a été étranglée, Blanche habitait bien à Hamamatsu, n'est-ce pas ?

— Oui, depuis presque deux ans, je crois. Elle vivait seule, et donnait des leçons de piano à des enfants. Je pense qu'elle travaillait à l'école de musique Yamaha. Pourquoi a-t-elle choisi spécialement d'aller à Hamamatsu ? Je ne connais pas les détails. Elle aurait parfaitement pu trouver du travail à Nagoya.

— Et comment vivait-elle là-bas ? »

Rouge sortit une nouvelle cigarette de son paquet, la mit à sa bouche, fit une petite pause puis l'alluma avec son briquet.

« Environ six mois avant qu'elle soit assassinée, répondit-il, j'ai dû me rendre à Hamamatsu pour affaires. À cette époque, tous les quatre, nous ne nous voyions presque jamais. Tout juste si nous nous donnions des nouvelles de temps à autre. Mais mon travail à Hamamatsu s'est terminé plus tôt que prévu, j'ai eu soudain du temps libre et j'ai eu envie de voir Blanche – cela faisait tellement longtemps ! Je lui ai téléphoné et je l'ai invitée à dîner. Elle m'a paru plus calme que je ne l'aurais imaginé. J'ai eu l'impression qu'elle était assez heureuse de s'être éloignée de Nagoya, de commencer une nouvelle vie dans un nouvel endroit. Nous avons parlé du passé et nous avons dîné dans un restaurant réputé de la ville, spécialisé dans les anguilles. J'ai commandé de la bière, nous étions bien. Elle a même bu un peu elle aussi. Pourtant, l'atmosphère était un peu spéciale. Comment pourrais-je la décrire ?… Il est certain qu'il y avait de la tension. Il fallait éviter certains sujets…

— Certains sujets, c'est-à-dire moi ? »

Rouge, l'air embarrassé, hocha la tête. « Oui. Il m'a semblé sentir chez elle une certaine crispation. Elle n'avait pas oublié. Mais, à part cela, elle ne m'a pas semblé bizarre. Elle a beaucoup ri, et je pense qu'elle était contente de nos retrouvailles. Sa façon de parler aussi était normale. Selon moi, son changement de cadre de vie lui avait fait du bien, contre toute attente. Simplement, et je n'aime pas ce que je m'apprête à dire, elle avait perdu sa beauté d'autrefois.

— Elle avait perdu sa beauté ? répéta Tsukuru, et sa propre voix lui parut très lointaine.

— Non, ce n'est pas exactement ce que je veux dire. » Il réfléchit un instant. « Comment dire ? Bien entendu, son visage était le même et, selon des critères habituels, elle était encore belle. Quelqu'un qui ne l'aurait pas connue adolescente l'aurait vue comme une jolie femme. Mais moi, je connaissais la Blanche d'autrefois. Je connaissais son charme d'alors, et je savais à quel point elle était attachante. Mais la Blanche qui se trouvait là, devant moi, n'était plus la même. »

Rouge grimaça légèrement à ce souvenir.

« La jeune femme qui dînait avec moi… J'avais vraiment l'impression qu'elle avait traversé des épreuves douloureuses. Il n'y avait désormais plus trace de ce *quelque chose* d'ardent qui l'habitait naguère. Ce qui la rendait unique avait complètement disparu. Je suis resté devant elle le cœur sec. »

De la fumée montait de la cigarette posée sur le cendrier. Rouge poursuivit son récit :

« À cette date, Blanche n'avait pas encore trente ans. Il va de soi qu'elle n'était pas vieille. Ce soir-là, elle était vêtue on ne peut plus simplement. Elle avait les cheveux retenus en arrière, et presque pas de maquillage. Mais tout cela n'a pas d'importance. Ce sont des choses superficielles. L'important, c'est que Blanche, à ce moment-là déjà, avait perdu cet éclat naturel qui la rendait si vivante. Elle avait toujours été d'une nature timide, mais, en elle, il y avait ce quelque chose de vivace qu'elle ne contrôlait pas.

Et il arrivait que cette lumière et cette ardeur lui échappent et apparaissent ici ou là. Tu comprends ce que je te dis ? La dernière fois que je l'ai vue, tout cela avait disparu. Comme si quelqu'un était passé derrière elle et avait débranché la prise. Alors qu'autrefois elle se distinguait par sa fraîcheur et son éclat, elle faisait maintenant pitié. Cela n'avait rien à voir avec son âge. Quand j'ai appris que Blanche avait été étranglée, cela m'a fait très mal, j'ai été profondément désolé pour elle. On ne souhaite à personne une mort pareille, en aucune circonstance. Mais, dans le même temps, voilà ce que je ne pouvais m'empêcher d'éprouver : avant même d'avoir été physiquement assassinée, en un certain sens, elle avait déjà été dépossédée de sa vie. »

Rouge prit la cigarette posée sur le cendrier, en aspira une grande bouffée, ferma les yeux.

« Elle a creusé en moi comme une fosse immense, qui ne s'est pas encore comblée », dit-il.

Le silence retomba. Un silence compact, extrêmement dense.

« Est-ce que tu te souviens d'un morceau que Blanche jouait souvent au piano ? demanda Tsukuru. Un morceau court qui s'intitule *Le Mal du pays*, de Liszt. »

Rouge réfléchit un instant. « Non, je ne m'en souviens pas. Je me rappelle seulement la mélodie la plus connue des *Scènes d'enfants* de Schumann, *Träumerei*. Je me souviens qu'elle la jouait souvent. Mais Liszt, non, je ne vois pas. Pourquoi est-ce que tu me demandes ça ?

— C'est sans importance. Cela m'est revenu, c'est tout. » Puis Tsukuru jeta un coup d'œil à sa montre. « Je t'ai pris beaucoup de temps. Excuse-moi, je vais bientôt m'en aller. J'ai été content de pouvoir parler comme ça avec toi. »

Sans bouger de son fauteuil, Rouge fixa Tsukuru. Son regard était totalement inexpressif. Comme celui d'un homme qui fixerait une plaque lithographique vierge, sur laquelle rien encore n'avait été gravé. « Tu es pressé ?

— Pas du tout.

— Nous pouvons parler encore un peu ?

— Oui, bien sûr. J'ai tout mon temps. »

Durant quelques secondes, Rouge sembla prendre la mesure du poids des mots dans sa bouche. « Tu ne m'aimes plus beaucoup, n'est-ce pas ? »

Tsukuru resta muet un bref instant. Parce qu'il n'avait absolument pas prévu une question pareille, et aussi parce qu'il ne s'estimait pas le droit de juger son ami. Il aurait trouvé injuste d'éprouver des sentiments aussi manichéens à l'égard de l'homme qui se tenait devant lui.

Tsukuru choisit ses mots. « Je ne peux rien dire d'aussi clair. Il est vrai que mes sentiments ont changé depuis notre adolescence, mais… »

Rouge leva une main pour l'interrompre.

« Inutile de prendre autant de précautions. Pas la peine non plus de te forcer à m'aimer. Aujourd'hui, je n'inspire de sympathie à personne. C'est évident. Moi-même, d'ailleurs, je ne m'aime pas tellement. Dans le temps, pourtant, j'avais plusieurs amis extraordinaires. Tu étais l'un d'eux. Mais, à un certain stade de ma vie, ces amis, je les ai perdus. Comme Blanche qui, à un moment donné, a perdu l'éclat de la vie… Enfin, de toute façon, on ne peut pas revenir en arrière. On n'échange pas une marchandise une fois que son emballage a été ouvert. On n'a plus qu'à aller de l'avant. »

Il laissa retomber sa main. Puis, il se mit à tapoter sur son genou à un rythme irrégulier. Comme s'il envoyait un message en morse.

« Mon père a longtemps enseigné à l'université, et, de ce fait, j'étais particulièrement familier des manières d'être des professeurs. Même à la maison, il parlait avec cette façon hautaine et sentencieuse, en me regardant de haut. Tout petit déjà, je détestais ça, mais je n'y pouvais rien. Et pourtant, à un moment, je me suis brusquement aperçu que, moi aussi, j'avais adopté cette manière de parler. »

Il continua à tapoter sur son genou.

« J'ai eu tout le temps de penser que nous nous étions extrêmement mal conduits avec toi. Je suis sincère. Ni moi ni aucun de nous n'étions en position ou n'avions le droit d'agir ainsi. Et je me disais sans cesse que nous devions nous excuser. Mais nous n'avons jamais mis ce projet à exécution.

— Bon…, dit Tsukuru. On ne peut pas revenir en arrière, y compris là-dessus. »

Rouge resta plongé un moment dans ses pensées.

« J'ai quelque chose à te demander, Tsukuru, dit-il enfin.

— Oui, quoi ?

— Je voudrais que tu écoutes mon histoire. C'est une confidence que je vais te faire, et, jusqu'à présent, je n'en ai parlé à personne. Il est possible que tu n'aies pas envie d'entendre ce genre de choses, mais j'aimerais te confier mes blessures secrètes. Je voudrais que toi aussi tu saches quel fardeau je porte. Bien entendu, je ne pense absolument pas pouvoir compenser ainsi le préjudice que nous t'avons causé. C'est un problème qui m'appartient, à moi, et à moi seul. Est-ce que tu veux bien m'écouter, au nom de notre amitié d'autrefois ? »

Tsukuru acquiesça, tout en n'ayant aucune idée de ce qui allait suivre.

« Tout à l'heure, je t'ai dit que, jusqu'à mon entrée à l'université, j'ignorais que le monde des études ne m'était pas destiné. Puis que, jusqu'à ce que je travaille dans une banque, j'ignorais que la condition de salarié ne me convenait pas. N'est-ce pas ? J'ai honte, mais sans doute ai-je échoué à pratiquer sur moi-même un examen minutieux. Car ce n'est pas tout : jusqu'à mon mariage, j'ignorais que je n'étais pas fait pour ce type d'union. En un mot, je veux dire que je n'étais pas fait pour les relations charnelles entre homme et femme. Tu comprends de quoi je parle ? »

Tsukuru resta silencieux. Rouge poursuivit :

« Pour le dire clairement, je n'éprouve pas de désir pour les femmes. Non pas que rien ne soit possible avec une femme, mais mon désir se porte vers les hommes. »

Un grand silence se fit. Dans ce bureau déjà très calme à l'ordinaire, pas le moindre bruit n'était audible.

« Ce n'est tout de même pas une chose si exceptionnelle, déclara Tsukuru, dans une tentative de briser ce silence.

— Non, en effet, peut-être pas si exceptionnelle. Tu as raison. Mais c'est plutôt dur pour celui qui le vit, quand, un beau jour, se présente soudain sous son nez, de manière irréfutable, cette réalité. Vraiment très dur. Les généralités ne suffisent pas. Comment dire ? C'est comme si on avait brusquement été jeté à la mer depuis le pont d'un bateau, seul, en pleine nuit. »

Tsukuru repensa à Haida. À la bouche de Haida dans son rêve – oui, c'était sûrement un rêve – qui avait recueilli son sperme. À ce moment-là, il avait été plongé dans une extrême confusion. Être brusquement jeté à la mer, seul, en pleine nuit, c'était en effet une image très juste.

« En tout cas, on ne peut que se montrer le plus honnête possible envers soi-même, commença Tsukuru avec précaution. Et c'est la seule façon de gagner un peu de liberté. Excuse-moi, mais je ne sais pas quoi te dire d'autre.

— Nagoya est une des plus grandes villes du Japon, mais, dans le même temps, elle reste étriquée, provinciale. Tu le sais comme moi. La population est nombreuse, certes, les industries prospères, il y a de la richesse, mais les choix de vie sont incroyablement réduits. Il n'est pas facile, pour des gens comme nous, de vivre ici librement au grand jour… Tu ne trouves pas qu'il y a là un grand paradoxe ? Dans le cours de notre vie, nous découvrons notre vrai moi. Et, au fur et à mesure que cette découverte se fait, nous nous perdons.

— Pour toi, je pense que tout va bien. Je le pense sincèrement », dit Tsukuru. Il le pensait vraiment.

« Tu n'es plus en colère contre moi ? »

Tsukuru secoua légèrement la tête de côté. « Non, je ne suis pas en colère contre toi. Je n'ai d'ailleurs jamais été en colère contre personne. »

Tsukuru s'aperçut soudain qu'il avait utilisé le pronom personnel familier pour s'adresser à Rouge. En fin de compte, cette manière de parler lui était venue spontanément à la bouche.

Rouge raccompagna Tsukuru jusqu'à l'ascenseur. « Peut-être n'aurai-je pas l'occasion de te revoir, lui dit-il en marchant dans le couloir. Aussi, si ça ne t'ennuie pas, j'aimerais te raconter pour finir une toute petite histoire. »

Tsukuru acquiesça.

« Je la raconte toujours au début du séminaire destiné aux nouveaux salariés. Je commence par balayer la salle du regard, puis je demande à l'un des participants de se lever et je lui dis : "J'ai deux nouvelles à t'annoncer. Une bonne, une mauvaise. D'abord, la mauvaise. Avec des tenailles, je vais bientôt t'arracher les ongles, soit des mains, soit des pieds. Désolé, mais voilà, c'est quelque chose qui a été décidé. On ne peut rien y changer." Je sors de mon sac d'énormes tenailles et je les montre à tout le monde. En prenant tout mon temps, bien lentement. Puis je dis : "Et maintenant, la bonne nouvelle. La bonne nouvelle, c'est que je t'offre la liberté de choisir. Préfères-tu que je t'arrache les ongles des pieds ou ceux des mains ? Alors, qu'est-ce que tu choisis ? Tu as dix secondes. Et si tu ne te décides pas, je t'arracherai les ongles des mains *et* ceux des pieds." Et, avec mes tenailles dans la main, je compte dix secondes. En général, le type répond "Les pieds" au bout de huit secondes environ. "Très bien. Va pour les pieds. À présent, je vais donc arracher avec cet instrument les ongles de tes pieds. Mais, auparavant, je voudrais savoir quelque chose." Et je lui demande : "Pourquoi n'as-tu pas choisi les mains ?" Il me répond : "Je ne sais pas. Je suppose que ça doit faire aussi mal aux mains qu'aux pieds. Mais puisque je devais choisir, j'ai préféré les pieds." Je lui serre la main chaleureusement, puis je lui dis : "Bienvenue dans la vraie vie. *Welcome to real life*." »

Tsukuru fixa un moment sans rien dire le visage amaigri de son ancien ami.

« Chacun de nous dispose de sa propre liberté »,
déclara Rouge. Puis il sourit en faisant un clin d'œil.
« C'était le sens de ma petite histoire. »

La porte argentée de l'ascenseur s'ouvrit sans bruit,
les deux hommes se séparèrent là.

12

Ce fut à sept heures du soir, le jour même où il avait rencontré Rouge, que Tsukuru regagna son domicile de Tokyo. Il sortit ses affaires de son sac, mit les vêtements qu'il portait dans la machine à laver, fit disparaître sa sueur sous la douche. Puis il essaya de joindre Sara sur son téléphone portable. Comme il tomba sur le répondeur, il laissa un message lui indiquant qu'il venait de rentrer de Nagoya. Il souhaitait qu'elle le rappelle au moment qui lui conviendrait. Il attendit jusqu'à onze heures passées, en vain. Le lendemain, mardi, lorsqu'elle l'appela à la pause de midi, Tsukuru était en train de déjeuner à la cantine de son entreprise.

« Alors, tout s'est bien passé à Nagoya ? » demanda-t-elle.

Tsukuru se leva et sortit dans le couloir, plus calme. Puis il lui fit un récit sommaire. Il était allé voir ses anciens amis, le dimanche et le lundi, au show-room Lexus et dans les bureaux de Rouge, et il avait réussi à parler avec eux.

« Je suis content des conversations que nous avons eues. Grâce à elles, je commence à mieux comprendre ce qui s'est passé, expliqua Tsukuru.

— Tant mieux, répondit Sara. Ce n'était pas une visite inutile.

— Si tu es d'accord, j'aimerais bien te voir et en parler tranquillement.

— Attends un peu. Je regarde ce que j'ai de prévu. »

Pendant qu'elle consultait son planning, Tsukuru contempla les rues de Shinjuku par la fenêtre. Le ciel était couvert de nuages épais, il semblait qu'il allait pleuvoir bientôt.

« Je suis libre après-demain soir. Et toi ? fit Sara.

— Après-demain soir, c'est d'accord. Nous pourrions dîner ? » répondit Tsukuru. Il n'avait même pas eu besoin d'ouvrir son agenda. Il était libre quasiment tous les soirs.

Ils convinrent d'un endroit où se retrouver et leur conversation se termina. Lorsqu'il éteignit son portable, il eut la vague sensation qu'un corps étranger lui était resté dans la poitrine. Un peu comme quand on n'a pas bien digéré. Il n'avait pas cette sensation avant sa conversation avec Sara. Il en était sûr. Mais il ignorait ce que cela voulait dire ou même si cela revêtait une quelconque signification.

Il tenta de se repasser l'échange qu'il venait d'avoir avec la jeune femme, le plus précisément possible. Le contenu de la conversation, l'impression que lui avait donnée sa voix à elle, les silences… Rien ne lui parut différent de ce qu'il en était d'habitude. Il remit son portable dans sa poche, retourna à sa table avec l'intention de terminer son déjeuner. Mais il s'aperçut alors qu'il n'avait plus aucun appétit.

*
* *

L'après-midi du lendemain, Tsukuru, accompagné d'un tout nouveau salarié de la compagnie, fit une tournée d'inspection dans un certain nombre de gares où il fallait installer de nouveaux ascenseurs. Il se fit aider par son assistant pour prendre des mesures. Puis il vérifia soigneusement la conformité entre les plans des gares conservés au bureau central et la situation sur place. Il était déjà arrivé que l'on constate des décalages inattendus entre les plans de construction d'une gare et la réalité sur le terrain, pour diverses raisons. De toute façon, avant de commencer les travaux, il était indispensable d'avoir des plans sur lesquels on pouvait s'appuyer jusque dans les moindres détails. Autrement, on risquait d'aboutir à une situation désastreuse. C'était comme si une armée débarquait sur une île en se fiant à une carte bourrée d'erreurs.

Cette tâche achevée, il eut une longue conversation avec le directeur de la gare pour examiner les différents problèmes qu'impliquaient ces nouveaux équipements. Avec l'installation des ascenseurs, l'agencement de la gare serait transformé, ce qui entraînerait des modifications dans la façon dont circuleraient les voyageurs. Il fallait que ces changements soient bien intégrés structurellement. Bien entendu, la sécurité des voyageurs était la priorité essentielle mais, en même temps, le travail du personnel ferroviaire ne devait pas en pâtir. Il appartenait à Tsukuru de synthétiser ces différents facteurs, de définir un tracé de reconstruction, puis de reporter ces modifications sur les plans existants. Un travail très difficile, mais capital, qui mettait en jeu des vies humaines. Tsukuru accomplissait cette mission avec beaucoup de sérieux. Depuis toujours, c'était sa grande force que d'identifier les points problématiques, d'en dresser la liste, puis de les régler l'un après l'autre, consciencieusement. Ce faisant, il initiait aux différentes procédures de travail le nouveau salarié encore inexpérimenté. Le jeune Sakamoto était tout juste sorti de l'université technologique de Waseda. Taciturne, le visage allongé, il ne riait jamais, mais comprenait vite et enregistrait docilement. Il était également très habile pour ce qui était de prendre des mesures. Tsukuru le jugeait compétent.

Il passa une bonne heure avec le directeur de la gare à examiner les détails des travaux. À l'heure du déjeuner, celui-ci lui offrit de partager un *bentô*, qu'ils prirent ensemble dans son bureau. Ils discutèrent ensuite de choses et d'autres tout en buvant du thé vert. Le directeur était un homme entre deux âges, gros et affable. Il lui confia toutes sortes d'anecdotes intéressantes. C'était ce que Tsukuru préférait dans son métier, travailler sur le terrain et écouter toutes ces histoires. Ils en vinrent bientôt à évoquer les objets perdus. Le directeur lui raconta que les voyageurs oubliaient dans les trains et les gares un grand nombre d'objets. Il souligna combien il y en avait d'étranges, de curieux. Les cendres d'un défunt, une perruque, une prothèse de jambe, le manuscrit d'un long roman (qu'il avait bien essayé de lire, mais qui était parfaitement insipide), une chemise imbibée de sang soigneusement pliée à l'intérieur d'une boîte, une vipère vivante, un lot d'une quarantaine de photos en couleur de sexes féminins, un magnifique et très grand *mokugyo*[1]…

« Parmi tous ces objets, il y en a dont on ne sait que faire, expliqua-t-il. J'ai un collègue qui a signalé un

---

1. *Mokugyo* : tambour de temple en bois, souvent en forme de poisson.

fœtus mort à l'intérieur d'un sac de voyage. Heureusement, je n'ai pas encore eu ce genre d'expérience. Mais dans la gare dont j'étais responsable autrefois, on a trouvé deux doigts dans un flacon de formol.

— C'est également tout à fait déplaisant, fit Tsukuru.

— Ah oui, vous pouvez le dire. Deux tout petits doigts qui flottaient dans du liquide, à l'intérieur d'une sorte de pot à mayonnaise, lui-même bien enveloppé dans un sachet en tissu. On aurait dit des doigts d'enfant qui avaient été coupés à la base. Bien entendu, j'ai appelé la police. Car cela pouvait être en rapport avec un crime. Un policier est arrivé très vite et il est reparti avec. »

Le directeur but un peu de thé.

« Environ une semaine plus tard, le même policier est revenu. Et il a de nouveau interrogé le cheminot qui avait trouvé l'objet dans les toilettes, sur les circonstances exactes de sa découverte. J'ai assisté à cette conversation. Selon ce policier, les doigts placés dans le bocal n'appartenaient pas à un enfant. D'après les analyses du labo, il s'agissait de doigts d'adulte. Et s'ils étaient petits, c'est parce que c'étaient des sixièmes doigts. Le policier nous a expliqué que des hommes naissent parfois avec six doigts à chaque main. En général, les parents considèrent cela comme une difformité et les font couper lorsque l'enfant est encore bébé. Certains individus cependant gardent leurs doigts surnuméraires jusqu'à l'âge adulte. En l'occurrence, il s'agissait justement de doigts d'adulte, qu'un chirurgien avait amputés, et qui avaient été conservés dans un bain de formol. Les gars du labo présumaient que le propriétaire de ces doigts était un homme qui avait entre vingt-cinq et trente-cinq ans, mais ils ignoraient combien de temps s'était écoulé depuis l'ablation. De même, il était difficile d'imaginer dans quelles circonstances ces doigts avaient été oubliés, ou avaient été jetés, dans les toilettes de la gare. Mais il semblait peu probable qu'il y ait eu là un quelconque lien avec un crime. En tout cas, ces doigts ont été remis à la police. Aucun voyageur n'a déclaré leur disparition. Ils doivent sans doute encore se trouver dans un entrepôt de la police.

— Quelle histoire étrange ! dit Tsukuru. Si l'on a conservé ses sixièmes doigts jusqu'à l'âge adulte, pourquoi s'en débarrasser soudain ?

— Ah, l'énigme reste entière ! Par la suite, comme tout cela m'intriguait, j'ai fait des tas de recherches là-dessus. On appelle cette malformation "polydactylie" et beaucoup de gens célèbres en ont été atteints. On ignore dans quelle mesure l'histoire est vraie, mais il y a des témoignages selon lesquels Hideyoshi Toyotomi[1] aurait eu deux pouces à chaque main. Et il existe bien d'autres exemples. Celui d'un pianiste célèbre, d'un écrivain, d'un peintre ou encore d'un joueur de base-ball. Parmi les personnages de fiction, le psychiatre Hannibal Lecter, dans *Le Silence des agneaux*, possède six doigts. Le fait d'avoir six doigts n'est absolument pas rare. Et en réalité, cette anomalie est dite "à transmission dominante". Il y a des différences selon les races, mais, au niveau mondial, il semble qu'un individu sur cinq cents environ naisse avec six doigts. Simplement, comme je vous l'ai déjà dit, la plupart des parents demandent à ce qu'on supprime ces doigts surnuméraires avant l'âge d'un an, pour le bon fonctionnement de la main. C'est

1. Hideyoshi Toyotomi (1537-1598) fut l'un des grands héros unificateurs du Japon.

pourquoi nous ne sommes presque jamais en mesure de voir ce phénomène de nos propres yeux. Quant à moi, jusqu'à cette histoire de doigts oubliés, je n'en avais même jamais entendu parler.

— C'est pourtant étrange, répondit Tsukuru. Si vraiment avoir six doigts est le fait d'un gène dominant, pourquoi n'y a-t-il pas davantage d'individus avec six doigts ? »

Le directeur pencha la tête d'un air perplexe. « En effet, je me demande bien pourquoi. Je ne sais fichtre rien sur ce genre de truc compliqué. »

Là-dessus, Sakamoto, qui déjeunait en leur compagnie, ouvrit la bouche. Avec hésitation, comme s'il lui fallait pour cela déplacer une lourde roche obstruant l'entrée d'une grotte.

« Je vais vous paraître bien indiscret, mais puis-je me permettre d'intervenir ?

— Mais bien sûr », répondit Tsukuru, étonné. Sakamoto n'était pas le genre de jeune homme à exposer volontiers son opinion en public. « Vas-y, dis tout ce que tu veux !

— Beaucoup de gens se méprennent sur le mot "dominant", à cause de l'impression qu'il donne, mais, en réalité, la "transmission dominante" ne veut pas dire que c'est une chose qui s'étend dans le monde de façon illimitée, commença Sakamoto. Parmi les maladies que l'on désigne comme rares, il y en a beaucoup qui, du point de vue génétique, sont aussi "à transmission dominante", et pourtant, ces affections ne se généralisent pas. Dans la plupart des cas, heureusement, elles restent limitées à un nombre défini de sujets, et demeurent ainsi des maladies rares. La transmission dominante n'est finalement que l'un des facteurs de distribution du matériel génétique. D'autres facteurs entrent en ligne

212

de compte, comme ce qu'on appelle "la survie du plus apte" ou la sélection naturelle. Je ne donne là que mon opinion, mais, à mon sens, six doigts, c'est trop pour un homme. Je crois qu'en se servant de cinq doigts, on parvient à travailler avec le maximum d'efficacité. Et qu'il est donc inutile d'en posséder davantage. C'est pourquoi, même s'il s'agit d'une transmission dominante, les hommes avec six doigts resteront une minorité absolue. Autrement dit, les lois de la sélection naturelle sont sans doute plus puissantes que la transmission dominante. »

Après avoir débité tout cela d'une traite, Sakamoto se réfugia de nouveau dans le silence.

« Oui, en effet…, fit Tsukuru. C'est un peu la même chose lorsque, presque partout dans le monde, on est passé du système duodécimal au système décimal.

— Ah, à présent que vous le dites, il se pourrait bien qu'il y ait une corrélation entre cette évolution et le passage de six à cinq doigts, dit Sakamoto.

— Mais comment se fait-il que tu t'y connaisses tellement sur cette question ? demanda Tsukuru à Sakamoto.

— J'ai suivi un cours sur la génétique à l'université. Cela m'intéressait personnellement », répondit Sakamoto dont les joues s'empourprèrent.

Le directeur rit de bon cœur. « Des connaissances en génétique sont toujours utiles, même dans une compagnie ferroviaire. Étudier, en tout cas, ça n'est jamais du temps perdu.

— Posséder six doigts, cela pourrait être très pratique, pour un pianiste par exemple, fit remarquer Tsukuru.

— Eh bien, en fait, je ne crois pas, répondit le directeur. D'après mes recherches, il semble bien que ces doigts surnuméraires constituent plutôt une gêne.

Exactement comme vient de le dire M. Sakamoto. Faire bouger six doigts correctement, c'est trop difficile pour un homme. Cinq doigts, en somme, c'est le bon chiffre.

— Et y aurait-il alors un avantage quelconque à posséder six doigts ? demanda Tsukuru.

— À ce que j'ai lu, selon des rumeurs, en Europe, au Moyen Âge, les individus qui possédaient six doigts étaient brûlés car on les considérait comme des magiciens ou des sorciers. Des récits nous rapportent aussi que, dans certains pays, au temps des Croisades, les hommes dotés de six doigts étaient exterminés. J'ignore dans quelle mesure tout cela est vrai. Et également, à Bornéo, les enfants qui naissent avec six doigts sont, semble-t-il, considérés comme des chamans. Il est donc bien difficile d'en parler comme d'un avantage.

— Des chamans ? répéta Tsukuru.

— Enfin, à Bornéo seulement... »

Là-dessus, la pause du déjeuner se termina, et leur conversation également. Tsukuru se leva et remercia le directeur pour le repas, puis il regagna sa société en compagnie de Sakamoto.

Une fois dans son bureau, alors qu'il reportait sur les plans les rectifications nécessaires, Tsukuru se souvint brusquement de l'histoire que Haida lui avait racontée naguère sur son père. L'histoire de ce pianiste de jazz qui avait séjourné dans une auberge, près d'une source thermale, dans les montagnes de Ooita. Avant de se mettre à jouer, il avait posé sur le piano un sachet en tissu – à l'intérieur, conservés dans un petit flacon de formol, n'y aurait-il pas eu ses sixièmes doigts ? Pour une raison quelconque, une fois adulte, il aurait fait appel à un chirurgien, mais il les aurait conservés avec lui. Et puis, avant chacune de ses prestations, il posait le sachet sur le piano. Comme un talisman.

Bien entendu, ce n'était là que spéculation de la part de Tsukuru. Rien n'étayait son hypothèse. D'autre part, depuis que cet événement avait eu lieu – si toutefois il avait réellement eu lieu –, plus de quarante ans s'étaient écoulés. Pourtant, plus il y réfléchissait, plus il se disait qu'il tenait là une pièce qui s'emboîtait parfaitement dans le vide laissé par l'histoire telle que la lui avait transmise Haida. Jusqu'au soir, assis face à sa table à dessin, un crayon à la main, Tsukuru se laissa emporter dans ces pensées.

Le lendemain, Tsukuru retrouva Sara à Hiroo. Ils entrèrent dans un petit bistrot, situé un peu à l'écart d'une rue résidentielle (Sara connaissait ici ou là, dans Tokyo, tout un tas de petits restaurants dans des lieux retirés). Durant leur repas, Tsukuru raconta à Sara sa visite à ses deux anciens amis à Nagoya et la teneur de leurs conversations. Même en s'en tenant à l'essentiel, son récit fut assez long, mais Sara lui prêta une oreille attentive. De temps en temps, elle l'interrompait et lui posait une question :

« Ainsi, Blanche a raconté aux autres qu'elle serait venue dormir chez toi à Tokyo, que tu lui aurais fait boire une drogue et que tu l'aurais violée ?

— Oui, c'est ce qu'ils m'ont dit.

— Elle a décrit les détails de la scène de manière tout à fait réaliste, devant tout le monde. Et cela, en dépit de sa personnalité extrêmement timide et du fait qu'elle fuyait toujours les questions d'ordre sexuel.

— C'est ce que Bleu m'a raconté.

— Et puis, elle a prétendu que tu avais deux visages.

— Elle a dit qu'au-delà de ce que je laissais apparaître, j'avais un visage caché dont on n'imaginait pas la noirceur. »

L'air soucieux, Sara réfléchit un instant. « Écoute, est-ce que cela ne t'évoque rien ? Je ne sais pas, mais… peut-être des instants qui auraient engendré entre elle et toi une intimité toute particulière ? »

Tsukuru secoua la tête. « Non, pas une seule fois. J'ai toujours eu conscience qu'une telle situation ne se produirait pas.

— Tu as toujours eu conscience… ?

— Je veux dire que je me suis efforcé de ne jamais perdre de vue qu'elle était du sexe opposé. C'est pourquoi j'ai évité, autant que possible, les situations où nous aurions été seuls tous les deux. »

Sara plissa les paupières un instant et pencha la tête. « Penses-tu que les autres membres du groupe étaient aussi soucieux de cela ? Je veux dire, le fait de ne pas perdre de vue que vous apparteniez à des sexes opposés ?

— Bien entendu, je ne sais pas ce qu'ils pensaient au fond d'eux-mêmes. Mais comme je te l'ai déjà dit, nous étions tous tacitement d'accord pour qu'il n'y ait pas de relations entre filles et garçons à l'intérieur du groupe. C'était tout à fait clair.

— Mais tu ne trouves pas qu'il y avait là quelque chose de pas très naturel ? Pour des jeunes gens de cet âge qui avaient des liens si étroits, qui étaient continuellement ensemble, n'aurait-il pas été normal qu'ils développent un intérêt sexuel les uns vis-à-vis des autres ?

— Moi aussi j'ai eu envie d'une petite amie, envie d'avoir des rendez-vous. J'avais évidemment de l'intérêt pour le sexe. Comme tout le monde. Je pouvais me chercher une petite amie ailleurs. Mais à cette époque, ce groupe représentait ce qu'il y avait de plus précieux pour moi. Je n'ai jamais eu le désir de faire quoi que ce soit en dehors du groupe.

— Parce que c'était là le lieu d'une harmonie merveilleuse ? »

Tsukuru fit signe que oui. « J'avais la sensation d'être la part indispensable d'un tout. C'était une sensation spéciale que je n'aurais pu trouver nulle part ailleurs.

— C'est pourquoi vous deviez réprimer votre intérêt sexuel. Afin de maintenir l'harmonie au sein du groupe. Afin de ne pas détruire ce cercle parfait.

— En y repensant après coup, il y avait peut-être là quelque chose de pas très naturel, tu as raison. Mais, à cette époque, cela nous semblait aller de soi. Nous étions encore des adolescents, tout ce que nous expérimentions était nouveau. Nous ne pouvions pas porter sur notre situation un œil objectif.

— En somme, vous étiez enfermés dans la perfection de votre cercle. Tu ne crois pas ? »

Tsukuru réfléchit. « Sans doute, en un sens. Mais nous en étions heureux. Et même aujourd'hui, je n'ai pas de regrets.

— C'est vraiment très intéressant », observa Sara.

Sara fut également tout à fait fascinée par ce que Rouge avait raconté à propos de sa rencontre avec Blanche à Hamamatsu, six mois avant son assassinat.

« Même si le cas est un peu différent, cette histoire me rappelle ce qui était arrivé à une de mes camarades de lycée. Elle était très belle, avait une jolie silhouette, sa famille était riche, et comme elle avait accompli une partie de sa scolarité à l'étranger, elle parlait très bien l'anglais et le français, et elle était la meilleure élève de la classe. Le moindre de ses gestes attirait les regards. Tout le monde la courtisait, et les élèves plus jeunes l'adoraient. Dans une école privée de filles comme la nôtre, c'était un vrai phénomène. »

Tsukuru opina.

« Elle est entrée à l'université du Sacré-Cœur de Tokyo, et pendant son cursus, elle a suivi deux ans d'études en France. Environ deux ans après son retour au Japon, je l'ai rencontrée par hasard. J'en suis restée muette. Elle semblait, voyons… comment dire ? décolorée. Comme si elle était restée longtemps exposée à la lumière d'un soleil intense, et que ses couleurs avaient passé. Son apparence extérieure n'avait presque pas changé. Elle était toujours belle, toujours bien faite… seulement elle paraissait beaucoup plus pâle qu'auparavant. Au point qu'on aurait eu envie de prendre une télécommande et de foncer les couleurs. C'était une expérience vraiment curieuse. Que quelqu'un puisse en quelques années se faner ainsi. »

Sara avait terminé son plat. Elle attendit qu'on lui apporte la carte des desserts.

« Je n'étais pas vraiment intime avec elle, mais comme nous avions des amies communes, nous nous voyions de temps en temps. Et chaque fois, elle me paraissait plus pâle. Et puis, à partir d'un certain point, elle n'a plus du tout été belle, elle a perdu son charme. Son visage aussi était devenu laid. Ce qu'elle disait était ennuyeux ; ses opinions, ordinaires et banales. Quand elle a eu vingt-sept ans, elle a épousé un haut fonctionnaire de je ne sais quel ministère, un type superficiel et ennuyeux. Mais elle-même n'avait absolument pas compris qu'elle n'était plus une beauté, qu'elle n'avait plus aucun pouvoir de séduction, qu'elle ne fascinait plus personne. Elle continuait à se comporter comme la petite princesse qu'elle avait été autrefois. C'était vraiment triste. »

On lui apporta la carte des desserts et Sara l'étudia en détail. Quand elle se fut décidée, elle la referma et la posa sur la table.

« Ses amies se sont peu à peu éloignées d'elle. Cela leur faisait mal de la voir dans cet état. Pour être plus précise, elles avaient plutôt peur que mal. Toutes les femmes connaissent cette peur. Celle d'avoir dépassé l'âge de la séduction sans l'avoir remarqué ou sans pouvoir l'admettre. Et de se comporter comme avant, alors que tout le monde rit de vous en secret, ou vous tient à distance. Elle avait atteint son zénith plus rapidement que les autres. Voilà tout. Tous ses attraits avaient fleuri comme un jardin au printemps alors qu'elle était adolescente, et s'étaient fanés très vite une fois passé cet âge. »

Un serveur à cheveux blancs s'approcha. Sara commanda un soufflé au citron. Tsukuru ne pouvait s'empêcher d'admirer le fait que Sara reste svelte alors même qu'elle était incapable de se passer de dessert.

« Est-ce que tu ne pourrais pas en apprendre un peu plus sur ce qu'était la situation de Blanche en en parlant avec Noire ? demanda Sara. Même si vous formiez une communauté parfaite et harmonieuse, il y avait forcément des sujets que les filles n'abordaient qu'entre elles. Et qu'elles gardaient pour elles. Comme te l'a dit Bleu. On prétend que nous, les filles, nous sommes bavardes. Pourtant, nous savons garder certains secrets. Surtout vis-à-vis des hommes. »

Elle regarda un instant le serveur qui se tenait un peu à l'écart. On aurait dit qu'elle regrettait d'avoir commandé un soufflé au citron. Peut-être devrait-elle choisir autre chose. Mais elle se ravisa et fixa de nouveau Tsukuru droit dans les yeux.

« Entre vous, les trois garçons, est-ce que vous vous confiiez ce genre d'histoires ?

— Je ne me souviens pas que nous l'ayons fait, répondit Tsukuru.

— Alors, de quoi parliez-vous ? »

À cette époque, de quoi donc pouvaient-ils bien discuter ? Tsukuru tenta d'y réfléchir un moment. En vain. Il ne se souvenait de rien. Même s'il était certain qu'ils parlaient à cœur ouvert, longuement, passionnément…

« Je ne sais plus, dit-il.

— Étrange », fit Sara. Puis elle sourit.

« Le mois prochain, le projet sur lequel je travaille aujourd'hui sera momentanément arrêté, déclara Tsukuru. Si tout va bien, je compte en profiter pour me rendre en Finlande. J'ai déjà parlé à mon chef et il est d'accord pour que je prenne un congé.

— Quand tu auras choisi la date, je pourrai t'aider pour ton voyage. Te réserver les billets d'avion ou l'hôtel…

— Merci. »

Elle saisit son verre et but une gorgée d'eau. Puis elle fit courir son doigt sur le bord du verre.

« Quel genre de lycéenne étais-tu ? demanda Tsukuru.

— Oh, j'étais une fille pas spécialement remarquable. J'ai fait partie de l'équipe de handball. Je n'étais pas belle et mes résultats pas géniaux.

— Tu n'es pas un peu trop modeste ? »

Elle secoua la tête en riant.

« La modestie est sans doute une vertu magnifique, mais je ne la possède pas. Pour être honnête, je n'avais pas une personnalité bien marquante. Je pense que le système scolaire ne me convenait pas. Je n'étais pas aimée par les professeurs, et jamais admirée par les élèves plus jeunes. Pas l'ombre d'un petit ami. J'étais tourmentée par une acné tenace. Je possédais tous les CD de Wham ! Je portais d'affreux sous-vêtements en coton blanc que ma mère m'achetait. Pourtant, j'avais plusieurs bonnes amies. Deux, en fait. Nous n'étions pas aussi soudées que toi et ton groupe, mais c'étaient des amies intimes à qui je pouvais me confier à cœur ouvert. C'est pourquoi j'ai été capable de surmonter sans trop de mal ces jours terribles de l'adolescence.

— Ces amies, tu les vois toujours ?

— Oui, nous sommes encore liées aujourd'hui. Elles sont mariées l'une et l'autre, et elles ont des enfants. Nous ne pouvons pas nous voir souvent, mais, de temps à autre, nous déjeunons ensemble et nous discutons sans nous arrêter… trois heures durant ! De tout, et très franchement. »

Le serveur apporta le soufflé au citron et un espresso. Sara attaqua son dessert avec empressement. Finalement, elle avait eu raison, semblait-il, de choisir ce soufflé. Tsukuru observait tour à tour la vapeur qui s'élevait de sa tasse de café et Sara.

« Et toi, aujourd'hui, tu as des amis ? demanda-t-elle.

— Aujourd'hui, il n'y a personne que je puisse qualifier d'ami. »

Les seuls vrais amis de Tsukuru avaient été les membres du groupe de Nagoya. Ensuite, durant une certaine période, courte néanmoins, Haida avait presque été un ami pour lui-même. Personne d'autre sinon.

« Tu ne te sens pas trop seul ?

— Eh bien… Je ne sais pas, répondit Tsukuru. Même si j'avais un ami, je ne crois pas que je me confierais très franchement à lui. »

Sara se mit à rire. « Pour les femmes, dans une certaine mesure, c'est quelque chose de nécessaire. Naturellement, les confidences très franches ne sont qu'une partie de l'amitié…

— Naturellement.

— Tu ne veux pas goûter une bouchée du soufflé ? Il est vraiment délicieux !

— Non, merci, mange-le en entier. »

Sara finit de déguster le soufflé avec toute l'importance qu'il méritait, reposa sa fourchette, s'essuya soigneusement le coin des lèvres avec sa serviette, puis réfléchit un instant. Elle leva enfin la tête et regarda Tsukuru en face.

« Dis-moi, après, tu es d'accord pour que je vienne chez toi ?

— Bien sûr, répondit Tsukuru en levant la main pour réclamer l'addition. Et donc, ton équipe de handball ? demanda-t-il ensuite.

— Je n'ai pas envie de parler de ça », répondit Sara.

Une fois chez Tsukuru, ils s'étreignirent. Tsukuru était heureux qu'elle lui ait permis de faire l'amour encore une fois. Ils se caressèrent sur le canapé, puis allèrent dans le lit. Sous sa robe vert menthe, elle portait des dessous en dentelle noire.

« C'est ta mère qui te les a achetés ? demanda Tsukuru.

— Idiot ! répondit Sara en riant. C'est moi, bien sûr.

— Tu n'as pas un seul bouton…

— Évidemment ! »

Elle saisit tendrement le pénis durci de Tsukuru.

Pourtant, un peu plus tard, lorsqu'il voulut la pénétrer, il s'en trouva incapable. C'était la première fois qu'il faisait ce genre d'expérience. Il se sentit gêné, troublé. Tout alentour était curieusement paisible, au point que ses oreilles ne captaient que les coups secs de son cœur.

« Ne te fais pas de souci, murmura Sara en lui caressant le dos. Continue à me garder comme ça dans tes bras. Ne pense à rien d'inutile.

— Je ne comprends pas très bien…, dit Tsukuru. Tout ce temps, je n'ai rien espéré d'autre que t'avoir dans mes bras.

— Peut-être que tu as eu trop d'attente. Même si je suis très heureuse que tu aies pensé si fort à moi. »

Ils restèrent ensuite enlacés tous les deux nus dans le lit, continuant à se caresser longuement, mais Tsukuru ne retrouva pas une érection suffisante. Finalement, il fut temps pour Sara de rentrer. Ils se rhabillèrent en silence, et Tsukuru raccompagna Sara à la gare. Alors qu'ils marchaient côte à côte, il s'excusa de ce que les choses ne se soient pas bien passées.

« Mais non, ça va, je t'assure. Vraiment, ne t'en fais pas », répondit-elle gentiment. Puis elle lui prit la main. Sa main à elle était petite et chaude.

Je devrais dire quelque chose, songeait-il, mais rien ne lui venait aux lèvres. Il goûtait seulement la sensation que lui donnait la main de Sara.

« Tu dois être en pleine confusion, dit-elle. Tu es retourné à Nagoya, tu as retrouvé les amis que tu n'avais pas vus depuis longtemps et parlé avec eux, tu as appris soudain toutes sortes de choses. Je comprends que tu sois complètement bouleversé. Sans doute même plus que tu ne l'imagines. »

Il était certes totalement désorienté. Une porte fermée depuis longtemps s'était rouverte et une avalanche de faits dont il s'était détourné jusque-là s'étaient déversés sur lui d'un seul coup. Des faits auxquels il ne s'attendait absolument pas. Il n'était pas encore parvenu à les ordonner ou même à leur trouver une place.

« Quelque chose est noué en toi, dit Sara. Quelque chose que tu n'as pas accepté. Le flux naturel de ton être en est bloqué. Je ne sais pas trop de quoi il s'agit mais c'est ce que je ressens. »

Tsukuru réfléchit à ces paroles. « Tu veux dire que les interrogations qui m'habitaient n'ont pas été totalement levées après ce voyage à Nagoya ? C'est bien ça ?

— Oui. Mais ce n'est jamais qu'une *impression*. » Sara réfléchit quelques instants, le visage sérieux, avant d'ajouter : « Parce qu'un certain nombre de faits ont à présent été éclaircis, à l'inverse, les vides qui subsistent sont peut-être plus significatifs. »

Tsukuru soupira. « J'espère que je n'ai pas ouvert une boîte que je n'aurais pas dû ouvrir.

— Ou bien cela n'est que *temporaire*, dit-elle. Il se peut que ce soit un retour en arrière momentané. En tout cas, tu te diriges vers une solution, et tu vas de l'avant. C'est ce qu'il y a de plus important. Si tu continues ainsi, tu trouveras la pièce manquante qui comblera le vide.

— Mais il me faudra peut-être longtemps pour cela. »

Sara serra fermement la main de Tsukuru. Avec une force inattendue.

« Écoute, il n'y a rien qui presse. Prends ton temps. Moi, ce que je veux savoir avant tout, c'est si tu as envie d'une relation sérieuse avec moi.

— Bien sûr que oui. J'ai envie d'être avec toi pour longtemps.

— Vraiment ?

— Je suis sincère, répondit Tsukuru d'une voix décidée.

— Alors, c'est parfait. Nous avons le temps. J'attendrai. De toute façon, moi aussi, j'ai un certain nombre de choses à régler.

— Des choses à régler ? »

Sara eut un sourire ambigu. « Pars aussitôt que possible pour la Finlande et retrouve Noire, finit-elle par dire. Et puis parlez à cœur ouvert, sincèrement. Il y a toutes les chances qu'elle t'apprenne quelque chose d'important. De très important. J'en ai le pressentiment. »

Alors qu'il regagnait son domicile, Tsukuru resta prisonnier de pensées incohérentes. Il avait la sensation curieuse que le cours du temps s'était comme ramifié. Il pensait à Blanche, il pensait à Haida, il pensait à Sara. Le passé et le présent, puis les souvenirs et les sentiments coulaient en flots parallèles, avec le même débit.

À l'intérieur de l'homme que je suis, pensait-il, se niche peut-être quelque chose de faussé, de tordu. Comme l'a dit Blanche, peut-être est-ce que je possède, à côté de celui que j'offre aux autres, un autre visage, inconcevable. Comme la face cachée de la lune, à tout jamais obscure. Peut-être que quelque part, en un lieu et un temps autres, sans même que j'en aie eu conscience, j'ai *vraiment* violé Blanche et dévasté son cœur pour toujours. Que j'ai usé de brutalité, de cruauté. La face obscure l'aura un jour emporté sur la face ordinaire, l'aura peut-être entièrement avalée.

Alors qu'il traversait la rue à un feu rouge, un chauffeur de taxi dut piler pour l'éviter et l'insulta copieusement.

Rentré chez lui, il enfila un pyjama et se coucha. Il était presque minuit. À ce moment-là, Tsukuru s'aperçut que son érection était brusquement revenue. Une érection parfaite, inébranlable. Son pénis était dur comme de la pierre, comme il ne l'aurait jamais imaginé lui-même. Quelle ironie ! Tsukuru poussa un long soupir dans le noir. Puis il sortit du lit, alluma la lumière, prit une bouteille de Cutty Sark sur une étagère et s'en versa un petit verre. Ensuite, il ouvrit un livre. Vers une heure passée, la pluie se mit soudain à tomber. De violentes bourrasques de vent projetaient de temps à autre de grosses gouttes sur les vitres des fenêtres.

Tsukuru songea brusquement que c'était dans cette chambre, dans ce lit, qu'il avait violé Blanche. Il avait mélangé une drogue à du vin et l'avait ainsi anesthésiée. Il avait déshabillé la jeune fille et l'avait possédée par la force. Elle était vierge. Il lui avait infligé une grande souffrance, du sang avait coulé. Et depuis lors, beaucoup de choses avaient changé. Cela s'était passé il y a seize ans.

Tout en écoutant la pluie cingler les fenêtres, abîmé dans ses pensées, il avait l'impression que la chambre dans son entier s'était transformée. Comme par sa propre volonté. Et dans ce nouvel espace, il en venait peu à peu à ne plus savoir discerner ce qui était réel et ce qui ne l'était pas. Dans l'une des réalités, il n'avait jamais effleuré la main de Blanche, mais dans une autre, il l'avait brutalement agressée. Il avait beau réfléchir, il ne parvenait pas à savoir dans laquelle des deux il avait pénétré.

Il était deux heures et demie quand il trouva enfin le sommeil.

13

En fin de semaine, Tsukuru se rendit à la piscine la plus proche, à laquelle il accédait en quelques minutes de vélo. Puis il parcourut mille cinq cents mètres en crawl, sur un rythme bien précis, en trente-deux ou trente-trois minutes. Si des nageurs étaient plus rapides, il les laissait le dépasser sur les côtés. Tsukuru n'avait pas le goût de la compétition. Ce jour-là, il repéra comme d'habitude un nageur qui avançait à une vitesse comparable à la sienne, et il le rejoignit dans son couloir. C'était un homme jeune et maigre, avec un maillot de compétition noir, muni de lunettes et la tête couverte d'un bonnet de bain noir.

Nager atténuait la fatigue accumulée dans son corps et délassait ses muscles tendus. Dès qu'il se trouvait dans l'eau, il se sentait dans un état d'esprit plus serein que n'importe où ailleurs. En nageant une demi-heure environ, deux fois par semaine, Tsukuru parvenait à conserver un équilibre satisfaisant entre son corps et son esprit. De plus, l'eau était un milieu particulièrement adapté à ses réflexions. C'était comme un exercice zen. À peine avait-il trouvé le bon rythme de mouvements que ses pensées flottaient dans sa tête sans contrainte, comme un chien qu'on laisse librement courir dans un champ.

« Nager est la sensation la plus agréable qui soit. En dehors de voler, avait-il expliqué une fois à Sara.

— Tu as déjà volé ? avait-elle demandé.

— Pas encore. »

Ce matin-là, ses pensées se centraient principalement sur Sara. Il revoyait son visage, il revoyait son corps, il pensait à ce qui ne s'était pas bien passé entre eux. Et puis il se souvenait de certaines paroles qu'elle lui avait dites : « Il y a en toi quelque chose qui t'obstrue et qui bloque ton flux naturel. »

Peut-être, en effet, se disait Tsukuru.

La plupart des gens pensaient que la vie de Tsukuru Tazaki avançait à un rythme fluide, sans problèmes particuliers. Voilà un homme qui sort d'une université technologique réputée, qui est engagé dans une compagnie ferroviaire, qui occupe un poste de spécialiste. Son travail est très apprécié dans son entreprise. Il jouit de la confiance de ses supérieurs. Il est parfaitement à l'aise financièrement. À la mort de son père, il a reçu un gros héritage. Il est propriétaire d'un appartement de deux pièces dans une jolie résidence, bien située, proche du centre-ville. Il n'a contracté aucun prêt. Il ne boit pour ainsi dire pas, ne fume pas, n'a aucun passe-temps coûteux. À vrai dire, il ne dépense presque pas. Non qu'il cherche à épargner ou à mener une vie d'ascète, simplement, il ne voit pas très bien comment dépenser son argent. Il n'a pas de voiture et se contente de peu de vêtements. Il achète parfois des CD ou des livres, mais il ne s'agit pas de grosses dépenses. Il préfère manger chez lui plutôt qu'à l'extérieur, il lave et repasse lui-même ses draps.

Il n'est en général guère bavard, est assez peu sociable mais pas complètement solitaire non plus. Dans une certaine mesure, il s'adapte à son environnement. S'il ne cherche pas à rencontrer des femmes de sa propre initiative, il n'a jusqu'à présent jamais manqué de partenaires. Il est célibataire, il a un visage plutôt agréable, est discret, il s'habille correctement : les femmes viennent volontiers vers lui. Ou, parfois, des collègues lui présentent une jeune célibataire (c'est ainsi qu'il a rencontré Sara).

À trente-six ans, il mène apparemment une vie de jeune homme aisé. Il est en bonne santé, n'a pas d'embonpoint, n'a jamais souffert de la moindre maladie. Une vie sans faux pas, pensent sans doute les gens. Tout comme sa mère et ses sœurs. « Tu es tellement heureux de vivre seul. Tu n'as sûrement aucune envie de te marier », ont-elles déclaré à Tsukuru. Et, finalement, elles ont cessé de lui présenter des prétendantes. Ses collègues partagent cet avis.

Certes, jusque-là, Tsukuru Tazaki n'avait pas connu le manque. Il n'avait pas fait l'expérience pénible de désirer quelque chose qu'il n'aurait pu se procurer. D'un autre côté, il ne se souvenait pas d'avoir jamais goûté au bonheur d'obtenir quelque chose qu'il aurait *vraiment* désiré. Ses quatre amis étaient ce qu'il avait eu de plus précieux. Mais cette rencontre lui avait été octroyée comme une grâce du ciel, davantage que par un choix délibéré issu de sa volonté propre. Et puis, il les avait perdus, il y avait très longtemps – et, bien entendu, contre sa volonté. Ou plutôt, il en avait été privé.

Sara représentait l'un de ses rares désirs. S'il n'en avait pas encore la conviction inébranlable, il se savait cependant fortement attiré par cette jeune femme de deux ans son aînée. Chaque fois qu'il la rencontrait, cette pensée se renforçait en lui. Et il songeait à présent que, pour l'avoir, il était prêt à bien des sacrifices. Ce sentiment si fort et si vivant était pour lui tout à fait exceptionnel. Et pourtant – pour quelle raison ? – il n'était pas impossible que les choses ne tournent pas comme prévu. Quelque chose pourrait surgir qui en détournerait le cours. « Prends ton temps. Je t'attendrai », avait dit Sara. Mais ce ne serait sûrement pas aussi simple. Les hommes étaient sans cesse en mouvement, ils modifiaient leur position de jour en jour. Personne ne savait ce qui arriverait plus tard.

Ainsi, Tsukuru, tout en réfléchissant à ces questions, accomplissait-il ses séries de vingt-cinq mètres aller-retour à un rythme qui ne le mettait pas hors d'haleine. Il prenait de courtes inspirations en relevant légèrement la tête d'un côté, puis soufflait lentement dans l'eau. Une longueur après l'autre, sa nage se faisait peu à peu automatique. Le nombre de mouvements de bras sur une longueur restait exactement le même. Il pouvait se laisser aller à ce rythme. Il lui suffisait de compter le nombre de virages.

Tsukuru s'avisa au bout d'un certain temps que les pieds du nageur qui le précédait dans le même couloir lui étaient familiers. Plus exactement, ses plantes de pied. C'étaient les mêmes que celles de Haida. Sans le vouloir, il en eut le souffle coupé et le rythme de sa respiration en fut perturbé. Il inspira de l'eau par le nez et il lui fallut un certain temps pour retrouver un souffle régulier. Son cœur cognait contre ses côtes, à coups secs et rapides.

Pas de doute, ce sont les pieds de Haida, pensa Tsukuru. Leur taille, leur forme étaient identiques, tout comme la manière précise et assurée avec laquelle ils frappaient l'eau. Même la forme des petites bulles qui s'élevaient dans l'eau, paisibles et tendres, était semblable. À la piscine universitaire, il nageait toujours derrière Haida et il avait bien observé la plante de ses pieds. Comme quelqu'un qui conduit de nuit ne quitte pas des yeux les feux arrière de la voiture qui le précède. La forme de ces pieds était restée gravée dans sa mémoire.

Tsukuru sortit de l'eau, s'assit sur le rebord de la piscine et attendit que le nageur revienne vers lui.

Ce n'était pas Haida. À cause du bonnet et des lunettes, Tsukuru ne distinguait pas précisément les traits de son visage, mais, en l'observant mieux, il voyait bien qu'il était plus grand que son ami. Ses pectoraux aussi étaient plus développés et son cou, très différent. En outre, il était trop jeune. Sans doute était-il encore étudiant. Haida, à présent, avait déjà atteint le milieu de la trentaine.

Pourtant, alors même que Tsukuru savait qu'il s'agissait de quelqu'un d'autre, les battements de son cœur ne s'apaisèrent pas. Il s'assit sur une chaise en plastique, sur un côté de la piscine, et observa longuement l'inconnu. Sa nage était belle et efficace. Elle ressemblait tout à fait à celle de Haida. Elle était même presque identique. L'homme ne produisait pas d'éclaboussures, aucun bruit superflu. Ses coudes se soulevaient élégamment, et, à partir des pouces, les bras s'enfonçaient lentement dans l'eau. Sans la moindre précipitation. Cette nage révélait un profond calme intérieur. Ce n'était cependant pas Haida. Enfin, l'homme sortit de l'eau, ôta son bonnet et ses lunettes, et s'en alla en frottant vigoureusement ses cheveux courts avec une serviette. Il avait un visage carré et dégageait une impression toute différente de Haida.

Tsukuru renonça à nager davantage, il se rendit au vestiaire et prit une douche. Puis il rentra chez lui à vélo. Il prit un petit déjeuner sommaire et réfléchit. *Peut-être est-ce Haida qui fait blocage en moi ?*

Il put s'absenter sans problème pour effectuer son voyage en Finlande. Il n'avait pratiquement pas utilisé ses congés jusque-là, les laissant s'accumuler comme de la neige gelée sous un avant-toit. Son supérieur lui dit seulement : « La Finlande ? » en affichant un air méfiant. Il avait envie de revoir une amie de lycée qui habitait là-bas, expliqua Tsukuru. Il ne pensait pas ensuite avoir d'autre occasion de se rendre dans ce pays.

« Mais que peut-il bien y avoir en Finlande ? » demanda son supérieur.

Tsukuru énuméra ce qui lui venait en tête : « Sibelius, le cinéaste Aki Kaurismaki, Marimekko, Nokia, les Moumines. »

Le supérieur resta perplexe. Rien de tout cela ne semblait éveiller son intérêt.

Tsukuru téléphona à Sara et ils décidèrent d'une date pour un vol direct Narita-Helsinki. Il quitterait Tokyo dans deux semaines, resterait quatre jours à Helsinki puis rentrerait.

« Tu vas prévenir Noire avant de partir ? demanda Sara.

— Non, je veux lui rendre visite directement, sans l'en avertir, comme quand je suis allé à Nagoya l'autre fois.

— Oui, mais la Finlande, c'est bien plus loin que Nagoya. Rien que le voyage prend du temps. Tu pourrais arriver là-bas et t'apercevoir que Noire, trois jours plus tôt, a pris ses vacances d'été, et qu'elle est allée, je ne sais pas, à Majorque. Ce serait tout à fait possible.

— Eh bien, dans ce cas, tant pis, je ferai un peu de tourisme en Finlande et puis je reviendrai, voilà tout.

— Si c'est ce que tu penses, bien entendu, d'accord…, dit Sara. Mais comme c'est une destination plutôt lointaine, pourquoi n'en profiterais-tu pas pour voir d'autres endroits ? Tallinn ou Saint-Pétersbourg ne sont pas très loin…

— Non, je préfère rester en Finlande, répondit Tsukuru. J'irai de Tokyo à Helsinki, je resterai là-bas quatre jours, puis je rentrerai.

— Tu as un passeport ?

— Quand je suis entré dans ma compagnie, on m'a demandé de m'assurer régulièrement de sa validité pour une éventuelle mission à l'étranger. Mais aujourd'hui encore, il est vierge.

— Je pense qu'à Helsinki même, tu pourras parler anglais mais ailleurs, cela dépendra des circonstances, je ne sais pas trop. Nous avons un petit bureau à Helsinki. Une sorte de succursale. J'ai parlé de toi et si tu rencontres la moindre difficulté, vas-y. Tu y trouveras Olga, une Finlandaise, qui te sera très utile, je pense.

— Merci, dit Tsukuru.

— Après-demain, je dois aller à Londres pour mon travail. Au fur et à mesure que tes billets d'avion et la réservation de ton hôtel seront disponibles, je t'enverrai toutes les précisions par mail. Et aussi l'adresse et le numéro de téléphone de notre bureau à Helsinki.

— D'accord.

— Dis-moi, tu veux *vraiment* aller à Helsinki sans avoir pris rendez-vous avec Noire ? Tu veux entreprendre ce long voyage qui te fera traverser le cercle polaire ?

— Ça te paraît extravagant ? »

Elle se mit à rire. « Moi, j'utiliserais plutôt le mot "audacieux".

— Mais j'ai l'impression que j'obtiendrai un meilleur résultat ainsi. Disons que c'est *comme une intuition*.

— Alors je te souhaite bonne chance, répondit Sara. Est-ce que nous nous verrons avant ton départ ? Je rentrerai de Londres au début de la semaine.

— Non, dit Tsukuru. Bien sûr, j'ai envie de te voir. Mais je crois qu'il vaut mieux que ce soit après la Finlande.

— C'est quelque chose comme une intuition ?

— Oui, c'est ça.

— Tu fais partie de ces gens qui marchent à l'intuition ?

— Non, je ne crois pas. Jusqu'à présent, je ne me suis jamais décidé à agir en fonction de ce genre d'instinct. D'ailleurs, on ne construit pas des gares à partir d'une intuition. Je ne suis pas sûr qu'il s'agisse du terme exact. Disons que c'est simplement ce que je ressens.

— En tout cas, tu ressens qu'il vaut mieux agir ainsi cette fois ? Qu'il s'agisse d'une intuition ou de n'importe quoi d'autre ?

— Lorsque j'étais à la piscine, expliqua Tsukuru, j'ai eu toutes sortes de pensées en nageant. J'ai pensé à toi, à Helsinki. Comment dirais-je… c'était comme si, instinctivement, j'allais vers l'amont.

— Tout en nageant ?

— Oui, cela me permet de mieux réfléchir. »

Sara marqua une petite pause, comme si elle était étonnée.

« Comme les saumons.

— Je ne m'y connais pas beaucoup en saumons.

— Les saumons accomplissent un très long voyage à contre-courant. Poussés par je ne sais quel instinct, dit Sara. Tu as vu *Star Wars* ?

— Quand j'étais petit.

— "Que la Force soit avec toi", dit-elle. Sois l'égal des saumons !

— Merci. Je te ferai signe quand je serai revenu de Helsinki.

— J'attendrai. »

Puis ils coupèrent la communication.

*
* *

Pourtant, le hasard voulut que Tsukuru aperçoive Sara quelques jours avant de s'envoler pour Helsinki. Mais celle-ci n'en eut pas connaissance.

Ce soir-là, il marchait dans le quartier d'Aoyama à la recherche d'un cadeau pour Noire et sa famille. Un petit accessoire pour elle et des albums japonais pour ses enfants. Il était entré dans un magasin où il avait toutes les chances de trouver ces articles, derrière l'avenue Aoyama. Lorsqu'il eut terminé ses achats, une heure plus tard environ, il eut envie de s'accorder une petite pause et pénétra dans un café aux vastes baies vitrées qui donnaient sur Omotesandô. Il prit place près d'une fenêtre, commanda un sandwich à la laitue et au thon, un café, et contempla le spectacle des rues que baignait la lumière du crépuscule. La plupart des piétons qui passaient devant lui étaient des couples à l'air heureux. Tous semblaient avancer vers un lieu particulier, un lieu particulier où les attendait quelque chose d'heureux. La vision de ces gens lui donnait un sentiment de paix, de quiétude. Il se sentait semblable à un arbre figé par le gel, par une nuit d'hiver sans vent mais il n'en souffrait pas du tout. Il s'était habitué depuis tant d'années à ce genre d'état d'esprit qu'il n'était plus douloureux.

Pourtant, Tsukuru ne pouvait s'empêcher de songer que ce serait bien si Sara était là avec lui. Tant pis. C'était lui qui avait refusé de la voir. C'était ce qu'il avait voulu et lui qui avait fait geler ses branches nues. Dans la légèreté de ce crépuscule d'été.

Vraiment ?

Tsukuru n'avait pas de certitude. À cette « intuition », pouvait-il se fier en fin de compte ? N'était-ce rien d'autre qu'une chimère ne reposant sur aucun fondement ? « Que la Force soit avec toi », avait dit Sara.

Pendant quelques instants, il pensa aux saumons qui effectuaient un long voyage dans la mer obscure en se fiant à leur instinct ou à leur intuition.

Exactement à ce moment, la silhouette de Sara pénétra dans son champ visuel. Elle portait la même robe vert menthe que lors de leur dernière rencontre, des escarpins brun clair, et elle descendait la pente douce depuis l'avenue Aoyama vers Jingumae. Tsukuru en perdit le souffle et ne put réprimer une grimace. Il ne parvenait pas à croire que la scène qu'il voyait était réelle. Pendant quelques secondes, il eut l'impression que c'était son cœur à lui, pétri de solitude, qui avait créé un subtil mirage ayant la forme de Sara. Mais le doute n'était pas permis, c'était bien le corps vivant et réel de Sara. Par réflexe, Tsukuru se leva de sa chaise et faillit renverser la table. Du café coula dans la soucoupe. Il se rassit immédiatement.

À côté de Sara se tenait un homme d'un certain âge. Un homme de taille moyenne, solidement bâti, qui portait une veste de couleur foncée, une chemise bleue et une cravate bleu marine à petits pois. À ses cheveux bien peignés se mêlaient quelques fils blancs. Il devait approcher de la cinquantaine. Le menton un peu pointu mais les traits agréables. Il émanait de lui une assurance et une confiance tranquilles propres aux hommes de son âge. Ils marchaient main dans la main, comme s'ils étaient liés intimement. Tsukuru, la bouche entrouverte, suivit du regard leurs silhouettes qui défilaient de l'autre côté de la vitre. Comme quelqu'un qui a commencé à former des mots et qui les a perdus en chemin. Ils étaient passés lentement, tout près de Tsukuru, mais Sara ne s'était pas tournée vers lui. Elle était si absorbée dans sa conversation avec cet homme que rien de ce qui l'entourait ne pouvait capter son attention. L'homme dit quelque chose, Sara ouvrit la bouche et rit. Tsukuru put même clairement voir ses dents.

Ensuite le couple se fondit dans la foule du crépuscule. Tsukuru continua longuement à fixer l'endroit où ils avaient disparu. Avec le mince espoir que Sara se retournerait. Elle se serait soudain aperçue qu'il était là, et elle serait peut-être revenue pour lui expliquer la situation. Mais elle ne revint pas. Il n'y eut devant lui qu'une succession de visages et de corps inconnus.

Il rectifia sa position sur sa chaise, but une gorgée d'eau glacée. Il ne lui restait qu'une tristesse muette. Du côté gauche de la poitrine, il ressentait une douleur lancinante, comme s'il avait été poignardé par une lame effilée. Il avait aussi la sensation d'un écoulement tiède. Peut-être était-ce du sang ? Ce genre de douleur, il y avait bien longtemps qu'il ne l'avait plus éprouvée. Sans doute plus depuis l'été de sa deuxième année d'université, quand il avait été rejeté par ses quatre amis les plus chers. Il ferma les yeux et se laissa flotter dans cette douleur, comme dans de l'eau. Mieux valait encore qu'elle soit là. Le pire serait de ne plus pouvoir ressentir de douleur.

Les divers bruits s'étaient fondus en un seul, qui résonnait au fond de ses oreilles comme une stridulation. Un son particulier, perceptible seulement au sein d'un silence profond et sans fin. Il ne provenait pas de l'extérieur. Il prenait naissance à l'intérieur même de son propre cœur. Tout le monde vit avec ce son qui lui est spécifique. Mais on a rarement l'occasion de l'entendre.

Lorsqu'il ouvrit les yeux, il eut le sentiment que le monde avait subi diverses modifications. La table en plastique, la tasse à café blanche, la moitié de son sandwich, la vieille TAG Heuer à remontage automatique à son poignet gauche (héritée de son père), le journal du soir qu'il avait commencé à lire, les rangées d'arbres le long de la rue, les vitrines des magasins, en face, dont les lumières s'intensifiaient. Tout semblait s'être insensiblement déformé, tordu. Le contour des choses était incertain, rien ne présentait plus de véritable relief. L'échelle aussi était différente. Il respira profondément à plusieurs reprises et, peu à peu, retrouva son calme.

Ce n'était pas la jalousie qui le torturait. Ce sentiment-là, Tsukuru le connaissait. Il l'avait expérimenté dans toute sa plénitude. Une fois, une seule, en rêve. Ce qu'il avait éprouvé alors était encore présent en lui. Il savait à quel point la jalousie était suffocante, à quel point aussi elle était désespérée. Ce n'était pas ce genre de souffrance qu'il ressentait à présent. C'était seulement de la tristesse. La tristesse d'un homme abandonné au fond d'une fosse profonde et obscure. En définitive, pourtant, ce n'était jamais que de la tristesse. Rien de plus qu'une souffrance physique. Et Tsukuru s'en trouvait plutôt reconnaissant.

Ce qui le faisait le plus souffrir, ce n'était pas que Sara ait tenu la main de cet homme alors qu'ils marchaient dans la rue. Pas non plus l'éventualité qu'elle fasse l'amour avec lui peu après. Bien entendu, il lui était *pénible* de l'imaginer se déshabillant et allant au lit avec cet homme. Il lui fallait s'efforcer vigoureusement de chasser de sa tête ce genre de scène. Mais Sara était une femme indépendante de trente-huit ans, elle était célibataire et libre. Elle avait sa vie. Tout comme Tsukuru avait la sienne. Elle avait le droit d'aller avec le partenaire qu'elle aimait, là où ça lui plaisait.

Ce qui causait un choc à Tsukuru, c'était que, à cet instant, Sara arborait un visage parfaitement heureux. Alors qu'elle parlait avec cet homme, son visage rayonnait. Avec Tsukuru, elle n'avait jamais eu ce genre d'expression si ouverte, si franche. Pas une seule fois. Elle lui présentait toujours un air froid et maîtrisé. C'était cela le plus déchirant.

Une fois rentré chez lui, il se consacra aux préparatifs de son voyage en Finlande. Rester ainsi occupé lui épargnait de penser. Même s'il n'avait pas beaucoup de bagages à faire. Des vêtements de rechange pour quelques jours, une trousse de produits de toilette, des livres pour l'avion, un maillot de bain et des lunettes de piscine (il les emportait toujours), un parapluie pliant, c'était à peu près tout. Tout cela entrait dans un sac de voyage, qu'il pourrait garder avec lui dans l'avion. Il n'emportait même pas d'appareil photo. En quoi des photos lui seraient-elles utiles ? Ce qu'il recherchait, c'était des gens en chair et en os, des paroles vivantes.

Après avoir terminé ses préparatifs, il ressortit les disques qu'il n'avait pas écoutés depuis longtemps :

Années de pèlerinage de Liszt. Les trois 33-tours, dans l'interprétation de Lazar Berman. Cela faisait quinze ans que Haida les avait laissés là. Il avait toujours le vieil électrophone sur lequel il n'écoutait presque que ces disques-là. Il en posa un sur la platine et l'aiguille suivit le microsillon.

Première année : *Suisse*. Il s'assit sur le canapé, ferma les yeux, prêta l'oreille à la musique. *Le Mal du pays* était le huitième morceau de la suite, mais il figurait en tête de la deuxième face. Il l'avait écouté bien souvent, jusqu'au quatrième de la deuxième année, *Italie*, le *Sonnet 47 de Pétrarque*. Le disque se terminait là, et l'aiguille remontait automatiquement.

Le Mal du pays. La composition calme et mélancolique parvint peu à peu à donner un contour à la tristesse indéfinissable qui avait envahi son cœur. Comme lorsqu'une multitude de grains de pollen adhèrent à la surface d'un être vivant transparent, invisible dans l'air, et que l'intégralité de ses formes finit par apparaître au regard. Ce fut pour lui la silhouette de Sara. Sara, vêtue de sa robe vert menthe.

Les élancements dans sa poitrine resurgirent. Ce n'était pas une douleur violente. Simplement le souvenir d'une douleur violente.

Je ne peux rien y changer, se dit Tsukuru. Quelqu'un qui était vide de nature ne pouvait que le rester. À qui pourrait-il se plaindre ? Tous ceux qui étaient venus vers lui constataient rapidement sa vacuité et, après, ils partaient. Tsukuru Tazaki se retrouvait seul et vide, ou même encore plus vide. C'était tout.

Malgré tout, il arrivait parfois que certains lui laissent quelque chose en souvenir. Pour Haida, c'était ce coffret des *Années de pèlerinage*. Il l'avait sans doute abandonné délibérément dans son appartement. Il ne pouvait pas l'avoir simplement oublié. Et puis

Tsukuru aimait cette musique. Elle le reliait à Haida, et elle le reliait aussi à Blanche. Autrement dit, c'était un *kechimyaku*[1] qui fondait en un seul trois humains dispersés. Un *kechimyaku* éphémère et fragile mais au sein duquel coulait encore du sang bien rouge et bien vivant. La force de la musique rendait cela possible. Chaque fois que Tsukuru l'écoutait, chaque fois qu'il écoutait en particulier *Le Mal du pays*, revenait en lui le souvenir parfaitement vivant de ses deux amis. Il lui arrivait de les sentir tout près de lui, là, et de les entendre respirer.

Tous deux, à un certain moment, avaient disparu de la vie de Tsukuru. Tout à fait soudainement, sans lui donner d'explications. Non, ils n'avaient pas disparu, ce n'était pas la bonne façon de l'exprimer. Il valait mieux dire qu'ils avaient coupé tout lien avec lui, qu'ils l'avaient abandonné. Lui infligeant ainsi une blessure dont la cicatrice était encore sensible aujourd'hui. Mais, récemment, il en était venu à se demander si ce n'était pas eux, au fond – bien davantage que lui –, qui en avaient été véritablement blessés et défaits.

Il se peut que je sois un homme vide de contenu, pensait Tsukuru. Il y a néanmoins des gens qui m'approchent, au moins temporairement. Comme des oiseaux de nuit solitaires en quête d'un lieu sûr et désert, sous les toits, où ils pourront se reposer durant la journée. Ces oiseaux-là se sentent bien dans un espace vide, peu éclairé, très silencieux. Tsukuru devait donc peut-être se réjouir de son vide.

Les dernières notes du *Sonnet 47 de Pétrarque* s'évanouirent dans l'espace, le disque s'acheva,

---

1. *Kechimyaku* : transmission de la foi bouddhique de maître à disciple. Par extension, lien de sang.

l'aiguille remonta, le bras se déplaça à l'horizontale et retourna sur son support. Tsukuru fit de nouveau descendre l'aiguille au début de la même face. Elle suivit tranquillement le microsillon et fit encore une fois entendre le jeu de Lazar Berman. Tellement subtil et tellement beau.

Après avoir écouté cette face deux fois de suite, Tsukuru enfila son pyjama et se mit au lit. Puis il éteignit sa lampe de chevet, et éprouva une gratitude renouvelée à sentir son cœur habité seulement d'une immense tristesse et non esclave d'une jalousie pesante. Ce qui, sans aucun doute, l'aurait empêché de s'endormir.

Enfin le sommeil l'enveloppa totalement. Il put éprouver dans son corps, à peine quelques secondes, sa tendresse nostalgique. Cette nuit-là fut l'une des rares choses pour lesquelles il se sentit plein de reconnaissance.

Au milieu de son sommeil, il entendit chanter des oiseaux de nuit.

14

Après avoir atterri à l'aéroport de Helsinki, il commença par changer des yens en euros au bureau de change, puis, dans une boutique qui vendait des portables, il se procura un appareil au maniement simple, avec des cartes prépayées. Après quoi, il mit son sac à l'épaule et se dirigea vers la station de taxis. Il monta dans une Mercedes-Benz d'un modèle ancien et indiqua au chauffeur le nom de son hôtel en centre-ville.

Dès la sortie de l'aéroport, ils s'engagèrent sur une voie rapide, et malgré les bois d'un vert profond et les publicités écrites en langue finnoise qu'il regardait défiler de l'autre côté de la fenêtre, Tsukuru ne parvenait pas à ressentir vraiment qu'il était dans un pays étranger. C'était pourtant son premier voyage hors du Japon. Le temps de vol était certes bien plus long que celui du trajet jusqu'à Nagoya, mais son impression n'était pas tellement différente. Si ce n'est que son portefeuille contenait de l'argent en devise étrangère. Il portait la même tenue que d'habitude, pantalon chino, polo noir, tennis, veste en coton brun clair. Il n'avait d'ailleurs emporté que le strict minimum. Il pourrait acheter d'autres vêtements n'importe où si cela ne suffisait pas.

« D'où venez-vous ? » demanda le chauffeur en anglais, en le regardant dans le rétroviseur. C'était un homme d'un certain âge, pourvu d'une barbe qui couvrait son visage depuis les joues jusqu'au menton.

« Du Japon, répondit Tsukuru.

— Pour quelqu'un qui vient de si loin, vous n'avez pas beaucoup de bagages !

— J'aime voyager léger. »

Le chauffeur se mit à rire. « Vous savez, tout le monde aime ça ! Mais avant qu'on ait eu le temps de s'en apercevoir, on se retrouve avec des valises pleines. C'est humain. *C'est la vie*[1]. » Et de nouveau, il rit joyeusement.

Tsukuru l'imita.

« Et que faites-vous comme travail ? demanda le chauffeur.

— Je construis des gares.

— Ah ! Ingénieur ?

— Oui.

— Vous êtes venu en Finlande pour faire une gare ?

— Non, j'ai pris des vacances pour venir voir une amie.

— Ah, c'est très bien, fit le chauffeur. Les vacances et les amis, ce sont les deux choses les plus chouettes de la vie. »

Tous les Finlandais aimaient-ils ainsi prononcer des aphorismes sur la vie ou bien était-ce uniquement le penchant de ce chauffeur ? Tsukuru espérait que c'était la deuxième hypothèse qui était la bonne.

Après environ trente minutes de trajet, lorsqu'il fut arrivé devant l'entrée de son hôtel au cœur de Helsinki, il s'aperçut qu'il n'avait pas vérifié dans son

1. Le chauffeur prononce en français phonétique : « C'est la vie. »

guide quels étaient les pourboires en usage, ou même s'il fallait en donner un. (D'ailleurs, à y réfléchir, il n'avait absolument rien préparé pour ce voyage.) Par conséquent, il ajouta dix pour cent à la somme indiquée sur le compteur et donna le tout au chauffeur. Comme celui-ci eut l'air tout content et qu'il lui remit en échange une quittance vierge, il se dit qu'il ne s'était sans doute pas trompé. Même si c'était le cas, l'homme ne semblait pas mécontent.

L'hôtel que Sara avait choisi pour lui était un bâtiment de style ancien, situé en plein centre-ville. Un groom à l'élégante chevelure blonde le conduisit dans un vénérable ascenseur branlant, jusqu'au troisième étage, puis dans sa chambre. Il y avait là des meubles désuets et un grand lit. Le papier peint aux couleurs pâlies arborait des motifs de fines aiguilles de pin. La baignoire était pourvue de pieds de lion, les fenêtres s'ouvraient de haut en bas. Des tentures épaisses et de fins voilages en dentelle les garnissaient. Il régnait là un parfum tout à fait nostalgique. Des fenêtres, on avait vue sur une large avenue sur laquelle circulaient, sur la voie centrale, des tramways de couleur verte. C'était une chambre dans laquelle il pourrait se sentir bien. Il n'y avait ni machine à café ni téléviseur à écran LCD, mais, de toute façon, il ne se servait pas de ces appareils.

« Merci. Cette chambre est parfaite », dit Tsukuru au groom. Puis il lui donna deux pièces d'un euro en guise de pourboire. Le groom eut un sourire aimable et se glissa doucement hors de la chambre à la manière d'un chat intelligent.

Lorsqu'il eut pris une douche et qu'il se fut changé, c'était déjà le soir. Mais, dehors, il faisait clair comme en plein jour. Dans le ciel flottait distinctement une demi-lune blanche. On aurait dit une pierre ponce usée. Que quelqu'un aurait jetée dans le ciel et qui, pour une raison ou pour une autre, serait demeurée là.

Une fois descendu dans le lobby, il se dirigea vers le comptoir de la réception où une femme aux cheveux roux lui remit un plan gratuit de la ville. Puis il lui indiqua l'adresse de l'agence de voyages de Sara et elle en marqua l'emplacement au stylo-bille. Ce local se situait à trois pâtés de maisons de l'hôtel. Sur son conseil, il acheta un passe qui lui permettait de circuler en bus, en métro ou en tramway. Elle lui donna également un plan des différentes lignes. La femme aux yeux vert clair avait sans doute la bonne quarantaine et se montra tout à fait obligeante. Comme souvent avec des femmes plus âgées, Tsukuru se sentait dans un état d'esprit très naturel et calme. Apparemment, c'était la même chose partout dans le monde.

Depuis un coin tranquille du lobby, il essaya de téléphoner chez Noire, avec le portable qu'il avait acheté à l'aéroport. Il tomba sur un répondeur. Il y eut un message d'environ vingt secondes prononcé en finnois par une grosse voix masculine. À la fin, il entendit un signal, après lequel, sans doute, on pouvait laisser un message. Tsukuru coupa la communication sans dire un mot. Il attendit un peu, rappela, mais le résultat fut identique. La voix était vraisemblablement celle du mari de Noire. Bien sûr, il ne comprenait pas le contenu du message, mais cette voix lui donnait l'impression de quelqu'un de clair et de positif. La voix d'un homme en bonne santé, qui menait une vie aisée et satisfaisante.

Tsukuru coupa le portable et le remit dans sa poche. Puis il prit une grande respiration. Il avait un pressentiment plutôt désagréable. Sans doute Noire n'était-elle pas actuellement chez elle à Helsinki. Elle vivait avec son mari et deux jeunes enfants. On était déjà en juillet. Comme Sara l'avait dit, il n'était pas invraisemblable que toute la famille soit partie à Majorque pour les vacances d'été.

Sa montre indiquait six heures et demie. L'agence de voyages que lui avait indiquée Sara était certainement fermée. Mais il ne risquait rien à essayer. Il ressortit le portable et composa le numéro de cette agence. Contrairement à ce qu'il avait imaginé, il y avait encore quelqu'un.

Une voix de femme dit quelque chose en finnois.

« Est-ce que Mlle Olga est là ? demanda Tsukuru en anglais.

— Je suis Olga », répondit la femme dans un anglais parfait, sans accent.

Tsukuru déclina son identité. Il ajouta qu'il appelait de la part de Sara.

« Ah oui, monsieur Tazaki, Sara m'a parlé de vous. »

Tsukuru lui expliqua la situation. Il était venu pour voir une amie, mais elle n'était pas chez elle, et il ne pouvait comprendre le message en finnois de son répondeur.

« Vous êtes à votre hôtel en ce moment, monsieur Tazaki ? »

Tsukuru répondit que oui.

« Notre agence va bientôt fermer. Je vous rejoins dans une demi-heure. Voulez-vous que nous nous rencontrions dans le lobby de l'hôtel ? »

Olga était vêtue d'un jean étroit et d'un tee-shirt blanc à manches longues. Elle devait avoir dans les vingt-cinq ans ou un peu plus. Environ un mètre soixante-dix, blonde, le visage rond, un joli teint bien rose. Elle donnait l'impression d'être née dans une riche famille de paysans, et d'avoir grandi en compagnie d'oies joyeuses et bavardes. Ses cheveux étaient tirés en arrière, et elle portait à l'épaule un sac en verni noir. Telle une employée des postes, elle passa à grandes enjambées les portes de l'hôtel.

Ils se serrèrent la main et s'assirent côte à côte sur un grand canapé, au milieu du lobby.

Sara était venue à plusieurs reprises à Helsinki, et chaque fois elle avait travaillé en collaboration avec Olga. Les deux jeunes femmes n'avaient pas seulement des relations professionnelles. Elles étaient aussi amies.

« Je n'ai pas vu Sara depuis assez longtemps. Est-ce qu'elle va bien ? » demanda Olga.

Oui, elle allait bien. Elle paraissait très occupée par son travail, toujours à s'envoler pour tel ou tel pays, répondit Tsukuru.

« Au téléphone, elle m'a dit que vous étiez un ami très cher. »

Tsukuru sourit. *Un ami très cher*, se répéta-t-il dans sa tête.

« Je vous aiderai avec plaisir, dans la mesure de mes possibilités. Demandez-moi ce que vous voulez, ajouta Olga avec un sourire, tout en le scrutant dans les yeux.

— Merci. » Il avait l'impression qu'elle était en train d'évaluer s'il était digne ou non d'être le petit ami de Sara. Et il se dit qu'il aimerait bien réussir le test.

« Voulez-vous me faire écouter ce message ? » demanda Olga.

Tsukuru sortit le portable et composa le numéro de Noire. Pendant ce temps, Olga avait pris dans son sac un carnet et un fin stylo-bille argenté qu'elle avait posés sur ses genoux. Quand Tsukuru entendit le début du signal, il lui tendit le téléphone. Elle écouta très attentivement, griffonnant rapidement sur son carnet les informations nécessaires. Puis elle coupa le téléphone. Elle semblait compétente et maligne. Elle devait bien s'entendre avec Sara.

« La voix du message est celle du mari de votre amie, dit Olga. Toute la famille a quitté Helsinki vendredi dernier pour aller dans sa résidence d'été. Ils ne reviendront pas avant la mi-août. Mais il donne leur numéro de téléphone.

— Est-ce loin d'ici ? »

Olga secoua la tête. « Je ne connais pas le lieu exact. Je sais seulement qu'il s'agit d'un numéro en Finlande. Je pense que, en leur téléphonant, je pourrai peut-être le savoir.

— Je vous en serais très reconnaissant, mais il y a une chose que je voudrais vous demander, dit Tsukuru. J'aimerais que vous ne donniez pas mon nom au téléphone. Je voudrais que ma visite à mon amie reste une surprise. »

Le visage d'Olga manifesta une certaine curiosité.

« C'était une amie très proche du temps où nous étions lycéens, et cela fait très longtemps que nous ne nous sommes pas vus, expliqua Tsukuru. Je suppose qu'elle ne s'attend absolument pas à ce que je vienne jusqu'ici pour la rencontrer. Quand je frapperai à sa porte à l'improviste, j'espère la surprendre.

— Surprise !!! s'écria Olga en levant ses deux mains écartées, paumes vers le haut. Cela me paraît tout à fait amusant !

— Ce serait bien qu'elle trouve ça amusant, elle aussi.

— Est-ce qu'elle était votre petite amie ? demanda Olga.

— Non. Nous appartenions au même groupe d'amis. C'est tout. Mais nous étions extrêmement proches. »

Olga pencha légèrement la tête. « Les amis de lycée, c'est précieux. Moi aussi, j'ai gardé une amie de ces années-là. Aujourd'hui encore, nous nous voyons souvent pour bavarder. »

Tsukuru approuva d'un hochement de tête.

« Alors votre amie s'est mariée avec un Finlandais et elle est venue vivre ici. Et vous ne l'avez pas vue depuis longtemps. C'est ça ?

— Notre dernière rencontre remonte à seize ans. »

De l'index, Olga se frotta la tempe plusieurs fois. « J'ai compris. Je vais essayer de connaître le lieu de leur résidence sans mentionner votre nom. J'ai une idée. Comment s'appelle-t-elle ? »

Tsukuru nota le nom de Noire sur son carnet.

« Et vous viviez dans quelle ville du Japon ?

— Nagoya », répondit Tsukuru.

Olga reprit le portable de Tsukuru et appela au numéro indiqué par le répondeur. Après un certain nombre de sonneries, quelqu'un lui répondit. Elle parla en finnois avec beaucoup d'amabilité. Elle expliqua quelque chose, son interlocuteur lui posa des questions, elle donna de nouveau des explications brèves. Le nom d'Eri fut prononcé à plusieurs reprises. L'échange se poursuivit et, enfin, l'interlocuteur parut être convaincu. Olga prit son stylo-bille et nota quelques mots sur son carnet. Puis elle remercia poliment et coupa le portable.

« J'y suis arrivée ! s'écria-t-elle.

— Ah, tant mieux.

— Son nom de famille, c'est Haatainen. Le prénom de son mari, c'est Edward. Ils ont une maison d'été, dans les environs d'Hämeenlinna, au nord-ouest de

Helsinki, au bord d'un lac, et ils y passent leurs vacances d'été. Bien entendu, tous ensemble, avec Eri et les enfants.

— J'aimerais bien savoir comment vous êtes parvenue à ce résultat sans mentionner mon nom ! »

Olga sourit d'un air malicieux. « J'ai eu recours à un tout petit mensonge. J'ai prétendu travailler pour FedEx. Un colis, destiné à Eri, était arrivé de Nagoya au Japon, et j'ai demandé où je pouvais le réexpédier. Son mari me l'a indiqué très simplement. Et voilà l'adresse. »

Sur ces mots, elle tendit à Tsukuru la feuille avec l'adresse. Puis elle se leva, se dirigea vers le bureau de la réceptionniste, où on lui donna un plan simplifié de la partie sud de la Finlande. Elle déplia la carte et marqua l'emplacement de la petite ville au stylo-bille.

« Voilà, Hämeenlinna se trouve ici. Je chercherai sur Google pour savoir où se situe précisément leur maison d'été. Comme notre bureau est fermé maintenant, je vous imprimerai le plan demain.

— Il faut compter combien de temps à peu près pour se rendre là-bas ?

— Eh bien, cela se trouve à environ cent kilomètres, ce qui fait plus ou moins une heure et demie de voiture à partir d'ici. Il y a une autoroute qui y mène tout droit. On peut aussi s'y rendre en train mais, à partir d'Hämeenlinna, il faut une voiture pour aller jusqu'à leur résidence.

— Je louerai une voiture par Rent A Car.

— À Hämeenlinna, il y a un château au bord d'un joli lac, et la maison où est né Sibelius, mais je suppose que vous avez des choses plus importantes à faire. Voulez-vous venir à mon bureau demain, à l'heure qui vous conviendra ? Nous ouvrons à neuf heures. Tout près du bureau, il y a un concessionnaire

Rent A Car, et je m'arrangerai pour que vous puissiez louer une voiture immédiatement.

— Vous m'êtes vraiment d'une aide précieuse, la remercia Tsukuru.

— Les amis de Sara sont aussi mes amis ! répondit Olga en clignant de l'œil. C'est bien que vous puissiez rencontrer Eri. Et aussi que vous lui fassiez une bonne surprise.

— Oui. C'est bien pour cela que je suis venu jusqu'ici. »

Olga parut un peu hésitante puis se décida à poser une question directe. « Ce ne sont pas mes affaires, mais est-ce pour une raison importante que vous êtes venu exprès jusqu'ici pour la voir ?

— Pour moi, c'est important. Mais peut-être pas autant pour elle. Je suis venu pour m'en assurer.

— Oh, ça m'a l'air d'être une histoire très compliquée…

— Trop compliquée pour que mon anglais me permette de l'expliquer. »

Olga se mit à rire. « Il y a dans la vie des choses trop dures à expliquer, dans n'importe quelle langue. »

Tsukuru hocha la tête. Décidément, les sentences sur la vie semblaient être une spécialité finlandaise. Cela avait peut-être un lien avec leurs longs hivers, qui sait ? Mais, au fond, elle avait raison. Il ne s'agissait pas d'un problème de langue. Sûrement pas.

Elle se leva du canapé, Tsukuru en fit autant, et ils se serrèrent la main.

« Je vous attends demain matin. Vous savez, le décalage horaire et la clarté du ciel font qu'on a du mal à s'endormir quand on n'y est pas habitué. Par précaution, vous devriez demander à l'accueil que l'on vous réveille demain. »

Tsukuru lui dit qu'il le ferait. Elle mit son sac sur son épaule, traversa de nouveau le lobby à grands pas et sortit de l'hôtel. Elle ne se retourna pas une seule fois.

Tsukuru plia la feuille du carnet qu'elle lui avait remise et la glissa dans son portefeuille. Il mit la carte dans sa poche. Puis il sortit de l'hôtel et partit se promener au hasard.

À tout le moins, il connaissait l'adresse d'Eri. Elle se trouvait là-bas, avec son mari et leurs deux jeunes enfants. Comment serait-il accueilli ? Peut-être refuserait-elle de le recevoir et de lui parler, même s'il avait voyagé en traversant le cercle arctique spécialement pour la voir. C'était une éventualité. Selon ce que lui avait dit Bleu, c'était Noire qui, la première, s'était mise du côté de Blanche au moment de l'affaire du viol et qui avait demandé à ce qu'ils coupent les ponts avec lui. Il ne pouvait imaginer quels sentiments elle avait nourris envers lui après le meurtre de Blanche, après la dispersion du groupe. Peut-être éprouvait-elle toujours pour lui une grande froideur. Il ne lui restait qu'à se rendre chez elle pour le savoir.

Sa montre indiquait alors huit heures mais, comme le lui avait dit Olga, il n'y avait absolument aucun signe de crépuscule. De nombreux commerces étaient encore ouverts, des gens flânaient dans les rues aussi claires qu'en plein jour. Dans les cafés, les clients buvaient de la bière ou du vin et devisaient joyeusement. Alors qu'il arpentait les vieilles rues pavées, il sentit flotter une odeur de grillade de poisson, qui lui rappela celle des maquereaux grillés que proposaient certains restaurants au Japon. Tsukuru se sentit en appétit et s'engagea dans une ruelle étroite en se guidant à l'odeur. Mais il ne parvint pas à trouver d'où elle provenait. Au fur et à mesure qu'il s'enfonçait, l'odeur devint plus faible et disparut tout à fait.

Comme il ne voulait pas se compliquer les idées à propos de nourriture, il entra dans une pizzeria, s'installa à une table en terrasse, et commanda un thé glacé et une pizza Margherita. Il eut l'impression d'entendre la voix rieuse de Sara à son oreille. Elle se moquait de lui. Comment ! Tu as pris l'avion exprès pour te rendre en Finlande et tu seras revenu en ayant mangé une Margherita ! Mais elle était excellente, bien au-delà de ses attentes. Elle avait dû être cuite dans un four au feu de bois car elle exhalait une odeur délicieuse et la pâte était légère et bien croustillante.

Cette pizzeria sans prétention était remplie presque uniquement de familles et de jeunes couples. Il y avait aussi un groupe d'étudiants. Tout le monde avait à la main un verre de bière ou de vin. Beaucoup de clients fumaient tranquillement. En jetant un regard autour de lui, Tsukuru s'aperçut qu'il était le seul à manger sa pizza en silence et à ne boire que du thé glacé. Les gens parlaient gaiement à voix haute mais la seule langue qu'entendait Tsukuru, c'était du finnois (très vraisemblablement). Les clients étaient tous des gens du coin. Ils n'avaient pas l'allure de touristes. Alors, finalement, Tsukuru prit pleinement conscience du fait qu'il était loin du Japon, dans un pays étranger. La plupart du temps, il prenait ses repas seul. C'est pourquoi cette situation ne lui avait pas paru incongrue. Mais là, il était seul dans un double sens. Il était étranger, et tout le monde autour de lui communiquait dans une langue qui lui était incompréhensible.

C'était là un genre d'isolement différent de celui qu'il éprouvait habituellement au Japon. Ce n'est pas si désagréable, songea Tsukuru. Le fait d'être seul au double sens du terme finissait peut-être par annuler son isolement. Autrement dit, en tant qu'étranger, il était parfaitement logique qu'il soit seul ici. Rien d'étrange à cela. Le cours de ses réflexions lui fit retrouver son calme. Il était à coup sûr là où il devait être. Il leva la main, appela le serveur et lui demanda un verre de vin rouge.

Peu après qu'on lui eut apporté son verre, un vieil homme qui jouait de l'accordéon, vêtu d'un gilet usé et coiffé d'un panama, s'approcha avec un chien aux oreilles pointues. Comme il l'aurait fait d'un cheval, il attacha l'animal avec sa laisse à un lampadaire contre lequel il s'appuya, et il se mit à jouer des airs folkloriques d'Europe du Nord. Il avait du métier et chantait en jouant. À la demande d'un client, il chanta en finnois *Don't be cruel* d'Elvis Presley. Le chien maigre et noir restait assis, totalement indifférent à ce qui se passait alentour, il fixait un point dans l'espace, comme s'il se livrait à quelque évocation rétrospective. Il ne bougeait pas une oreille.

« Il y a dans la vie des choses trop dures à expliquer, dans n'importe quelle langue », avait dit Olga.

Elle avait certainement raison, songea Tsukuru en buvant son vin. Et pas seulement quand il s'agissait de les expliquer aux autres. Même pour soi-même, c'était vraiment trop difficile. Quand on se force à trouver des explications, il n'en sort que des mensonges. Demain, en tout cas, il devrait y voir plus clair qu'aujourd'hui. Il lui suffisait d'attendre. Et si rien ne s'éclaircissait, eh bien, tant pis. Il n'y pouvait rien. Tsukuru Tazaki, l'homme qui n'avait pas de couleur, continuerait à vivre tel qu'il était, sans couleur. Et cela ne gênerait personne.

Il pensa à Sara. Il pensa à sa robe vert menthe, à sa voix claire et rieuse, à l'homme mûr avec qui elle marchait main dans la main. Mais ces pensées, une fois de plus, ne le menèrent nulle part. Le cœur de l'homme est un oiseau de nuit. Il reste calmement dans l'attente de quelque chose, et, le moment venu, il s'envole droit vers sa destination.

Il ferma les yeux, se concentra sur les variations de l'accordéon. Les mélodies simples s'insinuaient parmi les voix joyeuses. Comme une sirène de brume dont les échos ne disparaissent pas tout à fait dans le tumulte des vagues.

Tsukuru but seulement la moitié de son verre, il se leva en laissant billets et petite monnaie. Il déposa un euro dans le chapeau posé devant l'accordéoniste, et comme tout le monde, en passant, il caressa la tête du chien attaché au lampadaire. L'animal n'eut pas le plus petit mouvement, comme s'il feignait d'être un ornement. Puis Tsukuru se dirigea lentement vers son hôtel. En chemin, il acheta dans un kiosque une bouteille d'eau minérale et une carte plus détaillée de la partie méridionale de la Finlande.

Dans un jardin aménagé au milieu d'un large boulevard s'alignaient des tables d'échecs en pierre, scellées au sol. Un certain nombre d'hommes, la plupart très âgés, jouaient là, avec leurs propres pièces. À la différence des clients de la pizzeria, ils étaient totalement silencieux. Les spectateurs l'étaient tout autant. La réflexion nécessitait le silence. Beaucoup de promeneurs étaient accompagnés de leur chien. Les chiens aussi restaient silencieux. Tout en avançant dans les rues, il sentait parfois, portées par le vent, des odeurs de poisson grillé ou de kebab. Un fleuriste était encore ouvert, proposant ses fleurs d'été de toutes les couleurs, même s'il était près de neuf heures. Comme si on avait oublié que c'était la nuit.

Il demanda à la réception de l'hôtel qu'on le réveille à sept heures. Puis une idée lui traversa l'esprit et il demanda si, par hasard, il y aurait une piscine dans les environs immédiats.

L'employée fronça légèrement les sourcils, réfléchit un instant, puis secoua la tête poliment. Comme si elle s'excusait pour un défaut structurel de son pays. « Je suis désolée, mais il n'existe pas de piscine tout près d'ici. »

Tsukuru regagna sa chambre, tira le plus étroitement possible les épaisses tentures devant les fenêtres et, après avoir ainsi fait barrage à la lumière extérieure, il se déshabilla et se mit au lit. Mais tel un vieux souvenir qu'on ne peut faire disparaître aussi facilement, la lumière continuait à s'insinuer mystérieusement. En contemplant le plafond à demi obscur, il songeait comme il était curieux que ce soit à Helsinki qu'il cherche à rencontrer Noire, et non pas à Nagoya. La lumière particulière de la nuit en Europe du Nord le troublait étrangement. Son corps était en quête du sommeil mais sa tête recherchait un excitant pour quelques instants encore.

Puis il pensa à Blanche. Cela faisait longtemps qu'il n'avait plus rêvé d'elle. Autrefois, elle apparaissait souvent dans ses rêves. Dans la plupart des cas, c'étaient des rêves érotiques, et il finissait par éjaculer violemment en elle. Il s'éveillait ensuite, l'esprit tout habité de pensées enchevêtrées, tandis qu'il lavait ses sous-vêtements tachés dans la salle de bains. Il avait bien du mal à démêler ces émotions singulières dans lesquelles entraient de la culpabilité et de puissants désirs. C'étaient assurément des émotions très particulières qui ne pouvaient surgir que dans un lieu obscur et secret, où se mêlaient inextricablement réalité et non-réalité. Il songea avec une étrange nostalgie à ces émotions. Ah, comme j'aimerais que me vienne un de ces rêves. Pourvu que je revoie Blanche.

Il s'endormit enfin mais d'un sommeil sans rêve.

15

Le service du réveil sonna à sept heures et il finit par émerger du sommeil. Il avait la sensation d'avoir dormi longuement et profondément, ct tout son corps était délicieusement engourdi. Cette espèce de torpeur persista jusqu'à ce qu'il ait pris une douche, qu'il se soit rasé et lavé les dents. Le ciel était entièrement couvert de nuages légers, sans trouée aucune, mais il ne semblait pas que la pluie se mettrait de la partie. Tsukuru se changea, descendit au restaurant de l'hôtel qui proposait un buffet et se servit un petit déjeuner simple.

Peu après neuf heures, il se rendit au bureau d'Olga. C'était un minuscule local situé au milieu d'une rue en pente et, en dehors de la jeune femme, il n'y avait qu'un homme de haute taille qui téléphonait. Ses yeux évoquaient ceux des poissons. Aux murs étaient accrochés des posters en couleur des différentes régions de Finlande. Olga donna à Tsukuru plusieurs cartes qu'elle avait imprimées. En longeant le lac à partir de Hämeenlinna, on tombait sur une petite ville, là où se trouvait la maison d'été des Haatainen. Elle avait dessiné un X à cet emplacement. Le lac s'étendait à perte de vue en longs et fins méandres. On aurait dit un canal. Des dizaines de milliers d'années plus tôt, certainement, il avait dû être creusé en profondeur par le recul des glaciers.

« Le chemin est facile à trouver, dit Olga. La Finlande, ce n'est pas comme Tokyo ou New York. Il n'y a pas beaucoup de croisements, et si vous suivez les panneaux de signalisation et si vous prenez garde à ne pas heurter un élan, vous devriez arriver à bon port. »

Tsukuru la remercia.

« Je vous ai réservé une voiture. C'est une Golf, qui n'a que deux mille kilomètres au compteur. Je vous ai aussi obtenu un petit rabais.

— Merci. C'est magnifique.

— J'espère que tout se passera au mieux. Quand je pense que vous êtes venu spécialement en Finlande pour cela, déclara Olga en souriant. Si vous avez le moindre ennui, téléphonez-moi.

— Je n'y manquerai pas, dit Tsukuru.

— Attention aux élans ! Ce sont des animaux stupides. Ne roulez pas trop vite. »

Ils se serrèrent la main et il sortit de l'agence.

À la succursale Rent A Car où il alla récupérer la Golf bleu foncé quasiment neuve, la femme de l'accueil lui expliqua l'itinéraire à suivre depuis le centre de Helsinki jusqu'à l'entrée de la voie rapide. Il devrait faire un peu attention, mais le chemin n'était pas compliqué. Et dès qu'il se serait engagé sur la voie rapide, cela irait tout seul.

Sur l'autoroute en direction de l'ouest, Tsukuru conserva une vitesse d'à peu près cent kilomètres à l'heure, tout en écoutant de la musique sur la bande FM. Presque toutes les voitures le doublaient mais il ne s'en souciait pas. Il n'avait pas tenu un volant depuis longtemps, et, en outre, celui-ci était à gauche.

Par ailleurs, il projetait, dans la mesure du possible, d'arriver chez les Haatainen après le déjeuner. Il avait tout le temps voulu. Aucun besoin de se presser. La radio diffusait un concerto pour trompette, léger et éclatant.

Des deux côtés de l'autoroute s'étendaient des forêts. Tsukuru avait l'impression que le pays tout entier était recouvert d'un vert riche et frais. Il y avait beaucoup de bouleaux blancs, mais aussi des pins, des épicéas et des érables. Le tronc des pins rouges se dressait haut à la verticale, et les bouleaux, très touffus, laissaient retomber leurs branches bas vers le sol. Ces variétés-là ne se rencontraient pas au Japon. Au milieu, il apercevait aussi des arbres à larges feuilles. Des oiseaux au grand bec tournoyaient lentement dans le ciel, à l'affût d'une proie. Ici ou là apparaissaient les toits d'une ferme. Les exploitations agricoles étaient cernées de collines aux pentes douces, sur lesquelles il distinguait les silhouettes des bêtes qui paissaient. Les foins étaient coupés et de grosses machines les assemblaient en volumineuses meules rondes.

Il arriva à Hämeenlinna peu avant midi. Il gara la voiture sur un parking et se promena au hasard dans les rues pendant une quinzaine de minutes. Puis il s'assit dans un café sur une place du centre-ville, but un café et mangea un croissant. Le croissant était trop sucré mais le café, corsé et délicieux. À Hämeenlinna, comme à Helsinki, des nuages légers recouvraient entièrement le ciel. Le soleil était invisible. Seulement une forme brouillée, couleur orange, du côté du zénith. Tsukuru sentit sur sa peau la fraîcheur du vent qui balayait la place, et il enfila un pull léger par-dessus son polo.

Il ne semblait pas y avoir le moindre touriste à Hämeenlinna. Seulement des gens du coin, en vêtements de tous les jours, qui allaient ici et là avec leurs sacs de provisions. Même les boutiques du centre-ville vendaient des aliments et des produits ordinaires destinés aux autochtones ou aux estivants plutôt qu'aux touristes. Une grande église faisait face à la place. Une église trapue avec des toits arrondis, vert-de-gris. Des oiseaux noirs étaient très occupés à voler par vagues de toit en toit. Des mouettes blanches avançaient lentement sur les pavés de la place sans cesser de scruter les alentours d'un œil alerte.

Non loin de la place s'alignaient plusieurs étals ambulants de fruits et légumes. Tsukuru alla acheter un sac de cerises et s'assit sur un banc pour les manger. Deux fillettes de dix ou onze ans s'avancèrent alors vers lui et se mirent à le regarder fixement, en restant toutefois à distance. Il n'y avait sûrement pas beaucoup d'Asiatiques de passage dans cette ville. L'une des deux était grande et fine, le teint très clair, la seconde avait des joues hâlées, parsemées de taches de rousseur. Toutes deux portaient des tresses. Tsukuru leur adressa un sourire.

Les fillettes, telles des mouettes prudentes, se rapprochèrent lentement.

« Chinois ? demanda en anglais la plus grande.

— Non, japonais ! répondit Tsukuru. Nous sommes proches, mais un peu différents. »

Les enfants n'eurent pas l'air de comprendre.

« Et vous, vous êtes russes ? » demanda Tsukuru.

Elles secouèrent la tête vigoureusement.

« Finlandaises ! » répondit d'un air sérieux la fillette aux taches de rousseur.

« C'est la même chose, fit Tsukuru. Proches, mais un peu différentes. »

Les fillettes firent signe qu'elles avaient compris.

« Qu'est-ce que vous faites ici ? » demanda la petite rousse, comme pour tester sa grammaire anglaise. Peut-être étudiaient-elles l'anglais à l'école et s'entraînaient-elles avec des étrangers.

« Je suis venu voir une amie, répondit Tsukuru.

— Il faut combien d'heures pour venir du Japon ? demanda la grande.

— En avion, onze heures environ, répondit Tsukuru. J'ai eu le temps de prendre deux repas et de regarder un film.

— Quel film ?

— *Die Hard 12*. »

Les fillettes parurent satisfaites. Elles se prirent par la main et quittèrent la place en courant, faisant voleter le bas de leurs jupes. Telles des fleurs virevoltant emportées par le vent. Elles n'avaient pas prononcé de maxime sur la vie. Soulagé, Tsukuru continua à manger ses cerises.

Il était finalement une heure et demie quand il arriva à la résidence d'été de la famille Haatainen. La dénicher ne fut pas aussi simple que l'avait annoncé Olga. Il n'y avait pas vraiment de route digne de ce nom pour y parvenir. Sans la présence d'un vieil homme serviable qui circulait à vélo, il n'aurait peut-être jamais trouvé la maison.

Alors qu'il avait arrêté la voiture sur le bord de la route, le vieillard s'était approché en le voyant complètement désorienté, avec à la main ses plans de Google. L'homme, petit, était coiffé d'une vieille casquette et portait des bottes en caoutchouc. De ses oreilles sortaient de grosses touffes de poils blancs, ses yeux étaient rouges, injectés de sang, comme si quelque chose l'avait rendu furieux. Tsukuru lui montra le plan et lui dit qu'il cherchait la maison des Haatainen.

« C'est tout près d'ici. Je vais vous guider. » L'homme commença à parler en allemand, puis continua en anglais. Il appuya son vélo noir, qui semblait fort lourd, contre un arbre voisin, et, sans attendre d'invitation, il se glissa rapidement sur le siège passager de la Golf. Puis il pointa vers l'avant ses doigts noueux, semblables à de vieilles racines, et indiqua la route à suivre. C'était un chemin de terre qui traversait un bois en bordure du lac. En fait, seulement un sentier marqué par des traces de pneus. De l'herbe poussait en abondance entre les ornières. Au bout d'un moment, le chemin se divisait en deux. À l'embranchement étaient cloués au tronc d'un arbre plusieurs panneaux, sur lesquels des noms de famille étaient écrits à la peinture. Sur celui qui indiquait la droite, on lisait : « Haatainen ».

Après encore une petite distance, l'espace s'ouvrit enfin. Le lac apparut entre les troncs des bouleaux blancs. On voyait une petite jetée et un canot en plastique, couleur moutarde, amarré là. Un canot de pêche tout simple. Et aussi une toute petite maison en bois, entourée de bosquets. Sur le toit, une cheminée en briques carrées. Un van Renault blanc immatriculé à Helsinki était stationné à côté de la maisonnette.

« Tenez, voilà la maison des Haatainen », annonça le vieillard d'une voix solennelle. Puis, comme un homme qui sortirait au milieu d'une tempête de neige, il enfonça fermement sa casquette sur son crâne et cracha par terre. Un crachat qui semblait aussi dur qu'un caillou.

Tsukuru le remercia. « Je vous raccompagne jusqu'à l'endroit où vous avez laissé votre vélo. Je connais le chemin à présent.

« — Non, inutile. Je peux revenir à pied », répondit le vieillard d'un ton coléreux. Du moins Tsukuru le supposa, car l'homme parlait dans une langue qu'il ne comprenait pas. Il ne lui semblait pas, à l'oreille, que c'était du finnois. Puis, sans même prendre le temps de serrer la main de Tsukuru, l'homme sortit prestement de la voiture et partit à grandes enjambées. Il ne se retourna pas. Tel un dieu de la Mort qui enseigne aux trépassés le chemin du royaume des ombres.

Tsukuru regarda s'éloigner le vieillard, puis il sortit de la Golf garée au bord du chemin, au milieu des herbes d'été. Il prit une profonde inspiration. L'air lui parut encore plus pur qu'à Helsinki. Comme s'il s'agissait d'un air nouvellement créé. Une douce brise agitait les feuilles des bouleaux, le canot laissait entendre parfois un léger cliquetis en frappant la jetée. Quelque part un oiseau chantait. Un cri bref, qui portait bien.

Tsukuru consulta sa montre. Le déjeuner était-il achevé ? Quelque peu indécis, mais ne sachant que faire d'autre, il se résolut à aller frapper chez les Haatainen. Foulant les herbes d'été bien vertes, il avança droit vers la maisonnette. Un chien qui sommeillait sur le seuil se leva et regarda dans sa direction. Un petit chien à poils longs et bruns. Puis il aboya à plusieurs reprises. Il n'était pas attaché mais, comme ses aboiements n'étaient pas menaçants, Tsukuru continua à avancer.

Le chien avait sans doute été entendu. Peu avant que Tsukuru n'atteigne l'entrée, la porte s'ouvrit et le visage d'un homme apparut. Un homme qui portait une barbe blonde fournie. Il devait être au milieu de la quarantaine, pas très grand, les épaules larges, comme un cintre surdimensionné, et un long cou. Ses cheveux étaient également épais et blonds, on aurait dit une brosse tout emmêlée. D'où pointaient de chaque côté ses oreilles. Il portait une chemise à carreaux à manches courtes et un jean. La main gauche sur la poignée de la porte, il regarda Tsukuru s'avancer. Puis il cria le nom du chien pour le faire taire.

« Hello, dit Tsukuru.

— Bonjour, répondit l'homme en japonais.

— Bonjour, répéta Tsukuru en japonais également. Je suis bien chez M. Haatainen ?

— Oui. C'est moi, dit l'homme dans un japonais fluide. Je m'appelle Edward Haatainen. »

Tsukuru, arrivé sur les marches du perron, tendit la main. L'homme en fit autant et ils se serrèrent la main.

« Je m'appelle Tsukuru Tazaki.

— Tsukuru, comme le verbe qui signifie : "Faire des choses" ?

— Oui. Ce Tsukuru-là. »

L'homme sourit. « Moi aussi, je fais des choses.

— Ah, très bien, répondit Tsukuru. Moi également. »

Le chien s'approcha et frotta sa tête contre les jambes de l'homme. Puis il fit de même avec Tsukuru. C'était sans doute un rituel de bienvenue. Tsukuru allongea le bras et lui caressa la tête.

« Et quelles sortes de choses faites-vous, monsieur Tazaki ?

— Je construis des gares, répondit Tsukuru.

— Oh ! Saviez-vous que la toute première ligne de chemin de fer construite en Finlande relie Helsinki et Hämeenlinna ? C'est pour cette raison que les gens d'ici sont fiers de leur gare. Elle se trouve à côté de l'endroit où est né Jan Sibelius. Vous êtes donc venu au bon endroit.

— Ah bon ? Je l'ignorais. Et vous, Edward, quelles choses faites-vous ?

— Je fais des poteries, répondit Edward. De toutes petites choses, en comparaison d'une gare. Bon, voulez-vous entrer ?

— Vous êtes sûr que je ne vous dérange pas ?

— Mais, pas du tout », répondit Edward. Puis il ouvrit grand les bras. « Ici, tout le monde est le bienvenu mais quelqu'un qui fait quelque chose est particulièrement bienvenu. »

Personne dans la maisonnette. Sur la table il n'y avait qu'une tasse de café et un livre de poche en finnois, largement ouvert. L'homme était visiblement seul, occupé à lire en buvant son café après le repas. Il désigna une chaise à Tsukuru et lui-même s'assit en face. Il referma le livre en y insérant un signet et le posa de côté.

« Voulez-vous du café ?

— Oui, je veux bien, merci. »

Edward se dirigea vers la cafetière et remplit un mug fumant. Il le posa devant Tsukuru.

« Voulez-vous du sucre ou de la crème ?

— Non, je préfère le café noir », dit Tsukuru.

Le mug, de couleur crème, avait été fait à la main. Il avait une drôle d'allure avec son anse tordue. Mais sa prise était aisée et il donnait une impression rassurante. Comme une plaisanterie affectueuse qui n'a cours que dans la famille.

« C'est ma fille aînée qui a modelé ce mug, déclara Edward en souriant. Bien entendu, c'est moi qui l'ai cuit dans le four. »

Ses yeux étaient d'un gris clair et doux, bien en accord avec sa chevelure et sa barbe d'un blond foncé. Tsukuru éprouva immédiatement un élan de sympathie à son égard. C'était un homme qui devait se plaire davantage entouré de lacs et de forêts qu'en pleine ville.

« J'imagine que vous êtes venu voir Eri ? demanda Edward.

— Oui, c'est exact, répondit Tsukuru. Est-ce qu'elle est ici en ce moment ? »

Edward hocha la tête. « Oui, mais elle est sortie se promener avec nos filles, comme souvent après le déjeuner. Elles doivent marcher le long du lac. Il y a là-bas un sentier très agréable. Et, d'habitude, le chien revient un peu avant elles. Par conséquent, elles ne devraient pas tarder.

— Vous parlez très bien japonais, remarqua Tsukuru.

— J'ai habité cinq ans au Japon. À Gifu et à Nagoya. Comme j'étudiais l'art céramique japonais, j'ai bien été obligé d'apprendre la langue.

— C'est là-bas que vous avez fait la connaissance d'Eri ? »

Edward se mit à rire gaiement. « Oui. Je suis tombé amoureux brusquement. Nous nous sommes mariés à Nagoya il y a huit ans, puis nous sommes revenus ici avec nos deux enfants. Je suis potier à présent. À mon retour en Finlande, j'ai travaillé un certain temps comme designer dans la manufacture de porcelaine Arabia, mais je désirais absolument être indépendant et je me suis lancé en free-lance il y a deux ans. Et puis je donne des cours à l'université de Helsinki deux fois par semaine.

— Vous passez toujours vos vacances d'été ici ?

— Oui, nous vivons ici du début juillet à la mi-août. Tout près d'ici, je partage un petit atelier avec des camarades. J'y travaille dès les petites heures du matin mais je reviens toujours ici pour le déjeuner. Et, en général, je passe l'après-midi en famille. Nous

nous promenons, nous lisons. Parfois, nous allons pêcher tous ensemble.

— C'est un endroit magnifique. »

Edward eut un sourire heureux. « Merci. Le coin est très calme, le travail avance bien. Nous menons une vie tout à fait simple. Les filles aussi aiment venir ici, où elles sont en contact avec la nature. »

Sur un mur blanc étaient fixées des étagères en bois, du sol presque jusqu'au plafond, sur lesquelles étaient alignées des poteries qu'Edward avait apparemment cuites lui-même. En dehors de ces objets, la pièce ne comportait aucun ornement. Il y avait juste une pendule ronde toute simple accrochée à un mur, et, sur un vieux meuble en bois d'aspect solide, une petite chaîne stéréo et une pile de CD.

« Environ le tiers des œuvres que vous voyez sur les étagères sont de la main d'Eri, dit Edward, avec une fierté manifeste dans la voix. Comment dire… elle possède un talent naturel. C'est inné. Il s'exprime clairement dans ses œuvres. Certaines sont exposées dans des boutiques à Helsinki et elles ont plus de succès que les miennes. »

Tsukuru était un peu surpris. Il n'avait jamais entendu dire que Noire s'intéressait à la poterie.

« J'ignorais qu'elle modelait la terre, dit Tsukuru.

— Eri a commencé à s'intéresser à la poterie d'art alors qu'elle avait déjà plus de vingt ans. Après son diplôme dans une université classique, elle a changé d'orientation et elle est entrée à l'école des arts appliqués d'Aichi. C'est là que nous nous sommes rencontrés.

— Ah ? Je l'ai perdue de vue à la fin de notre adolescence.

— Vous êtes un ami de l'époque du lycée ?

— Oui.

— Tsukuru Tazaki. » Edward répéta ce nom. Il ferma les yeux à demi, cherchant dans ses souvenirs. « Eri m'a parlé de vous. Vous étiez l'un des membres de ce groupe de cinq amis très proches, à Nagoya. C'est bien cela ?

— Oui, exactement. J'en faisais partie.

— Trois autres membres du groupe sont venus à notre mariage, à Nagoya. Rouge, Blanche et Bleu. C'est bien ça ? Des personnes très colorées !

— Oui, en effet. Malheureusement, je n'ai pas pu assister à la cérémonie.

— Mais, à présent, vous êtes venu jusqu'ici pour la voir », dit-il, avec un sourire plein de chaleur. Sa barbe rappelait les flammes d'un joyeux feu de camp.

« Vous visitez la Finlande ? »

— Oui », répondit Tsukuru. S'il se mettait à exposer la vérité, il lui faudrait de longues explications. « J'ai atterri à Helsinki, et puis, comme j'avais envie de revoir Eri après tout ce temps, j'ai poussé jusqu'ici. Excusez-moi de ne pas avoir prévenu. J'espère que cela ne vous dérange pas.

— Mais non, pas du tout, il n'y a aucun dérangement. Vous êtes le bienvenu. D'autant que vous venez de si loin. Quelle chance que je sois resté à la maison ! Je suis sûr qu'Eri sera très heureuse aussi. »

Oui, ce serait bien, songea Tsukuru.

« Vous ne voyez pas d'inconvénient à ce que je regarde ses œuvres de plus près ? demanda-t-il à Edward, en désignant les poteries rangées sur les étagères.

— Non, bien sûr. Sentez-vous libre de les toucher aussi. Les pièces faites par Eri et les miennes sont mélangées, mais l'impression que les siennes donnent est très différente. Je pense que vous distinguerez les unes et les autres sans que j'aie besoin de vous donner d'indications. »

Tsukuru s'approcha du mur et examina les pièces l'une après l'autre. Pour la majorité d'entre elles, c'étaient des assiettes, des bols et des tasses, des ustensiles en somme destinés à un usage ménager. Mais il y avait aussi un certain nombre de vases et de pots.

Comme l'avait dit Edward, il put distinguer au premier coup d'œil ses œuvres de celles d'Eri. Les pièces faites par le mari étaient lisses, non émaillées et de couleurs pastel. Des couleurs sombres par endroits, légères ailleurs, avec des nuances délicates qui rappelaient le souffle du vent ou le courant de l'eau. Pas une seule n'était ornée d'un motif. Les seules couleurs changeantes en tenaient lieu. Même pour le parfait novice en matière de poterie qu'était Tsukuru, il était facile d'imaginer que ce rendu résultait d'une excellente maîtrise technique. Les œuvres d'Edward se caractérisaient par leur design qui excluait tout ornement superflu et par leur aspect lisse et élégant. Elles appartenaient pour l'essentiel à un style d'Europe du Nord mais, dans leur simplicité et leur dépouillement, on reconnaissait l'influence de l'art céramique japonais. Dans la main, elles étaient étonnamment agréables et légères. Soignées jusque dans leurs moindres détails. Seul un artisan de premier ordre était capable d'exécuter un tel travail. Ce talent n'aurait jamais pu se déployer dans une entreprise produisant des pièces en quantité industrielle.

Par comparaison, les œuvres d'Eri paraissaient extrêmement simples. D'un point de vue technique, elles étaient loin d'atteindre la délicatesse et le raffinement de celles de son époux. Le corps des poteries était charnu, les bords un peu dissymétriques, et l'on ne pouvait pas parler de beauté subtile. Mais elles possédaient quelque chose de chaleureux qui apaisait étrangement le spectateur. Avec leurs légères irrégularités et leur toucher granuleux, elles procuraient un calme analogue à celui que l'on ressent en caressant une étoffe en fibres naturelles tissée main, ou en contemplant, assis sur une véranda, les nuages qui voguent dans le ciel.

Les pièces d'Eri se caractérisaient par la présence de motifs, à l'opposé de celles de son époux. On y voyait toujours de fines formes dessinées, parfois éparses, parfois rassemblées, comme des feuilles d'arbre que le vent aurait dispersées. De leur disposition se dégageait simultanément une impression de tristesse et d'éclat. Leur finesse évoquait les motifs légers des anciens kimonos. Tsukuru examina longuement chacun de ces dessins pour tenter de découvrir ce qu'ils représentaient, il s'en approcha pour mieux les distinguer, mais il ne parvint pas à déterminer de signification dans ces images. C'étaient d'étranges figures. En les contemplant de plus loin, il y voyait des feuilles d'arbre jonchant le sol d'une forêt. Des feuilles que foulaient sans bruit, à l'abri des regards, une faune anonyme.

Le rôle des couleurs sur les œuvres de Noire, à la différence de celles d'Edward, consistait à faire vivre le motif ou à le révéler. Les coloris très légers, très discrets, formaient un arrière-plan évocateur.

Tsukuru prit en main un plat d'Edward et un d'Eri afin de les comparer. Le contraste agréable entre ces deux pièces lui donna le sentiment que ce couple, même dans la vie réelle, avait trouvé un bon équilibre. Chacun avait son style propre mais tous deux acceptaient le caractère de l'autre.

« C'est peut-être un peu déplacé d'admirer autant les œuvres de sa femme, dit Edward à Tsukuru en observant son attitude. Comment l'exprimer en japonais… Ce pourrait être vu comme du favoritisme, n'est-ce pas ? »

Tsukuru ne dit rien, se contentant de sourire.

« Pourtant, et ce n'est pas parce que nous sommes un couple mais j'aime le travail d'Eri. Il y a certainement de par le monde beaucoup d'artisans qui réalisent des ouvrages de poterie plus beaux, ou avec davantage d'habileté. Mais, dans ce qu'elle fait, elle, il n'y a pas de parcimonie. On peut ressentir sa générosité de cœur. J'aimerais pouvoir l'exprimer mieux…

— Je comprends très bien ce que vous voulez dire, répondit Tsukuru.

— Il est certain qu'elle a reçu ce talent du ciel, ajouta Edward en montrant le plafond. Un don. Et je suis sûr qu'elle deviendra encore meilleure. Elle a encore une belle marge de progression devant elle. »

Dehors, le chien aboya. Un aboiement particulier, joyeux et familier.

« On dirait qu'Eri et les filles sont rentrées », déclara Edward en se retournant. Puis il se leva et se dirigea vers la porte.

Tsukuru replaça précautionneusement les plats sur l'étagère et, immobile, attendit qu'Eri apparaisse à la porte.

16

Lorsque Noire vit Tsukuru, elle parut d'abord désorientée. Un instant, son visage perdit toute expression, il devint vide. Elle remonta sur le front ses lunettes de soleil et resta simplement à fixer Tsukuru, sans dire un mot. Elle revenait d'une promenade d'après déjeuner avec ses filles, et un homme apparemment japonais se tenait là, à côté de son mari. Son visage ne lui rappelait rien.

Elle tenait par la main la plus petite de ses filles, qui avait peut-être trois ans. À côté se trouvait l'autre fillette, plus âgée de deux ou trois ans. Toutes les deux portaient des robes semblables à motifs fleuris, les mêmes sandales en plastique. La porte était grande ouverte et, dehors, le chien aboyait bruyamment. Edward passa le visage par la porte, le gronda un peu. Le chien se tut à l'instant et se coucha sur le seuil. Les fillettes et leur mère continuaient à regarder Tsukuru en silence.

L'impression générale que lui donna Noire fut qu'elle n'avait pas tellement changé depuis la dernière fois où il l'avait vue, seize ans auparavant. Simplement, son aspect potelé de jeune fille s'était effacé, laissant la place à des contours nettement plus accusés. Sa personnalité énergique avait toujours été son signe distinctif et, dans ses yeux limpides et francs, on lisait aujourd'hui une réflexion davantage tournée vers l'intérieur. Ses prunelles avaient sans doute été témoins de bien des scènes qui lui étaient restées gravées dans le cœur. Elle avait les lèvres étroitement serrées, des joues et un front joliment hâlés. Ses épais cheveux d'un noir profond tombaient tout lisses jusqu'aux épaules, une barrette retenait ceux de devant. Sa poitrine paraissait encore plus épanouie qu'autrefois. Elle portait une robe en coton uni bleu, un châle couleur crème sur les épaules et des tennis blanches.

Noire se tourna vers son mari comme en quête d'une explication. Mais Edward ne dit rien. Il se contenta de secouer faiblement la tête sur le côté. Elle regarda de nouveau Tsukuru. Puis elle se mordit légèrement les lèvres.

Tsukuru avait devant lui une femme au corps éclatant de santé qui avait sûrement mené une vie totalement différente de la sienne. Il ne pouvait faire autrement qu'éprouver avec force le poids de cette réalité. En voyant Noire debout devant lui, il eut le sentiment de prendre enfin conscience de ce que pèsent seize années. Il y a des choses dans le monde que seule une femme peut transmettre.

Le visage de Noire en train de regarder Tsukuru grimaça imperceptiblement. Ses lèvres furent agitées de rides légères puis se tordirent d'un côté. Une petite fossette se creusa sur sa joue droite. Pas précisément une fossette. Plutôt un pli qui annonçait son habituel persiflage. Tsukuru reconnaissait cette expression. Elle apparaissait toujours juste avant que ne lui vienne à la bouche des propos moqueurs. Mais, cette fois, Noire n'était pas sur le point d'ironiser. Elle tentait simplement d'élaborer une hypothèse qu'elle allait chercher très loin.

« Tsukuru ? » réussit-elle enfin à prononcer.

Tsukuru hocha la tête en signe de confirmation.

Son premier geste fut d'attirer à elle la plus petite de ses filles. Comme si elle voulait protéger l'enfant de quelque menace. La fillette se colla contre la jambe de sa mère, la tête levée vers Tsukuru. La plus âgée demeurait figée un peu à l'écart. Edward s'approcha de son aînée et caressa tendrement ses cheveux d'un blond foncé. La cadette avait des cheveux noirs.

Tous les cinq, muets, conservèrent un moment cette position. Edward caressait les cheveux blonds de l'aînée, Noire avait passé son bras autour des épaules de la petite brune, et, de l'autre côté de la table, isolé, Tsukuru se tenait debout. Comme s'ils avaient tous pris la pose pour un tableau dont Noire serait le centre. Noire, ou du moins son corps, était le cœur de la composition.

Elle fut la première à bouger. Elle lâcha d'abord la fillette, ôta les lunettes de soleil de son front et les posa sur la table. Puis elle prit le gros mug dans lequel avait bu son mari et avala une gorgée du café froid qui restait. Elle grimaça, comme si elle se demandait ce qu'elle venait de boire.

« Veux-tu que je te refasse du café ? lui demanda Edward en japonais.

— S'il te plaît », répondit Noire sans le regarder. Puis elle s'assit sur une chaise près de la table.

Edward alla préparer une nouvelle cafetière. Les deux sœurs imitèrent leur mère et s'assirent l'une à côté de l'autre sur le banc en bois près de la fenêtre. Et toutes deux continuèrent à regarder Tsukuru.

« C'est vraiment toi, Tsukuru ? fit Noire d'une toute petite voix.

— Vraiment », répondit Tsukuru.

Elle ferma les yeux à demi pour mieux le scruter.

« Tu as la tête de quelqu'un qui a vu un fantôme. » Tsukuru avait voulu faire une plaisanterie, mais il perçut lui-même que ce n'était pas très drôle.

« Tu as incroyablement changé, dit Noire d'une voix sèche.

— C'est ce que me disent tous ceux qui ne m'ont pas vu depuis longtemps.

— Tu as terriblement maigri, tu es devenu… terriblement adulte.

— C'est sans doute parce que je suis un adulte, dit Tsukuru.

— Oui, sans doute.

— Toi, tu n'as presque pas changé. »

Elle secoua légèrement la tête et ne répondit rien.

Edward lui apporta du café dans un petit mug qu'elle avait apparemment fait elle-même, et le posa sur la table. Elle y mit un morceau de sucre, remua avec une cuillère et but prudemment une gorgée du café fumant.

« Je vais aller en ville avec les enfants, annonça Edward d'une voix claire. Il faut acheter quelques provisions et refaire le plein. »

Noire approuva d'un signe de tête. « Oui, très bien. Merci, dit-elle.

— Tu veux quelque chose ? »

Elle secoua la tête en silence.

Edward mit son portefeuille dans sa poche et retira la clé de la voiture de son crochet sur le mur. Puis il adressa quelques mots aux fillettes en finnois. Elles se levèrent immédiatement d'un air ravi. Les mots *ice cream* furent prononcés. Edward avait dû leur promettre de leur acheter une glace à l'occasion des courses.

Dans l'entrée, Tsukuru et Noire regardèrent Edward et les fillettes s'installer dans le van Renault. Edward ouvrit le hayon, siffla brièvement, le chien accourut gaiement et s'engouffra d'un bond dans le coffre. Edward s'assit au volant, passa la tête par la fenêtre et agita la main. Puis le van blanc disparut derrière les arbres. Noire et Tsukuru restèrent un moment à regarder dans sa direction.

« Tu as voyagé avec cette Golf ? demanda Noire en montrant la petite voiture bleu foncé stationnée un peu plus loin.

— Oui. Depuis Helsinki.

— Pourquoi es-tu venu à Helsinki ?

— Pour te voir. »

Noire plissa les paupières et regarda Tsukuru fixement, comme si elle cherchait à déchiffrer un dessin incompréhensible.

« Tu veux dire que tu es venu exprès jusqu'en Finlande dans l'intention de me voir, et *seulement* pour cela ?

— Exactement.

— Après seize années sans la moindre nouvelle ? dit-elle, stupéfaite.

— À vrai dire, c'est ma petite amie qui me l'a demandé. Elle m'a dit qu'il était temps que je te rencontre. »

La bouche de Noire dessina de nouveau sa courbe caractéristique. Sa voix prit des accents légèrement sarcastiques. « Ha ha, je vois ! Ta petite amie te dit qu'il est temps que tu me rencontres, alors tu sautes dans un avion à Narita et tu débarques en Finlande. Sans avoir pris rendez-vous, sans aucune garantie que tu pourras réellement me voir. »

Tsukuru resta silencieux. Le canot continuait à faire entendre son cliquetis. La brise calme ne semblait pas en mesure de soulever des vagues.

« J'ai pensé que tu refuserais peut-être de me voir si je te prévenais.

— Quelle idée, voyons ! répondit Noire, surprise. Nous ne sommes pas amis ?

— Nous étions amis. Mais aujourd'hui, je n'en sais trop rien. »

Elle soupira en dirigeant son regard sur le lac qu'on apercevait entre les arbres. « Il leur faudra environ deux heures avant de rentrer de la ville. Pendant ce temps, nous pourrons parler. »

Ils entrèrent dans la maison et s'assirent de part et d'autre de la table. Elle ôta la barrette qui retenait ses cheveux. Ils lui retombèrent sur le front. Elle devenait ainsi plus proche de la Noire d'autrefois.

« Il y a une chose que je voudrais te demander, dit-elle. Ne m'appelle plus Noire. Je veux que tu m'appelles Eri. Et pour Yuzuki, ne l'appelle plus Blanche. Je ne veux plus que l'on utilise ces surnoms.

— Ils n'ont plus de raison d'être ? »

Elle acquiesça.

« Et pour moi, Tsukuru, ça ne pose pas problème ?

— Toi, tu es toujours Tsukuru, dit Eri avec un sourire calme. Pas de problème. Tu es celui qui fait des choses. Notre Tsukuru Tazaki qui n'a pas de couleur.

— Au mois de mai, je suis allé à Nagoya et j'ai vu Bleu et Rouge, l'un après l'autre, dit Tsukuru. Ça ne te fait rien si je continue à dire Bleu et Rouge ?

— Non, ça va. C'est seulement pour Yuzu et pour moi que je veux que tu reviennes à nos véritables prénoms.

— Je les ai rencontrés séparément, et nous avons parlé. Pas tellement longtemps, d'ailleurs.

— Ils vont bien ?

— J'ai eu l'impression que oui, répondit Tsukuru. Leur travail aussi a l'air de bien se passer.

— Bleu vend encore et toujours des Lexus dans notre bonne vieille Nagoya, Rouge forme encore et toujours les soldats de l'entreprise.

— Oui, c'est bien ça.

— Et toi, qu'est-ce que tu deviens ? Pas de souci dans ta vie ?

— Je ne crois pas, non. Je travaille dans une société ferroviaire de Tokyo, je construis des gares.

— Ah oui, je l'avais entendu dire il y a déjà pas mal de temps. "Tsukuru Tazaki construit des gares", m'a-t-on rapporté, fit Eri. Et il a une petite amie futée.

— Depuis peu.

— Autrement dit, tu es encore célibataire ?

— Oui.

— Tu as toujours mené ta barque à ton rythme. »

Tsukuru garda le silence.

« De quoi as-tu parlé avec Bleu et Rouge à Nagoya ? demanda Eri.

— Nous avons parlé de ce qui s'était passé entre nous tous, répondit Tsukuru. De ce qui s'était passé il y a seize ans, de ce qui s'est passé pendant ces seize années.

— Et je suppose que c'est sur les conseils de ta petite amie que tu les as rencontrés et que tu as parlé avec eux ? »

Tsukuru fit signe que oui. « Elle a dit que je devais résoudre différentes questions. Remonter dans le passé. Sinon… je n'en serais jamais libéré.

— Elle sent que tu es tourmenté par certains problèmes.

— Oui, c'est ce qu'elle sent.

— Et elle estime que ces problèmes-là nuisent à votre relation.

— Peut-être », dit Tsukuru.

Eri entoura son mug des deux mains et vérifia qu'il était encore chaud. Puis elle but une gorgée de café.

« Quel âge a-t-elle ?

— Deux ans de plus que moi. »

Elle hocha la tête. « Ah. Tu dois mieux t'entendre avec des femmes plus âgées.

— Oui, c'est possible. »

Ils se turent un instant.

« Nous avons tous dû faire face à des événements difficiles, déclara finalement Eri. Tous reliés les uns aux autres. Quand on tente d'en régler un, forcément, les autres surgissent tout de suite après. Et ce n'est certainement pas très facile de s'en libérer. Pour toi comme pour moi.

— Bien sûr, ce n'est pas facile. Mais, justement, il n'est pas bon de laisser les choses dans le vague, dit Tsukuru. On peut mettre un couvercle sur ses souvenirs, mais on ne peut pas changer l'histoire. C'est ce que m'a dit ma petite amie. »

Eri se leva, s'approcha de la fenêtre et l'ouvrit en relevant la partie basse. Puis elle revint à la table. Le vent s'engouffra dans les rideaux, on entendit le cliquetis irrégulier du canot. Eri passa les doigts sur sa frange pour la repousser, posa ensuite les mains sur la table et regarda Tsukuru. Puis elle déclara : « Ces souvenirs se trouvent peut-être sous un couvercle tellement bien fermé qu'on ne peut même pas le soulever.

— Il n'est pas question de l'ouvrir de force. Je n'irais jamais demander une chose pareille. Mais je voudrais tenter de voir de mes propres yeux de quel couvercle il s'agit. »

Eri fixait ses mains. Elles étaient bien plus grandes et charnues que dans le souvenir qu'en gardait

Tsukuru. Des doigts longs, des ongles courts. Il imagina ces doigts occupés à virevolter sur le tour de potier.

« Tu as dit que j'avais terriblement changé, reprit Tsukuru. Je le pense moi aussi. Après avoir été chassé de notre groupe, il y a seize ans, j'ai vécu durant toute une période, environ cinq mois, à ne penser qu'à la mort. Oui, *véritablement, sérieusement*, je ne pensais qu'à la mort. J'étais à peu près incapable de penser à autre chose. Je ne voudrais pas avoir l'air d'exagérer, mais j'étais arrivé au seuil de la mort. Au bord de l'abîme, j'ai tenté de découvrir ce qui se trouvait là et j'ai fini par ne plus pouvoir en détourner le regard. Pourtant, j'ai réussi à revenir, tant bien que mal, dans le monde des vivants. Il n'y aurait rien eu d'étonnant cependant à ce que je sois réellement mort à cette époque. Quand j'y repense à présent, je devais sûrement avoir la tête à l'envers. Quel était le nom de ma maladie ?… Névrose ou dépression, je ne sais pas très bien. En tout cas, je n'étais pas dans mon état normal. C'est tout à fait certain. Pour autant, je n'étais pas non plus dans la confusion. Mon esprit est toujours resté clair. Je me rends compte aujourd'hui que c'était une situation vraiment étrange. »

Tsukuru poursuivit en regardant Eri silencieuse, qui fixait toujours ses mains.

« Au terme de ces cinq mois, mon visage s'était transformé. J'avais tellement changé que mes vêtements ne m'allaient plus. Quand je me regardais dans la glace, j'avais l'impression que je m'étais glissé dans une autre enveloppe qui n'était pas moi. Bien entendu, c'était peut-être juste un moment comme il en arrive parfois dans la vie. Peut-être seulement un temps où j'avais perdu la tête, où mon visage et mon corps s'étaient transformés. Mais l'élément déclencheur de tout cela a été votre décision de me chasser du groupe. Voilà ce qui m'a profondément changé. »

Eri écoutait Tsukuru sans prononcer un mot.

Il poursuivit : « Comment t'expliquer… C'était un peu comme si j'avais été soudain jeté dans l'océan, tout seul, en pleine nuit, depuis le pont d'un bateau. »

Dès qu'il eut prononcé cette phrase, Tsukuru se souvint que c'était l'expression qu'avait utilisée Rouge, l'autre fois. Il reprit son souffle.

« Est-ce que quelqu'un m'avait précipité à la mer, ou bien avais-je sauté de mon propre chef ? Je ne saurais le dire. En tout cas, le bateau continuait sa route et moi, plongé dans l'eau noire et glacée, je regardais s'éloigner les lumières du pont. Personne sur le bateau, hommes d'équipage ou passagers, ne savait que j'étais tombé à la mer. Il n'y avait rien alentour à quoi j'aurais pu m'accrocher. Je garde encore aujourd'hui le sentiment de terreur que j'ai éprouvé à l'époque. L'angoisse d'être soudain nié dans mon être même. D'être jeté la nuit en pleine mer alors que je n'ai rien fait. C'est sans doute pour cette raison que je n'ai pu nouer de véritables relations avec personne après ça. J'ai toujours maintenu une certaine distance entre les autres et moi. »

Il écarta les mains sur une largeur de trente centimètres environ pour illustrer son propos.

« Bien sûr, il est possible que ce soit dans ma nature. Que, par instinct, je pose entre moi et les autres une sorte de zone tampon. Peut-être cette tendance existe-t-elle en moi depuis toujours. Mais quand nous étions ensemble au lycée, je n'ai jamais pensé ainsi. Du moins, je ne m'en souviens pas. Cela me paraît si lointain à présent… »

Eri frotta lentement ses joues avec ses paumes, comme si elle se lavait le visage. « Tu veux donc savoir ce qui s'est passé il y a seize ans. L'ensemble des faits.

— Oui, je veux savoir, répondit Tsukuru. Mais je voudrais avant tout établir clairement que je n'ai pas commis le moindre geste violent à l'encontre de Blanche, enfin, je veux dire, de Yuzu.

— Je le sais bien, évidemment, dit Eri en laissant retomber ses mains. Tu n'as pas pu violer Yuzu. Cela va de soi.

— Pourtant, dès le début, tu l'as crue. Comme Bleu et Rouge.

— Non, je ne l'ai pas crue. Je ne sais pas ce que pensaient Bleu et Rouge, mais moi, je ne l'ai pas crue. Enfin, quoi ? Tu étais incapable de faire une chose pareille.

— Alors, pourquoi… ?

— Pourquoi ne me suis-je pas dressée pour prendre ta défense ? Pourquoi ai-je accordé foi à ce que disait Yuzu et t'ai-je exclu du groupe ? C'est ça ? »

Tsukuru acquiesça.

« Parce que je devais protéger Yuzu, déclara Eri. Et pour cela, il fallait absolument couper tout lien avec toi. Il m'était réellement impossible de vous protéger tous les deux, toi et Yuzu. Si je me mettais de son côté, c'était à cent pour cent, mais cela signifiait que je te rejetais à cent pour cent.

— Elle avait donc des problèmes très graves ? C'est ce que tu veux dire ?

— Oui, elle souffrait de graves troubles psychologiques. Franchement, je n'avais pas d'autre choix. Il fallait que quelqu'un lui assure une protection totale, et ce *quelqu'un* ne pouvait être que moi.

— J'aurais aimé que tu m'expliques tout cela. »

Eri secoua lentement la tête à plusieurs reprises. « À ce moment-là, je n'étais pas en mesure de te parler à cœur ouvert et de te donner une explication valable. "Dis, Tsukuru, désolée, mais pour le moment, tu veux bien faire comme si tu avais violé Yuzu ? Aujourd'hui on n'a pas le choix. Yuzu est un peu dérangée et il faut qu'on règle ça. En attendant, tiens le coup. Je ne sais pas, disons deux ans peut-être." J'étais incapable de prononcer ce genre de paroles. Malheureusement, tu t'es retrouvé seul. Voilà l'histoire dans les grandes lignes. Mais j'ajouterai une chose : Yuzu a vraiment été violée. Ce n'était pas un mensonge.

— Par qui ? » demanda Tsukuru, sous le coup de la surprise.

Encore une fois, elle secoua la tête. « On l'ignore. Mais il est certain que, contre sa volonté, et sans doute d'une manière violente, elle a été contrainte à une relation sexuelle. Parce qu'elle s'est retrouvée enceinte. Elle a affirmé ensuite que c'était toi qui l'avais agressée. Très clairement. "Le violeur, c'est Tsukuru Tazaki", a-t-elle dit. Elle a décrit ce qui s'était passé de façon très réaliste, avec des détails. C'était abominable. Voilà pourquoi il nous était impossible de ne pas accepter sa version des faits. Même si nous savions bien, au fond de nous, que tu ne pouvais pas avoir agi de cette façon.

— Elle était enceinte ?

— Oui. Il n'y a aucun doute là-dessus. Je l'ai accompagnée chez un gynécologue. Évidemment, pas son père. Nous sommes allées dans un endroit un peu plus discret. »

Tsukuru soupira. « Et puis ?

— À la fin de l'été, elle a fait une fausse couche. Et voilà, c'était fini. Mais il ne s'agissait pas d'une grossesse nerveuse. Elle était *vraiment* enceinte, et elle a *vraiment* fait une fausse couche. Je peux en témoigner.

— Quand tu parles de fausse couche, cela signifie…

— Oui, elle avait l'intention de mettre au monde cet enfant, et de l'élever toute seule. Elle n'a jamais voulu avorter. Elle ne voulait pas tuer un être vivant. Tu le sais bien, non ? Depuis toujours, Yuzu était extrêmement critique envers son père qui pratiquait des avortements. Nous avons discuté de ce sujet à de nombreuses reprises.

— Est-ce que d'autres savaient, pour sa grossesse et sa fausse couche ?

— En dehors de moi, sa sœur aînée. C'est quelqu'un qui sait garder les secrets. Elle s'est arrangée pour payer tous les frais. Personne d'autre n'était au courant. Ni ses parents, ni Bleu, ni Rouge. Nous trois seules avons tout du long gardé jalousement le secret. À présent, je pense que cela n'a plus d'importance de le dévoiler, et en particulier à toi.

— Donc Yuzu m'a désigné comme son agresseur ?

— Elle a été catégorique. »

Tsukuru, les yeux mi-clos, regarda un moment le mug qu'elle tenait dans les mains. « Mais pourquoi a-t-elle inventé cette histoire ? Pourquoi fallait-il que l'agresseur, ce soit moi ? Je n'arrive pas à trouver la moindre logique là-dedans.

— Moi non plus, je ne sais pas pourquoi. J'ai pensé à différentes raisons mais rien ne collait vraiment. Je n'ai pas de bonne explication. Mais l'une des raisons qui m'est venue était peut-être que je t'aimais. Il n'est pas impossible que cela ait joué le rôle de déclencheur. »

Tsukuru, stupéfait, regarda Eri droit dans les yeux. « *Tu* m'aimais ?

— Tu ne le savais pas ?

— Non. Absolument pas. »

La bouche d'Eri se tordit légèrement. « Je peux te l'avouer maintenant : je t'ai toujours aimé. Tu m'attirais énormément. J'étais amoureuse, quoi. Bien entendu, je n'en ai jamais parlé, j'ai gardé ça bien caché au fond de moi. Je pense que ni Bleu ni Rouge ne s'en sont rendu compte. Mais, naturellement, Yuzu, elle, avait compris. Entre amies, ce genre de choses ne peut pas rester caché.

— Je ne m'en suis jamais aperçu, dit Tsukuru.

— Parce que tu es un imbécile, répondit Eri en tapotant sa tempe de son index. Nous avons passé tant de temps ensemble, je te lançais des tas de signaux. Si tu avais eu ne serait-ce qu'un peu de cervelle, tu l'aurais compris très facilement. »

Tsukuru réfléchit à ces « signaux ». Rien ne lui vint à l'esprit.

« Après les cours, combien de fois t'ai-je demandé de m'aider pour les maths…, dit Eri. À ces moments-là, j'étais folle de joie.

— Mais tu ne comprenais rien au calcul différentiel et intégral ! » dit Tsukuru. Puis il se souvint brusquement des rougeurs intempestives d'Eri. « Tu as raison. Je suis parfois particulièrement lent à saisir.

— Bon, ça va, reprit-elle avec un petit sourire. En plus, tu étais attiré par Yuzu. »

Tsukuru s'apprêtait à répondre mais elle l'en empêcha. « Ne t'excuse pas. Il n'y avait pas que toi. Tout le monde était attiré par Yuzu. C'est normal. Elle était très belle, toute pure, toute simple. Comme la Blanche-Neige de Disney. Moi, quand j'étais avec elle, je jouais toujours le rôle des sept nains. Cela m'était égal. Nous étions amies intimes depuis le collège. Je m'étais habituée à cet état de fait.

— Tu veux dire que Yuzu aurait éprouvé de la jalousie à mon égard ? Parce que je te plaisais ?

— C'est seulement une explication possible. Je ne m'y connais pas vraiment en subtilités psychanalytiques. Néanmoins, il est certain que Yuzu elle-même a cru que c'était vraiment arrivé. Qu'elle était allée chez toi, à Tokyo, que tu lui avais pris sa virginité de force. C'était pour elle une vérité indiscutable. Et jusqu'au bout, elle n'a pas varié. Qu'est-ce qui a donné naissance à de tels fantasmes ? Comment en est-elle arrivée à pareille transformation des faits ? Je suis incapable de le comprendre aujourd'hui encore. D'ailleurs, il est possible que personne ne puisse élucider ce mystère. Mais, vois-tu, peut-être que certaines sortes de rêves possèdent une force et une consistance bien plus réelles que les véritables faits. Elle a peut-être fait ces rêves-là, dans lesquels il se passait ce genre de choses. Malheureusement pour toi.

— Tu veux dire qu'elle éprouvait une attirance pour le jeune homme que j'étais ?

— Non, répondit laconiquement Eri. Yuzu n'était attirée par aucun homme. »

Tsukuru fronça les sourcils. « Ce qui signifie qu'elle aimait les femmes ?

— Non, non, pas du tout. Elle n'avait pas ce type de préférence. C'est tout à fait certain. En fait, depuis toujours, elle ressentait une grande répulsion pour tout ce qui touchait au sexe. Je devrais plutôt dire de la terreur. Et j'ignore également d'où lui venait ce sentiment. Entre nous, nous parlions de tout très franchement, à l'exception des questions sexuelles. De mon côté, je suis plutôt ouverte sur la question mais, dès que le sujet était abordé, Yuzu changeait immédiatement de sujet de conversation.

— Et après sa fausse couche, que s'est-il passé ?
demanda Tsukuru.

— Elle a d'abord obtenu l'autorisation d'interrompre ses études. Pour raison médicale. Elle n'était absolument pas en état de se montrer en public. Elle s'est enfermée chez elle et n'a plus mis le pied à l'extérieur. Elle a commencé alors à souffrir d'anorexie sévère. Elle vomissait presque tout ce qu'elle mangeait, et, le peu qui lui restait, elle l'évacuait par des lavements. À ce rythme, il était évident que sa vie était menacée. Nous l'avons conduite chez un spécialiste, et elle a réussi à sortir de sa maladie. Il lui aura fallu à peu près six mois. Pendant un certain temps, elle a vraiment été dans un état épouvantable, elle pesait à peine quarante kilos, et, je t'assure, on aurait dit un fantôme. Mais elle a tenu bon et elle est revenue à un poids acceptable. J'allais la voir tous les jours, je parlais avec elle, je l'encourageais, je faisais tout ce que je pouvais. Après une année d'interruption, elle est parvenue à reprendre ses études.

— Pour quelle raison a-t-elle plongé dans l'anorexie ?

— Oh, c'est très simple. Elle ne voulait plus avoir de règles, répondit Eri. Quand le poids baisse à ce point, les règles s'interrompent. C'est ce qu'elle recherchait. Elle ne voulait pas risquer une nouvelle grossesse, et peut-être rejetait-elle sa féminité. Si cela avait été possible, elle aurait souhaité qu'on lui ôte son utérus.

— C'était une affaire vraiment très sérieuse.

— Oui, très sérieuse. C'est pourquoi je n'avais d'autre choix que de t'abandonner. Je trouvais que c'était très triste pour toi, Tsukuru, et je savais que je me montrais cruelle. Pour moi, tu sais, ne plus te voir était très douloureux. Je te dis la vérité. J'étais comme déchirée intérieurement. Parce que, comme je te l'ai avoué, je t'aimais. »

Eri marqua un petit temps d'arrêt et regarda fixement ses mains sur la table comme pour contenir son émotion. Puis elle poursuivit :

« Mais je devais avant tout me soucier du rétablissement de Yuzu. Pour moi, c'était la priorité absolue. Elle affrontait un problème qui risquait de lui être fatal et elle avait besoin de mon aide. Je n'ai eu d'autre choix que de te laisser nager seul dans l'océan glacé. Et j'ai pensé que quelqu'un comme toi était capable d'y arriver. Tu avais en toi assez de force pour cela. »

Ils restèrent un moment sans parler. Depuis la fenêtre ouverte, les feuilles des arbres agitées par le vent faisaient entendre comme le bruissement de vagues légères.

« Yuzu a fini par guérir de son anorexie et terminé son cycle d'études. Et puis ? demanda-t-il finalement.

— Elle a continué à voir un spécialiste une fois par semaine, mais sa vie est redevenue à peu près normale. Au moins, elle n'avait plus l'air d'un fantôme. Mais, à ce moment-là, elle n'était plus ce qu'elle avait été autrefois. »

Eri reprit alors son souffle et choisit ses mots.

« Elle n'était plus la même. Beaucoup de choses l'avaient quittée et, avec le temps, son intérêt pour le monde extérieur avait décliné. Même son goût pour la musique avait presque complètement disparu. Assister à cela était vraiment pénible. Il n'y avait que les leçons de musique qu'elle donnait aux enfants qui lui apportaient autant de plaisir qu'autrefois. C'était la seule passion qu'elle avait conservée. Même quand son état psychologique avait été au plus mal, même quand elle avait été tellement faible qu'elle n'arrivait pratiquement plus à se mettre debout, elle se rendait dans cette école catholique une fois par semaine et continuait à donner des leçons de piano aux enfants. Elle s'était obstinée à continuer ce bénévolat. Je pense que c'est précisément grâce à ça qu'elle a réussi à récupérer, alors qu'elle était tombée au plus bas. Sans cela, je me demande si nous ne l'aurions pas tout simplement perdue. »

Eri se tourna vers la fenêtre et contempla le ciel qui s'étendait au-dessus des arbres. Il était encore couvert de légers nuages. Puis elle fit face à Tsukuru.

« Mais, à cette époque, Yuzu avait déjà abandonné les relations intimes et inconditionnelles que nous avions entretenues jusque-là, continua Eri. Elle disait qu'elle se sentait pleine de gratitude envers moi. Que j'avais fait de mon mieux pour elle. Et je crois qu'en effet elle m'était reconnaissante. Mais, dans le même temps, elle avait perdu *tout intérêt à mon égard*. Comme je te l'ai déjà dit, presque tout ce qui faisait l'objet de ses préoccupations s'était évanoui, et je faisais partie de ce "presque tout". Devoir reconnaître cet état de fait a été douloureux pour moi. Nous avions été inséparables pendant de si longues années, et elle était pour moi si précieuse… Mais c'était un fait. À ce moment-là, elle avait besoin de moi, c'est tout. »

Durant un instant, Eri fixa un point imaginaire, quelque part au-dessus de la table. Puis elle déclara : « Yuzu n'était plus Blanche-Neige. Ou peut-être était-elle fatiguée de jouer ce rôle. Et moi aussi, j'avais fini par me lasser d'endosser celui des sept nains. »

Dans un geste presque inconscient, Eri prit le mug de café et le reposa sur la table.

« En tout cas, à cette époque, notre merveilleux groupe – je veux dire, le groupe de quatre personnes auquel tu n'appartenais plus – avait fini par ne plus fonctionner correctement. Le lycée, c'était terminé, et nous étions, chacun à notre façon, très occupés par notre quotidien. Cela va de soi, bien sûr, mais voilà, nous n'étions plus des lycéens. Et il va sans dire que la rupture avec toi était douloureuse pour nous tous. C'était une blessure qui n'avait rien de superficiel. »

La bouche serrée, Tsukuru écoutait attentivement chacune de ses paroles.

« Tu n'étais plus là mais tu étais toujours là », dit Eri.

Il y eut de nouveau un bref silence.

« Eri, je voudrais que tu me parles de toi, fit Tsukuru. Et avant tout, je voudrais savoir ce qui t'a conduite jusqu'ici.

— Pour être franche, de la fin de mon adolescence au début de ma vie d'adulte, tout ce que je faisais a entièrement tourné autour de Yuzu. Au point que si, par hasard, je regardais autour de moi, j'avais l'impression de ne plus être là. Avant, j'avais rêvé d'un métier en rapport avec l'écriture. J'ai toujours aimé écrire. Je voulais me lancer dans un roman ou dans de la poésie. Tu le sais bien, n'est-ce pas ? »

Tsukuru acquiesça. Elle se déplaçait toujours avec un gros cahier sur lequel elle notait quelques phrases quand l'inspiration lui venait.

« Mais quand je suis entrée à l'université, je n'en étais plus capable. Le maximum de ce que je pouvais faire tout en m'occupant de Yuzu était d'expédier les devoirs qu'on nous donnait en cours. Je n'ai eu que deux petits amis pendant toutes mes années d'étudiante et ça n'a pas bien marché, ni avec l'un ni avec l'autre. La plupart du temps, j'étais très occupée par les soins de Yuzu, et je n'avais guère le loisir de me consacrer à des rendez-vous amoureux. En tout cas, rien de ce que j'entreprenais ne réussissait.

Parfois il m'arrivait de m'arrêter, de prendre un peu de recul et de me demander ce que je faisais là. Je n'avais plus aucun but. Tout tournait à vide. J'ai commencé à perdre confiance en moi. Bien entendu, c'était difficile pour Yuzu, mais je t'assure que ça l'était aussi pour moi. »

Eri ferma les yeux à demi comme si elle regardait un paysage lointain.

« C'est alors qu'une amie de l'université m'a proposé d'aller à un cours d'art céramique. J'ai essayé, un peu par jeu, et j'ai découvert que c'était ce que je recherchais depuis très longtemps. Quand je travaillais devant le tour de potier, je me sentais en prise directe avec moi-même. Je me concentrais sur la création d'une forme et je parvenais à oublier totalement tout le reste. À partir de ce jour, la poterie est devenue une passion. Tant que j'ai été à l'université, je l'ai pratiquée comme un hobby, mais, ensuite, j'ai voulu suivre cette voie pour de bon. Après mon diplôme, j'ai dit adieu à la littérature et, durant une année, je me suis exercée tout en faisant un petit job alimentaire. Finalement, je suis entrée à l'école des beaux-arts, section artisanat. C'est là que j'ai fait la connaissance d'un étudiant étranger, Edward. Et pour finir, je me suis mariée avec lui et je suis venue ici. Bizarre, n'est-ce pas ? Si cette amie ne m'avait pas proposé à ce moment-là d'aller suivre ce cours, j'aurais sans doute mené une vie très différente.

— On dirait bien que tu as du talent, dit Tsukuru, en désignant les pièces alignées sur les étagères. Je ne m'y connais pas beaucoup en céramique, mais quand je regarde tes œuvres, quand je les touche, elles me procurent un grand bien-être. »

Eri eut un petit sourire. « Franchement, je ne sais pas si j'ai du talent. Mais mes pièces se vendent très bien ici. Ça ne me rapporte pas tellement d'argent, mais c'est formidable de penser que des objets que j'ai faits moi-même sont utilisés par d'autres.

— Oui, je comprends, dit Tsukuru. Parce que, moi aussi, je suis quelqu'un qui fait des choses. Même si elles sont bien différentes, évidemment.

— Aussi différentes qu'une assiette et une gare…

— Mais les deux nous sont utiles.

— Bien sûr », fit Eri. Puis elle marqua une petite pause et réfléchit. Le sourire au coin de ses lèvres s'estompa. « Je me plais ici. Je me ferai sans doute inhumer dans cette terre.

— Tu ne retourneras plus au Japon ?

— J'ai pris la nationalité finlandaise, et, depuis peu, je commence à maîtriser le finnois. Les hivers sont longs, mais cela me permet de lire. Et il n'est pas impossible que je retrouve l'envie d'écrire. Les filles aussi se sentent bien ici, elles ont leurs amies. Edward est quelqu'un de très bien. Sa famille m'a gentiment accueillie. Mon travail est sur la bonne voie.

— Et puis, ici, on a besoin de toi. »

Eri leva la tête pour regarder Tsukuru.

« C'est après avoir appris le meurtre de Yuzu que j'ai pris la décision d'être enterrée dans ce pays. Bleu m'a téléphoné pour me communiquer la nouvelle. J'étais alors enceinte de ma fille aînée et je n'ai pas pu assister à l'enterrement. Pour moi, c'était affreusement douloureux. Je me sentais déchirée en pensant à Yuzu, qui avait été sauvagement assassinée dans un lieu inconnu, puis qui avait été incinérée et transformée en cendres. Et que je ne reverrais plus. C'est alors que j'ai pris ma décision : si l'enfant à naître était une fille, je l'appellerais Yuzu. Et je ne retournerais pas au Japon.

— Elle s'appelle donc Yuzu.

— Yuzu Kurono-Haatainen, confirma Eri. Au moins, notre amie continue à vivre dans les échos de ce nom.

— Pour quelle raison Yuzu est-elle partie seule à Hamamatsu ?

— Je venais tout juste d'arriver en Finlande quand Yuzu a déménagé pour Hamamatsu. Je ne connais pas la raison de son départ. Nous échangions régulièrement des lettres, mais elle ne m'a pas donné la moindre explication sur les circonstances de ce changement. Elle m'a seulement écrit qu'elle avait déménagé pour son travail. Pourtant, elle pouvait trouver du travail à Nagoya aussi et, pour elle, vivre seule dans un endroit inconnu équivalait à un suicide. »

C'était dans son appartement d'une résidence de Hamamatsu, en pleine ville, que Yuzu avait été étranglée, semblait-il, à l'aide d'un cordon. Tsukuru avait lu ces détails dans l'édition sur microfilm d'un journal et dans un vieux magazine. Il avait également fait des recherches sur Internet.

Le vol n'était pas le mobile du crime. On avait retrouvé un portefeuille plein d'argent liquide, bien en évidence. Il n'y avait pas de traces d'effraction ni de lutte, tout était bien rangé dans l'appartement. Ses voisins de palier n'avaient entendu aucun bruit suspect. Il restait plusieurs mégots de cigarette mentholées dans un cendrier, mais c'étaient celles que Yuzu fumait. (Involontairement, Tsukuru avait grimacé en lisant cette information. Elle fumait ?) L'heure présumée du crime était comprise entre dix heures du soir et minuit, et cette nuit de mai, du crépuscule à l'aube, une pluie froide n'avait cessé de tomber. On n'avait découvert son corps que trois jours plus tard, dans la soirée. Ainsi, durant trois jours, elle était restée allongée sur le lino de la cuisine.

Les intentions du meurtrier n'avaient jamais été élucidées. Quelqu'un s'était introduit chez elle dans la nuit et l'avait étranglée silencieusement, puis était reparti sans rien voler. Sa porte se verrouillait automatiquement et il y avait une chaîne. Avait-elle déverrouillé de l'intérieur ou bien le meurtrier possédait-il un double de la clé ? Ce point n'avait pas été résolu. Elle vivait seule. Selon ses collègues de travail et ses voisins, elle n'avait aucune liaison. En dehors de sa sœur et de sa mère qui venaient parfois de Nagoya lui rendre visite, elle était toujours seule. C'était une jeune femme vêtue discrètement, en général, qui donnait l'impression d'être silencieuse et calme. Elle se passionnait pour son travail, sa réputation parmi ses élèves était très bonne, mais, une fois hors de son lieu de travail, elle n'avait de relation avec personne.

Pourquoi l'avait-on étranglée ? Personne n'avait la réponse. L'agresseur n'avait pas été identifié et l'enquête de police avait été abandonnée. Les articles en rapport avec le drame s'étaient faits de plus en plus courts jusqu'à finalement disparaître. C'était une triste affaire. Comme la pluie froide qui était tombée sans discontinuer jusqu'à l'aube de cette nuit-là.

« Un démon avait pris possession de son âme, déclara Eri à voix très basse, comme si elle lui faisait un aveu. Il suivait Yuzu partout, soufflait sur sa nuque son haleine glacée et, peu à peu, il l'acculait. Je n'arrive pas à trouver d'explication à différents épisodes autrement. Ce qui s'est passé avec toi d'abord, puis son anorexie, et, enfin, sa mort à Hamamatsu. Moi, je ne voulais pas mettre de mots sur tout cela. Parce que j'avais l'impression que, dès que *ça* sortait de la bouche, *ça* devenait réalité. C'est pour cela que j'ai gardé tout cela pour moi jusqu'à présent. J'avais l'intention de me taire jusqu'à ma mort. Mais, aujourd'hui, j'ai décidé de parler parce qu'il est possible que nous ne nous voyions plus jamais. J'ai pensé qu'il fallait que tu le saches : c'était un démon. Ou quelque chose qui ressemblait à un démon et dont, en fin de compte, Yuzu n'a pas réussi à se débarrasser. »

Eri poussa un grand soupir et regarda intensément ses mains à plat sur la table. Elles étaient secouées de forts tremblements. Tsukuru se détourna et jeta un coup d'œil vers l'extérieur, dans l'intervalle entre les rideaux qui oscillaient. Le silence était lourd d'une tristesse âpre et suffocante. Des pensées muettes flottaient, solitaires et pesantes, à l'image des antiques glaciers qui avaient creusé la surface de la terre et fait surgir des lacs profonds.

« Tu te souviens des *Années de pèlerinage* de Liszt et plus précisément d'un morceau que Yuzu jouait souvent ? demanda Tsukuru après quelques instants, pour briser ce silence.

— *Le Mal du pays*. Bien sûr, je m'en souviens. Je l'écoute de temps en temps. Tu veux que je mette le disque ? »

Tsukuru fit signe que oui.

Eri se leva et se dirigea vers la petite chaîne stéréo, inséra un CD dans le lecteur. Ils écoutèrent alors la mélodie du *Mal du pays*, son thème simple, joué doucement d'une seule main.

Cette musique qui se jouait là, au bord d'un lac finlandais, se parait d'un charme particulier. Tsukuru la ressentait un peu différemment quand il l'écoutait dans son appartement de Tokyo. Mais ici ou là, sur un CD ou un vieux 33-tours, sa beauté intrinsèque demeurait inchangée. Tsukuru revit en esprit Yuzu assise devant le piano du salon familial, en train d'interpréter ce morceau. Penchée sur le clavier, les yeux clos, les lèvres entrouvertes, en quête de mots indicibles. À ces moments-là, elle était au-delà d'elle-même. Quelque part ailleurs.

Le morceau se termina, il y eut une petite pause et le suivant commença. *Les Cloches de Genève*. Eri prit la télécommande et baissa le volume.

« Cette interprétation est un peu différente de celle que j'écoute habituellement, fit remarquer Tsukuru.

— Qui est le pianiste sur tes disques ?

— Lazar Berman. »

Eri secoua la tête. « Je ne l'ai jamais entendu.

— Son jeu est peut-être légèrement plus esthétique. Celui-ci est tout à fait remarquable, mais il y met une sorte de noblesse proche des sonates de Beethoven. »

Eri sourit. « Ce pianiste-ci, c'est Alfred Brendel. Alors, on ne pourra certainement pas qualifier son jeu d'"esthétique". Mais je l'aime. C'est peut-être parce que j'en ai l'habitude, car j'ai toujours écouté ces morceaux dans son interprétation.

— C'était très beau, la façon dont Yuzu le jouait. Avec beaucoup d'émotion.

— Oui, en effet. Elle était vraiment parfaite pour jouer des morceaux de cette longueur. Pour les compositions plus importantes, malheureusement, elle s'épuisait en cours de route. Mais comme chaque être humain, elle avait son caractère particulier, unique. Il me semble parfois que Yuzu vit dans la lumière de ce morceau. »

Pendant que Yuzu enseignait le piano à quelques-uns des enfants, à l'école, Tsukuru et Bleu jouaient au foot dans la cour avec de jeunes garçons. Ils formaient deux équipes et ils essayaient de marquer des buts (la plupart du temps, entre des boîtes en carton). En tapant dans le ballon, Tsukuru entendait les gammes s'échapper des fenêtres.

Le temps passé se changea soudain en une longue pique acérée qui lui transperça le cœur. S'ensuivit une souffrance argentée et muette, une colonne de glace qui emprisonnait sa colonne vertébrale. L'intensité de la douleur restait immuable. Il retint son souffle, ferma les yeux et l'endura. Alfred Brendel poursuivait son jeu précis et régulier. Après la première année : *Suisse*, la deuxième année : *Italie*.

Tsukuru réussit alors à tout accepter. Enfin. Tsukuru Tazaki comprit, jusqu'au plus profond de son âme. Ce n'est pas seulement l'harmonie qui relie le cœur des hommes. Ce qui les lie bien plus profondément, c'est ce qui se transmet d'une blessure à une autre. D'une souffrance à une autre. D'une fragilité à une autre. C'est ainsi que les hommes se rejoignent. Il n'y a pas de quiétude sans cris de douleur, pas de pardon sans que du sang ne soit versé, pas d'acceptation qui n'ait connu de perte brûlante. Ces épreuves sont la base d'une harmonie véritable.

« Tu sais, Tsukuru, elle continue *vraiment* à vivre dans beaucoup de choses, murmura Eri, d'une voix rauque et forcée. Je le ressens. Dans toutes sortes d'échos qui nous environnent, dans la lumière, dans les formes, et dans tellement... »

Puis elle se couvrit le visage avec les mains. Elle était incapable d'en dire plus. Tsukuru ne savait pas si elle pleurait. Si tel était le cas, c'était sans émettre le moindre son.

Pendant que Bleu et Tsukuru jouaient au foot, Eri et Rouge faisaient de leur mieux pour empêcher certains enfants de gêner les leçons de piano. Ils leur lisaient des histoires, leur proposaient des jeux ou bien les entraînaient dehors et chantaient avec eux. Mais, le plus souvent, ces tentatives échouaient. Les enfants revenaient inlassablement déranger les leçons. C'était tellement plus amusant que tout le reste. Si drôle de regarder Eri et Rouge s'acharner.

Tsukuru, presque inconsciemment, se leva, contourna la table et posa la main sur l'épaule d'Eri. Son visage était toujours enfoui dans ses mains. Quand il l'effleura, il la sentit parcourue de frissons. Des tremblements invisibles aux yeux.

« Tsukuru… » La voix d'Eri parvint à s'échapper d'entre ses doigts. « Je voudrais te demander une chose…

— Oui, bien sûr.

— Peux-tu me prendre dans tes bras ? »

Tsukuru releva Eri de sa chaise et il l'entoura de ses bras. Comme en une sorte de témoignage de reconnaissance, ses seins opulents se collèrent à sa poitrine. Il sentit dans son dos la chaleur de ses mains charnues. Ses joues tendres et mouillées frôlèrent son cou.

« Je pense que je ne reviendrai pas au Japon », murmura-t-elle. Son souffle tiède et humide s'insinuait dans son oreille. « Parce que, sûrement, tout ce que je verrais me rappellerait Yuzu. Et puis notre… »

Sans dire un mot, Tsukuru se contenta de la serrer plus fort.

Leurs silhouettes enlacées étaient visibles par la fenêtre ouverte. Quelqu'un pouvait passer dehors. Edward et les enfants aussi risquaient de revenir à présent. Mais tout cela leur était égal. Ils ne se souciaient pas de ce que l'on penserait. Il fallait que tous les deux, ici et maintenant, s'étreignent tout leur soûl. Il fallait que, en restant peau contre peau, ils se débarrassent de l'ombre longue du démon. C'était sans doute pour cela que Tsukuru était venu jusqu'ici.

Pendant un long moment – combien de temps ? –, leurs deux corps restèrent étroitement unis. Les rideaux blancs de la fenêtre continuaient à osciller au gré du vent soufflant sur le lac, les joues d'Eri étaient toujours trempées, Alfred Brendel continuait à jouer la suite de la deuxième année, *Italie*. Après le *Sonnet 47 de Pétrarque*, ce fut le *Sonnet 104 de Pétrarque*. Tsukuru se souvenait de ces morceaux dans leurs moindres détails. Il aurait pu les fredonner. Ce fut néanmoins la première fois qu'il comprit pleinement avec quelle intensité il avait écouté cette musique jusque-là.

Ils ne prononcèrent plus une parole. Les mots ici n'avaient aucun pouvoir. Tels des danseurs figés dans leurs mouvements, ils s'étreignaient en silence, confiant leurs corps au flux du temps. Un temps où se mêlaient le passé et le présent, et peut-être aussi le futur. Leurs deux corps ne faisaient plus qu'un, le souffle tiède d'Eri caressant à intervalles réguliers la nuque de Tsukuru. Il ferma les yeux, s'abandonnant aux échos de la musique, l'oreille tendue vers les battements du cœur d'Eri, auxquels se superposait le cliquetis du petit canot attaché à la jetée.

17

Lorsque qu'ils se rassirent de part et d'autre de la table, ils étaient prêts à se confier ce qu'ils avaient jusque-là gardé en eux. Des choses qu'ils allaient chercher au plus profond de leur âme et sur lesquelles, pendant très longtemps, ils n'avaient pas mis de mots. Ils soulevèrent le couvercle qui scellait leur cœur, ouvrirent la porte aux souvenirs et échangèrent librement leurs sentiments.

« Finalement, j'ai abandonné Yuzu, dit Eri. Je l'ai fuie, en quelque sorte. Je voulais me retrouver le plus loin possible de ce qui la possédait, quelle qu'en soit la nature. C'est pourquoi je me suis plongée dans la poterie d'art, j'ai épousé Edward, et déménagé en Finlande. Bien sûr, pour moi, tout cela faisait partie du déroulement naturel des choses. Je n'ai rien organisé délibérément. Mais, en agissant ainsi, je ne pouvais plus m'occuper de Yuzu – je mentirais en affirmant que ce sentiment-là n'existait pas. J'aimais Yuzu plus que n'importe qui au monde, j'en étais presque venue à la considérer comme un double de moi-même. J'ai cherché à l'aider coûte que coûte. Mais, d'un autre côté, j'étais totalement épuisée. M'être autant consacrée à elle m'avait mise à bout. Et mes efforts n'ont pas suffi à la retenir dans la réalité. J'en ai énormément souffert. Si j'étais restée à Nagoya, je serais peut-être devenue folle moi aussi. Mais est-ce que je ne suis pas en train de me chercher des excuses ?

— Tu ne fais qu'exprimer ce que tu éprouves sincèrement. Cela n'a rien à voir avec le fait de se chercher des excuses. »

Eri se mordit les lèvres un moment. « Toujours est-il que je l'ai abandonnée. Et puis Yuzu est partie toute seule à Hamamatsu où elle a trouvé cette mort atroce. Tu te souviens ? Elle avait un cou si beau, si frêle. Comme celui d'un oiseau, si facile à briser. Si j'étais restée au Japon, peut-être cette abomination n'aurait-elle pas eu lieu. Je ne l'aurais jamais laissée partir seule dans une ville inconnue.

— Peut-être. Mais rien ne dit qu'un événement du même genre ne se serait pas produit ailleurs. Tu n'étais pas le garde du corps de Yuzu. Il t'était impossible de veiller sur elle vingt-quatre heures sur vingt-quatre. Tu avais ta vie. Il y avait des limites à ce que tu pouvais faire.

— Moi aussi, je me suis tenu ces raisonnements, dit Eri. Je ne sais combien de fois. Mais cela ne m'aide en rien. Je ne peux pas nier avoir voulu m'éloigner de Yuzu pour me protéger. Une partie de moi au moins l'a voulu. Et, en dehors de la question de savoir si je pouvais ou non la sauver, je devais décider quoi faire de moi. Sans compter que je t'avais perdu. En donnant la priorité à Yuzu et ses problèmes, j'avais dû rompre toute relation avec l'innocent Tsukuru Tazaki. J'ai fait ce qui me convenait à moi, et je t'ai cruellement blessé. Alors que je t'aimais tellement... »

Tsukuru garda le silence.

« Mais ce n'est pas tout, tu sais, ajouta-t-elle.

— Ce n'est pas tout ?

— Pour être honnête, ce n'est pas seulement pour Yuzu que j'ai rompu avec toi. Ce n'est là qu'une raison superficielle. Si j'ai agi ainsi, en fin de compte, c'est par lâcheté. Je n'avais pas confiance en moi en tant que femme. Peu importe combien je t'aimais, je savais que tu ne me regarderais même pas. Ton cœur irait vers Yuzu. C'est pourquoi j'ai pu couper les liens avec toi si durement. En somme, c'était aussi une manière de trancher mon sentiment pour toi. Si j'avais eu ne serait-ce qu'un peu de confiance et de courage, et si je n'avais pas entretenu cet orgueil stupide, je n'aurais pas rompu avec toi de cette façon. Mais, à cette époque, je n'étais pas dans mon état normal. Je crois vraiment que j'ai très mal agi. Je te demande pardon du fond du cœur. »

Il y eut un silence.

« J'aurais dû m'excuser auprès de toi bien plus tôt, reprit Eri. Je le sais parfaitement. Mais je n'y arrivais pas. J'avais trop honte de moi.

— Inutile de te préoccuper de moi à présent, répondit Tsukuru. J'ai dépassé cette période, la plus dangereuse de ma vie. J'ai pu nager tout seul dans la mer. Chacun de nous est allé au bout de ses forces, chacun a survécu à sa manière. Et si l'on regarde tout cela d'un œil plus neutre, même en imaginant que nous ayons jugé la situation différemment et fait alors d'autres choix, je crois que, en fin de compte, nous aurions atterri exactement là où nous sommes aujourd'hui. »

Eri se mordit les lèvres et réfléchit un instant. « Tu veux bien me dire une chose ?

— Oui, tout ce que tu veux.

— Si je t'avais avoué que je t'aimais, à l'époque, est-ce que tu aurais voulu de moi comme amoureuse ?

— Je pense que je ne t'aurais pas crue, répondit Tsukuru.

— Pourquoi ?

— Je n'aurais pas pu imaginer qu'une fille m'aime et veuille être aimée de moi.

— Tu étais gentil, calme, et, à cette époque déjà, tu avais ta propre ligne de conduite. Et puis tu étais beau.

— Je ne ressemble à rien, répondit Tsukuru. Je n'ai d'ailleurs jamais pu me faire à mon visage.

— Peut-être, répliqua-t-elle en souriant. Possible que tu ne ressembles vraiment à rien et que moi je sois plutôt bizarre. En tout cas, pour l'adolescente que j'étais, tu étais bien assez beau. Et je me disais que ce serait génial d'avoir un amoureux comme toi.

— Je n'avais aucune personnalité.

— Tous le monde a une personnalité, du moment qu'il est vivant. Simplement, il y a des gens chez qui on la voit tout de suite, et d'autres pour qui c'est moins évident. » Eri ferma les yeux à demi et observa fixement le visage de Tsukuru. « Mais, dis-moi, tu ne m'as pas répondu… Aurions-nous pu former un couple ?

— Bien entendu, fit Tsukuru. Je t'aimais vraiment. J'étais attiré par Yuzu autrement, mais tu me plaisais énormément. Si tu m'avais avoué tes sentiments à cette époque, je suis sûr que tu serais devenue ma petite amie. Et tout aurait marché au mieux entre nous. »

Ils auraient sans doute formé un couple uni et auraient pu avoir aussi des relations sexuelles heureuses. Ils partageaient tellement de choses. Même si, à première vue, leur nature différait (Tsukuru était timide et parlait peu, Eri était sociable et, en général, volubile), ils voulaient l'un et l'autre faire des choses de leurs propres mains, des choses qui aient un sens. Cependant Tsukuru avait l'impression que leur tendre attachement n'aurait pas duré longtemps. Avec le temps, des divergences auraient surgi. Ils étaient encore adolescents. Chacun aurait avancé dans sa direction et, en atteignant une bifurcation, leurs chemins se seraient séparés. Peut-être cela se serait-il produit naturellement, sans conflit, sans blessures. Et puis, pour finir, Tsukuru serait parti pour Tokyo afin de construire des gares, et Eri se serait mariée avec Edward et aurait vécu avec lui en Finlande.

Il n'y aurait rien eu d'étrange à ce que les choses se passent ainsi. C'était parfaitement vraisemblable. Cette expérience aurait même pu marquer très positivement leur vie. Ils auraient certainement réussi à rester bons amis. Mais tout cela ne s'était pas produit *en réalité*. La réalité avait été complètement différente. Et, à présent, c'était la réalité qui comptait le plus.

« Je suis heureuse que tu me dises ça, même si ce n'est pas vrai, dit Eri.

— C'est vrai, lui assura Tsukuru. Je ne te raconte pas d'histoires. Je crois que, toi et moi, nous aurions pu passer un temps merveilleux ensemble. Et c'est dommage que cela n'ait pas eu lieu. Je le pense du fond du cœur. »

Eri sourit. Sans la moindre ironie.

Il se souvint de ses rêves érotiques qui mettaient en scène Yuzu. Dans ses rêves apparaissait également Eri. Elles étaient toujours ensemble. Mais celle en qui Tsukuru éjaculait dans son rêve, c'était toujours Yuzu. Cela ne lui était pas arrivé une seule fois avec Eri. Cela signifiait sans doute quelque chose. Mais il n'en dit rien à Eri. Même en parlant à cœur ouvert, il y a des choses que l'on tait.

Quand il réfléchissait à ses rêves, il n'était plus sûr de rien. Yuzu soutenait qu'il l'avait violée (et qu'elle attendait un enfant de lui) : était-ce une histoire créée de toutes pièces ? Même si cet acte n'avait jamais eu lieu qu'en rêve, il ne pouvait s'empêcher de se sentir responsable, d'une certaine façon. Pas seulement à propos du viol, mais aussi du reste. De son assassinat. Durant cette nuit pluvieuse de mai, peut-être que quelque chose de lui, une part de lui, s'était rendu à Hamamatsu à son insu, et avait passé un cordon autour du joli cou de Yuzu, de son frêle cou d'oiseau.

Il visualisa la scène au cours de laquelle il toquait à la porte de Yuzu et lui disait : « Tu peux m'ouvrir ? J'ai quelque chose à te dire ! » Son imperméable noir dégoulinait de pluie et dégageait une odeur lourde d'humidité.

« Tsukuru, c'est toi ? demande Yuzu.

— Il faut absolument que je te parle. C'est très important. Je suis venu à Hamamatsu exprès. Ça ne prendra pas longtemps. Ouvre la porte, s'il te plaît. »

Il continue de parler à travers la porte fermée. « Excuse-moi d'arriver à l'improviste, mais si je t'avais prévenue, tu n'aurais sûrement pas voulu me voir. »

Yuzu, après bien des hésitations, ôte la chaîne de la porte sans un mot. Au fond de sa poche, la main de Tsukuru serre un cordon.

Il grimaça involontairement. Pourquoi faut-il que j'aie ce genre de fantasme absurde ? Pourquoi aurais-je étranglé Yuzu ?

Évidemment, il n'existait aucune raison qui l'aurait poussé à agir ainsi. Tsukuru n'avait pas une seule fois souhaité tuer quelqu'un. Mais il avait peut-être voulu tuer Yuzu – symboliquement. Tsukuru ignorait quelles épaisses ténèbres se cachaient au fond de son cœur, mais il savait qu'elles existaient aussi au tréfonds de Yuzu. Et quelque part, au point le plus profond, le plus souterrain de leur noirceur, ils s'étaient rejoints. Il l'avait étranglée parce que c'était *ce qu'elle voulait*. Sans doute avait-il entendu son désir au cœur de leurs ténèbres communes.

« Tu penses à Yuzu ? demanda Eri.

— Je me suis toujours considéré comme une victime. Je n'ai cessé de penser que j'avais été maltraité, durement et sans raison. Que la blessure profonde qu'on m'avait infligée avait détourné le courant naturel de ma vie. Pour être honnête, il m'est arrivé de vous haïr tous les quatre. Quel besoin aviez-vous de me démolir, moi et moi seul ? Mais peut-être que je me suis trompé. J'étais victime, certes, mais il se peut que, dans le même temps, inconsciemment, j'aie blessé des personnes de mon entourage. Et que, finalement, la lame se soit retournée contre moi. »

Sans dire un mot, Eri l'observait fixement.

« Et peut-être que j'ai tué Yuzu, déclara franchement Tsukuru. Cette nuit-là, c'est peut-être moi qui ai toqué à la porte de chez elle.

— Dans un sens », dit Eri.

Tsukuru acquiesça.

« Dans un sens, moi aussi j'ai tué Yuzu », dit Eri. Puis elle détourna le visage. « Cette nuit-là, c'est peut-être moi qui ai toqué à la porte de chez elle. »

Tsukuru regarda son profil joliment hâlé. Il avait toujours aimé la forme de son nez, légèrement relevé.

« Nous voilà tous les deux accablés par ces pensées », dit Eri.

Le vent semblait s'être calmé, les rideaux blancs restaient tout à fait immobiles. On n'entendait plus non plus le cliquetis du canot. Seul leur parvenait le chant d'un oiseau. Un oiseau interprétant une étrange mélodie que l'on n'avait pas entendue jusque-là.

Eri s'absorba un moment dans l'écoute de ce chant puis elle saisit sa barrette et releva de nouveau sa frange. Ensuite, elle pressa doucement son front du bout des doigts. « Que penses-tu du travail de Rouge ? » demanda-t-elle. Comme soudain libéré d'un poids, le cours du temps s'allégea imperceptiblement.

« Je n'en sais rien, répondit Tsukuru. Nous vivons dans deux mondes très éloignés. Je ne peux pas prononcer de jugement sommaire.

— Moi, je n'arrive pas à aimer ce qu'il fait. C'est certain. Pour autant, je ne peux pas rompre avec lui. Tu comprends, il était l'un de mes meilleurs amis. Et il le reste, encore maintenant. Cela fait pourtant sept ou huit ans que je ne l'ai pas revu. »

Elle passa de nouveau sa main sur sa frange. Puis elle reprit : « Chaque année, Rouge fait un don important à l'école catholique où nous étions bénévoles, pour qu'elle puisse continuer à fonctionner. L'institution lui en est très reconnaissante, parce qu'ils ont toujours des problèmes financiers. Mais personne ne sait que l'argent vient de lui. Rouge a voulu rester anonyme. Je suis peut-être la seule à être au courant, et c'est par pur hasard que je l'ai appris. Tu vois, Tsukuru, Rouge n'est pas quelqu'un de mauvais. Il fait seulement *semblant* de l'être. J'ignore pourquoi. Peut-être qu'il ne peut pas faire autrement. »

Tsukuru opina.

« Et pour Bleu, c'est pareil, dit Eri. Il a gardé un cœur pur. Je le sais très bien. Simplement, c'est très dur de survivre dans ce monde. Et, chacun dans son domaine, ils ont tous les deux bien réussi. Ils n'ont pas ménagé leurs efforts, ils méritent le respect. Tu sais, Tsukuru, je pense que ce n'était pas vain, ce qui s'est passé entre nous. Ce groupe dans lequel nous ne faisions qu'un. Même s'il n'a pu exister que quelques années. »

De nouveau, Eri pressa son visage avec ses deux mains. « Nous avons survécu. Toi. Moi. Et nous avons le devoir de survivre encore, aussi bien que possible. Même si ce que nous faisons reste très imparfait.

— Moi, tout ce que je peux faire, c'est des gares.

— C'est très bien. Continue. Je suis sûre que tu feras des gares bien conçues, pratiques, sûres, et que ceux qui les utiliseront s'y sentiront bien.

— En tout cas, c'est mon objectif, dit Tsukuru. Tu sais, je ne devrais pas, mais je laisse toujours mon nom dans un petit coin quand je travaille sur une gare. Je grave mon nom dans le béton encore frais avec un clou. Tsukuru Tazaki. À un endroit bien caché. »

Eri se mit à rire. « Et quand tu ne seras plus, tes belles gares demeureront. Comme pour moi, qui marque mes initiales au dos de mes assiettes. »

Tsukuru leva la tête et demanda à Eri : « Tu veux bien que je te parle de mon amie ?

— Bien sûr ! répondit-elle. (Un sourire séduisant se dessina au coin de ses lèvres.) Je suis curieuse d'en savoir plus sur cette femme clairvoyante un peu plus âgée que toi. »

Tsukuru se mit à évoquer Sara. Depuis le moment où il l'avait rencontrée la première fois. Quand il avait été étrangement attiré. Leur troisième rendez-vous. Le sexe. Les questions qu'elle avait posées sur leur groupe de Nagoya. Puis leur dernière rencontre et sa soudaine impuissance, qu'il ne s'expliquait pas. Il lui raconta tous ces épisodes très librement. Et aussi l'insistance de Sara pour qu'il fasse le voyage à Nagoya puis en Finlande. Sans cela, lui avait-elle dit, il ne serait jamais délivré des problèmes qui l'habitaient. Il pensait aimer Sara. Il voulait se marier avec elle. C'était peut-être la première fois qu'il éprouvait un sentiment aussi fort pour une femme. Mais il semblait bien qu'elle avait un autre amant, un homme plus âgé. Le jour où il l'avait vue avec lui dans la rue, elle paraissait extrêmement heureuse. Peut-être que, avec lui, Tsukuru, elle ne pourrait jamais connaître un tel bonheur.

Eri lui prêta une oreille très attentive et ne l'interrompit pas une fois. Quand il eut terminé, elle lui dit : « Tsukuru, je vais te dire ce que je pense. Il faut que tu te battes pour cette femme. Quelle que soit la situation. Si tu la laisses partir, peut-être ne retrouveras-tu plus jamais une femme comme elle.

— Mais je ne me sens pas sûr de moi.

— Pourquoi ?

— Sans doute parce que je n'ai pas ce que l'on appelle un moi. Une personnalité. Pas non plus de couleur éclatante. Je n'ai rien à offrir. C'est le problème qui me hante depuis longtemps. Je me suis toujours senti comme un récipient vide. Avec une certaine forme, peut-être, mais exempt de contenu. En somme, quelqu'un qui ne lui correspond pas du tout. Au fil du temps, au fur et à mesure que Sara comprendra ce que je suis, je me demande si elle ne se découragera pas. Et si elle ne finira pas par m'abandonner.

— Tsukuru, tu dois avoir plus de confiance et plus de courage. Voyons, souviens-toi que je t'ai aimé. Autrefois, j'aurais tout fait pour toi. Moi qui étais une jeune fille au sang chaud. Je peux t'assurer que tu as de la valeur et que, non, tu n'es pas vide.

— Je suis heureux de ce que tu me dis, fit Tsukuru. Vraiment. Mais tu ne sais pas qui je suis aujourd'hui. J'ai trente-six ans à présent, et pourtant, quand je réfléchis sérieusement sur moi-même, je me sens aussi hésitant qu'autrefois, ou plutôt non : plus hésitant encore. Je n'arrive pas à prendre de décisions. En particulier vis-à-vis de quelqu'un qui, pour la première fois de ma vie, m'inspire des sentiments aussi forts.

— Admettons que tu sois un récipient vide, dit Eri. Qu'est-ce que ça peut bien faire ! Tu es un récipient très joli, très séduisant. Est-ce que quelqu'un sait ce qu'il est vraiment ? Allons… Contente-toi d'être un récipient avec une jolie forme, tellement irrésistible que quelqu'un aura forcément envie de verser quelque chose dedans. »

Tsukuru réfléchit. Il comprenait ce qu'Eri cherchait à lui dire, mais cela lui correspondait-il vraiment ?

Elle poursuivit : « Quand tu seras rentré à Tokyo, avoue-lui tout immédiatement. C'est ce que tu *dois* faire. Ouvrir son cœur produit toujours de bons résultats. Mais il ne faut surtout pas que tu lui dises que tu l'as vue en compagnie d'un autre homme. Ça, garde-le pour toi. Pour les femmes, tu comprends, il y a des circonstances dans lesquelles elles ne veulent pas avoir été observées. Mais sinon, parle-lui sincèrement de tes sentiments, sans rien omettre.

— J'ai peur. De faire ce qu'il ne faut pas, de dire ce qu'il ne faut pas, et que, en conséquence, tout soit perdu, que tout se volatilise. »

Eri secoua lentement la tête. « C'est la même chose que lorsque tu conçois une gare. Ce n'est pas une mince affaire, les enjeux sont importants, mais tu sais bien qu'une petite erreur ne peut pas tout mettre par terre. Tu dois toujours construire ta gare, même si tout n'y est pas parfait. Tu es bien d'accord ? Sans gare, les trains ne s'arrêtent pas. Il n'y a pas de retrouvailles entre êtres chers. Et si tu découvres que tu t'es trompé quelque part, il est toujours temps de rectifier. Mais, d'abord, construis ta gare. Une gare spéciale à l'intention de Sara. Une gare où les trains, spontanément, auront envie de s'arrêter, même s'ils n'ont rien à y faire. Imagine une gare de ce genre dans ta tête, et après, ajoutes-y des formes et des couleurs. Et enfin, avec un clou, tu graveras ton nom sur les fondations, tu y insuffleras de la vie. Tu as assez de force pour cela. Tu le sais, non ? Toi qui as réussi à nager, tout seul, la nuit, dans l'océan glacé. »

Eri lui proposa de rester dîner.

« Dans les environs, nous pêchons de grosses truites que je fais griller à la poêle avec des herbes aromatiques. C'est un plat simple mais délicieux. Si tu veux, nous dînerons tous ensemble, avec ma famille.

— Merci. Mais je pense que je ferais mieux d'y aller bientôt. Je voudrais rentrer à Helsinki tant qu'il fait jour. »

Eri se mit à rire. « Tant qu'il fait jour ? Tu sais, c'est l'été finlandais. Il fait tout à fait clair jusque vers minuit.

— Tout de même… », fit Tsukuru.

Eri comprenait ce qu'il ressentait. « Merci d'avoir fait tout ce chemin pour me voir. Je suis heureuse d'avoir pu parler comme ça avec toi. Vraiment. J'avais tant de choses sur le cœur depuis si longtemps. Je me sens plus légère. Bien entendu, cela ne signifie pas que tout a été résolu définitivement, mais ça m'a beaucoup aidée.

— Même chose pour moi, dit Tsukuru. Tu m'as énormément aidé. Et puis j'ai rencontré ton mari et tes filles, je sais comment tu vis ici. Rien que pour cela, cela valait la peine de venir en Finlande. »

Ils sortirent de la petite maison et avancèrent vers la Volkswagen. Lentement, mesurant le sens de chaque pas. Puis, au dernier moment, ils s'étreignirent de nouveau. Cette fois, Eri ne pleurait pas. Il pouvait sentir dans son cou son sourire paisible. Ses seins opulents débordaient de la force dont elle aurait besoin pour continuer à vivre. Dans son dos, ses doigts étaient vigoureux et tout ce qu'il y a de plus réels.

Soudain, Tsukuru se souvint des cadeaux qu'il avait apportés pour Eri et les enfants. Il les sortit de son sac, resté dans la voiture. Pour Eri, c'était une pince à cheveux en buis. Pour les fillettes, des albums japonais.

— Merci, Tsukuru. Tu n'as pas changé. Tu es comme autrefois, toujours gentil.

— Ce n'est pas grand-chose », dit Tsukuru. Puis il se rappela que c'était justement le soir où il avait acheté ces cadeaux qu'il avait vu Sara en compagnie d'un homme sur l'avenue Omotesandô. S'il n'avait pas pensé à faire ces cadeaux, il n'aurait pas été témoin de la scène. La bizarrerie des choses…

« Au revoir, Tsukuru Tazaki. Rentre bien et sois prudent, dit Eri au moment où ils se séparèrent. Ne te fais pas attraper par les méchants petits nains.

— Les méchants petits nains ? »

Eri ferma les yeux à demi. Ses lèvres se retroussèrent, comme autrefois quand elle lançait une plaisanterie. « C'est ce qu'on dit par ici. "Ne te fais pas attraper par les méchants petits nains." Dans les forêts alentour vivent toutes sortes de créatures, depuis les temps les plus anciens.

— Ah, très bien ! répondit Tsukuru en riant. Je prendrai garde à ne pas me faire attraper par les méchants petits nains.

— Et si tu en as l'occasion, dis à Rouge et à Bleu que je vais bien.

— Je le leur dirai.

— Tu sais, je pense que tu devrais les voir de temps en temps. Peut-être que vous devriez vous voir tous les trois ensemble. Je crois que ce serait une bonne chose pour toi comme pour eux.

— Oui, ce serait peut-être bien.

— Et aussi pour moi, ajouta Eri. Même si je ne suis pas là. »

Tsukuru acquiesça. « Je m'arrangerai pour que cela puisse être possible. Et je penserai à toi.

— Comme c'est étrange pourtant…, reprit Eri.

— Quoi donc ?

— Que cette merveilleuse époque soit définitivement révolue. Toutes ces belles potentialités qui ont fini par disparaître, avalées par le cours du temps. »

Tsukuru approuva en silence. Il voulait dire quelque chose mais les mots ne lui venaient pas.

« Les hivers sur cette terre sont incroyablement longs », ajouta Eri en promenant son regard sur le lac. On aurait dit qu'elle était très loin et qu'elle se parlait à elle-même. « Les nuits aussi sont longues, au point qu'on pense qu'elles ne finiront jamais. Tout devient figé, glacé. On a l'impression que le printemps ne reviendra plus, pour l'éternité. Alors on est envahi de sombres pensées. Même si l'on s'est promis bien souvent de ne plus se laisser aller à ce genre de choses. »

Tsukuru ne savait pas quoi lui répondre. Il resta silencieux et lui aussi regarda le lac. Les mots qu'il aurait dû prononcer alors ne lui viendraient que lorsqu'il aurait embarqué dans l'avion pour Narita et bouclé sa ceinture. Les mots justes, pour une raison inconnue, arrivaient toujours trop tard.

Il fit tourner sa clé et le moteur démarra. Le quatre cylindres Volkswagen sortit du sommeil et entama son ronronnement discret et régulier.

« Au revoir, dit Eri. Porte-toi bien. Et garde Sara. Tu as besoin d'elle. C'est ce que je pense.

— Je vais essayer.

— Souviens-toi d'une chose, Tsukuru. Tu ne manques pas de couleur. Cette histoire, ce n'est qu'une question de prénom. C'était seulement pour nous moquer de toi. Juste une petite plaisanterie qui n'avait aucun sens. Tu es quelqu'un de formidable, tu es un Tsukuru Tazaki plein de couleurs. Et tu continueras à construire de belles gares. À présent, tu es un citoyen de trente-six ans en bonne santé, tu as le droit de vote, tu paies des impôts, et tu es venu jusqu'en Finlande seul en avion pour me voir. Il ne te manque rien. Tout ce qu'il te faut, c'est de la confiance et du courage. Ne laisse pas échapper quelqu'un de précieux à cause de la peur ou d'un stupide orgueil. »

Il enclencha une vitesse et appuya sur l'accélérateur. Puis il passa la main par la vitre ouverte et fit un signe d'au revoir. Eri agita le bras en réponse. Elle continua longtemps à faire de grands gestes, le bras très haut levé.

Finalement, sa silhouette fut masquée par les arbres et disparut. Dans le rétroviseur ne se reflétait que le vert profond de l'été finlandais. Il semblait que le vent s'était levé de nouveau et qu'il faisait naître ici ou là, sur la vaste étendue du lac, des vaguelettes blanches. Un homme de haute taille, jeune, approchait en pagayant sur un kayak, comme un grand tourniquet. Il avançait lentement, sans bruit.

Tsukuru ne reviendrait sans doute pas dans ce lieu. Vraisemblablement, il ne reverrait pas non plus Eri. Chacun continuerait d'avancer sur son chemin, à la place qui lui avait été assignée. Comme Rouge l'avait dit, *on ne peut pas revenir en arrière.* À cette pensée déferla sur lui, silencieusement, une grande tristesse, comme de l'eau venue d'on ne sait où. Une tristesse vaporeuse, sans forme. Une tristesse qui lui appartenait en propre et qui se situait aussi en un lieu inaccessible et lointain. Une douleur qui lui transperça la poitrine, qui le fit suffoquer.

Il arrêta la voiture sur le bord du chemin, coupa le moteur et, appuyé contre le volant, il ferma les yeux. Il fallait qu'il respire profondément, lentement, en prenant tout son temps, afin de régulariser le rythme de son cœur. Puis il prit conscience soudain de l'existence de quelque chose de dur et de froid, à peu près au milieu de son corps – quelque chose comme un noyau de terre glacée qui n'avait pas fondu après l'hiver. C'était de là que venait la douleur dans sa poitrine et la sensation d'étouffer. Il ignorait jusque-là qu'il abritait cette chose en lui.

Mais la douleur dans la poitrine était *juste*, l'étouffement était *juste*. Il lui fallait les éprouver pleinement. Ce noyau froid, il devrait ensuite le faire fondre peu à peu. Cela prendrait sans doute du temps, mais il devait le faire. Et il aurait besoin de la chaleur de quelqu'un pour que ce noyau de terre glacée fonde. La sienne n'y suffirait pas.

Il devait d'abord rentrer à Tokyo. C'était la première étape. Il remit le moteur en marche.

Sur le chemin du retour jusqu'à Helsinki, Tsukuru pria de tout son cœur pour que les méchants petits nains de la forêt dont lui avait parlé Eri ne l'attrapent pas. Prier était tout ce qu'il pouvait faire à présent.

18

Tsukuru passa les deux jours qui lui restaient à arpenter au hasard les rues de Helsinki. De temps à autre tombait une petite averse, mais cela ne le gênait pas. Il pensait à toutes sortes de choses en marchant. Il y avait tant de questions sur lesquelles il lui fallait réfléchir. Il voulait mettre en ordre ses sentiments du mieux qu'il le pourrait avant de rentrer à Tokyo. Quand il était fatigué de marcher, fatigué de penser, il entrait dans un bistrot, buvait un café, mangeait un sandwich. Il lui arrivait parfois de ne plus très bien savoir où il se trouvait, d'être un peu perdu, mais cela ne le dérangeait pas non plus. La ville n'était pas immense et il y avait toujours des tramways pour vous ramener sur un chemin connu. Et puis, se sentir perdu, en un sens, était plutôt agréable. L'après-midi du dernier jour, il se rendit à la gare centrale de Helsinki, s'assit sur un banc et contempla les trains qui arrivaient ou qui partaient.

De là, il téléphona à Olga et la remercia. Il avait bien trouvé la maison des Haatainen, et la surprise de son amie avait été totale. Et puis Hämeenlinna était une très jolie petite ville. Olga lui répondit qu'elle en était ravie. Elle semblait le penser réellement. Si elle était d'accord, proposa Tsukuru, ils pourraient dîner ensemble le soir même. Elle en aurait été heureuse, répondit-elle, mais c'était l'anniversaire de sa mère, et elle allait dîner en famille. Qu'il veuille bien saluer Sara de sa part. « Je le ferai, dit Tsukuru, et je vous remercie encore pour tout. »

Le soir, il dîna dans un restaurant de poissons recommandé par Olga, près du port, et but un demi-verre de chablis frais. Il songeait à la famille Haatainen. À cette heure-là, ils étaient certainement à table. Le vent soufflait-il encore sur le lac ? À quoi pensait Eri en ce moment ? Il lui restait dans l'oreille la chaude sensation de son souffle.

Il fut de retour à Tokyo le samedi matin. Il vida son sac de voyage, prit un long bain et passa la journée entière sans rien faire de spécial. À peine rentré, il avait pensé téléphoner à Sara sur-le-champ. Il avait pris le combiné, était allé jusqu'à composer le numéro. Finalement, il avait raccroché. Il lui fallait encore un peu de temps pour ordonner ce qu'il avait dans le cœur. Le voyage avait été court, mais il s'était passé beaucoup de choses durant ces quelques jours. Il ne parvenait pas encore à se pénétrer du fait qu'il était revenu à Tokyo. Peu de temps auparavant, il se trouvait au bord d'un lac, dans les environs de Hämeenlinna, tendant l'oreille au murmure du vent transparent. Il lui fallait choisir avec soin les mots qu'il dirait à Sara.

Il fit une lessive et parcourut rapidement les journaux qui s'étaient accumulés. En fin d'après-midi, il sortit s'acheter de quoi manger. Mais il n'avait pas d'appétit. Il avait terriblement sommeil alors qu'il faisait encore jour, sans doute en raison du décalage horaire. À huit heures et demie, il s'allongea sur son lit et s'endormit. Il s'éveilla peu avant minuit.

Il voulut continuer la lecture du livre qu'il avait commencé dans l'avion, mais ses idées n'étaient pas assez claires. Il entreprit alors de faire le ménage. À l'approche de l'aube, il se remit au lit et s'endormit. Il se réveilla pour la seconde fois, le dimanche, un peu avant midi. La journée paraissait chaude. Il mit en route la climatisation, se fit un café et l'accompagna d'un toast au fromage.

Après avoir pris une douche, il appela Sara. Mais il tomba sur le répondeur : « Laissez un message après le signal sonore. » Il hésita un instant puis raccrocha sans un mot. L'horloge murale indiquait une heure de l'après-midi. Il pensa à essayer sur son portable, mais renonça.

Peut-être profitait-elle de ce jour de congé pour déjeuner avec son amant. Il était encore un peu tôt pour qu'ils soient au lit. Tsukuru se souvint de cet homme mûr marchant main dans la main avec Sara sur Omotesandô. Il avait beau essayer de chasser l'image de sa tête, elle ne s'en allait pas. Il s'allongea sur le canapé, toujours en proie à ces pensées, et soudain ressentit dans son dos comme une piqûre que lui aurait infligé une aiguille effilée. Une aiguille si fine qu'elle en était invisible. C'était une douleur légère, il n'y avait pas de sang. Sûrement pas. La douleur était là pourtant.

Il se rendit à vélo à la piscine et fit ses longueurs habituelles. Son corps restait étrangement engourdi et il eut même l'impression de s'être endormi en nageant. Bien entendu, il n'en était rien. On ne peut pas nager endormi. C'était seulement une impression. Néanmoins, alors qu'il nageait, son corps fonctionnait comme en pilotage automatique, et il avait réussi à ne plus penser à Sara ni à cet homme. Il accueillait cet état avec gratitude.

Au retour de la piscine, il fit une sieste d'une demi-heure environ. Un sommeil dense, sans rêve, durant lequel le flux de sa conscience fut nettement interrompu. Après quoi, il repassa des chemises et des mouchoirs et se prépara à dîner. Il fit griller au four du saumon avec des herbes aromatiques, y ajouta du citron, et accompagna son plat d'une salade de pommes de terre. Il prépara aussi une soupe au miso avec de la ciboule et des cubes de tofu. Il but une demi-canette de bière glacée, regarda le journal du soir à la télévision. Puis il s'allongea sur le canapé et se mit à lire.

Il était neuf heures du soir quand Sara téléphona.

« Tu t'en sors bien avec le décalage horaire ? demanda-t-elle.

— Mon sommeil est plutôt fantaisiste mais je suis en forme, répondit-il.

— On peut se parler maintenant, ça te va ? Tu n'as pas sommeil ?

— Si, j'ai sommeil, mais je vais essayer de tenir encore une heure, et après, j'irai dormir. Demain, je travaille et je ne pourrai pas faire la sieste au bureau.

— Tu as raison, dit Sara. Dis-moi, aujourd'hui, vers une heure de l'après-midi, c'est toi qui m'as appelée ? J'ai complètement oublié de vérifier le répondeur, et je viens juste de m'apercevoir que quelqu'un avait essayé de me joindre.

— Oui, c'était moi.

— J'étais partie faire des courses dans le quartier.

— Ah, fit Tsukuru.

— Mais tu n'as pas laissé de message.

— Je ne suis pas très doué pour ça. Je suis toujours trop crispé et les mots ne me viennent pas facilement.

— Ah, d'accord, mais tu aurais pu donner ton nom !

— Oui, en effet. J'aurais dû. »

Elle fit une pause. « Tu sais, je m'inquiétais un peu. Je me demandais si ton voyage s'était bien passé. J'aurais bien aimé que tu laisses un petit message…

— Désolé. J'aurais dû le faire, s'excusa Tsukuru. Bon, et aujourd'hui, qu'est-ce que tu as fait ?

— La lessive et les courses. J'ai cuisiné et j'ai nettoyé à fond la cuisine et la salle de bains. J'ai parfois bien besoin d'un jour de congé pour ce genre de choses… », dit-elle. Puis elle marqua un silence. « Et alors ? La Finlande, ça s'est bien passé ?

— J'ai vu Noire, répondit Tsukuru. Nous avons pu parler tranquillement tous les deux. Olga m'a beaucoup aidé.

— Ah, parfait. Elle est très sympa, non ?

— Oui, très. »

Il lui raconta qu'il était allé en voiture à une heure et demie de Helsinki, près d'un beau lac, où il avait vu Eri (Noire). Toute la famille – le mari, les deux fillettes, un chien – passait l'été là-bas dans une maisonnette. Non loin de là, il y avait un petit atelier de poterie qu'Eri partageait avec son mari.

« Elle a l'air heureuse. Je crois que la vie en Finlande lui convient », dit Tsukuru. En dehors, parfois, des nuits, l'hiver, qui est long et sombre – il garda cette remarque pour lui.

« Tu penses que cela valait la peine d'aller là-bas pour la rencontrer ? demanda Sara.

— Oui, je pense. Il y avait des choses dont nous ne pouvions parler qu'en tête à tête, en fait. Un certain nombre d'éléments sont devenus bien plus clairs à mes yeux. Tout n'a pas été élucidé, mais cela m'a bien aidé.

— Eh bien, tant mieux. Je suis heureuse de l'apprendre. »

Il y eut un bref silence. Un silence ambigu, comme s'ils cherchaient à deviner la direction du vent. Puis Sara reprit la parole :

« J'ai l'impression d'entendre quelque chose d'un peu différent dans ta voix... Est-ce juste une impression ?

— Je ne sais pas. C'est peut-être la fatigue. C'est mon premier long voyage en avion.

— Mais il n'y a pas de problème ?

— Non, non. Il y a énormément de choses dont j'aimerais parler avec toi mais si je commence, ça prendra trop de temps. Je crois qu'on devrait plutôt se voir bientôt, et que je te raconte tout dans l'ordre.

— Oui, tu as raison, voyons-nous. En tout cas, je suis contente que ce voyage n'ait pas été inutile.

— C'est grâce à toi. Je te remercie pour tout.

— Je t'en prie. »

Il y eut de nouveau un petit silence. Tsukuru tendit l'oreille, à l'affût. Les ambiguïtés étaient toujours là.

Il se décida alors : « Je voudrais te demander quelque chose. C'est une question que je ne devrais peut-être pas aborder, mais tant pis, j'ai le sentiment qu'il vaut mieux que je sois franc.

— D'accord, répondit Sara. Je pense aussi qu'il vaut mieux être sincère avec ses sentiments. Je t'écoute.

— Je l'exprime mal, mais j'ai comme l'impression qu'en dehors de moi, tu as quelqu'un dans ta vie. Cela fait déjà un moment que ça me pèse. »

Sara ne répondit pas tout de suite. « Une impression ? répéta-t-elle enfin. Tu veux dire que tu ressens *quelque chose de ce genre* ?

— Oui. Un petit je-ne-sais-quoi qui me donne cette sensation, répondit Tsukuru. Mais comme je te l'ai déjà dit, je ne suis pas de nature à fonctionner à l'intui-

tion. Fondamentalement, mon esprit ne sait appréhen-
der que les choses qui ont une forme. Comme mon
nom l'indique. Je suis construit assez simplement.
J'ai toujours du mal à comprendre les mouvements
complexes du cœur des hommes. Et d'ailleurs, je ne
comprends pas davantage ce qui fait bouger le mien.
Je me suis bien souvent trompé sur ces questions
délicates. Alors je m'efforce de ne pas penser à des
choses trop embrouillées. Mais celle-là me préoccupe
depuis un certain temps. J'ai donc pensé qu'il serait
préférable de t'interroger là-dessus ouvertement, plutôt
que de retourner ça bêtement dans ma tête.

— Oui, bien entendu, dit Sara.

— Alors, y a-t-il un autre homme que tu aimes ? »
Elle resta silencieuse.

Tsukuru reprit. « J'aimerais le savoir, mais même
si c'était le cas je n'y trouverais rien à redire. Je n'ai
sans doute pas à me mêler de ça. Tu n'as aucune
obligation envers moi, et, de mon côté, je n'ai aucun
droit de te réclamer quoi que ce soit. Pourtant, je
voudrais savoir. Si ce que je ressens est exact ou pas.

— J'aimerais bien que tu n'utilises pas des termes
comme "obligation" ou "droit", dit Sara en soupirant.
On dirait que nous discutons de la révision de la
Constitution.

— D'accord. J'admets que ce ne sont pas les bons
mots. Mais comme je te l'ai dit, je suis quelqu'un de
simple, je ne sais sûrement pas très bien quoi faire
par rapport à ce genre de sentiment. »

Sara observa de nouveau un petit silence. Il l'imaginait très clairement, la bouche durement fermée près
du combiné.

Un instant plus tard, elle reprit d'une voix calme :
« Tu n'es pas un homme simple. C'est seulement ce
que tu veux croire de toi.

— Peut-être. J'avoue que je n'en sais trop rien. Mais je suis certain qu'un mode de vie compliqué ne me convient pas. En particulier pour ce qui est des relations humaines, qui m'ont blessé à maintes reprises. J'aimerais vraiment qu'il n'en soit plus ainsi dorénavant.

— Oui, je comprends, répondit Sara. Et puisque tu t'es montré franc avec moi, je vais en faire autant. Mais, avant ça, est-ce que tu peux m'accorder un peu de temps ?

— Combien de temps ?

— Eh bien… disons, trois jours. Nous sommes dimanche, je pense que, mercredi, je pourrai répondre à ta question. Tu es libre mercredi soir ?

— Oui, je suis libre », répondit Tsukuru, sans avoir besoin de le vérifier sur son agenda. Il n'avait aucun engagement en soirée.

« Bon, dînons ensemble ce jour-là. Et puis, nous parlerons. En toute franchise. Tu es d'accord ?

— D'accord. »

Et ils coupèrent la communication.

Cette nuit-là, Tsukuru fit un long rêve étrange.

Il est assis devant un piano et il joue une sonate. C'est un piano à queue immense, tout neuf, dont les touches blanches sont extraordinairement blanches, les noires, extraordinairement noires. Sur le pupitre se déploie largement une partition démesurée. Une femme vêtue d'une robe moulante, d'un noir mat, se tient à côté, ses longs doigts immaculés font tourner pour lui les pages de la partition à une vitesse effrénée. Son timing est extrêmement précis. Ses cheveux sont d'un noir de laque et lui tombent jusqu'aux reins. Dans ce lieu, il semble que toutes choses s'ordonnent dans une variation de noir et de blanc. Il ne peut distinguer aucune autre couleur.

Il ignore qui est l'auteur de la sonate mais c'est un très long morceau. La partition est aussi épaisse qu'un annuaire téléphonique. Les portées sont remplies de notes, elles sont littéralement couvertes de noir. C'est une composition difficile, complexe, qui exige une technique de jeu de haut niveau. Qui plus est, c'est la première fois qu'il la voit. Pourtant, à peine a-t-il jeté un œil dessus qu'il comprend ce qu'est l'essence du monde qui se manifeste là, et qu'il est capable de la traduire en sons. Comme il déchiffrerait toutes les dimensions d'un plan compliqué. Il possède ce talent particulier. Et ses dix doigts, bien exercés, parcourent joyeusement l'étendue du clavier à la manière d'une bourrasque de vent. C'est une expérience merveilleuse, à donner le vertige. Il décrypte plus précisément et plus rapidement que quiconque l'océan des signes enchevêtrés, et aussitôt il est capable de leur donner forme.

Alors qu'il est totalement absorbé dans son interprétation, son corps est traversé par l'inspiration, tel un éclair par un après-midi d'été. Cette musique possède une structure hautement virtuose et en même temps une intériorité pleine de beauté. Elle offre une représentation expressive, sensible, totalement authentique des différentes facettes de la vie d'un homme, qu'elle est la seule à pouvoir illustrer. Tsukuru se sent fier que ses mains puissent interpréter une telle composition. Une joie violente fait frissonner les muscles de son dos.

Malheureusement, il ne semble pas que l'auditoire partage cette opinion. Les spectateurs ne cessent de remuer, de s'agiter, comme s'ils s'ennuyaient et s'en irritaient. Il entend le bruit des chaises qu'ils déplacent, leurs toussotements. Comment ces gens peuvent-ils ignorer la valeur de cette œuvre ?

Le lieu dans lequel il joue évoque le salon de réception d'un palais impérial. Le sol est de marbre poli, le plafond très haut, avec en son centre une ouverture en forme d'œil-de-bœuf. Les auditeurs sont assis sur des sièges somptueux. Ils sont environ une cinquantaine. Des personnes distinguées, bien habillées. Sans doute cultivées. Malheureusement, elles ne sont pas en mesure de comprendre la nature supérieure de cette musique.

Plus le temps passe, plus le brouhaha grossit, plus il devient pénible. Puis le tumulte devient incontrôlable, au point qu'il couvre la musique. Tsukuru finit par ne plus entendre ce qu'il est train de jouer. Il n'entend plus qu'un grand vacarme, amplifié jusqu'au grotesque, de toux et de plaintes agacées. Pourtant, ses yeux s'appliquent toujours amoureusement à lire chaque note de la partition, ses doigts à courir sur le clavier.

Puis, en un éclair, il voit quelque chose. La femme en noir qui tourne les pages a six doigts. Le sixième à peu près aussi gros que l'auriculaire. Cela lui coupe le souffle. Il tremble violemment. Il veut lever la tête pour voir le visage de cette femme. Qui est-elle ? Est-ce qu'il la connaît ? Mais jusqu'à la fin du morceau, il lui est impossible de détacher les yeux de la partition, ne serait-ce qu'un instant. Même s'il n'y a plus personne pour l'écouter.

Tsukuru se réveilla alors. Les chiffres verts sur le réveil de sa table de chevet indiquaient deux heures trente-cinq. Son corps ruisselait de sueur, son cœur battait encore à un rythme violent. Il sortit du lit, ôta son pyjama, s'essuya avec une serviette, enfila de nouveaux sous-vêtements, et s'assit sur le canapé du salon. Puis, dans le noir, il pensa à Sara. Il regrettait chaque mot qu'il avait prononcé lors de leur dernière conversation au téléphone. Ce n'étaient pas des choses dont il aurait dû parler.

Il eut envie de lui téléphoner sur-le-champ pour lui annoncer qu'il retirait tout. Mais on ne pouvait pas appeler quelqu'un à trois heures du matin, et encore moins lui demander d'oublier totalement ce qu'on avait dit. Tsukuru songea qu'il l'avait peut-être perdue.

Puis il pensa à Eri. Eri Kurono-Haatainen. Mère de deux fillettes. Il revit le vaste lac bleu en face du bois de bouleaux blancs, il se souvint du cliquetis que faisait le petit canot en heurtant la jetée. De ses poteries aux fins motifs, des chants des oiseaux, des aboiements du chien. Et aussi d'Alfred Brendel, dans son interprétation délicate et précise des *Années de pèlerinage*. De la sensation des seins épanouis d'Eri se pressant doucement contre lui. De son souffle tiède, de ses joues trempées de larmes. De toutes les potentialités perdues et du temps qui ne reviendrait plus.

Ils s'étaient attablés face à face, écoutant avec attention les chants d'oiseaux qui entraient par la fenêtre ouverte. Durant quelques instants, ils étaient restés sans rien dire, sans même se mettre en quête de mots. Les gazouillis étaient porteurs d'une étrange mélodie très particulière, qui se répétait ensuite dans les bois.

« Ce sont les parents qui apprennent à gazouiller à leurs petits », avait expliqué Eri. Puis elle avait souri. « Avant d'arriver ici, je ne savais pas que les oiseaux devaient apprendre à chanter. »

La vie ressemble à une partition compliquée, se dit Tsukuru. Elle est remplie de doubles croches, de triples croches, de tas de signes bizarres et d'inscriptions ambiguës. La déchiffrer correctement est une tâche presque impossible, et on aura beau le faire avec le plus d'exactitude possible, puis la transposer dans les sons les plus justes possibles, rien ne garantit que la signification qu'elle recèle sera comprise exactement ou qu'elle sera estimée à sa vraie valeur. Qu'elle fera nécessairement le bonheur des hommes. Pourquoi faut-il que la vie soit infiniment compliquée ?

« Garde précieusement Sara. Tu as besoin d'elle. Quelle que soit la situation, ne la laisse pas partir. C'est ce que je pense », avait dit Eri. Et encore : « Il ne te manque rien. Tout ce qu'il te faut, c'est de la confiance et du courage. »

Et puis : « Fais attention que les méchants petits nains ne t'attrapent pas. »

Il pensa à Sara, qui était peut-être dans les bras nus de quelqu'un. Non, pas de *quelqu'un*. Il avait nettement vu cet homme. Aux côtés de qui, alors, Sara arborait un visage tellement radieux. Son sourire qui dévoilait ses jolies dents. Il ferma les yeux, pressa ses tempes du bout des doigts. Je ne peux pas vivre en nourrissant ce genre de sentiment, songea Tsukuru. Même trois jours.

Tsukuru saisit le combiné et composa le numéro de Sara. Les aiguilles de l'horloge indiquaient presque quatre heures. La sonnerie retentit douze fois, puis elle décrocha.

« Je suis vraiment désolé d'appeler à une heure pareille, dit Tsukuru. Mais il fallait que je te parle.

— Une heure pareille… euh, c'est-à-dire ?

— Presque quatre heures du matin.

— Ah ! mais c'est fou, une heure pareille… », répondit Sara. À sa voix, il semblait qu'elle n'avait pas tout à fait recouvré ses esprits. « Quelqu'un est mort ?

— Personne, répondit Tsukuru. Personne encore. Mais il y a quelque chose que je dois absolument te dire tout de suite.

— Quoi donc ?

— Que je t'aime du fond du cœur, et que je te veux vraiment. »

Il perçut à l'autre bout du fil une sorte de bruissement, comme si elle cherchait quelque chose. Puis elle eut une petite toux et laissa échapper un soupir.

« Je peux te parler, maintenant ? demanda Tsukuru.

— Bien sûr, répondit Sara. Après tout, il est presque quatre heures. Nous pouvons parler de tout ce que tu veux. Il n'y a personne pour nous entendre. À cette heure-là, tout le monde dort profondément.

— Je t'aime du fond du cœur, je te veux, répéta Tsukuru.

— C'est pour me dire cela que tu me téléphones à quatre heures du matin ?

— Oui.

— Est-ce que tu as bu ?

— Non, non, je suis tout à fait sobre.

— Ah…, fit Sara. Pour un scientifique, tu es très passionné.

— C'est comme si je construisais une gare.

— Comment ça ?

— C'est simple. S'il n'y avait pas de gares, les trains ne pourraient pas s'arrêter. Je dois d'abord visualiser la gare mentalement, et ensuite lui donner des couleurs et des formes concrètes. C'est ce qui vient en premier. Et si quelque chose ne va pas, on peut le corriger par la suite. Je suis habitué à ces tâches.

— Parce que tu es un ingénieur remarquable.

— J'aimerais l'être.

— Tu travailleras donc nuit et jour, sans repos, pour m'offrir une gare unique ?

— Exactement. Parce que je t'aime du fond du cœur et que je te veux.

— Moi aussi, je t'aime beaucoup. À chacune de nos rencontres, tu me plais davantage. » Puis Sara ménagea une courte pause, comme si elle annotait la marge d'un texte. « Mais, à presque quatre heures du matin, même les oiseaux dorment encore. Je ne dirais pas que ma tête est tout à fait claire. Tu peux attendre trois jours ?

— Bon. Mais seulement trois, répondit Tsukuru. C'est sans doute ma limite. Voilà pourquoi je t'ai téléphoné à cette heure-ci.

— Trois jours, ce sera suffisant pour moi, Tsukuru. Je garantis le délai de construction. Nous nous verrons mercredi soir.

— Désolé de t'avoir réveillée.

— Mais non. Je suis contente de savoir que même à quatre heures du matin, le temps poursuit sa course tranquillement. Il fait déjà jour dehors ?

— Non, pas encore. Mais c'est pour très bientôt. Les oiseaux commencent à chanter.

— Comme on dit, l'oiseau matinal attrape le ver.

— En principe.

— Mais je n'irai pas jusqu'à le vérifier par moi-même.

— Bonne nuit, dit Tsukuru.

— Dis, Tsukuru ? fit Sara.

— Oui ?

— Bonne nuit, répéta-t-elle. Dors bien, tranquillement, ne te fais pas de souci. »

Puis elle raccrocha.

19

La gare de Shinjuku est gigantesque. Près de trois millions cinq cent mille voyageurs y passent chaque jour. Ce chiffre officiel figure dans le *Guinness des records*, à la rubrique des « Gares les plus fréquentées au monde ». Un grand nombre de lignes se croisent dans son enceinte. Parmi les plus importantes, les lignes Chûô, Sôbu, Yamanote, Saikyô, Shônan-Shinjuku, et la ligne express qui mène à l'aéroport de Narita. Leurs rails s'entrecroisent et se combinent en un réseau terriblement complexe desservi par un total de seize quais. Se raccordent également à cet ensemble deux lignes privées, Odakyû et Keiô, ainsi que trois lignes de métro. C'est un vrai labyrinthe. Durant les heures de pointe, ce labyrinthe se mue en un océan humain qui écume, produit des tourbillons virulents, hurle, se rue et afflue sur les entrées et les sorties. Les flots des voyageurs en mouvement vers leurs correspondances s'imbriquent parfois en créant de dangereux remous. Même le plus puissant des prophètes ne pourrait fendre en deux cette mer gorgée de redoutables turbulences.

Il est difficile de croire qu'une masse humaine aussi impressionnante puisse être canalisée sans incident particulier par du personnel ferroviaire, en nombre plutôt insuffisant, cinq jours par semaine, deux fois par jour, matin et soir. Les problèmes surviennent surtout aux heures de pointe du matin. Tout le monde est pressé de rejoindre sa destination. Les pointeuses doivent être actionnées à temps. Pas de raison d'être de bonne humeur. Les voyageurs sont encore à moitié endormis. Et les trains archibondés éprouvent leurs corps et leurs nerfs. Les chanceux réussissent à trouver une place assise.

Tsukuru s'étonnait toujours qu'il y ait si peu de déchaînements de violence ou d'accidents graves. Si ces trains surchargés ou cette gare surpeuplée étaient la cible d'une attaque terroriste, on n'échapperait pas à la catastrophe. Les dommages et les pertes seraient épouvantables. Et le cauchemar, total, pour le personnel, les policiers, et bien entendu les voyageurs. Pourtant, aujourd'hui, il n'existe aucun moyen de se prémunir contre ce genre de tragédie. Et ce cauchemar a réellement été vécu au printemps 1995, à Tokyo[1].

Les haut-parleurs ne cessent de diffuser des annonces, des instructions, les sonneries des trains au départ retentissent sans répit, et, sans trêve, les machines à composter avalent en silence les innombrables informations contenues sur les cartes, les billets, les titres de transport. Tels des bestiaux patients et disciplinés, les longs trains aux départs et aux arrivées, programmés à la seconde près, déversent une foule d'individus, les absorbent de nouveau et, à peine les portes refermées, s'ébranlent impatiemment vers la gare suivante. Quand on monte ou descend un escalier au milieu de la foule, si quelqu'un vous marche sur le pied et que vous perdiez une de vos

1. Voir à ce sujet : Haruki Murakami, *Underground*, Belfond, 2013.

chaussures, vous pouvez lui dire adieu. Durant les heures d'affluence, la chaussure est avalée et disparaît parmi ces redoutables sables mouvants. Il ne vous reste qu'à passer la journée avec une seule chaussure.

Au début des années 1990, avant que la bulle économique du Japon n'éclate, un influent journal américain avait publié une photo de voyageurs descendant un escalier de la gare de Shinjuku, un matin d'hiver, à une heure de pointe. (C'était peut-être la gare de Tokyo, mais le tableau était le même.) Tous les banlieusards regardaient par terre, comme sur ordre, tous avaient le visage sombre, mort, à l'image de sardines tassées dans une boîte de conserve. « Le Japon est devenu riche. Mais la majorité des Japonais ne semblent pas heureux », disait la légende. La photo était devenue célèbre.

Tsukuru ne savait pas très bien si la plupart des Japonais étaient vraiment malheureux. Ce qu'il savait, en revanche, c'était pourquoi tous ces gens baissaient la tête : ils faisaient attention à leurs pieds. Ils prenaient garde à ne pas tomber dans l'escalier, à ne pas perdre une chaussure – ce sont là des questions vitales dans une gare gigantesque, à une heure de forte affluence. Mais le contexte n'était pas explicité en regard de la photo. Il est d'ailleurs rare que des gens vêtus de pardessus sombres, qui marchent tête baissée, aient l'air heureux. D'un autre côté, est-il illégitime de qualifier de malheureuse une société dans laquelle il faut chaque matin s'inquiéter de ne pas perdre une chaussure ?

Tsukuru essayait de calculer combien d'heures les gens consacraient chaque jour à se rendre à leur travail. En moyenne, un trajet simple durait entre une heure et une heure et demie. Quand un employé ordinaire – un homme marié, père d'un ou deux enfants, travaillant en centre-ville – voulait s'acheter une maison, il était condamné à habiter en « banlieue » et, sur les vingt-quatre heures que compte une journée, à en employer deux ou trois pour le transport. Dans son train bondé, il pourra peut-être lire un journal ou un livre de poche. Écouter sur son iPod une symphonie de Haydn, s'exercer à la conversation espagnole. Certains ferment les yeux et s'adonnent, qui sait, à des réflexions métaphysiques. Mais, en général, on peut difficilement considérer que ces deux ou trois heures quotidiennes comptent parmi les plus bénéfiques ou satisfaisantes de sa vie. Combien d'heures de l'existence d'un homme sont-elles ainsi perdues en allers-retours (sans doute) absurdes, s'évanouissent-elles ? Jusqu'à quel point usent-elles, épuisent-elles les individus ?

Personne n'attendait de Tsukuru Tazaki qu'il réfléchisse à ces problèmes, lui dont le travail consistait essentiellement à dessiner des plans de bâtiments. Que chacun soit responsable de sa propre vie. La vie des autres n'était pas du ressort de Tsukuru Tazaki. Que les citoyens jugent eux-mêmes si la société dans laquelle ils vivent offre une possibilité de bonheur ou pas. Lui devait seulement réfléchir à la meilleure manière de conduire le flot prodigieux de cette masse humaine dans des conditions de sécurité acceptables. On ne lui demandait pas de méditer. Juste d'être efficace et précis. Il n'était ni philosophe ni sociologue, simplement ingénieur.

Tsukuru Tazaki aimait contempler la gare de Shinjuku, et en particulier les trains du réseau national, Japan Railways.

Il achetait un ticket d'accès à un distributeur automatique et montait en général sur le quai desservant les lignes 9 et 10. C'était là que partaient et arrivaient les express de la ligne Chûô. Des trains longue distance, à destination de Matsumoto et de Kôfu. Par rapport aux autres voies qui drainaient essentiellement des travailleurs, il y avait là un peu moins de voyageurs et de trains. Assis sur un banc, il pouvait observer à son aise la gare sous tous ses aspects. Il se rendait à la gare comme d'autres vont au concert ou au cinéma, danser dans un club, assister à un match ou faire du shopping. Il lui arrivait fréquemment d'y passer son temps libre, quand il ne savait pas quoi faire. Quand il était anxieux ou qu'il avait à réfléchir, c'était là que ses pas le portaient tout naturellement. Il s'asseyait sur le banc d'un quai, buvait un café acheté à un kiosque et, tout en consultant un petit indicateur des horaires (toujours présent dans son sac), il restait là, immobile. Parfois plusieurs heures d'affilée. À l'époque où il était étudiant, il détaillait la forme des bâtiments, le flot des voyageurs, les gestes des cheminots, et notait ses remarques sur un cahier, mais, bien entendu, il avait cessé de le faire.

L'express ralentit et accoste. Les portes s'ouvrent, les voyageurs descendent les uns après les autres. Le seul fait de contempler cette scène lui procure un sentiment de calme, l'emplit de satisfaction. Il ressent de la fierté en constatant que le train arrive ou part exactement à l'heure, sans encombre, même si sa société n'est pas responsable de cette gare. Une fierté paisible, toute simple. L'équipe de nettoyage se précipite dans les wagons, débarrasse les déchets, nettoie et rafraîchit les sièges. Le personnel roulant, portant uniforme et casquette, se dépêche de rejoindre son poste et s'affaire pour le prochain départ. Le panneau indiquant le départ et la destination est modifié, un nouveau numéro est attribué au train. Tout s'ordonne à la seconde près, tout se passe aisément, efficacement. Tel était le monde auquel appartenait Tsukuru Tazaki.

Il avait agi de même dans la gare centrale de Helsinki. Il s'était procuré un indicateur horaire simple, s'était assis sur un banc et avait contemplé les départs et les arrivées des trains longue distance tout en buvant un café dans un gobelet en carton. Il vérifiait la destination des trains sur sa carte, identifiait aussi leur provenance. Il regardait les voyageurs descendre de leurs trains, et aussi ceux qui pressaient le pas vers leurs quais de départ. Il observait les employés en uniforme ainsi que le personnel roulant. Cette occupation avait le don de lui procurer le même sentiment de calme. Le temps s'écoulait d'une façon homogène et lisse. En dehors des annonces qu'il ne comprenait pas, tout était exactement comme à la gare de Shinjuku. Partout dans le monde, les gares étaient sans doute gérées et organisées de la même manière. Avec le même professionnalisme, la même rigueur, la même précision. Des qualités qui lui faisaient chaud au cœur. Il avait alors la certitude d'être à sa juste place.

Les aiguilles de la pendule murale indiquaient huit heures quand Tsukuru Tazaki acheva son travail, le mardi. À cette heure-là, il était le seul encore au bureau. Le travail en cours n'avait rien d'urgent et ne nécessitait pas de faire des heures supplémentaires, mais il préférait s'en débarrasser avant de retrouver Sara mercredi soir.

Il coupa son ordinateur, enferma le disque de sauvegarde et les documents importants dans un tiroir qu'il ferma à clé, puis il éteignit les lumières du bureau. Il salua le gardien qu'il connaissait de vue et quitta la société par la porte de derrière.

« Il est bien tard ! Bonsoir », dit le gardien.

Il songea à aller dîner quelque part mais l'appétit lui faisait défaut. Pourtant, cela ne lui disait rien non plus de rentrer directement chez lui. Aussi prit-il la direction de la gare de Shinjuku. Ce jour-là aussi, il acheta un café à un kiosque dans l'enceinte de la gare. C'était une nuit d'été tout à fait caractéristique de Tokyo, chaude et humide. La sueur dégoulinait dans son dos, mais il préférait pourtant un café noir fumant à une boisson glacée. Question d'habitude.

Sur la ligne 9, les préparatifs avant le départ du dernier express en direction de Matsumoto se déroulaient comme d'habitude. Le personnel roulant inspectait les voitures d'un œil exercé et vigilant pour détecter d'éventuels défauts. Le train portait le numéro familier des séries E 257. Il n'était pas aussi élégant que les rames du Shinkansen, mais Tsukuru avait de la sympathie pour ses formes simples et sobres. Ce train suivait la ligne Chûô jusqu'à Shiojiri, et empruntait ensuite la ligne Shinonoi jusqu'à Matsumoto, où il arrivait à minuit moins cinq. La durée du trajet était assez longue pour cette distance, parce qu'il ne pouvait pas rouler à pleine vitesse. En effet, jusqu'à Hachiôji, il traversait des sections urbaines dans lesquelles les nuisances sonores devaient être limitées et, ensuite, affrontait un parcours de montagne aux nombreux virages.

Il restait encore un peu de temps avant le départ mais les voyageurs qui s'apprêtaient à monter dans ce train se hâtaient d'acheter un *bentô*, des biscuits ou autres petites choses à grignoter, des canettes de bière ; ils choisissaient des magazines. Certains, des écouteurs blancs d'iPod aux oreilles, étaient déjà plongés dans le petit monde personnel qu'ils transportaient partout. Ici ou là, d'autres voyageurs manipulaient avec dextérité leur smartphone, ou bien criaient dans leur portable pour tenter de couvrir les annonces diffusées dans la gare. Il y avait aussi un jeune couple qui allait, semblait-il, voyager ensemble. Assis épaule contre épaule sur un banc, les jeunes gens se murmuraient des confidences d'un air heureux. Des jumeaux de cinq ou six ans, le visage ensommeillé, tirés par la main de leurs parents, passèrent rapidement devant Tsukuru. Chacun d'eux agrippait dans sa main libre une petite console de jeux. Il y avait deux jeunes étrangers avec des sacs à dos apparemment lourds. Également une jeune femme qui portait un étui de violoncelle. Une femme au joli profil. Tous ces gens qui allaient prendre ce train de nuit et partir vers un lieu lointain rendaient Tsukuru envieux. Eux au moins avaient une destination.

Tsukuru Tazaki n'avait pas de lieu particulier où aller.

En y réfléchissant, il se dit qu'il ne s'était jamais rendu ni à Matsumoto, ni à Kôfu ni à Shiojiri. Pas plus d'ailleurs qu'à Hachiôji. Il avait contemplé un nombre incalculable de fois les express pour Matsumoto depuis ce quai, et pas une seule fois il ne s'était dit qu'il aurait pu embarquer lui-même dans ce train. Cette pensée ne l'avait jamais effleuré. Comment était-ce possible ?

Tsukuru se prit à imaginer qu'il allait monter là, tout de suite, dans cet express pour Matsumoto. Il n'y avait rien d'impossible à cela. Et il songea que ce n'était pas une mauvaise idée. Après tout, il s'était bien décidé brusquement à partir pour la Finlande.

Pourquoi n'irait-il pas à Matsumoto ? À quoi pouvait ressembler cette ville ? Quel genre de vie les gens menaient-ils là-bas ? Mais il secoua la tête et chassa cette pensée. Il ne pourrait pas revenir à Tokyo à temps pour son travail le lendemain. Il le savait sans avoir besoin de consulter son indicateur. Et, demain soir, il retrouverait Sara. C'était un jour important. Il ne pouvait pas partir pour Matsumoto.

Il but le reste de son café refroidi, jeta le gobelet en carton dans la poubelle la plus proche.

Tsukuru Tazaki n'a nulle part où aller. Ç'aurait pu être le thème majeur de sa vie. Aucun lieu où aller et aucun où revenir. Pas plus aujourd'hui qu'autrefois. Son seul et unique lieu était celui où il se trouvait à présent.

Non, non, ce n'est pas tout à fait vrai, se dit-il.

À bien y réfléchir, il en avait bien existé un. Quand il était lycéen et qu'il espérait entrer à l'université technologique de Tokyo, pour s'y spécialiser dans la construction des gares. C'était alors la destination qu'il s'était fixée. Et pour cela, il avait étudié avec l'énergie du désespoir. « Étant donné tes résultats, lui avait annoncé froidement son professeur principal, il me paraît presque impossible que tu réussisses l'examen d'entrée de cette université. » Mais Tsukuru s'était acharné et avait surmonté les difficultés. C'était la première fois de sa vie qu'il avait autant travaillé. La compétition entre étudiants n'était pas son fort mais, du moment qu'il s'était assigné un objectif concret, auquel il croyait, il fut capable de s'y consacrer corps et âme et d'y jeter toutes ses forces. Ce fut pour lui une expérience inédite.

En conséquence de quoi, Tsukuru avait quitté Nagoya pour aller vivre seul à Tokyo. Il revenait dès que possible dans sa ville natale, avide de revoir ses amis. Nagoya était le lieu où il pouvait revenir. Ce temps de vie pendant lequel il fit l'aller-retour entre deux villes différentes dura un an et quelques mois. Mais, un jour, le cycle avait été interrompu.

Il n'eut dès lors plus de lieu où revenir, plus de lieu où aller. La maison familiale se situait toujours à Nagoya, sa mère et sa sœur aînée y habitaient encore, sa chambre était restée telle quelle. Sa sœur cadette vivait dans la même ville. Il revenait chez lui une fois ou deux chaque année par courtoisie, était toujours accueilli chaleureusement, mais il n'avait pas grand-chose à dire à ses sœurs ou à sa mère. Il n'éprouvait guère de plaisir à se retrouver avec elles. Si elles attendaient quelque chose de lui, c'était du Tsukuru d'autrefois, un moi qu'il avait abandonné. Il était obligé de jouer un rôle pour ressusciter ce vieux moi. Il ressentait aussi Nagoya comme étrangement indifférente, insipide. Il n'y trouvait plus trace de ce qu'il aurait pu désirer ou regretter.

D'un certain côté, Tokyo était un lieu qui lui avait été donné *par hasard*. C'était là qu'il avait étudié et, à présent, là qu'il travaillait. Son appartenance à cette ville se résumait à sa fonction professionnelle. Il n'y avait pas à chercher de signification au-delà. Tsukuru y menait une vie régulière et paisible. Comme les exilés chassés de leur pays qui vivent en terre étrangère en prenant bien garde à ne pas causer d'ennuis, ne pas déranger, pour conserver leur permis de séjour. Il vivait là pour ainsi dire comme en exil de sa propre vie. Et la mégalopole qu'est Tokyo est un endroit idéal pour tous ceux qui espèrent vivre ainsi dans l'anonymat.

Il n'avait personne qu'il aurait pu qualifier d'ami proche. Des quelques petites amies dont il s'était finalement séparé sans douleur, pas une ne se lovait encore dans un repli secret de son cœur. C'était tantôt lui qui n'avait pas cherché à poursuivre la relation, tantôt sa partenaire. Responsabilité partagée.

C'est comme si ma vie était restée bloquée à un moment de ma vingtième année, songea Tsukuru, assis sur son banc de la gare de Shinjuku. Les jours d'après n'avaient eu aucun poids. Les mois et les années n'avaient fait que glisser tranquillement sur lui, tel un vent paisible. Sans qu'il lui en reste de blessure, de tristesse, sans éveiller en lui d'émotion forte, sans qu'il subsiste même de souvenir heureux. Et, petit à petit, il abordait l'étape de la maturité. Allons, il lui restait encore un peu de temps avant d'atteindre l'âge mûr, mais il ne pouvait plus affirmer qu'il était jeune.

En un sens, Eri aussi pouvait être qualifiée d'exilée de la vie, après tout. Elle aussi avait été blessée, et cela l'avait amenée à abandonner toutes sortes de choses, à quitter son pays. Elle avait choisi de faire de la Finlande son nouveau monde. Avec elle, à présent, il y avait son mari, ses petites filles. Son travail de céramiste auquel elle se donnait corps et âme. Une maison d'été près d'un lac, un chien vigoureux. Elle parlait finnois. Peu à peu, elle s'était bâti là-bas son petit univers.

Lui non.

Tsukuru jeta un coup d'œil à la montre TAG Heuer qu'il portait au poignet gauche. Huit heures cinquante. Le train était sur le point de partir. Les voyageurs étaient déjà à l'intérieur, ils s'installaient dans leur wagon, s'asseyaient sur les sièges qui leur étaient réservés. Ils posaient leurs sacs dans les casiers, soupiraient d'aise dans les voitures climatisées, buvaient des boissons glacées. Tsukuru pouvait les voir à travers les fenêtres.

Cette montre était un legs de son père. Une des rares choses tangibles qu'il lui avait laissées. Un bel objet ancien fabriqué au début des années 1960. S'il restait trois jours sans la porter, son mécanisme se relâchait et les aiguilles s'immobilisaient. Mais Tsukuru aimait justement cet inconvénient. C'était une mécanique d'une pureté admirable. Il aurait peut-être été plus juste de la qualifier d'objet d'art. Ni quartz ni puce n'entraient dans sa composition. Son fonctionnement intègre tenait entièrement à des ressorts subtils et des roues dentées. Et à présent qu'elle continuait à œuvrer sans répit depuis presque un demi-siècle, elle donnait l'heure exacte avec une précision presque surprenante.

Tsukuru ne s'était jamais acheté de montre lui-même. Toutes celles qu'il avait possédées lui avaient été offertes, des articles bon marché qui ne présentaient pas d'intérêt particulier. Il lui suffisait qu'elles soient exactes. C'était tout ce qu'il en attendait. Au quotidien, il se contentait d'une Casio. Le modèle le plus simple. Aussi ne fut-il pas particulièrement ému d'hériter de la montre visiblement précieuse de son père. Comme il fallait la porter pour qu'elle reste en mouvement, il s'y était habitué peu à peu et, finalement, il était tombé complètement amoureux de sa TAG Heuer. Il adorait sa sensation, son poids juste, et son presque inaudible cliquetis mécanique. Il se mit également à vérifier l'heure beaucoup plus fréquemment qu'autrefois. Et, à chaque fois, l'ombre de son père lui traversait furtivement l'esprit.

Pour être honnête, il ne se souvenait pas très bien de son père et n'éprouvait pas de nostalgie à son sujet. Il n'était jamais allé nulle part avec lui, du temps où il était enfant ou adolescent, et il ne se rappelait pas avoir jamais eu avec lui de conversation intime. Son père était un homme taciturne de nature (du moins, à la maison, il n'ouvrait pratiquement pas la bouche). Il était de plus extrêmement pris par son travail et passait peu de temps chez lui. À présent qu'il y pensait, peut-être avait-il une maîtresse quelque part ?

Tsukuru voyait son père plutôt comme un parent proche, qui leur faisait de fréquentes visites. En fait, Tsukuru avait été élevé par sa mère et par ses sœurs. Il ignorait à peu près tout de la vie que menait son père, de ce qu'étaient ses pensées et ses valeurs, de ce à quoi il aspirait concrètement au quotidien. Tout juste savait-il qu'il était né à Gifu, que ses propres parents avaient disparu quand il était enfant, qu'il avait été recueilli par un oncle paternel, un bonze. Il avait obtenu de justesse son certificat de fin d'études secondaires, avait créé son entreprise à partir de rien et connu des résultats remarquables. Voilà comment il avait fait fortune. Les hommes qui ont dû beaucoup peiner n'évoquent que rarement les efforts qu'ils ont consentis. Peut-être ne souhaitent-ils pas s'en souvenir. En tout cas, son père possédait un talent peu commun pour les affaires. Il avait le flair pour acheter rapidement ce qu'il fallait et se défaire de ce qui n'avait pas d'intérêt. Sa sœur aînée avait en partie hérité de ce talent. La cadette, elle, avait hérité de la sociabilité facile de leur mère. Tsukuru n'avait hérité d'absolument aucune de ces dispositions.

Son père fumait plus de cinquante cigarettes par jour, il était mort d'un cancer du poumon. Lorsque Tsukuru lui avait rendu visite, au CHU de Nagoya, il ne pouvait déjà plus parler. Il avait pourtant paru vouloir lui dire quelque chose, mais sans y parvenir. Un mois plus tard, il rendait son dernier soupir dans son lit d'hôpital. Il laissait à Tsukuru l'appartement de Jiyugaoka, une somme importante déposée à son nom à la banque, et cette montre TAG Heuer à remontage automatique.

Non, il lui avait légué autre chose : son nom. Tsukuru Tazaki.

Lorsque Tsukuru avait annoncé son souhait d'entrer à l'université technologique de Tokyo, il avait semblé extrêmement déçu que son fils unique ne veuille pas lui succéder à la tête de la société immobilière qu'il avait bâtie lui-même. D'un autre côté, il avait chaleureusement approuvé le désir de Tsukuru de devenir ingénieur. « Si c'est ce que tu veux, va étudier à l'université de Tokyo, lui avait dit son père, je serai heureux de te donner l'argent nécessaire. De toute façon, c'est toujours une bonne chose d'avoir un métier en rapport avec la technique. Et fabriquer des choses qui ont une forme, c'est utile. Étudie du mieux possible et construis des gares autant que tu le voudras. » Son père avait paru heureux de constater que le choix du prénom Tsukuru avait porté ses fruits. C'était la première fois, et la dernière, sans doute, qu'il avait rendu son père heureux, ou du moins que celui-ci avait manifesté aussi clairement sa joie.

À neuf heures pile, conformément à l'indicateur horaire, l'express pour Matsumoto quitta le quai. Tsukuru demeura assis sur son banc, suivant jusqu'au dernier moment les feux qui s'éloignaient sur les rails jusqu'à se dissoudre dans la nuit d'été. Lorsque sa silhouette devint indiscernable, les alentours parurent soudain vides. On aurait presque cru que la ville elle-même avait perdu ses miroitements. Comme sur une scène de théâtre, quand la pièce est terminée et que les lumières se sont éteintes. Tsukuru se leva et descendit lentement l'escalier.

Il sortit de la gare de Shinjuku, entra dans un petit restaurant des environs, s'assit au comptoir et commanda du *meat-loaf* et une salade de pommes de terre. Finalement, il laissa la moitié de ses plats. Non pas qu'ils fussent mauvais. L'établissement était réputé pour son *meat-loaf*. Il n'avait simplement pas d'appétit. Comme d'habitude, il laissa aussi la moitié de sa bière.

Il rentra chez lui par le train, prit une douche. Il se savonna soigneusement, se débarrassa de sa sueur, puis enfila sa robe de chambre vert olive (un cadeau d'une ancienne petite amie pour ses trente ans). Il s'assit sur le balcon et, enveloppé par le vent de la nuit, il se laissa traverser par la rumeur indistincte et sourde des rues. Il était déjà presque onze heures, mais il n'avait pas sommeil.

Lui revint en mémoire l'époque où il était étudiant et où il pensait exclusivement à la mort. Cela faisait déjà seize ans. Durant tous ces mois, il avait considéré que son cœur aurait pu cesser de battre naturellement s'il était demeuré totalement immobile et s'il s'était borné à s'observer au plus profond de lui-même. Il avait cru qu'il aurait pu infliger à son cœur une blessure fatale en se concentrant au maximum, de même que, en concentrant sur du papier la lumière du soleil à travers une loupe, on parvient à l'enflammer. C'était ce qu'il avait espéré de toute son âme. Mais les mois avaient passé et son cœur ne s'était pas arrêté. Le cœur ne se laisse pas stopper aussi facilement.

Il entendit un hélicoptère vrombir dans le lointain. Il semblait s'approcher car le bruit se faisait de plus en plus fort. Tsukuru leva la tête vers le ciel, cherchant la silhouette de l'appareil. Il avait la sensation que c'était comme la venue d'un envoyé porteur d'il ne savait quel message précieux. Mais l'hélicoptère demeura résolument invisible, le vrombissement s'éloigna et disparut enfin vers l'ouest. Il ne subsista ensuite que la rumeur tendre et confuse de la ville nocturne.

Soudain, dans l'esprit de Tsukuru, surgit une idée. Peut-être que le but de Blanche, autrefois, avait été de démembrer leur groupe. L'hypothèse se précisa peu à peu tandis qu'il demeurait assis là sur le balcon.

Les cinq amis étaient unis très étroitement, en une communauté exempte de failles. Ils s'acceptaient tels qu'ils étaient, ils se comprenaient. Chacun d'eux en tirait un grand bonheur. Mais une telle félicité ne pouvait se perpétuer éternellement. Leur paradis était condamné à être perdu. Chacun grandissait à un rythme différent, chacun progressait vers une direction différente. Plus le temps passait, plus il devenait inévitable que surgissent des désaccords. Qu'apparaissent de subtiles fissures. Qui bientôt deviendraient béantes.

Il était probable que l'esprit de Blanche n'avait pu résister à la pression de ce qui *devait arriver*. Elle avait peut-être senti que l'harmonie spirituelle du groupe, en se dissolvant, l'emporterait elle aussi et la perdrait. À l'instar d'un naufragé, entraîné au fond de la mer, englouti dans les tourbillons créés par son bateau en train de couler.

Tsukuru était capable de comprendre ce sentiment jusqu'à un certain point. Ou plutôt, il était capable de le comprendre *aujourd'hui*. La tension née du refoulement des pulsions sexuelles avait certainement été aussi un facteur décisif. Du moins, c'était ce que Tsukuru imaginait.

Les rêves érotiques si vivants qu'il avait faits plus tard étaient sans doute un prolongement amplifié de cette tension, laquelle n'avait pas pu rester sans influence sur les quatre autres membres du groupe. Mais qu'avait-elle provoqué en eux exactement ? Il l'ignorait.

Blanche avait cherché à fuir cette situation. Peut-être ne pouvait-elle pas résister plus longtemps à ces relations humaines cadenassées, qui exigeaient d'elle un contrôle permanent de ses émotions. Il était certain que Blanche, de tous les cinq, avait la sensibilité la plus exacerbée. Elle percevait les grincements plus rapidement que tout autre. Mais elle n'avait pas réussi à sortir du cercle par ses propres forces. Elle n'en avait pas eu l'énergie. Alors, Blanche avait érigé Tsukuru en figure de renégat. En tant que premier membre du groupe à être sorti du cercle, il en était devenu le maillon le plus faible. Pour le dire autrement, il était tout désigné pour être puni. Et lorsqu'elle avait été violée, dans le désordre de son hystérie consécutive au choc qu'elle avait subi, elle s'était accrochée de toutes ses forces à ce maillon faible, comme on tire sur la manette d'arrêt d'urgence d'un train – l'identité de son agresseur, le responsable de sa grossesse, resterait peut-être à tout jamais une énigme.

Vues sous cet angle, beaucoup de choses revêtaient une certaine logique. À cette époque, suivant son instinct, Blanche s'était servie de Tsukuru comme d'un tremplin pour franchir le mur du blocus. Elle avait senti qu'il s'en sortirait, qu'il survivrait. C'était la même conclusion à laquelle était parvenue Eri, très calmement.

Tsukuru Tazaki, toujours cool, tranquille, qui suivait son propre chemin.

Tsukuru se leva et rentra dans l'appartement. Il prit sur l'étagère la bouteille de Cutty Sark, se versa un verre et retourna sur le balcon. Puis, se rasseyant, il se pressa les tempes un moment du bout des doigts de sa main libre.

Eh bien non, pensa-t-il, je ne suis pas toujours cool, et je ne suis pas toujours mon chemin bien tranquillement. C'est seulement une question d'équilibre. C'est juste que je suis habitué à bien répartir les poids de part et d'autre de mon centre de gravité. Les autres y voient peut-être de la froideur. Mais cette opération est loin d'être facile. Trouver son équilibre est tout sauf simple, malgré les apparences. Parce que le poids total n'en est pas pour autant allégé.

Malgré tout, il pouvait pardonner à Blanche – Yuzu. Elle avait été blessée profondément et avait cherché à se protéger. Elle était faible. Elle n'avait pas su se blinder, se forger une carapace assez épaisse. Face au danger imminent, elle n'avait pas eu la liberté de choisir. Elle avait besoin d'un peu de sécurité. Qui aurait pu l'en blâmer ? Pourtant, elle avait eu beau fuir le plus loin possible, en fin de compte, elle n'avait pu en réchapper. L'ombre noire de la violence, à pas de loup, l'avait rattrapée. Eri avait parlé d'un « démon ». Une nuit de mai, sous une pluie froide et silencieuse, *ça* avait frappé à sa porte et *ça* avait serré avec un cordon sa jolie gorge fine, jusqu'à ce que mort s'ensuive. L'heure et le lieu avaient certainement été déterminés bien avant.

Tsukuru rentra de nouveau, prit son téléphone et, sans trop réfléchir à son geste, appuya sur la touche de raccourci pour Sara. Mais quand la sonnerie eut résonné trois fois, il reprit soudain ses esprits et raccrocha fermement. La nuit était trop avancée. Et il verrait Sara le lendemain. Il parlerait avec elle face à face. Il ne fallait pas lui parler avant, ce serait faire les choses à moitié. Il le savait très bien. Et pourtant, il avait eu envie d'entendre sa voix, tout de suite. Ce désir avait jailli spontanément du plus profond de lui. Il n'avait pas réussi à réprimer son impulsion.

Il posa sur la platine le disque des *Années de pèlerinage* jouées par Lazar Berman, fit descendre l'aiguille. Il reporta toute son attention sur la musique afin de calmer son cœur. Le paysage d'Hämeenlinna, près du lac, lui apparut. Les rideaux de dentelle blanche agités par le vent, le cliquetis du petit bateau ballotté par les vagues. Les oiseaux, dans le bois, qui apprenaient patiemment aux petits à chanter. Dans les cheveux d'Eri, l'odeur d'agrumes de son shampoing. Sa poitrine tendre et féconde, signe certain de sa survie dans ces lieux. Le vieillard d'un abord difficile qui lui avait indiqué son chemin, et qui avait lancé un crachat féroce dans les herbes de l'été. Le chien agitant gaiement la queue et sautant dans le coffre de la Renault. Tandis que toutes ces scènes lui revenaient en mémoire, la douleur tapie dans sa poitrine réapparut.

Tsukuru leva le verre de Cutty Sark, huma le parfum du whisky. Une légère chaleur se diffusa au fond de ses narines. Depuis l'été de sa deuxième année d'université jusqu'à l'hiver suivant, durant tout ce temps où il avait pensé exclusivement à la mort, il avait ainsi bu chaque soir un petit verre de whisky. Sans cela, il n'aurait pas pu bien dormir.

Soudain le téléphone sonna. Il sauta sur ses pieds, releva l'aiguille du tourne-disque, s'approcha du téléphone. Cela ne pouvait être que Sara. Il n'y avait qu'elle pour appeler à cette heure. Elle avait compris que Tsukuru avait voulu la joindre et elle le rappelait.

Tsukuru hésitait. La sonnerie retentit douze fois. Les lèvres serrées, retenant son souffle, il resta immobile, contemplant l'appareil. Comme quelqu'un planté devant un tableau noir sur lequel a été écrite une formule mathématique longue et compliquée, et qui cherche un indice, en examine les détails, en se tenant un peu en retrait. Mais qui n'en découvre aucun. La sonnerie finit par s'arrêter. Un grand silence lui succéda. Un silence profond habité de sens.

Tsukuru fit redescendre l'aiguille sur le disque dans le but de combler ce silence, il retourna sur le canapé et s'absorba dans la musique. Cette fois, il s'efforça de ne penser à rien de concret. Il ferma les yeux, fit le vide dans sa tête, se concentra sur la musique elle-même. Et enfin, comme suggérées par la mélodie, surgirent sous ses paupières toutes sortes d'images qui s'évanouissaient à peine apparues. Une succession de visions sans forme ni contenu. Elles apparaissaient à la lisière obscure de sa conscience, traversaient sans bruit un territoire visible, puis disparaissaient, comme aspirées vers l'autre bord. Tels de minuscules êtres vivants aux mystérieux contours qui traverseraient le champ circulaire d'un microscope.

Quinze minutes plus tard, la sonnerie du téléphone retentit de nouveau mais Tsukuru ne répondit pas. Cette fois, il resta sur le canapé, n'interrompit pas la musique et se contenta d'observer fixement l'appareil noir. Il ne compta même pas le nombre de sonneries. Elles cessèrent bientôt, et il n'entendit plus que les notes du piano.

Sara, pensa-t-il, j'aimerais entendre ta voix. Plus que tout. Mais je ne peux pas te parler maintenant.

Demain, Sara choisira peut-être l'autre homme, et pas moi, pensa-t-il, allongé sur le canapé, les yeux clos. C'est tout à fait possible, et peut-être que, pour elle, ce sera le bon choix.

Tsukuru n'avait aucun moyen de savoir de quelle sorte d'homme il s'agissait, quelle était la nature de leur relation, ou depuis quand durait leur liaison. Il n'avait d'ailleurs pas envie de le savoir. Tout ce qu'il pouvait dire, c'était que lui-même avait bien peu à offrir à Sara. Des choses en quantité très limitée, d'une espèce également très limitée. Au contenu insignifiant de surcroît. À qui cela pourrait-il sérieusement faire envie ?

Sara dit qu'elle a de l'amitié pour moi. C'est sans doute vrai. Mais il y a tellement de choses pour lesquelles l'amitié ne suffit pas.

La vie est longue, et parfois rude. Elle a parfois besoin de victimes. Il faut bien qu'il y en ait pour tenir ce rôle. Et puis le corps humain est fragile, vulnérable, le sang coule à la moindre coupure.

Quoi qu'il arrive, si Sara ne me choisit pas demain, j'en mourrai *vraiment*, songea Tsukuru. Que ce soit une mort réelle ou une mort métaphorique, cela ne changera pas grand-chose. Mais peut-être que, cette fois, je rendrai pour de bon mon dernier souffle. Tsukuru Tazaki, l'homme qui n'a pas de couleur, s'estompera et se retirera discrètement de ce monde. Tout deviendra néant pour lui, et il ne restera plus qu'une poignée de terre glacée et figée.

Et après ? pensa-t-il. L'idée m'est tellement familière que je ne serais pas surpris que cela m'arrive vraiment. Ce ne sera rien de plus qu'un phénomène physique. Le mécanisme d'une montre bien remontée qui se détend peu à peu, l'impulsion qui s'affaiblit jusqu'à ce que les roues dentées s'immobilisent et que les aiguilles se figent. Puis ce sera le silence. C'est tout ce que ce sera, non ?

Il se mit au lit avant que la date ne change, éteignit sa lampe de chevet. Comme j'aimerais voir Sara en rêve, se dit-il. Un rêve érotique serait parfait, mais ce n'est pas obligatoire. Pourtant, je ne voudrais pas d'un rêve trop triste. Je ne dirais pas non à un rêve dans lequel je pourrais toucher son corps. De toute façon, ce ne serait qu'un rêve.

Son cœur était en quête de Sara. Tsukuru ressentait fortement combien il était merveilleux d'être en quête de quelqu'un de tout son cœur. Cela faisait extrêmement longtemps que cela ne lui était pas arrivé. C'était peut-être même la première fois. Bien entendu, tout n'était pas merveilleux. Il éprouvait dans le même temps une douleur dans la poitrine, il se sentait oppressé. Des craintes sombres le faisaient frissonner. Mais cette douleur elle-même était devenue une part importante de son amour. Il ne voulait pas perdre ce sentiment qui l'habitait à présent. Peut-être ne rencontrerait-il plus jamais une telle chaleur. Mieux vaudrait qu'il se perde de nouveau lui-même.

« Tsukuru, je vais te dire ce que je pense. Il faut que tu te battes pour cette femme. Quelle que soit la situation. Si tu la laisses partir, peut-être ne retrouveras-tu plus jamais une femme comme elle. »

C'étaient les mots d'Eri. Elle avait sans doute raison. Il faut absolument que Sara soit mienne. Cela, il le savait bien lui aussi. Mais il allait sans dire qu'il n'était pas seul à en décider. C'était une question qui se traitait de cœur à cœur. Il y avait des choses à donner, d'autres à recevoir. En tout cas, tout serait fixé demain. Si Sara me choisit, si elle m'accepte, alors je pourrai la demander en mariage tout de suite. Et je lui donnerai tout ce que j'aurai à lui donner.

Avant que les méchants petits nains, tapis dans la forêt obscure, ne nous attrapent.

« Tout ne s'est pas dissous dans le flux du temps. »

Voilà ce que Tsukuru aurait dû dire à Eri, au moment où ils s'étaient séparés près du lac. Mais, à ce moment-là, il s'était trouvé à court de mots.

« À cette époque, nous croyions avec force à quelque chose, nous avions la capacité de croire avec force. Tout cela n'a pas pu simplement se dissoudre. »

Il apaisa son cœur, ferma les yeux, s'enfonça dans le sommeil. Les dernières lueurs de sa conscience s'amenuisèrent et finirent par être englouties au plus profond de la nuit, comme le dernier express qui rapetisse au fur et à mesure qu'il s'éloigne. Ne demeura ensuite que le bruissement du vent à travers les bosquets de bouleaux blancs.

Imprimé en France par CPI

N° d'impression : 3011520
Dépôt légal : septembre 2015
X06617/01